MARIEKE HANSEN
Krabbenglück

AF178871

Weitere Titel der Autorin:

Seehundsommer
Friesenfrische

Über die Autorin:

Um am Strand spazieren zu gehen und dem Rauschen der Wellen zuzuhören, muss **Marieke Hansen** nicht weit fahren. Seit vielen Jahren lebt sie an der Küste, ist vertraut mit Wind und Sand, Wasser und Salz. In ihrem neuen Roman vereint Marieke Hansen ihre Leidenschaft für das Meer mit einem Erlebnis aus ihrem eigenen Leben: an einen neuen Ort umzuziehen, der gleichzeitig fasziniert und herausfordert und der letztendlich alle Anstrengungen wert ist.

Marieke Hansen

Krabbenglück

Roman

Lübbe

MIX
Papier | Fördert
gute Waldnutzung
FSC® C014496

Originalausgabe

Dieses Werk wurde vermittelt durch die litmedia.agency, Germany.

Copyright © 2024 by Bastei Lübbe AG, Schanzenstraße 6–20, 51063 Köln

Vervielfältigungen dieses Werkes für das Text- und Data-Mining bleiben vorbehalten.

Textredaktion: Anne Schünemann, Schönberg
Umschlaggestaltung: Guter Punkt, München | www.guter-punkt.de
Einband-/Umschlagmotiv: © Toltek / iStock / Getty Images Plus; valio84sl / iStock /
Getty Images Plus; Kordula Vahle / Pixabay; stereostok / iStock / Getty Images Plus;
JannaArtStudio / iStock / Getty Images Plus; Alinakho / iStock / Getty Images Plus
Satz: hanseatenSatz-bremen, Bremen
Gesetzt aus der Adobe Garamond Pro
Druck und Verarbeitung: GGP Media GmbH, Pößneck

Printed in Germany
ISBN 978-3-404-19327-1

2   4   5   3

Sie finden uns im Internet unter:
luebbe.de
Bitte beachten Sie auch: lesejury.de

Dieses Buch ist all denen gewidmet,
die einen Neuanfang gewagt und ihren sicheren
Heimathafen verlassen haben, mit der Gewissheit,
dass Schiffe nicht zum Ankern gebaut wurden.

Kapitel 1

»Na, wie gefällt es Ihnen?«, fragte die Friseurin und schwenkte den Spiegel so schnell hin und her, dass Emma kaum einen Blick auf ihren neuen Haarschnitt werfen konnte. »Das steht Ihnen super!«

Endlich hielt die Friseurin inne, und Emma betrachtete ihr glänzendes kastanienbraunes Haar, das nun deutlich kürzer war als noch vor einer Stunde. Der Schnitt brachte die Konturen ihres Gesichts besser zur Geltung, genau wie sie sich das vorgestellt hatte. Nur ihre blasse Haut und die dunklen Augenringe konnte er nicht kaschieren.

»Mhm.« Sie nickte, dann wanderte ihr Blick im Spiegel zu dem Wandbild eines sturmgebeutelten Segelschiffs, das nicht so richtig in das moderne Ambiente des Salons »Hair-lich« passen wollte. Der Wind bauschte die Segel, während das Schiff gegen die übermächtigen Wellen kämpfte. Der schräge Mast im Vordergrund schien zum Greifen nahe.

»Ihr Verlobter wird begeistert sein!«, versprach die Friseurin, zupfte ein paar Strähnen zurecht und sprühte noch etwas Festiger ein.

Emma spürte, wie ihr das Blut in die Wangen schoss. Viel lieber wäre sie jetzt auf dem Schiff und würde in die Ferne segeln. »Noch sind wir ja gar nicht verlobt, das kommt erst heute

Abend«, sagte sie und drehte den Kopf einmal nach links und wieder nach rechts, sodass ihre Haarspitzen elegant um ihr Kinn fielen. »Aber ich finde es auch sehr schick. Vielen Dank!«

Sie stand auf und folgte der Friseurin zur Kasse. Eine andere Stylistin föhnte ihrer Kundin gerade die Haare, und das Geräusch erinnerte Emma an Wellenrauschen. Wieder schaute sie zum Bild mit dem Schiff hinüber, erinnerte sich daran, wie Markus sie geküsst hatte, nachdem sie gemeinsam den Sportbootführerschein bestanden hatten. Seine Umarmung war so zärtlich gewesen, der Kuss intensiv.

Ein dumpfes Gewicht drückte von innen gegen ihren Brustkorb. Markus hatte sich in letzter Zeit merkwürdig distanziert verhalten, aber sie hatte beim Aufräumen die Schachtel mit dem goldenen Ring gefunden. Seit zwei Jahren hielten sie ihre Beziehung geheim, doch heute Abend würde sich das ändern.

Sie hatte dieses Versteckspiel noch nie gemocht, aber Markus wollte als Juniorchef der Erla HydroproTech GmbH & Co., die Filteranlagen für Aquarien herstellte, kein unnötiges Risiko eingehen. »Das bringt dir nur Nachteile«, betonte er immer wieder. »Deine Kollegen werden dir vorwerfen, dass du Vorteile durch die Beziehung mit mir hast, und dich genau beobachten. Und du kennst ja meinen Vater, der hält nicht viel von Büro-Romanzen, es sei denn, sie betreffen ihn selbst.«

Also hatte Emma sich einverstanden erklärt, ihre Liebe im Verborgenen zu halten. Sie arbeitete als Außendienstlerin für seinen Vater, und der war für sein ausfallendes Temperament bekannt. Bei all den Überstunden und ungeplanten Wochenendschichten kam sie sowieso nicht dazu, mit ihrem Chef über ihr Privatleben zu reden.

Ein paar Stunden später stand sie im Badezimmer ihrer Frankfurter Zweizimmerwohnung und legte ihre neuen silbernen Ohrringe an, die die Form von Jakobsmuscheln hatten. Prüfend betrachtete sie sich im Spiegel. Ihre geraden dunklen Brauen betonten die hellblauen Augen und gaben ihr einen selbstbewussten Ausdruck. Am Kinn hatte sie ein Grübchen, das sonst nur die Männer der Familie geerbt hatten. Ihres war fein und nicht besonders tief, aber es verlieh ihr etwas Eigenes, an das sich die Leute erinnerten. Eigentlich war sie ganz zufrieden mit sich, aber in Markus' Gegenwart kam sie sich oft unauffällig, fast grau vor, denn er achtete stets darauf, von allen gesehen und bewundert zu werden. Er war attraktiv und wusste es. Tja, und heute Abend würde er endlich um ihre Hand anhalten, das war doch toll, richtig?

Emmas Mops Flip wuselte unruhig zwischen ihren Beinen herum, im Maul trug er seinen pinkfarbenen Plüschelefanten, den er ihr nun vor die Füße legte.

»Das ist lieb, Flipsi«, sagte sie und bückte sich, um ihren Hund zu streicheln. Flip hatte ein feines Gefühl für ihre Stimmungen, und wenn er ihr ein Spielzeug brachte, dann oft, um sie aufzumuntern.

»Wuff«, erwiderte er sichtlich selbstzufrieden.

Sie seufzte, richtete sich auf und zog ihren Lidstrich ein letztes Mal nach, als sie hörte, wie die Haustür geöffnet wurde und sich forsche Schritte dem Bad näherten. Kurz darauf trat Markus ein. Er trug einen seiner maßgeschneiderten Anzüge, die er zweimal im Jahr in Italien anfertigen ließ, dazu einen teuren Seidenschal und auf Hochglanz polierte Schuhe, auf denen einzelne Wasserperlen glänzten. Anscheinend hatte der Regen ihn erwischt.

»Hi, ich wollte –«, setzte er an und verstummte. Seine Augen wurden groß, und zwischen seinen Brauen wuchs eine steile Falte. »Habe ich irgendetwas falsch gemacht?«, fragte er und verschränkte die Arme. An seinem Handgelenk funkelte eine nigelnagelneue Uhr, deren Armband einen Tick zu groß war. Markus hatte eine ganze Schublade mit Uhren in seinem Garderobenzimmer – »Eine für jede Gelegenheit«, wie er immer sagte. Emma betrachtete das teure Stück, während sie zu verstehen versuchte, worauf er hinauswollte.

»Nee?«, antwortete sie verwirrt. »Wie kommst du darauf?«

Er deutete auf ihre neue Frisur. Dabei rutschte die Uhr ein ganzes Stück seinen Arm hinunter. »Warum bestrafst du mich dann so?«

Es dauerte ein paar Sekunden, bis sie verstand. Hastig griff sie sich ins Haar und spürte, wie ihr Blutdruck anstieg. »Oh«, murmelte sie leise.

Markus schüttelte den Kopf. »Ich werde dich nie verstehen«, sagte er und schnappte sich ein Handtuch. »Deine schönen langen Haare.« Wassertropfen rannen seine Stirn hinunter und blieben in seinen Augenbrauen hängen, die er missmutig zusammenzog. Während Emma noch mit ihrer Enttäuschung kämpfte, fuhr er seelenruhig fort: »Das sieht aus wie ein aufgeribbelter Flokati. Vielleicht trägst du heute Abend besser einen deiner komischen Hüte.«

Als sie nicht reagierte, zuckte er mit den Schultern. »Ich bin nur ehrlich. Eigentlich bin ich auch nur kurz vorbeigekommen, um mein Baumwolljackett abzuholen. Das hängt noch bei dir im Schrank.«

Er lehnte sich nach vorne, wie um ihr einen Kuss zu geben, aber stattdessen schaute er an ihr vorbei in den Spiegel. Er fuhr sich durch die akkurat gestutzten, aber momentan ziemlich feuchten Haare, leckte über den Zeigefinger und strich damit über die Koteletten, die ihm weit die Wangen herunterreichten. »Man sieht sich«, sagte er abwesend. Dann zwinkerte er sich selbst zu, drehte sich um und lief aus dem Bad. Dabei stolperte er über Flip, der aufheulte. »Pass doch auf«, schnauzte er den Kleinen zu Emmas Entsetzen an und lief einfach weiter. Die Tür zu ihrem Schlafzimmer klickte, der Schrank wurde geöffnet, und Emma hörte, wie Kleidung auf den Teppich fiel. Markus fluchte. Kurz darauf ging die Wohnungstür ein zweites Mal. Stille.

Emma atmete tief aus. Sie fühlte sich wie gelähmt, als wäre das alles gerade nicht passiert.

»Puh«, stieß sie aus, bevor sie sich bückte, um Flip zu untersuchen, dem zum Glück nichts passiert war. »Armer Wuffel«, tröstete sie ihn. Flip legte den Kopf schief, schaute sie mit seinen dunklen Kulleraugen an, als wollte er ihr etwas sagen.

Emma setzte sich auf den Badewannenrand und starrte ins Nichts. Früher war Markus ein Gentleman gewesen, nicht unbedingt liebevoll, aber aufmerksam und zuvorkommend. Aber etwas hatte sich im letzten halben Jahr verändert. Wenn er ihr heute Abend einen Antrag machte, würde sie sich für immer an ihn binden. Aber wollte sie das überhaupt noch?

Leise Jazzmusik spielte in dem schicken Spiegelsaal, den Markus' Vater für diesen Abend bei der lokalen Tanzschule angemietet hatte. Immerhin handelte es sich bei dem Event um das dreißigjährige Bestehen der HydroproTech, und sowohl Junior- als auch Seniorchef legten viel Wert auf ein gepflegtes Ambiente. Emma blinzelte im Licht der flackernden Scheinwerfer und orientierte sich. Rechts stand das Buffet, links waren Stehtische aufgebaut, an denen einige ihrer Kollegen Champagner aus langstieligen Gläsern tranken. In der Mitte tanzten ein paar Mitarbeiter zu den sanften Klängen der Band, die am hinteren Ende auf einer Bühne spielte. Der Seniorchef stand etwas abseits mit seiner neuen Freundin, die deutlich jünger war als Emma und deren Ausschnitt einen tiefen Einblick gewährte, den Dr. Hermann Kruse gerade intensiv begutachtete. Da wollte sie besser nicht stören.

Stattdessen ging sie zögerlich auf Luise und Denise zu, die die Köpfe zusammengesteckt hatten und tuschelten. Dabei schielten sie immer wieder in Richtung der Tanzenden.

»Hi«, begrüßte Emma sie, und sofort brach das Gespräch der beiden ab.

Luise hob eine Augenbraue, Denise starrte sie ungeniert an.

»Was hast du denn mit deinen Haaren gemacht? Markus wird sich da aber nicht drüber freuen«, sagte sie scharf.

Emma schnaubte innerlich. Was nahm Denise sich raus? Und woher wusste sie überhaupt von Markus und ihr? Ein unangenehmer Geschmack breitete sich in ihrem Mund aus, der ihre Zunge schwer werden ließ.

»Mir gefällt es«, antwortete sie. Um die Stimmung nicht gleich kippen zu lassen, fügte sie schnell hinzu: »Und, wie läuft es bisher?«

»Der Chef hat wieder Frischfleisch erobert.« Luise kicherte ungeniert. »Ich würde ja gern an die große Liebe glauben, aber das ist die dritte Eroberung im letzten halben Jahr.«

Denise schnaubte verächtlich und deutete auf ein Tanzpaar, das unweit von ihnen über den polierten Holzboden schwebte. »Sein Sohn scheint sich auch gut mit seiner Sekretärin zu amüsieren. Nicht dass uns das etwas angeht, nicht wahr, Emma?«

Markus' Hand lag knapp über dem Hintern seiner Tanzpartnerin. Emma spürte, wie ihr die Hitze in die Wangen stieg. »Er muss eben gute Beziehungen zu seinen Mitarbeitern pflegen und zu Heike sowieso, aber ja, das kann uns egal sein«, verteidigte sie ihn halbherzig und drehte sich dann in der Bewegung um, als ein Kellner an ihr vorbeischritt. »Darf ich?« Sie griff nach dem einzigen Glas Orangensaft auf seinem Tablett und trat einen Schritt zur Seite, bevor sie benommen daran nippte.

Sobald das Lied zu Ende war, lief sie auf Markus zu, aber der schien sie gar nicht wahrzunehmen, sondern forderte Kati aus der Versandabteilung zum Tanzen auf, und als Emma seinen Namen rief, nickte er ihr nur kurz zu. Was war hier los?

Emma versuchte sich abzulenken, holte sich einen Teller mit winzigen Schnittchen vom Buffet und gesellte sich zu Mehmet und Shania, ihren Kollegen aus dem Außendienst.

»Ich habe auf die Sportausstattung und die Massagesitze bestanden«, erklärte Shania und schaute Mehmet herausfordernd an, der wie wild auf seinem Handy herumtippte. Richtig, die neuen Firmenwagen. Dafür interessierte sich Emma überhaupt nicht. Während Mehmet nun über die Vorzüge des leistungsstarken Sedans referierte, starrte sie abwesend auf die Tanzfläche, wo ihr Bald-Verlobter Kati in eine schnelle Drehung führte. Warum verhielt Markus sich so merkwürdig? Vielleicht wollte er sie auf Abstand halten, bevor er ihr vor allen Leuten einen Antrag machte. Das war das Einzige, das Sinn ergab. Gleich würde sich sicherlich alles aufklären. Aber wohl war ihr dabei nicht. Sollte sie ihn beiseiteziehen und mit ihm reden? Oder sollte sie sogar mit ihm Schluss machen, bevor er ihre Beziehung öffentlich verkündete? Die Art wie er Flip heute angefahren hatte, statt sich zu entschuldigen, das war einfach zu viel gewesen.

Schließlich legte die Band eine Pause ein, und die Tänzer verteilten sich im Raum. Emma klinkte sich für ein paar oberflächliche Bemerkungen in das Gespräch mit Mehmet und Shania ein, um nicht länger vor sich hin zu grübeln.

Gerade als sie sich verabschieden und wieder nach Markus Ausschau halten wollte, quietschte ein Mikrofon, und seine Stimme schallte durch den Saal. »Hallo, könnt ihr mich hören?«

Hastig drehte sie den Kopf herum und sah ihn auf der Bühne stehen. Seine akkurat gegelten Haare lagen auch nach dem Tanzen perfekt, und er hob lächelnd ein Sektglas in die Höhe, während er darauf wartete, dass die Leute ihm ihre Aufmerksamkeit schenkten.

Die Discokugel über ihr warf tausend Lichtschimmer auf den Boden und ihr gepunktetes Cocktailkleid, und für einen kurzen Augenblick kam es Emma so vor, als würde sie am Himmel schweben, umgeben von Myriaden funkelnder Sterne.

Es wurde still. Der Duft teurer Parfums lag schwer in der Luft. Emmas Hände zitterten. Auch ihre Zehen kribbelten. Jetzt war es so weit! *Vielleicht ist Markus einfach nur sehr gestresst im Moment*, redete sie sich ein. Bestimmt würde alles gut werden, sobald er sich zu ihr bekannte und die Last der Geheimniskrämerei losgeworden war. Sie könnten gemeinsam ans Meer fahren und eine Auszeit nehmen … Sie straffte die Schultern und versuchte ein würdiges Lächeln aufzulegen. Es gelang ihr nicht. Auch der Parfumgeruch schien unerträglich zu werden und sich wie ein Gewicht auf ihre Schultern zu legen. Nein. Sie musste Markus bremsen, ihn beiseiteziehen und ein Gespräch mit ihm suchen …

»Herzlich willkommen, liebe Mitarbeiterinnen und Mitarbeiter und natürlich lieber Vater. Heute ist ein ganz besonderer Tag und …«

Es rauschte in Emmas Ohren, und sie hatte Probleme, sich auf seine Rede zu konzentrieren. Klar, er war ein unverbesserlicher Macho, aber andererseits hatte sie zwei Jahre in ihn investiert. Sie wünschte sich so sehr, eine Familie zu gründen. Einen Mann an ihrer Seite, neben dem sie jeden Morgen aufwachen würde, mit dem sie das Leben gemeinsam meistern könnte.

»… Und an diesem Tag, der mir so am Herzen liegt, möchte ich euch ein persönliches Geständnis machen. Lange habe ich es geheim gehalten, aber es gibt eine ganz besondere Frau in meinem Leben. Und da sie schon bald meine Ehefrau sein wird, so hoffe ich, ist heute der Tag, an dem ich es offiziell machen möchte.«

Er winkte in Emmas Richtung, und wie in Trance trat sie in Richtung Bühne. Ihre Kehle war wie zugeschnürt, ihr Atmen schlug in Hecheln um. Die Blicke ihrer Kollegen verfolgten sie, Gemurmel ertönte. Dann überholte Heike sie, ein Luftzug, und schon war sie an ihr vorbeigerauscht und lief das Treppchen zu Markus hinauf, der sie in den Arm nahm und auf die Wange küsste.

Ein eiskalter Blitz schoss durch Emmas Brust und lähmte sie. Markus drückte die Hand seiner Sekretärin, bevor er ins Mikrofon rief: »Heike und ich werden demnächst heiraten!«

Einen Moment lang herrschte Stille, dann brach freudiger Applaus los. Emma spürte, wie sich alles in ihr zusammenzog und verkrampfte. Langsam, ganz langsam löste sie sich aus ihrer Starre und verließ den Saal.

Kapitel 2

Es klopfte an der Haustür, und Emma schlug widerwillig die Augen auf. Sie starrte ins Dunkel ihres Zimmers, das nur durch einen einzelnen Lichtschimmer an der Seite des blickdichten Vorhangs unterbrochen wurde.

»Hallo?«, erklang die raue Stimme des Postboten. Aber sie hatte keine Lust, mit ihm zu reden, also zog sie sich die Decke über den Kopf. »Frau Martens, sind Sie da? Ich habe ein Einschreiben für Sie«, hörte sie nun, etwas dumpfer.

Im Flur bellte Flip aufgeregt und scharrte ungeduldig auf den Fliesen.

Emma seufzte, schälte sich aus dem Bett und tastete nach dem Lichtschalter. Die plötzliche Helligkeit brannte in ihren Augen. Wie spät war es? Sieben? Acht? Der Wecker zeigte zehn Uhr. Egal. Seit sie sich vor einer Woche spontan Urlaub genommen hatte, war eh jeder Tag gleich. Sie stolperte über einen Pizzakarton, stieß mit der Hüfte gegen die Kommodenseite und fing sich im letzten Moment am Türrahmen. »Ich komme!«, rief sie in Richtung Haustür und humpelte die letzten Meter.

Flip schaute sie mit seinen treuen Augen an und japste erwartungsvoll, als sie die Tür aufschloss. Er mochte den Postboten, der ihn in der Vergangenheit öfter mal mit einem Leckerli bestochen hatte.

»Da ist ja mein Lieblingsmops!«, rief Thorsten auch gleich erfreut und hockte sich hin, um Flip einen Streifen getrocknetes Hühnchen zu reichen, das der kleine Mops stolz davontrug. Der Postbote erhob sich wieder und verzog sorgenvoll sein faltiges Gesicht. »Geht es Ihnen nicht gut, Frau Martens? Sind Sie krank?«

Emma schüttelte den Kopf und schaute dann an sich hinunter. Auf ihrem Pyjama entdeckte sie Flecken des gestern Mittag verschütteten Kaffees, und ihr linker Fuß war nackt, während der andere in einer löcherigen Socke steckte. Wenn Markus sie so sehen würde … aber der bereitete ja gerade seine Hochzeit vor. Wut stieg in ihr auf, und sie riss sich mit aller Kraft zusammen. Immerhin war sie den Idioten los.

»Ich habe frei«, wisperte sie beschämt und nahm den Stift entgegen, den der Postbote ihr reichte. Der Brief kam aus Emden und trug den Stempel einer Kanzlei namens Barnes & Bellum. Was die nur von ihr wollten? Sie kannte niemanden in Ostfriesland und war auch noch nie dort gewesen, wenn man von der Klassenfahrt in der Grundschule absah, an die sie sich kaum erinnerte.

Sie verabschiedete sich und schlurfte in die Küche, um einen starken Kaffee aufzusetzen. Als sie den Kühlschrank öffnete, schlug ihr der Geruch von sauer gewordener Milch entgegen. Richtig, einkaufen gehen musste sie auch irgendwann. Aber nicht heute.

Sie fand ein Päckchen H-Milch im Schrank und ließ sich dann auf der Küchenbank nieder, um den Brief zu lesen.

Sehr geehrte Frau Martens,
wir informieren Sie hiermit über das Ableben von Frau Bruntje
Jansen, die sie in ihrem Testament als Begünstigte genannt hat.
Bitte melden Sie sich unter der folgenden Telefonnummer, um
alles Weitere zu besprechen.

Es ging noch ein paar Abschnitte weiter, aber Emma hatte bereits das Interesse verloren. »Von wegen Erbschaft«, schimpfte sie und hob Flip zu sich auf die Bank. »Auf solche gefälschten Abzockbriefe fallen wir bestimmt nicht rein«, erklärte sie ihrem Mops und drückte ihn fest an sich. »Ich kenne keine Bruntje und habe auch keine Verwandten in Emden.« Flips Hinterteil wackelte vor Freude, und sie ließ ihn lachend wieder los.

Schon nach ein paar Schlucken zeigte der Kaffee seine Wirkung, und Emma fühlte sich etwas lebendiger.

»Ich gehe duschen, und dann drehen wir eine Runde, okay?«

Der Mops schaute sie wissend an, sprang von der Bank und eilte brav in den Flur, um sich vor sein Geschirr zu legen.

Eine halbe Stunde später stieg Emma mit Flip auf dem Arm in die Straßenbahn und fuhr bis zur Endstation, von der aus ein Wanderweg Richtung Feldberg führte.

Der warme Frühsommerwind kühlte ihre erhitzte Haut, und mit jedem Schritt entspannte sie sich. Sie lief am alten Weiher vorbei bis zur Blumenwiese und ließ sich dort auf einem Baumstamm nieder, um über den abfallenden Hügel die Schafe im Tal zu betrachten. Flip schnüffelte derweil an jeder einzelnen Blüte und erschrak furchtbar, als eine Heuschrecke auf seiner Nase landete.

Bruntje Jansen. Irgendwie kam ihr der Name doch bekannt vor, aber sie konnte ihn nicht einordnen. Sie zückte ihr Handy und tippte auf den Kontakteintrag ihrer Mutter.

»Hi, Mama –«, setzte sie an, aber ihre Mutter unterbrach sie: »Emma, endlich rufst du zurück. Ich habe mir solche Sorgen um dich gemacht. Wie geht es dir? Hat sich der Schuft mittlerweile bei dir entschuldigt?«

Emma verzog das Gesicht. »Na ja und nee«, sagte sie ausweichend. »Mach dir keine Sorgen, ich komme zurecht. Ich muss nur erst verarbeiten, was passiert ist, bevor ich mich auf die Zukunft konzentrieren kann.« Ihre Mutter räusperte sich, und Emma redete schnell weiter, bevor sie zu einer Schimpftirade ansetzen konnte. Ihre Mutter hatte Markus akzeptiert, aber nie gemocht. »Sag mal, ich habe heute einen Brief von einer Kanzlei aus Emden erhalten. Es geht um das Erbe einer Bruntje Jansen. Sagt dir das was?«

»Ja, ich kenne tatsächliche eine Bruntje«, sagte ihre Mutter und stockte. »Das war die Patentante deines Vaters. Eine verwitwete Schneiderin, die in Greetsiel gelebt hat. Aber seit seinem Tod habe ich nie wieder etwas von ihr gehört.«

Emma holte tief Luft. Ihr Vater war kurz vor ihrer Geburt bei einem Motorradunfall gestorben, und es war ein Thema, über das sie nicht gern redete.

»Könnte diese Bruntje mir etwas vererben wollen?« Der Gedanke daran kam Emma merkwürdig fremd vor.

»Warum nicht? Sie hatte keine eigenen Kinder, und sie hat sehr an deinem Vater gehangen. Vielleicht handelt es sich um eine ordentliche Summe, und du kannst dir endlich deine Eigentumswohnung leisten, auf die du so lange gehofft hast.« Sie seufzte, und Emma wusste, was nun kam. »Du musst nach vorne sehen, Emma. Was in der Vergangenheit liegt, kannst du nicht ändern. Und dass mit Markus Schluss ist, das ist –«

»Ich weiß«, unterbrach Emma sie. »Es tut nur so verdammt weh.«

»Fahr doch nach Emden und finde mehr heraus.«

Ein paar Schmetterlinge tanzten vor ihr über dem gelb leuchtenden Johanniskraut. Nachdenklich zerrieb sie ein paar Blütenblätter in der Hand und beobachtete, wie sie sich rot färbten. »Gute Idee«, sagte sie schließlich und atmete tief aus.

Ein paar Tage später lud Emma ihren Koffer ins Auto und schnallte Flip auf der Rückbank an. Wehmütig schaute sie ein letztes Mal die Hanauer Landstraße entlang – nur ein paar Blöcke entfernt lag Markus' schickes Penthouse. Wenn er doch einfach fair und offen mit ihr Schluss gemacht hätte ... oder sie mit ihm ... Wie lange er sie wohl mit Heike betrogen hatte? Und wusste Heike von ihr? Der Schmerz über sein Doppelspiel war überwältigend, und das würde wohl noch eine Zeit lang so bleiben. Seit dem Firmenjubiläum hatte sie nicht mehr mit ihm gesprochen, sein Vater hatte am nächsten Tag ihren Urlaub genehmigt, und sie hatte die Nähe der Firma gemieden. Jetzt wollte sie erst einmal nach vorne schauen, sich ablenken und herausfinden, was in Ostfriesland auf sie wartete.

Sie stieg ins Auto und startete den Motor. Flip rollte sich zu einer kleinen Kugel zusammen und schnarchte, noch bevor sie die Autobahnauffahrt erreichte. Auch als sie *Wenn du jetzt aufgibst* von Rosenstolz im Radio mitsummte, schlummerte er weiter. Dem seligen Schlaf ihres Mopses zuliebe fuhr sie ein gemächliches Tempo und vertrieb sich die Zeit mit Überlegungen, wie es ohne Markus weitergehen sollte – die endlose Gedankenschleife, die sie seit dem Abend auf der Firmenfeier ständig verfolgte. Bisher hatte sie nur einen unumgänglichen Schluss gezogen: Sie würde die Kündigung einreichen. Nie wieder würde sie einen Fuß über die Türschwelle der Firma setzen. Womöglich dürfte sie dann sogar Markus' und Heikes Glück persönlich bezeugen, nun, da die gesamte Belegschaft eingeweiht war. Sie schüttelte sich bei der Vorstellung, wie die beiden turtelnd in seinem Büro saßen, und zwang sich, ihren Fokus auf die Natur zu richten, die vor ihrem Fenster dahinzog.

Nach und nach wurden die Berge zu Hügeln, bis sie schließlich das platte Land erreichte, das den ungetrübten Blick bis zum Horizont freigab. Links der Straße wurde Kohl angebaut, rechts weideten Kühe. Langsam versank die Sonne hinter dem Horizont, der Himmel wurde orange, dann rot, und schließlich holte die Dunkelheit ihren Kleinwagen ein.

Die Sterne leuchteten bereits hoch am Himmel, als sie in die Einfahrt des Falderndelft-Hotels einbog. Es war eine alte, günstige Pension mit einer Ziegelsteinfassade, die mit Werbeplakaten und Leuchtschildern versehen war. Ein ausgeblichener Aushang warb mit *WLAN in den oberen Etagen.* Der kühle Wind trieb Emma die Farbe ins Gesicht, und sie beeilte sich, Flip vom Rücksitz zu holen. Ihren ausgeschlafenen, bellfreudigen Mops unter dem Arm und den Koffer im Schlepptau, kämpfte sie sich drei Treppen hinauf zu dem Zimmer, das man ihr an der Rezeption zugewiesen hatte. Als sie die Tür öffnete, strömte ihr abgestandene Luft entgegen. Das Mobiliar wirkte betagt, doch sie war inzwischen viel zu müde, um sich nach etwas anderem umzusehen. *Was solls?* Sie würde eh nur diese eine Nacht bleiben. Schwungvoll schob sie den Koffer in eine Ecke, ehe sie sich erschöpft auf die Matratze sinken ließ.

Sie schlief schlecht in dieser Nacht, wälzte sich unruhig hin und her und kratzte sich immer wieder, weil irgendetwas zwischen den Bettlaken sie zu beißen schien. Tatsächlich hatte sie am nächsten Morgen rote Flecken am Bauch. Noch vor dem Frühstück checkte sie aus, ging mit Flip spazieren und holte sich ein belegtes Brötchen beim Bäcker. Flip schaute sie gierig an, aber Emma blieb hart: »Tut mir leid, aber das ist nicht gesund für dich. Du hast dein Futter doch schon bekommen, bist du etwa wieder hungrig, du kleiner Nimmersatt?«

Flip schielte beleidigt auf ihre Mahlzeit, bis sie den letzten Krümel vertilgt hatte. Nervös schaute sie alle paar Minuten auf die Uhr, konnte es kaum abwarten, bis sie endlich um elf Uhr den Termin bei der Anwaltskanzlei Barnes & Bellum hatte.

»Darf ich Ihnen einen Kaffee anbieten?«, fragte Frau Bellum sie gleich, nachdem Emma sich vorgestellt und auf dem Besucherstuhl Platz genommen hatte. Sie nickte dankbar. »Schwarz und ohne Zucker bitte«, sagte sie matt. Während sie den Blick durch den Raum wandern ließ, spielte sie mit der Krempe ihres Bogarthutes, der so gar nicht zum schicken Ambiente der Kanzlei passen wollte.

Die Anwältin drückte einen Knopf und trug ihrem Assistenten die Bestellung auf. An der Wand hing ein Bild von einem Segelschiff mit einem Delfin als Bordfigur. Sofort musste Emma an das Gemälde im Friseursalon denken. Dieses Schiff lag allerdings in einer ruhigen See. Sehnsüchtig betrachtete sie das blaue Meer, das in einen ebenso blauen Himmel überging.

»So, dann wollen wir mal sehen«, sagte die Anwältin schließlich und leckte sich über den Daumen, bevor sie einen dicken Stapel Papier durchsuchte. Plötzlich kreischte sie auf.

Erschrocken folgte Emma dem angewiderten Blick der Frau hinunter zu deren Füßen. Flip hatte ihr seinen angekauten Plüschelefanten auf die eleganten Sandalen gelegt. Pikiert schob sie das Stofftier mit dem Absatz weg.

Emma nahm es schnell an sich und griff die Leine kürzer, während die Anwältin weiterblätterte. Flip hatte ihr gerade ein Freundschaftsangebot gemacht, das die Anwältin abgelehnt hatte. Zum Glück nahm der Mops Ablehnung selten krumm. Sie beugte sich vor, um Flip den Kopf in einer Geste der Verbundenheit zu tätscheln.

»Ach ja, hier.« Frau Bellum richtete sich gerade in ihrem Bürosessel auf und überflog die Seite, die sie soeben aufgeschlagen hatte. »Wie Sie bereits erfahren haben, verwalten wir die Hinterlassenschaft von Frau Jansen in Greetsiel. Nach deutschem Recht können Sie die Erbschaft annehmen oder ausschlagen. Dafür haben Sie eine Frist von sechs Wochen. Um die Entscheidung zu erleichtern, steht es Ihnen zu, die Kontoauszüge der Erblasserin über den Zeitraum der vergangenen zehn Jahre durchzusehen.« Die Anwältin lugte über den Rand ihrer Brille hinweg und musterte Emma vertraulich. »Ich kann Ihnen aber bereits verraten, dass die Vermögenswerte unklar und die Kontoauszüge nicht besonders aussagekräftig sind, da Frau Jansen nur eine geringe Pension bezog und anscheinend ein sparsames Leben führte.«

Emma nippte an ihrem Kaffee. Schade! Sie hätte ja auch ein

Mal Glück haben können. Aber was sollte es? Zu verlieren gab es anscheinend auch nichts.

Sie hörte der Anwältin weiter zu und entschied schließlich: »Ich würde die Kontoauszüge gern einsehen.«

Ein paar Stunden nach dem Termin saß Emma in einem urigen Café am Emder Hafen. Die holzverkleideten Wände waren mit Rettungsreifen geschmückt, und in der Nähe ihres Tischs stand ein Aquarium, vor dem Flip saß und aufmerksam die bunten Zierfische beobachtete. Emma biss herzhaft in ihr Matjesbrötchen und blätterte durch die Akte, die man ihr in der Kanzlei ausgehändigt hatte. Bisher gab sie ihr mehr Rätsel auf, als sie löste.

Bruntje besaß ein kleines Haus in Deichnähe. Der niedrige Grundstückswert übertraf jedoch noch bei Weitem den Wert der Immobilie. Baujahr des Hauses war 1910, in den Unterlagen befanden sich keinerlei Angaben zu Renovierungen. Außerdem gehörte ihr nun ein Boot, das im Greetsieler Hafen lag. Auf dem Konto selbst waren einige Tausend Euro verzeichnet. Keine regelmäßigen Zahlungsausgänge oder Hinweise, die auf Schulden hindeuteten.

Emma überlegte. Das Risiko schien gering. Das Boot könnte sie veräußern und das Geld nutzen, um das Haus zu renovieren. Eine schnelle Recherche im Internet verriet ihr, dass ein anständiger Krabbenkutter etwa eine halbe Million Euro wert war. Das war eine Menge Geld für einen Neuanfang. Sie wollte weg aus Frankfurt, weg von Markus und der damit verbundenen Demütigung. Sich ein Leben aufbauen, das sie glücklich machte. Warum nicht hier? So ein süßes altes Häuschen am Meer, das klang doch nett. Solange es keine Abrissimmobilie war …

Sie seufzte, winkte dem Kellner, um ihre Limonade und das Fischbrötchen zu bezahlen, und verließ das Café. Eine Weile wanderte sie ziellos durch die Straßen. Während Flip brav neben ihr hertrottete, betrachtete sie die dicht gedrängten Ziegelsteinhäuser und die Menschen, die sich zwischen ihnen tummelten. Emden gefiel ihr, es strahlte einen Frieden aus, nach dem sie sich gerade sehnte. Eine Möwe flog über sie hinweg und landete auf dem glitzernden Wasser des Ratsdelfts. Bei dem Anblick kribbelte es in Emma, und sie fasste einen Entschluss.

Kapitel 3

Zwei Monate später

Zuversichtlich fuhr Emma die Greetsieler Straße entlang, das Auto vollbepackt mit Taschen und Kisten, die allerdings so ordentlich gestapelt, sortiert und beschriftet waren, dass ein Umzugsunternehmen seine wahre Freude daran gefunden hätte. Die Sonne ging gerade unter und tauchte die Landschaft in ein rötliches Licht, das die Vorfreude in ihr umso mehr anfeuerte. Flip, der zusammen mit seinem Plüschelefanten in einer Transportbox auf dem Rücksitz hockte, scharrte unruhig. »Noch etwas Geduld, Flipsi. Gleich sind wir da – in unserem neuen Zuhause.« *Das ich noch gar nicht kenne*, ergänzte sie in Gedanken. Die Schlüssel zu dem Haus hatte sie per Einschreiben erhalten, gesehen hatte sie es bisher nur auf einem Foto. Ein verklinkerter Bau, dessen Fassade weiß getüncht war und in dessen dicht bewachsenem Garten ein alter Strandkorb stand.

Vor ihr tauchte ein kleiner Schatten auf, und Emma bremste scharf. Die Taschen verrutschten, in einem Karton klirrte Geschirr. Das Auto kam zum Halten, und sie schloss kurz die Augen, um den Schock zu verarbeiten. Hoffentlich hatte sie kein Tier überfahren. Ihre Finger zitterten, als sie sich abschnallte und ausstieg. Wenige Zentimeter vor der Motorhaube stand ein winziges weißes Huhn, das sie mit großen Augen anstarrte. »Pook?«, gackerte es.

Emma atmete erleichtert aus, es schien unverletzt. Sie legte den Kopf schief. Meine Güte, dieses Huhn war wirklich klein, fast wie eine Taube.

Schritte ertönten aus dem Sanddorngebüsch neben der Straße, und ein Mann kämpfte sich zwischen den Sträuchern hervor.

»Harrijasses, ist alles in Ordnung? Geht es dir gut, Kleopatra?«

Emma starrte ihn entgeistert an. Zweige und Blätter steckten in seiner dunkelbraunen Löwenmähne, die auf und ab wippte, als er besorgt den Kopf neigte.

»Danke der Nachfrage, mir geht es auch gut«, brummte sie missmutig und beobachtete, wie der Mann das Huhn hochhob und es vorsichtig untersuchte. »Was machst du nur für Sachen?«, fragte er.

Emma wurde rot. Machte der Typ ihr gerade tatsächlich einen Vorwurf, nachdem sie eine Vollbremsung für den Vogel hingelegt hatte?

»Wie bitte?«, fragte sie und stemmte die Hände in die Hüften. »Ich habe gar nichts gemacht. Aber Ihr ...« Ach, nee, der Typ hatte sie geduzt. »... dein Huhn sollte vielleicht mal die Verkehrsregeln lernen. Ist nicht ganz ungefährlich auf der Straße, selbst wenn man Flügel hat.«

Jetzt richtete sich der Typ auf und kam näher. Er überragte Emma um einen ganzen Kopf, und sie glaubte zu schrumpfen. Seine braunen Augen blickten sie ernst an, dann zuckte es um seinen Mundwinkel. »Hi!«, sagte er und reichte ihr die Hand. »Ich bin Leon. Danke, dass du Kleopatra nicht überfahren hast. Sie ist meine beste Legehenne.« Sein Händedruck war warm und weich.

»Äh, okay«, antwortete Emma, einfach weil ihr nichts Besseres einfiel. Wie klein mussten wohl die Eier sein, die so ein Zwerghuhn legte?

Sie vertagte die Frage und widmete ihre Aufmerksamkeit wieder dem lässigen Hühnerzüchter vor ihr. Von Nahem sah Leon zugegeben ziemlich gut aus, auch wenn seine lockigen Haare momentan mehr an ein Adlernest nach einem Sturm erinnerten. Er hatte ein offenes Lächeln und breite dunkle Augenbrauen, die immer in Bewegung zu sein schienen, was ihm etwas Fröhliches verlieh. Liebevoll tätschelte er dem Huhn die Rückenfedern.

»Du bist wohl nicht von hier?«, fragte er und deutete auf ihr Frankfurter Kennzeichen.

»Nein. Äh, ja. Doch schon. Ab heute, gewissermaßen. Ich ziehe gerade hierher.« *Mit einem Haufen zerbrochenem Geschirr,* fügte sie gedanklich hinzu.

»Oh, willkommen auf der Krummhörn, der schönsten Ecke der Welt! Mir gehört der Campingplatz *Am Wattenmeer* am Leyhörner Sieltief. Nur falls du mal jemanden brauchst, der dir lokale Infos zuschieben kann. Bin jederzeit erreichbar, Tag und Nacht. Leuten, die für Hühner bremsen, helfe ich gern.«

Sein Lächeln wurde noch breiter, als es ohnehin schon war, dann tippte er sich an die Stirn und lief mit dem Huhn im Arm die Straße zurück, bevor er auf einen Trampelpfad einbog. Emma schaute ihm nach. »Das war ... interessant«, murmelte sie. Aus irgendeinem Grund waren ihre Handflächen feucht geworden, und ihr Herz klopfte ein kleines bisschen schneller als sonst.

Als Emma vor ihrem neuen Haus ankam, war die Sonne bereits hinter dem Horizont verschwunden, und die Dunkelheit holte sich das Land zurück. Aber die funkelnden Sterne am Himmel, ein fast voller Mond und ihre Autoscheinwerfer spendeten Licht genug, um das Haus zu erkennen, das einsam zwischen einigen Schafwiesen stand. Es war umgeben von einem großen Garten, in dem mehrere Bäume und ziemlich viele Büsche wuchsen. Nachbarn gab es anscheinend keine.

Emma hob Flip aus seiner Box, der dankbar zum nächsten

Stamm wackelte, um sein Beinchen zu heben. Der Wind zerzauste ihr Haar, als sie das Gartentor öffnete und den gekachelten Weg zum Haus entlangschritt. Es gluckerte leise. Emma lauschte. Gab es hier einen Bach? Doch je näher sie dem Haus kam, desto gewisser wurde ihre Vorahnung. Ihre Schritte beschleunigten sich, bald trat sie in die erste Pfütze, und als sie hastig die Haustür aufschloss, kam ihr ein Schwall Wasser entgegen.

»Verflixt noch mal!«, rief sie aus und schlug sich die Hand vor den Mund. Ein Wasserrohrbruch. Da hatte sie alles auf eine Karte gesetzt, die Wohnung gekündigt, ihr gesamtes Hab und Gut im Kofferraum – und dann das … Wie viel Pech konnte man haben?

Flip schoss an ihr vorbei, um in der Pfütze zu spielen. Er liebte Wasser, auch wenn er aufgrund seines Körperbaus nur mit Mühe schwimmen konnte.

»Nichts da, komm sofort zurück!« Sie stakste nach vorne, griff sich den Mops und rettete sich zurück in den Vorgarten. Das war ein Desaster. Ihr Kreislauf schien für einen Moment zu versagen, und sie lehnte sich an den Pfosten der Laterne neben dem Pfad. Als sie sich wieder einigermaßen gefasst hatte, schaltete sie ihre Handytaschenlampe an, lief in den Garten hinter dem Haus und suchte den Strandkorb, den sie auf dem Foto gesehen hatte. Da stand er tatsächlich, so sehr von Schmutz und Wetter gezeichnet, dass die blau-weißen Streifen kaum erkennbar waren. Sie zögerte kurz, holte ein Taschentuch hervor, wischte die Oberfläche sauber, dann ließ sie sich schließlich auf die alten Polster sinken und atmete tief aus. Um die Spinnweben über ihr zu entfernen, hatte sie gerade weder Zeit noch Kraft. Sie setzte Flip neben sich, der seine nassen Pfoten und den Kopf auf ihre Oberschenkel legte, und wählte die Nummer der Feuerwehr.

»Kein Problem, ein Team ist gleich da«, versicherte ihr eine aufmunternde Stimme, und tatsächlich dauerte es nicht lang, bis ein Einsatzfahrzeug in die Straße bog.

Drei junge Männer und eine Frau liefen ihr entgegen, und sie schilderte ihnen die Situation.

»Wir schauen uns die Sache an. Erst müssen wir sicherstellen, dass keine elektrischen Leitungen beschädigt sind, bevor wir das Wasser abpumpen«, erklärte die Frau ihr. »In das Haus können Sie heute Nacht nicht mehr. Sie müssen sich leider eine Unterkunft suchen. Morgen früh können wir alles Weitere besprechen. Wir melden uns bei Ihnen.«

»Danke. Mache ich.« Mehr brachte Emma nicht heraus, weil der Kloß in ihrem Hals immer größer zu werden schien.

Mitleidig schaute die Feuerwehrfrau sie an. »Das wird schon wieder«, versuchte sie Emma aufzumuntern, die Flip fest an sich presste.

Ratlos sah Emma ihr und den anderen nach, als die sich von ihr verabschiedeten und sich dem Haus zuwandten. Sie kannte niemanden in der Gegend. Und so spät abends würde es bestimmt nicht leicht werden, in der Provinz ein Hotel zu finden.

Flip zappelte ungeduldig auf ihrem Arm, während sie noch immer reglos dastand.

»Wo sollen wir denn jetzt hin?«, flüsterte sie vor sich hin. Ihr Pullover war mittlerweile völlig mit seinen matschigen Pfotenabdrücken übersät.

Na ja, eine Person kannte sie schon. Leon. Und hatte der nicht gesagt, er sei jederzeit erreichbar, Tag und Nacht?

»Komm, Flip. Ich bringe uns zum Campingplatz«, entschied sie.

Das Leyhörner Sieltief erstreckte sich über einige Kilometer bis zur Nordsee, aber der Campingplatz war trotzdem nicht schwer zu finden, denn an jeder Kreuzung standen Wegweiser, die ihn ausschilderten. Emma bog in die schmale Einfahrt und hielt direkt vor dem Empfangshäuschen, das im Dunkeln lag. Die Tür war verschlossen, aber am Fenster hing ein Zettel mit Leons Telefonnummer. *Für alle Notfälle und dringlichen Angelegenheiten*, stand dort.

Es klingelte dreimal, dann meldete sich seine verschlafene Stimme. »Hi!«, sagte Leon und gähnte ungeniert. »Campingplatz Am Wattenmeer, Koopmann am Apparat, wie kann ich helfen?«

Emma stutzte. Koopmann war also Leons Familienname. »Hi, hier ist Emma. Die mit dem Huhn.« Sie wartete kurz, ob Leon sie wiedererkannte. Aber als keine Reaktion kam, redete sie weiter: »Wir haben uns heute Abend kennengelernt. Als ich Kleopatra –«

»Schon klar, sorry, ist nicht meine Uhrzeit. Bin eher so der Frühaufsteher. *Wo geiht di dat?*«

»Ähm, gut?«, riet Emma, die kein Plattdeutsch sprach. »Es tut mir leid, dass ich so spät noch anrufe, aber ich brauche eine Unterkunft für heute Nacht. Ich habe zwar kein Zelt, aber vielleicht könnte ich in einem eurer Bungalows unterkommen? Und ich habe meinen Mops dabei, geht das in Ordnung?« Sie biss sich auf die Lippe. Wenn Leon sie jetzt wegschickte, müsste sie wohl oder übel die Nacht in ihrem vollgepackten Kleinwagen verbringen. Und das war nach der anstrengenden Fahrt und dem Schreck über den Wasserrohrbruch so ziemlich das Letzte, was ihre strapazierten Nerven verkraften würden.

»Warte kurz, bin gleich bei dir.« Er legte auf, und Emma setzte sich auf die Treppe, während sie auf das Beste hoffte.

Exakt fünf Minuten später bog Leon um die Ecke. Statt Jeans und hellem T-Shirt trug er nun einen dunkelblauen Pyjama, auf den zahlreiche Hühner gedruckt waren. Sie starrte ihn eine Sekunde zu lange an und verkniff sich ein Grinsen. Offenbar war er ein regelrechter Hühnerfanatiker.

Sie stand auf und klopfte sich die Hose sauber, was angesichts ihres schlammbeschmierten Pullovers vergebene Liebesmüh war.

»Wie geht es Kleopatra?«, fragte sie.

Leons verschlafene Miene wandelte sich zu einem sanftmütigen Ausdruck. »Sie steht etwas unter Schock, aber das sollte sich bis morgen wieder gelegt haben. Sie hat eine äußerst sensible Persönlichkeit, weißt du.«

Er sagte das so ernst, dass Emma nicht an seinen Worten zweifelte. Es gab genug Leute, die Tiere nur als Dinge betrachteten, da war es erfrischend, dass Leon anders dachte.

Sie erklärte ihm die Sache mit dem Wasserrohrbruch und endete mit: »Wie es aussieht, muss ich wohl einiges renovieren. Dabei bin ich überhaupt nicht praktisch veranlagt und habe zwei linke Hände. Auf jeden Fall brauche ich jetzt dringend eine Unterkunft, und da dachte ich, ich frage mal bei dir nach.«

Leon schielte zu Flip, und Emma konnte sehen, wie es in ihm arbeitete. Schnell fügte sie hinzu: »Flip benimmt sich meistens gut. Er tut auch keinem Huhn etwas zuleide. Oder überhaupt irgendeinem anderen Tier. Und morgen kann ich hoffentlich in mein Haus einziehen.«

Endlich gab Leon sich einen Ruck. »Das ist gut. Meine Hühner laufen tagsüber frei herum, deshalb nehme ich normalerweise keine Haustiere auf. Bungalows haben wir keine, aber ich könnte dir einen Wohnwagen anbieten. Der hat Wasser, Strom und ein praktisches Vordach. Komm mit!«

Er führte Emma einen mit Laternen beleuchteten Pfad entlang, der auf beiden Seiten von dichten Hecken gesäumt war. Hin und wieder öffnete sich die Hecke, wenn Zuwege abzweigten. Schließlich blieb Leon stehen. »Tada – da sind wir.«

Stolz knöpfte er den Vorhang des Vordaches auf, hinter dem ein Tisch, zwei Stühle und ein Schuhregal zum Vorschein kamen. Auch der Wohnwagen war einfach, aber gemütlich eingerichtet. Es gab eine Kochzeile, eine Sitzecke, ein breites Bett und ein winziges Bad.

»Perfekt – vielen Dank dafür!«, sagte Emma strahlend und drehte sich einmal im Kreis. Erleichterung durchströmte sie.

Hier konnten Flip und sie die Nacht verbringen und ein wenig zu Kräften kommen, alles andere würde sich morgen ergeben.

Leon zeigte ihr, wie man das Gas und die Heizung anstellte. »Das Fenster neben dem Bett klemmt etwas, aber wenn es dir zu warm wird, kannst du die Tür einen Spalt offen stehen lassen. Wir haben nur wenige Mücken hier.«

»Danke. Das wäre kein Problem. Ich bin bewaffnet.« Demonstrativ zog sie das Mückenspray aus ihrer Handtasche.

»Brauchst du noch etwas?«, fragte er, und als sie den Kopf schüttelte, fügte er hinzu: »Morgen ab acht Uhr gibt es frische Brötchen am Empfang. Wenn du vorbeischaust, setze ich dir gern einen Kaffee auf.«

Als er verschwunden war, ließ Emma sich auf das Bett sinken. Sie atmete ein paarmal tief ein, genoss die Stille und ließ den leicht staubigen Geruch des Wohnwagens auf sich wirken.

Später holte sie ihren Koffer und Flips Körbchen aus dem Auto. Ihre Augen gewöhnten sich allmählich an die Dunkelheit, und sie erkannte die Silhouetten zahlreicher anderer Wohnwagen und Zelte auf den Wiesen und Stellplätzen, aber um diese Uhrzeit war niemand mehr wach.

Es dauerte nicht lange, bis sie einschlief, und als sie aufwachte, lag Flip in ihren Armen. »He«, begrüßte sie den Mops, der sie sofort schuldbewusst anschaute. »Du solltest doch in deinem Körbchen bleiben.« Zur Antwort schleckte Flip ihr mit seiner rosafarbenen Zunge quer übers Gesicht. »Na danke, dann kann ich mir das Waschen ja jetzt sparen«, stieß sie kichernd hervor und setzte ihn auf den Boden.

Ihr Kopf brummte, und ihre Stirn fühlte sich warm an. Oh nein, sie würde doch nicht etwa krank werden? Entschieden schlug sie die Decke zurück und setzte sich auf, auch wenn ihr dabei etwas schummerig wurde. *Nichts da.* Das konnte sie sich jetzt wirklich nicht leisten. Sie brauchte all ihre Energie – es würde mit Sicherheit ein anstrengender Tag werden.

»Was für ein Start«, murmelte sie und beobachtete ihren Mops, der sich seinen Gummiknochen geschnappt hatte und damit quietschfidel über den Vinylboden tobte.

Ihr knurrender Magen meldete sich. Höchste Zeit, dass sie sich einen Kaffee und ein Frühstück genehmigte. Sie stand auf, wühlte in ihrer Tasche und suchte ihr Lieblingstop mit den blauen Punkten und eine Jeansshorts heraus. Nachdem sie sich angezogen hatte, fütterte sie Flip, dann nahm sie ihn an die Leine und spazierte zum Empfang.

Es war ein sonniger Morgen, mild und warm. Ein paar Hummeln brummten in der Hecke, in der zwitschernde Vögel hin und her hüpften.

Eine rüstige alte Dame in einem graublauen Badeanzug kam ihr entgegen. Um ihre Haare hatte sie einen Handtuchturban geschlungen, an den Füßen trug sie Sandalen. Sie musste etwa um die neunzig sein, aber ihr Schritt war energisch und irgendwie eigenwillig.

»Moin!«, rief sie und blieb vor Emma stehen, die zurückhaltend »Guten Morgen« antwortete. Tiefe Lachfalten bildeten sich um die Augenwinkel der runzeligen Dame, als Flip sie schwanzwedelnd begrüßte. »Ja, wen haben wir denn da? Du bist aber ein Schätzchen, komm her zu Motje, meine süße Kartoffel. *Wo old is de Bellmann?*«

Emma lachte. »Kartoffel passt ziemlich gut. Das ist Flip, er ist gerade drei Jahre alt geworden. Und ich bin Emma.«

»Ich bin die Motje. Bin immer hier, jeden Sommer. Quasi ein Urgestein.«

»Ist der angemeldet?«, ertönte plötzlich eine tiefe Stimme hinter Emma, und jemand tippte ihr auf die Schulter. Sie zuckte zusammen, bevor sie sich langsam umdrehte.

»Hier sind keine Hunde erlaubt«, fuhr der Mann fort. »Abschnitt vier, Paragraf fünf der Campingplatzverordnung. Da steht ganz klar, dass Haustiere auf dem Platz verboten sind.« Der schmal gebaute Mittfünfziger funkelte sie herausfordernd mit seinen grauen Augen an.

»Oh, Flip ist angemeldet«, erklärte sie. »Ich habe mit Leon …
ich meine, mit Herrn Koopmann alles abgesprochen.«

»Aber laut Abschnitt vier, Paragraf fünf der –«

»Lass gut sein, Günter«, mischte sich Motje ein und legte ihm
die Hand auf den Arm. »Es hat bestimmt alles seine Richtigkeit.
Aber wo ich dich gerade sehe, weißt du zufällig, wer gestern Morgen die Waschmaschine benutzt hat? Die Wäsche liegt schon seit
einem Tag in der Maschine.«

»Seit einem Tag? Das ist ja unerhört«, grummelte er, schielte
zu Flip, schüttelte den Kopf und hielt kurz inne, als Flip ihn erwartungsvoll anschaute. »Da gehe ich besser mal nachsehen.«

Motje wartete, bis er Richtung Waschraum marschierte, und
flüsterte Emma dann verschwörerisch zu: »Unser Günter nimmt
alles immer ganz genau. Aber er meint es nicht so. Gegen Herbert
Raschl, den alten Griesgram, ist er ein Lämmchen. Vom Raschl
sollten Sie sich fernhalten! Günter kommt schon seit seiner Kindheit hierher, wissen Sie. Und seit die Familie Seppl hier ist, ist er
etwas sensibel.« Sie deutete mit dem Kinn in Richtung eines riesigen Iglu-Zeltes, vor dem ein paar schwarzhaarige Kinder spielten.
»Sieben Jungs haben die, bei denen ist Chaos der Normalzustand.
Stellen Sie sich gut mit denen. Frau Seppl macht die beste Krabbensuppe in ganz Norddeutschland, das kann ich Ihnen sagen.« Sie
strich Flip ein letztes Mal über den Kopf und verabschiedete sich.

Emma grinste vor sich hin und lief weiter zum Empfang. Offenbar erfüllten der Campingplatz und seine Bewohner das ein
oder andere Klischee.

Plötzlich machte Flip einen Satz zur Seite, als ein schneeweißer Hahn vor ihnen aus dem Gebüsch sprang und über den Pfad
vor dem Empfangshäuschen stolzierte. Er war etwas größer als
das Huhn von gestern, aber nicht viel. Provokativ visierte er Flip
an, doch der blieb nur schwanzwedelnd stehen.

»Braver Flip«, lobte Emma ihn erleichtert.

Die Tür zu dem Kioskhäuschen stand weit offen, und ein herrlicher Kaffeeduft strömte ihr entgegen. Ein schwarzhaariger Teenager mit einer Brötchentüte kam gerade heraus und grüßte sie höflich.

Sie grüßte zurück, dann schlenderte sie hinein. Leon stand hinter dem Tresen und kramte in einer Schublade.

»Hi!«, rief sie ihm entgegen.

»Moin.« Er hob kurz den Kopf und zwinkerte ihr zu. »Kaffee?«

»Klar, gern.« Sie wartete, während er ihr eine Tasse eingoss, und sah sich derweil im Raum um. In einem Regal stapelten sich Prospekte und Flyer, die alle recht willkürlich einsortiert schienen. Daneben war ein Tisch aufgestellt, auf dem eine Kiste mit der Aufschrift *Verloren und gefunden* stand. Fotos von Campingplatzbesuchern zierten alle vier Wände des Kiosks.

»Gibt es etwas Neues von deinem Haus?«

Emma schüttelte den Kopf. »Nee, die Feuerwehr hat sich noch nicht gemeldet. Ich rufe nachher selbst mal an.«

In dem Moment trat ein Ehepaar im Partnerlook ein. Ihre blauen Trainingsanzüge knisterten bei jeder Bewegung, als sie zielstrebig auf Leon zuliefen.

»Moin, wir hätten da ein Anliegen«, polterte der Mann, der exakt so groß wie seine Frau war und ebenso ein zu tief sitzendes Stirnband trug, das fast die Augenbrauen verdeckte. »Es geht um den Schlauchadapter am Hahn. Der ist kaputt.«

»Er tropft«, fügte seine Frau hinzu. »Wenn ich da an die Wasserkosten denke, wird mir ganz schwindelig.«

»Moin«, grüßte Leon zurück. »Da kann ich mich nachher gern drum kümmern.«

»Bitte warten Sie nicht zu lang damit. Es geht ja schließlich um die Nachhaltigkeit. Wir haben da unsere Prinzipien.«

»Selbstredend.«

»Und wenn Sie gleich dabei sind, mähen Sie doch bitte den

Rasen vor unserem Wohnwagen. Der ist schon so lang, dass ich meine Schlappen nicht wiederfinden konnte.«

»Und der Kiesweg müsste mal geharkt werden.«

Emma wartete, bis das Ehepaar wieder abgezogen war, und wandte sich dann mit hochgezogenen Augenbrauen an Leon. »Wer war das denn?«

»Elke und Peter Schubermaier«, erklärte er. »Wohnen in Bottrop-Fuhlenbrock und kommen jedes Jahr hierher, um auszuspannen.«

Dafür halten sie dich aber ganz schön auf Trab, dachte sie, verkniff sich aber ihren Kommentar. Leon schien die Sache ja recht gelassen zu nehmen. »Sag mal, kennst du dich im Hafen aus?«, wechselte sie stattdessen das Thema. »Ich habe ein Boot geerbt, das dort vor Anker liegt. Das würde ich mir gern anschauen.«

»Ein Boot im Greetsieler Hafen? Oha. Etwa einen waschechten Krabbenkutter?«

Stolz stieg in Emma auf. »Ja.«

»Was hast du denn damit vor? Möchtest du in die Fischerei einsteigen?«

Sie trank noch einen Schluck Kaffee, der stark und herb schmeckte. Das Koffein belebte ihre Geister und vertrieb allmählich die Kopfschmerzen. »Eigentlich möchte ich ihn verkaufen. Aber ich könnte mir auch gut vorstellen, erst mal selbst damit herumzufahren. Natürlich nicht zum Krabbenfischen, einfach nur so. Den Sportbootführerschein habe ich schon in der Tasche, den habe ich vorletztes Jahr mit –« Sie brach ab. Den Führerschein hatte sie zusammen mit Markus gemacht, um mit ihm gemeinsam über das Mittelmeer zu fahren, was dann nie passiert war. »Mit der Hoffnung gemacht, durch die Wasserwelt Europas zu schippern«, beendete sie ihren Satz.

»Cool.« Leon nickte. »Ich liebe Boote. Du, ich kann mir gleich etwas freinehmen. Wenn du möchtest, fahre ich dich zum Hafen, und wir schauen uns den Kahn gemeinsam an?«

Emma zog verwundert die Augenbrauen nach oben, aber gleichzeitig spürte sie, wie sich ein warmes Kribbeln in ihr ausbreitete.

»Und der kaputte Wasserhahn?«, krächzte sie heiser und schaute verlegen zu Boden, damit Leon nicht merkte, wie ihre Ohren glühten.

Kapitel 4

Das Wasser im Greetsieler Hafen war so ruhig, dass sich die Schiffe, die am Pier lagen, perfekt in seiner Oberfläche spiegelten. Rot, weiß, blau glänzten ihre Rümpfe in der Sonne, die Kajüten waren oft in einer Kontrastfarbe gestrichen. An einigen Masten hingen Schleppnetze, an denen sich Schwimmkörper wie Perlen entlangreihten.

Malerische Fischerhäuser säumten die Promenade, viele davon waren aus Ziegelstein gebaut und besaßen klassische Sprossenfenster.

»Wow, ist das schön hier.« Emma zückte begeistert ihr Handy, um ein paar Fotos zu schießen.

»Jep, bei Sonnenschein ist es ziemlich idyllisch«, erwiderte Leon, der neben ihr am Hafenbecken entlangschlenderte. »Aber das sehen viele Leute so – sobald die Sommerferien losgehen, wird es voll hier.«

Sie schaute sich die Boote genauer an. Die meisten hatten eine Buchstaben- und Zahlenfolge vorne auf den Bug gemalt, die den Heimathafen und die Registriernummer auswies.

»Mein Boot ist die *Gre 28*, mit Namen *Bernstein II*«, sagte sie und deutete auf den vorletzten Kahn in der Reihe, dessen dunkelbraune Farbe in schlechtem Zustand war und an einigen Stellen abblätterte. Sie schritt darauf zu und stieß enttäuscht die Luft aus.

Unterhalb der Wasserlinie hatten sich Seepocken an den Rumpf gesetzt, die bei jeder kleinen Welle sichtbar wurden. Die *Bernstein II* war mit Abstand das am schlechtesten gepflegte Schiff im Hafen.

Auch als sie auf das Deck kletterte, wurde ihr Eindruck nicht besser. Ein Gewirr aus Tauen und Gerümpel bedeckte den Boden, und alles war mit Möwenkot überzogen. Einige der Planken waren zerbrochen. Es roch nach altem Fisch und Schimmel.

»Na ja, der hat schon bessere Zeiten gesehen«, kommentierte Leon.

Emma kratzte sich am Kopf. »Das kann man wohl sagen.« Eins stand fest: Verkaufen konnte sie den Kahn so nicht. Unglücklich lehnte sie sich an die Reling. Erst das überflutete Haus, jetzt dieser marode Kutter – war es ein Fehler gewesen, nach Ostfriesland zu ziehen? Sie hatte keine Arbeit hier oben, kannte bis auf Leon niemanden, und ihr Erspartes würde auch nur eine begrenzte Zeit ausreichen. »Ich könnte es renovieren«, sagte sie unsicher.

»Du?« Leon schaute sie skeptisch an.

Sofort schoss Emma das Blut in die Wangen. Sie mochte es gar nicht, wenn jemand ihr etwas nicht zutraute. Erst recht nicht, wenn es ein Mann war, der an ihr zweifelte. Und dass es sich bei diesem Mann um Leon handelte, machte es irgendwie nur noch schlimmer.

»Was soll denn das heißen?«, erwiderte sie trotzig. »Wenn ich dieses Schiff renovieren möchte, dann werde ich dieses Schiff renovieren. Ist doch nicht viel zu machen. Etwas Farbe und Feinschliff, und die *Bernstein II* sieht aus wie neu.« Demonstrativ klopfte sie gegen die Kajütenwand und biss die Zähne fest zusammen, als sich auch hier die Farbe löste.

»Ich meine nur, weil du gestern Abend erwähnt hast, dass dir Praktisches nicht sonderlich liegt. Und so ein Kutter ist eine spezielle Angelegenheit. Ich könnte das auch nicht.«

»Es gibt nichts, was ich nicht lernen kann, wenn ich es wirklich will«, erklärte Emma fest. Blut pulsierte durch ihre Adern. »Wirst schon sehen.«

Jetzt verschränkte Leon die Arme. »Soso. Du bist dir also recht sicher, dass du diesen baufälligen Kahn wieder in Schuss bekommst. Ohne jede Erfahrung auf dem Gebiet.«

»Genau.« Emma schürzte die Lippen und sah ihm fest in die Augen. Aber Leon ließ sich davon nicht beeindrucken.

»Ich kenne niemanden, dem ich das zutrauen würde. Außer meiner Tante Nienke vielleicht, die ist echt gut mit Schiffen und in so ziemlich allen anderen handwerklichen Angelegenheiten. Aber wenn du meinst. Vielleicht hast du ja Lust auf eine kleine Wette?«

Emma musterte ihn misstrauisch. »Eine Wette?«

»Ja.« Er ließ den Blick über die ramponierte Metallkiste gleiten, die mitten auf dem Deck stand und in der allerlei Gerät lagerte. »Wenn du den Kutter innerhalb von drei Monaten seetüchtig machst und mit ihm, sagen wir, eine Runde um Borkum drehst, kannst du bei mir auf dem Campingplatz kostenfrei unterkommen, bis dein Haus renoviert ist. Egal, wie lange das dauert. Und ich lade dich zusätzlich auf ein Picknick am Naturstrand Hilgenriedersiel ein.« Emma wartete geduldig, während er in die Kapitänskajüte abtauchte und das Häuschen untersuchte. Kopfschüttelnd trat er wieder heraus. »Aber wenn du aufgibst oder das nicht schaffst, dann musst du meinen Hühnerstall tiefenreinigen.«

Sie zögerte kurz. Wenn sie ehrlich war, hatte sie keine Ahnung, wo sie anfangen sollte bei dem alten Kahn, und der Gedanke an die damit verbundenen Kosten ließ sie schwitzen. Aber sich vor Leon die Blöße zu geben, kam auch nicht infrage. Also hielt sie ihm ihre Hand hin, und er schlug ein. Dann verschwand er wieder in der Kajüte, aus der es kurz darauf klickerte und klackerte.

Himmel, was tat er da nur? Seufzend ließ sie sich wieder gegen die Reling sinken und kreuzte die Arme vor der Brust. Als sie den Kopf zum Kai wandte, sah sie einen hochgewachsenen, schmalen Mann auf sich zueilen. Sein rötlich brauner Schnurrbart zwirbelte sich an den Seiten in zwei kleine Kringel, die bei seinem Stechschritt auf und ab wippten. »Haben Sie den Kutter übernommen?«, fragte er geradeheraus, noch bevor Emma ihn begrüßen konnte.

»Ja, er gehört jetzt mir«, erwiderte sie stolz. Aber der Typ, der etwa in ihrem Alter war, schien wenig begeistert.

»Mein Name ist Thobe Ebbels, ich bin der Sohn von Hajo Ebbels, dem Bürgermeister der Gemeinde Krummhörn. Sie haben sicher schon von mir gehört.« In seinen Augen lag so viel Hoffnung, dass Emma ihn nicht enttäuschen wollte.

»Aha«, sagte sie und fügte schnell hinzu: »Was kann ich für Sie tun?«

»Wie Sie sicherlich wissen, genießt der Greetsieler Hafen ein großes überregionales Ansehen, jeder der heimischen Kutter wird liebevoll gepflegt und erfüllt somit eine wichtige Rolle im Tourismus. Ihr Boot, mit Verlaub, fällt schon seit einer Weile als hässliches Entlein auf.«

Emma schluckte. Nicht nur, dass es wehtat, eine abwertende Bemerkung zu ihrem neuen Schiff zu hören, leider hatte Thobe Ebbels auch recht mit der Bemerkung. Die *Bernstein II* konnte mit keinem der im Hafen liegenden Schiffe mithalten.

»Dafür bin ich ja jetzt hier«, entgegnete sie und legte ein strahlendes Lächeln auf. »Um aus dem hässlichen Entlein einen wunderschönen Schwan zu machen.«

Das Klicken und Klackern in der Kapitänskajüte verstummte, und Leon erschien im Türrahmen, nur um dann hochzuschrecken und sich den Kopf an der Zarge zu stoßen. »Autsch, verflixt!«, rief er und rieb sich die schmerzende Stelle. Aber er fing sich schnell und fixierte Thobe Ebbels mit einem derart wütenden Blick, dass Emma sich automatisch versteifte. »Was willst du hier?«, zischte er den Bürgermeistersohn an. »Hast du nichts Besseres zu tun, als dich in die Angelegenheiten anderer einzumischen?«

Auch Thobe Ebbels hatte deutlich an Haltung verloren und sein Schnurrbart wippte jetzt so nervös auf und ab, als wollte er in Eigenregie wegrudern. »Routinebesuch am Hafen. In meinem Amt –«

»Als Sohn des Bürgermeisters«, unterbrach ihn Leon.

»Nein. Als von den Bürgern gewähltes Mitglied im Gemeinderat, mein lieber Leon.«

»Spar dir die Nettigkeiten und verzieh dich.«

»Von einem Typ, der Hühner föhnt, lasse ich mir gar nichts sagen.«

Emma schaute hilflos zwischen den Männern hin und her. Thobe Ebbels nahm die geduckte Haltung eines Boxers ein, Leon straffte die Schultern. Die beiden würden sich doch jetzt nicht etwa prügeln?

Sie atmete tief aus und trat dann zwischen die beiden.

»So, jetzt kommen wir alle mal runter und holen tief Luft. Herr Ebbels, Sie können sicher sein, dass ich mich um die *Bernstein II* kümmern werde. Leon, wir wollten doch gerade aufbrechen.«

Thobe Ebbels legte die Stirn in Falten. »Gehört ihr beiden zusammen?«, fragte er überrascht.

»Das geht dich einen feuchten –«, begann Leon, und Emma unterbrach ihn hastig: »Ich bin ein Gast auf seinem Campingplatz. Einen schönen Tag noch!«

Sie zog Leon hinter sich her, der leise vor sich hin fluchte. Erst als sie im Auto saßen, beruhigte er sich.

»Das tut mir echt leid, ich bin sonst nicht so. Aber bei Thobe, diesem schmierigen, widerwärtigen ... Also der treibt mich einfach immer zur Weißglut. Ist 'ne lange Geschichte.«

»Das glaube ich dir gern.« Insgeheim war sie froh, dass die Sache glimpflich ausgegangen war. Für einen Moment hatten die Männer ihr Angst eingejagt.

Gerade wollte sie den Motor starten, da klingelte ihr Handy, und die Frau von der Feuerwehr meldete sich.

»Das Wasser im Haus ist abgepumpt, aber der Schaden ist groß«, erklärte sie sachlich. »Das Rohr war schon vor einer Weile geplatzt, und die Wände haben Wasser gezogen. Ich fürchte, um den Holzfußboden und Ihre Möbel ist es auch nicht gut bestellt. Sie können sich den Schaden jetzt gern selbst anschauen, den Strom haben wir abgestellt.«

Emma spürte, wie es in ihr rumorte. »Danke. Ich bin gleich da.«

Leon bestand darauf, mitzukommen. Emma betrachtete seine langen Wimpern, unter denen seine Augen nun wieder freundlich schauten. Nach der Begegnung mit Thobe und seiner heftigen Reaktion war ihr das nicht ganz recht, aber sie wollte auch nicht unhöflich sein. Sie brauchte jetzt vor allem Gelassenheit, um sich den Auswirkungen des Wasserrohrbruchs zu stellen.

Gemeinsam durchquerten sie den Vorgarten des alten Hauses, der durch die Abpumparbeiten deutlich in Mitleidenschaft gezogen worden war. Überall lagen abgeknickte Pflanzen, alles war voller matschiger Spuren. Im Haus roch es modrig, und die Feuerwehrfrau hatte nicht übertrieben: Es war renovierungsbedürftig. Wie die schmutzige Linie an den Wänden verriet, hatte das Wasser nur ein paar Zentimeter hoch gestanden. Das hatte aber ausgereicht, um den Teppich im Wohnzimmer und das Parkett darunter zu ruinieren. Die Polstergruppe hatte Stockflecken, genau wie der Stoffschirm der Stehlampe, und das Holz des flachen Couchtischs war aufgequollen. Emma betrachtete die Einrichtung. Sie war nichts Besonderes, weder antik noch modern, es waren einfach nur Möbel. Und dennoch gehörten sie einer Frau, die Emma ihr gesamtes Eigentum vererbt hatte. Sie nahm sich vor, zu retten, was es zu retten gab, und die Gegenstände in Ehren zu halten.

Auf dem Kaminsims standen mehrere Fotorahmen, und sie schnappte sich einen, der eine junge Frau in einem Tellerrock mit einer knalligen, groß gepunkteten Bluse zeigte. Sie lächelte und warf einen schnellen Blick auf die Punkte ihres eigenen Tops.

Dann folgte sie Leon auf einen Rundgang durch die anderen Räume. Das Haus bestand aus der unteren Etage, in der sich

Wohnzimmer, Küche, Flur und ein Bad befanden. Einen Keller gab es nicht. Oben waren das Schlafzimmer, ein Nähzimmer und ein weiterer Raum, der anscheinend als Abstellkammer genutzt worden war. Im Obergeschoss roch es staubig und auch ein wenig muffig, aber die Zimmer schienen in gutem Zustand. Eigentlich war das Haus ganz niedlich, aber es war schwierig, über den Schimmel und die Schäden hinwegzusehen. Ihre alte Wohnung war so sauber und durchdesignt gewesen, dass man sie jederzeit für einen Werbeprospekt hätte fotografieren können. Wieder unten angekommen, klopfte sie versuchsweise an eine Wand.

»Sollen wir hier aufräumen?«, fragte Leon und griff bereits nach ein paar völlig durchweichten Büchern, die auf dem Boden lagen. Das Papier löste sich sofort auf und blieb an seinen Fingern kleben.

Emma schüttelte den Kopf. »Nein. Das ist nett von dir, aber ich möchte das in Ruhe machen. Ich bringe dich jetzt erst mal zum Campingplatz zurück, ich habe schon genug deiner Zeit gestohlen, und außerdem muss Flip eine Runde Gassi gehen.«

Sie hatte den Mops mit Körbchen und Wasserschale unter dem Vordach des Wohnwagens angebunden, und das hatte dem Kleinen gar nicht gefallen. Beleidigt hatte er an der Leine gezogen und gebellt, als sie sich von ihm verabschiedet hatte. Ihr schlechtes Gewissen meldete sich. Für Flip war es bestimmt nicht schön, an einem fremden Ort auf sie warten zu müssen.

Aber als sie Leon an der Rezeption abgesetzt hatte und endlich die Plane zum Vordach aufknöpfte, war von Flip keine Spur zu sehen.

»Flip, wo steckst du?«, rief sie und raschelte mit der Tüte Leckerlis, die auf dem Tisch stand. Normalerweise lockte ihn das Geräusch aus jedem Versteck, aber heute zeigte er sich nicht. Die Leine war immer noch am Tischbein befestigt, und daran baumelte das Geschirr. Himmel, dieser kleine Frechdachs, er hatte sich wieder einmal daraus befreit. *Möpse haben aber auch dicke Hälse und kleine Köpfe*, dachte sie und drehte sich einmal im

Kreis. An der hinteren Seite des Vorzeltes war die Plane nicht fest im Boden verankert, und sie entdeckte eine Lücke, durch die Flip sich hindurchzwängen könnte.

»Oh nein.« Panik stieg in ihr auf. Hoffentlich war ihm nichts passiert! Sie schnappte sich Leine und Geschirr und stürmte hinaus.

»Flip!«, brüllte sie so laut, dass ein paar Vögel in der Hecke erschrocken aufflatterten. Sie eilte den schmalen Pfad entlang, bis zu der Wiese, auf der die Seppls ihr gigantisches Igluzelt aufgeschlagen hatten. Herr Seppl stand an der Outdoor-Spüle und wusch Geschirr. Er war ebenso schwarzhaarig wie der Rest der Familie, aber er hatte einen dichten Backenbart, der ihm trotz seiner eher schmächtigen Figur etwas Markantes gab.

»Entschuldigen Sie!«, rief Emma ihm zu. »Haben Sie zufällig meinen Mops gesehen? Er ist etwa so hoch«, sie deutete die Größe an, »und etwa so breit«.

Herr Seppls Hände steckten in rosafarbenen Spülhandschuhen, die er nun an seiner Grillschürze abwischte, auf der in weißen Buchstaben *Frauen lieben Männer mit Kohle* stand.

»Nee du, tut mir leid. Hier ist kein Hund vorbeigekommen. Aber nachher setzt meine Frau ihre Krabbensuppe auf. Wenn Sie ihn bis dahin nicht gefunden haben, dann finden Sie ihn bestimmt hier. Niemand kann der Suppe meiner Frau widerstehen, wissen Sie.« Er lachte herzlich, und Emma lachte mit.

»Von der legendären Krabbensuppe habe ich schon gehört. Wenn Sie Flip sehen, geben Sie mir bitte Bescheid, ja?«

»Klar.« Herr Seppl nickte. »Und kommen Sie ruhig heute Abend auf einen Teller Suppe bei uns vorbei. Wir freuen uns immer über Besuch.«

»Das ist freundlich, danke.« Sie lief über die Wiese zu den nächsten Stellplätzen, auf denen vereinzelt Wohnwagen parkten. Elke und Peter Schubermaier machten gerade Gymnastik auf Yogamatten und hörten dabei New-Age-Musik. Auch sie hatten Flip nicht gesehen. Die meisten der anderen Gäste schienen nicht zu Hause zu sein, nur bei einem Wohnwagen bewegte sich die Gardine. Vor dem uralten Gefährt waren Berge an Kaminholz aufgestapelt. Emma schob einen leeren Kasten mit Wasser- und Limoflaschen zur Seite und klopfte an die Tür. Sie trat erschrocken zurück, als diese ruckartig aufgerissen wurde. Ein älterer Herr starrte sie finster an. Der Geruch von Fisch und Rauch umgab ihn, und in der Hand hielt er etwas, das wie eine rostige Grillgabel aussah.

»Was wollen Sie?«, schnauzte er Emma an. Sein bleiches Gesicht passte gut zu dem ausgeblichenen grauen Cordanzug und erinnerte sie an den Totengräber aus einem der Comics, die sie früher verschlungen hatte.

»Haben Sie zufällig meinen Hund gesehen? Er ist mir weggelaufen.«

»Nein.« Mit diesen Worten wurde die Tür wieder vor ihrer Nase zugeknallt.

Emma starrte noch einen Moment auf das Namensschild, auf dem *Herbert Raschl* stand, und blinzelte. Sie drehte um und wollte resigniert den Rückweg antreten. Da öffnete sich die Wohnwagentür wieder, und der Alte schaute heraus.

»Was für ein Hund?«, donnerte er.

»Einen, äh, eher rundlichen Mops?«

»Ja, das fragen Sie mich, oder was? Das müssen Sie doch selbst am besten wissen.« Er schob die Tür weiter auf, und hinter ihm kam Flips schuldbewusste Schnauze zum Vorschein. Kaum sah er Emma, flitzte er auf sie zu. Seine Zunge hing seitlich aus dem Maul, und er hechelte vor Aufregung.

»Der hat sich bei mir reingeschlichen. Anscheinend hat ihn der Aalgeruch angelockt.« Herbert Raschl deutete auf den Ofen neben dem Wohnwagen. »Ich hab heute Morgen geräuchert.«

Emma streichelte Flip und nahm ihn in den Arm. Sie war den Tränen nahe. »Ich bin so froh, dass dir nichts passiert ist«, flüsterte sie. Flip schmiegte sich an sie.

»Ihr Mops, der ist viel zu dick.«

Damit traf er einen wunden Punkt bei Emma. Sie ging jeden Tag dreimal mit Flip spazieren, aber zwischendurch bewegte er sich nicht gern. Wenn sie von der Arbeit nach Hause kam, lag er meist faul in seinem Körbchen.

Flip löste sich von ihr, lief zurück zu Herrn Raschl und umrundete ihn einmal schwanzwedelnd, bevor er sich brav vor den älteren Herrn setzte. Dessen griesgrämige Miene veränderte sich schlagartig, und statt der Zornesfalte trat auf einmal etwas Weiches in seinen Ausdruck.

»Ist gut, du kleine Töle. *Holl di munter*«, brummte er und schloss die Tür wieder, dieses Mal sanfter.

Abends gesellte sich Emma zu den Seppls. Die Krabbensuppe war genauso gut, wie alle ihr vorgeschwärmt hatten. »Mein Geheimnis ist eine Prise Zimt«, verriet Frau Seppl so laut, dass es über den ganzen Platz dröhnte und nun sicher kein Geheimnis mehr war. Sie überragte ihren Mann um einen ganzen Kopf, war aber trotzdem kleiner als der älteste ihrer Söhne. »Krabbensuppe ist das Einzige, was ich kochen kann. Normalerweise steht mein Mann am Herd.« Sie arbeitete als Gynäkologin im Aldericus-Krankenhaus in Hannover, Herr Seppl schmiss den Haushalt. Ihre sieben Jungs waren zwischen vier und siebzehn Jahre alt und wirkten äußerst patent.

»Ich bin bei Krabbensuppe immer etwas zwiegespalten«, verriet Herr Seppl ihr. »Die Krabben werden nach dem Fang erst mal nach Marokko verschifft und dort gepult, nur um dann wieder nach Ostfriesland zurückgebracht zu werden. Das ist doch äußerst bedenklich fürs Klima, wenn man nur mal den CO_2-Fußabdruck in Betracht zieht.«

»Ja, früher wurden die Krabben vor Ort gepult. Aber so ist das heutzutage, jeder denkt global, auch wenn die Heimat drunter leidet. Noch einen Nachschlag?«, fragte seine Frau, und Emma, die bereits zwei Teller verschlungen hatte, schüttelte den Kopf.

»Danke, ich bin satt.«

Als Till, der jüngste der Brüder, erfuhr, dass Emma Gitarre spielte, bekniete er sie so lange, bis sie ihr Instrument holte und ein paar Lieder vorsang. Die Jungs waren begeistert und schmetterten laut mit: »Wir lieben die Stürme, die brausenden Wogen, der eiskalten Winde raues Gesicht.«

Flip bekam so viele Streicheleinheiten, dass er gar nicht hinterherkam, seine Runde zwischen den Kindern zu drehen. Später am Abend schaute Günter vorbei, um sie darauf aufmerksam zu machen, dass laut Campingplatzverordnung größere Versammlungen sowie laute Musik nur bis zweiundzwanzig Uhr gestattet seien. »Das steht in Abschnitt zwei, Paragraf sieben, direkt unter ›Nächtliche Ruhezeiten‹«, fügte er hinzu und wedelte dabei streng mit dem Zeigefinger.

»Kein Problem!«, rief Frau Seppl und klatschte dabei kräftig in die Hände. Günter zuckte zusammen, aber Herr Seppl stellte sofort die Teller aufeinander, während seine Frau eine Tupperbox mit Suppe abfüllte. »Die ist gut für den Magen«, behauptete sie und drückte sie dem perplexen Günter in die Hand.

Die Gruppe löste sich auf, und Emma und Flip liefen zu ihrem Wohnwagen zurück. Sie schlüpfte unter das Vorzelt und rümpfte gleich die Nase. Was war das? Auf dem Tisch lag ein in Papier eingeschlagenes Päckchen. Darauf ein Zettel mit Flips Namen. Sie packte es aus und musste schmunzeln, als sie darin zwei Aale fand. Natürlich durfte Flip die nicht selbst futtern – Geräuchertes und Salziges bekamen seinem Magen nicht gut –, aber sie verstand, dass Herbert Raschl ihr damit ein Friedensangebot machte.

Kapitel 5

In allen Zimmern der unteren Etage von Bruntjes Haus standen kastenförmige Luftentfeuchter, die ohrenbetäubend vor sich hin brummten. Emma trug Kopfhörer und hatte die Lautstärke der Musik hochgeregelt, um das nervtötende Geräusch nicht ertragen zu müssen. Flip hatte sich derweil nach draußen in den Strandkorb verzogen. Hin und wieder schaute sie nach ihm, um sicherzustellen, dass er noch mit seinem Knochen beschäftigt war. Die nächsten Tage würde sie Ruhe haben, dann würden die Handwerker kommen und Boden und Wände öffnen, um die alten Rohre neu zu verlegen, die voller Wurzelwerk waren. Das hatte letztlich auch zum Rohrbruch geführt. Bruntjes Erbschaft reichte gerade, um die Kosten zu decken. Die alte Dame hatte zwar auch eine Versicherung besessen, aber die weigerte sich zu zahlen, da Emma nicht nachweisen konnte, dass sie die Erbschaft vor dem Wasserrohrbruch übernommen hatte.

Heute konzentrierte sich Emma zunächst auf die untere Etage. Sie sortierte alle Schränke und Schubladen durch, entschied, was sie behielt und was verkauft, gespendet oder entsorgt werden musste. Bruntje hatte zum Glück nicht allzu viel Wert auf unnützen Kram gelegt, und Emma kam gut voran. Töpfe, Pfannen und Schüsseln wollte sie abgeben, Stövchen und das Porzellangeschirr mit den fein gezeichneten Rosen behielt sie. Das

Badezimmer befand sich in einem ursprünglichen Zustand mit uralter Badewanne, antiken Armaturen mit Porzellangriffen und verspielten Delfter Fliesen in Blau-Weiß, auf denen Windmühlen in Naturlandschaften eingebettet waren.

Im Wohnzimmerschrank entdeckte sie einen Stapel Dokumente, den sie später durchschauen wollte. Aber obenauf lag ein Fotoalbum, das mit der Bleistiftzeichnung eines Segelschiffs verziert war. Emma schnappte sich ihren Strohhut, trug das Album nach draußen in den Garten und setzte sich zu Flip, der mittlerweile laut schnarchte.

Auf einem der Fotos sah sie die junge Bruntje, die gemeinsam mit einem Mann mit Holzbein auf dem Deck der *Bernstein II* stand. Das Schiff war damals frisch lackiert und glänzte im Sonnenschein. Bruntje lehnte stolz an der Reling, ihre Haare wehten im Wind. Sie trug bunte Schlaghosen und eine weite Rüschenbluse, dazu eine Kette mit übergroßem Peace-Anhänger. Das Bild berührte Emma. »Wie vergänglich alles ist«, murmelte sie und ignorierte, wie sich ihr Magen zusammenzog. Das Leben war lang und doch viel zu kurz.

Es gab noch ein paar weitere Bilder von Bruntje und ihrem Mann, doch dann tauchte das Foto einer Beerdigung auf. Bruntje am Grab, neben ihr – Emmas Vater! Er hielt Bruntje im Arm, tröstete sie mit todtrauriger Miene. Seine hellblauen Augen starrten direkt in die Kamera und, so glaubte Emma, auch direkt in ihr Herz. Er sah ihr so ähnlich, dass sie sich instinktiv an das Grübchen am Kinn fasste, das auch ihr Vater besaß. Wie gern hätte sie ihn kennengelernt, erfahren, ob es noch weitere Gemeinsamkeiten zwischen ihnen gab, welche Musik er mochte und ob er es ebenso wie sie liebte, mit geschlossenen Augen an einem Bach zu stehen, um dem plätschernden Wasser zu lauschen. Tränen stiegen in ihr auf, liefen ihr die Wangen hinunter, und sie schluchzte leise. Flip wachte auf und kuschelte sich tröstend an sie.

»Was ist denn mit dir los?«

Emma erschrak und klappte das Fotoalbum mit einem Schlag zu. Die Tränen versiegten augenblicklich. Verschämt strich sie sich über die Wangen und schaute an Leon vorbei, der ziemlich dicht vor ihr stand. Ein leichter Geruch von Zitrone und Sanddorn ging von ihm aus, der sie ein bisschen in der Nase kitzelte. Leon zückte ein Taschentuch und ging in die Hocke, um auf Augenhöhe mit ihr zu sein. »Hier«, sagte er und drehte sich weg, damit sie sich in Ruhe schnäuzen konnte.

Emma schielte ihn an, wie er dort hockte, mit seiner wilden braunen Lockenmähne und dem sinnlichen Ausdruck um seinen Mund, der so gar nicht recht in die raue ostfriesische Landschaft passen wollte. Die Situation war ihr so peinlich, dass sie nicht wusste, was sie sagen sollte. Musste sie auch gar nicht, denn Leon ergriff das Wort: »Ich wollte nur nach dem Rechten schauen. Und dich fragen, ob du heute Abend Lust auf Schnüüsch hast? Ich koche nachher einen großen Topf und könnte dir eine Portion mitmachen. Hier kannst du ja nicht kochen, und der Wohnwagen ist nicht besonders gut ausgestattet und …« Er hielt inne, verzog den Mund und schaute sie an. »Und da dachte ich, dass …« Wieder stoppte er. Auf seinen Wangen hatte sich eine zarte Röte gebildet, die bis zu den Ohrenspitzen reichte.

»Das ist lieb von dir, Leon, danke. Das nehme ich gern an. Auch wenn ich keine Ahnung habe, was Schnüüsch ist.«

Er atmete sichtlich erleichtert aus. »Super. Schnüüsch ist ein Eintopf mit Bohnen, Kartoffeln und Kohlrabi. Herzhaft, aber nicht zu schwer. Sagen wir, so gegen neunzehn Uhr? Ich hole dich am Wohnwagen ab und begleite dich zu meinem Häuschen.«

Emma nickte. »Magst du dich setzen? Ich kann dir nicht viel anbieten außer etwas Wasser.«

Sie rutschte zur Seite, und Leon quetschte sich zu ihr in den Strandkorb. Während sie nach der Wasserflasche angelte, die auf dem Rattantisch neben ihr stand, spürte sie, wie Leons Körperwärme zu ihr hinüberstrahlte, fühlte die unbewusste Berührung seiner Beine an ihren und hörte seinen Atem lauter, als es möglich sein sollte. Ihr Herzschlag beschleunigte sich.

»Emma?«, fragte Leon. »Hörst du mir überhaupt zu?«

Sie riss sich zusammen und schüttelte sich kurz. »Äh, 'tschuldige, ich war gerade ganz woanders.«

Leon grinste. Aber auf seiner Stirn standen nun winzige Schweißperlen, die verrieten, dass auch er aufgeregt war. »Kein Problem. Ich habe nur gefragt, ob du bereits irgendwelche Schätze im Haus gefunden hast.«

Sie lachte. »Weder Juwelen noch Goldstücke. Leider. Aber ich habe das hier entdeckt.« Sie tippte auf das Fotoalbum. »Es ist schön, ein paar Eindrücke von Bruntjes Leben zu bekommen. Und es ist sogar ein Foto von meinem Vater dabei. Er ist …« Sie stockte kurz, sammelte Kraft und fuhr fort: »… vor meiner Geburt gestorben. Und meine Mutter redet nicht über ihn, selbst nach all den Jahren tut ihr der Verlust zu weh.« Zärtlich strich sie über den Einband des Albums. »Ich habe bisher nur wenig Fotos von ihm gesehen. Die Vergangenheit hat mich eingeholt.«

Leon nickte verständnisvoll. »Deswegen warst du eben so traurig.«

»Ja.«

Flip wuselte über ihren Schoß und versuchte sich zwischen sie zu drängen. Leon lachte. »Dein Hund ist ganz schön eifersüchtig.« Er streichelte Flip und sagte dabei: »Keine Sorge, du Hübscher. Ich klau dir deine Mama nicht.«

Hätte ich aber nichts dagegen, schoss es Emma durch den Kopf. Es war schön zu sehen, wie liebevoll Leon mit Flip umging. So ganz anders als Markus, der Flip immer wie ein lästiges Insekt behandelt hatte. Warum noch mal war sie mit Markus zusammen gewesen? Im Nachhinein schien es ihr unverständlich.

»Ich freue mich auf deinen Schnüüsch«, sagte sie schnell, auch um davon abzulenken, dass ihr Herz wieder stark zu wummern begann. »Ich koche unglaublich gern und viel, aber die ostfriesische Küche ist mir neu.«

»Oh, da hast du was verpasst! Ostfriesisches Essen ist toll.« Er lachte. »Allerdings bin ich besser darin, es zu essen, als es zu kochen.«

Emma schaute ihn skeptisch an. Sie war eine hervorragende Köchin, die stundenlang über Rezepte reden konnte.

»Aber den Schnüüsch kriege ich gut hin, versprochen«, sagte Leon.

Eine kleine Spinne seilte sich zwischen ihnen ab, und Emma stand vorsichtig auf, um dem Gliederfüßer auszuweichen. »Könntest du mir vielleicht helfen, den Kommodenschrank ins Obergeschoss zu tragen? Ich muss den Teppich im Wohnzimmer entfernen. Dann riecht es hoffentlich nicht mehr so schlimm im Haus.«

Gemeinsam wuchteten sie die schwere Kommode die Treppe hinauf, und anschließend half Leon ihr noch, die Couch und die zwei Sessel vor die Tür zu tragen, die den Wasserschaden nicht überlebt hatten. Außerdem lebte im Sofapolster eine Maus, das allein war schon Grund genug, sich von der Garnitur zu verabschieden, wie Emma fand. Die Wände des Treppenhauses waren mit japanischen Tigern, Tempeln und einer Geisha bemalt, die sinnlich an einem Baum lehnte und in den Sonnenuntergang schaute. Die Malerei schien so gar nicht in das biedere Häuschen zu passen. Keuchend setzte sie das letzte Möbelstück ab.

»Ich muss mal kurz verschwinden«, sagte sie und lief in den Garten, um hinter dem Schuppen auf Toilette zu gehen. Das Badezimmer im Haus war leider unbenutzbar, da das Wasser abgestellt war. Als sie wiederkam, beugte sich Leon gerade über ihre kleine Kühltruhe, die in der Ecke zwischen Kamin und Holzbank stand. Er richtete sich auf, und Emma erschrak, weil er unwirsch das Gesicht verzog.

»Ich muss jetzt gehen«, brummte er und schnappte sich im Rausgehen seine Windjacke.

»Was …«, setzte sie an, aber da war er schon weg. Was war nur in ihn gefahren? Sie beugte sich über die Kühltruhe und schaute hinein. Zwei Flaschen Wasser, ein Tomatensandwich, ein Joghurt, die Hühnerbrust, die sie später für Flip aufschneiden wollte … »Oh!« Dass Leon sich nicht über diesen Anblick gefreut hatte, ergab Sinn. Hoffentlich nahm er es nicht persönlich!

Emma arbeitete ein paar Stunden weiter und dachte dabei über ihre Zukunft nach. Sobald sie sich eingerichtet hätte, würde sie sich einen Job suchen müssen. Eine Stelle im Außendienst wie bei HydroproTech würde sie hier im hohen Norden wohl nicht finden, aber sie war bereit, es in einem anderen Bereich zu versuchen. *Vielleicht in einem Büro*, dachte sie. *Hauptsache, nicht untätig rumsitzen.*

Nachdem das Erdgeschoss leer geräumt war, spürte sie, wie der Hunger in ihr aufstieg. Sie aß ihr Tomatenbrot und den Joghurt. Flip verschlang sein Hühnchen, und Emma fühlte sich ein klitzekleines bisschen schuldig bei dem Anblick. Aber was sollte sie machen – Flip war nun mal ein Fleischfresser.

Bevor sie zum Campingplatz zurückfuhr, hielt sie in Greetsiel und erledigte ein paar Einkäufe. Sie kaufte ein großes Graubrot für Familie Seppl, das gleiche, das es gestern Abend zur Krabbensuppe gegeben hatte, und drei Tafeln Schokolade für die Jungs. Für Herrn Raschl kaufte sie einen Kasten mit der gleichen Mischung aus Wasser und Limo, die sie gestern bei ihm gesehen hatte. Sie schlich zu seinem Wohnwagen und stellte den Kasten direkt vor die Tür. Zufrieden rieb sie sich die Hände. Es war ein tolles Gefühl, den Kobold zu spielen.

Es war bereits kurz vor neunzehn Uhr, als sie frisch geduscht aus dem Waschraum trat und sich mit dem Handtuch durch die nassen Haare rubbelte. Unweit von ihr stand Till Seppl und weinte.

»Was hast du denn?«, fragte sie den Jungen, der daraufhin seine rotzverschmierte Nase hochzog und stumm auf die Hecke zeigte, in der sich sein Fußball verkeilt hatte.

»Das ist doch kein Problem«, sagte sie, stellte sich auf die Zehenspitzen und angelte danach. Till strahlte, als sie ihm den Ball in die Hand drückte. Ohne ein Wort drehte er sich um, kickte ihn vor sich her und rannte so den Weg hinunter. Emma bückte sich, denn sie hatte bei der Rettungsaktion ein paar der Blumen umgeknickt, die entlang der Hecke gepflanzt waren. Überall blühte es, waren Blumenbeete angelegt oder Tontöpfe aufgestellt worden. Sie erkannte Löwenmäulchen, Stockmalven, Dahlien und auch Kapuzinerkresse, die sich an der Seite des Empfangshäuschens hochrankte.

»Ist schön hier, nicht?«, sprach sie eine kleine, aber äußerst stämmige Frau an, deren Augen so fröhlich dreinblickten, dass Emma sie gleich sympathisch fand.

»Ja, der Platz hat viel Atmosphäre«, erwiderte sie. Allerdings war es für ihren Geschmack etwas zu chaotisch. Die Blumen waren wild durcheinander gepflanzt, auf der Zeltwiese gab es kein System, wer wo aufbauen durfte, und im Waschraum hingen so viele selbst geschriebene Hinweisschilder, dass sie die Übersicht verloren hatte. Aber der Platz war gepflegt, es gab keine Schmutzecken, und man sah, dass Leon mit ganzem Herzen dabei war. *Und dann sind da noch die Hühner*, dachte sie und beobachtete, wie drei der Zwerghennen über den gekiesten Pfad liefen. Sie kamen direkt aus dem Blumenbeet, das jetzt einige Lücken aufwies.

»Ich bin Emma«, stellte sie sich vor und gab der Frau die Hand. »Wie es aussieht, werde ich hier wohl eine Weile bleiben.«

»Ach, wie schön. Ich bin Hiske. Ich wohne im Topper Diek, nahe des Neu Hauenerschloots. Ich bin hier für die Anlagen zuständig, reinige die WC- und Duschräume und den Waschraum.« Stolz klopfte sie sich auf die Brust. »Deshalb ist es hier auch so sauber. Ich lege Wert auf Sorgfalt. Ich habe schon für Leons Vater gearbeitet, ganze dreißig Jahre bin ich hier!«

»Ach?«, fragte Emma ungläubig. »Das ist eine lange Zeit. Wann hat Leon das Geschäft denn übernommen?«

»Oh, das müsste jetzt gute fünf Jahre her sein. Weißt du, der Klaas, also Leons Vaddern, der ist ein herzensguter Mensch und ein waschechter Ostfriese. Als der damals mit einer Halbafrikanerin in der Krummhörn aufschlug, aus Kenia kam sie, glaube ich, da gab es viel Gerede. Das waren halt andere Zeiten. Jedenfalls hat Klaas einen Bandscheibenvorfall gehabt, und ihm blieb nichts anderes übrig, als in Frührente zu gehen. Seither reist er um die Welt, und Leon schmeißt den Laden. Und ich muss sagen, der Junge macht das richtig gut. Ist nur manchmal etwas chaotisch, und wenn es um seine Hühner geht ...« Sie verdrehte die Augen, und Emma lachte.

»Ja, das ist mir auch aufgefallen, die mag er richtig gern.«

»Jedem das Seine«, fügte Hiske hinzu und zwinkerte ihr zu. »Er ist halt etwas durchgeknallt, aber auf liebenswürdige Art und Weise.«

Emma lächelte und eilte dann zu ihrem Wohnwagen zurück, um sich zurechtzumachen, bevor Leon sie zum Abendessen abholte. Flip sprang aufgeregt auf und ab, als sie in ihrer Tasche wühlte, um etwas Passendes zum Anziehen zu finden. War das ein Date oder eher ein gemütliches Beisammensein? Markus hatte sie am liebsten in dunklen und möglichst knapp geschnittenen Kleidern gesehen, aber das hatte sie nie gemocht, und es kam ihr auf dem Campingplatz unangemessen vor. Sie entschied sich für eins ihrer gepunkteten Shirts und dazu einen weiten, aber taillierten Rock, auf dem, zugegebenermaßen, auch Punkte zu sehen waren. Allerdings ganz große, sodass sie eher als Kreise galten, entschied sie. Ein Blick in den Spiegel zeigte ihre vor Vorfreude leicht geröteten Wangen. Es klopfte, und Leons Gesicht tauchte im Eingang auf.

»Hi, wie geht's?«, begrüßte sie ihn fröhlich, aber er brummte nur etwas Unverständliches vor sich hin und vermied es, sie anzusehen. So kühl hatte sie ihn bisher nur in der Gegenwart von Thobe Ebbels erlebt. *Puh, das geht ja gut los*, dachte sie und rieb sich nervös die Hände.

»Bist du fertig?«, fragte er, und sie verschränkte die Arme. Das hier musste erst geklärt werden.

»Was ist los, gibt es ein Problem?«, fragte sie geradeheraus.

Wieder brummte Leon mit verschlossener Miene.

Emma dachte fieberhaft nach. Dann fiel es ihr ein. Sie seufzte. »Du, heute Mittag am Haus. Die Hühnerbrust war für Flip.«

Jetzt weiteten sich Leons Augen, dann entspannten sich seine Züge. »Oh«, sagte er. »'tschuldige, darum ging es mir gar nicht. Ich habe, na ja, ich habe eben gehört, wie du mit Hiske über mich geredet hast. So etwas mag ich gar nicht.«

Sie schaute ihn verständnislos an.

»Ich stand hinter der Hecke und hab da Unkraut gezupft.«

»Aha. Das tut mir leid. Ich wollte nicht neugierig sein, ich …« Sie dachte nach. Sie wollte mehr über ihn erfahren, ihn besser kennenlernen, und das war eine gute Gelegenheit gewesen. »Das nächste Mal frage ich dich direkt. Ich war einfach zu neugierig und wollte mehr über dich wissen.«

»Soso.« Er knibbelte nervös mit den Fingern an der Zeltplane, während sich rote Flecken auf seinem Nacken bildeten. »Mann, das habe ich echt in den falschen Hals gekriegt. Mir fällt es einfach total schwer, wieder jemandem zu vertrauen nach der Sache mit Daja.«

Er schaute sie so reumütig an, dass Emma ihm nicht böse sein konnte. Daja … sie nahm an, dass es sich um seine Ex-Freundin handelte. Nach Markus' Abfuhr konnte sie gut verstehen, welchen Einfluss schlechte Erfahrungen auf einen hatten. Immerhin hatte sie selbst auch eine Weile gebraucht, um wieder auf die Beine zu kommen. Zum Glück fühlte sich das jetzt weit weg an, wie ein anderes Leben.

Auf Leons Shirt prangte ein stolzer Hahn mit langen Schwanzfedern und beeindruckendem Kamm. Emmas Blick wanderte seinen Arm entlang, und sie entdeckte, dass die Haut an seinem Ellenbogen hell pigmentiert war.

Leon bemerkte ihren Blick. »Das kommt vom Yoga«, sagte er, und sie schaute ihn verwirrt an. »Was?«

»Das heißt ›wie bitte‹, und ich meinte, der Kratzer kommt vom Yoga.«

Jetzt erst bemerkte sie die Abschürfung neben den Pigmentflecken. Dann sah sie an ihm hoch und legte den Kopf schief. »Yoga? Ich hätte jetzt eher auf Basketball getippt.«

Leon lachte. »Ja, das tun viele. Krieg ständig Einladungen zu irgendwelchen Spielen. Nur weil ich groß bin. Und ja, wegen meiner dunkleren Haut. Ich bin halt der Stereotyp eines Basketballspielers. Dabei bin ich in dem Sport 'ne echte Null. Ich mag Yoga und ausgedehnte Spaziergänge. Das reicht mir. Und du?« Seine Stimme klang nun wieder freundlich und leicht belustigt.

»Ich gehe auch gern wandern. Und ich spiele Volleyball. Aber bisher nur in der Halle, nicht am Strand. Ich weiß nicht, ob es in Greetsiel so etwas gibt.«

Jetzt sah Leon sie überrascht an. »Wieso sollte es hier keinen Volleyballverein geben? Wir leben in der Provinz, aber nicht auf dem Mars.« Er zog eine Schnute, als wäre er beleidigt, aber es gelang ihm nicht ganz.

In Emmas Zehen fing es wieder an zu kribbeln. Was musste dieser Mann auch so attraktiv sein!

Leon kratzte sich verlegen am Kopf. »Das Essen ist so weit fertig, aber ich muss noch schnell nach den Hühnern sehen. Magst du kurz mitkommen? Dann stelle ich dir die Schar mal vor.«

Es blitzte in seinen Augen, als sie nickte. *Diesen Test habe ich wohl bestanden*, dachte sie und lief mit ihm über den Campingplatz. Unterwegs wurden sie von einem atemlosen Peter Schubermaier aufgehalten, der dicke Schweißflecken unter den Armen hatte und sehr aufgeregt wirkte.

»Ich suche Sie schon seit einer Stunde. Es gibt einen Notfall«, keuchte er und beugte sich nach vorn, um die Hände auf den Knien abzustützen.

»Oh, worum geht es?«, fragte Leon.

»In der Männertoilette ist die Seife alle.«

Leon starrte ihn an. »Ja ...?«, fragte er gedehnt, sein Gesicht ein einziges Fragezeichen.

»Ja, das war's. Das geht doch nicht, dass die Seife alle ist und hier alle mit Schmuddelfingern durch die Gegend laufen. Was sind denn das für Zustände? Morgen rennen hier alle mit Magen-Darm rum und dann haben wir den Salat.«

Emma unterdrückte ein Grinsen. Auch Leon behielt die Fassung, und sie bewunderte, wie gut er sich im Griff hatte und nicht mal ein kleines bisschen die Augen verdrehte.

»Das ist gar kein Problem. Ich sende Hiske eine Nachricht, die kümmert sich darum. Danke fürs Bescheidgeben.«

Zufrieden zischte Peter Schubermaier wieder ab.

Emma folgte Leon weiter durch das Heckenlabyrinth bis zur hintersten Ecke des Campingplatzes, wo sich ein Gehege mit Verschlag befand, aus dem es laut gackerte. Leon öffnete eine Klappe, die sich oberhalb der Einstiegsluke befand, und sie schauten in den Stall. Hübsch auf zwei Stangen aufgereiht saß dort eine schneeweiße Hühnerschar und mittendrin der Hahn, den Emma schon kennengelernt hatte.

»Das sind Elisabeth, Isabella, Katharina, Kleopatra und Luise«, stellte er die Hennen vor. »Und hier sitzen Anna, Wilhelmina, Victoria und der netteste Hahn der Welt, Ludwig. Der kräht jeden Morgen um Punkt fünf Uhr, und zwar genauer als jeder Wecker.«

Emma musste zugeben, dass die zierlichen Hühner wirklich prächtig aussahen. Ihr Gefieder glänzte, die Kämme waren tiefrot. »Deine Hühner sind alle nach Königinnen benannt«, stellte sie fest.

»Genau. Und der Hahn nach König Ludwig.« Er streckte die Hand aus und strich einem Huhn – Wilhelmina, wenn Emma sich recht erinnerte – über den Rücken. »Sie haben so viel Persönlichkeit. Viele Menschen verstehen das nicht.«

Emma schwieg. Wenn sie ehrlich war, verstand sie es auch nicht richtig, aber sie war bereit zu lernen. »Woher weißt du, welches Huhn welches ist? Für mich sehen die alle gleich aus.«

Leon lachte. »Sehen für dich alle Möpse gleich aus?«

»Natürlich nicht.« *Ganz im Gegenteil,* dachte sie. Flip hatte einen kugelrunden Kopf, riesige Pfoten im Verhältnis zur Körpergröße, und die Falten auf seiner Stirn warfen ein einzigartiges Muster.

»Siehste. Meine Hühner erfüllen strenge Zuchtrichtlinien. Sie gehen regelmäßig auf Geflügelschauen und sind alle Preisträgerinnen«, erzählte er nun. »Kleopatra hat sogar den ersten Friesenpreis in ihrer Kategorie gewonnen. Es wäre entsetzlich gewesen, wenn du sie überfahren hättest.« Er schaute Emma tief in die Augen, und sie musste instinktiv schlucken. In seiner dunkelbraunen Iris befanden sich hellere, fast honigfarbene Sprenkel. Eine Leidenschaft lag in seinem Blick, die Emmas Haut glühen ließ. Wenn er sich schon so für Hühner erwärmte, wie mochte es wohl sein, wenn er sich für einen interessierte?

Dann senkte er die Stimme und fuhr fort: »Meine Mum hat auch Hühner gezüchtet. Sie hatte einen Autounfall, als ich fünf Jahre alt war. Ich vermisse sie sehr.«

Ein unangenehmes Gefühl breitete sich in Emmas Bauch aus, das sich bis zu ihrem Herzen hochzog. Wie weh es tat, ein Elternteil zu verlieren, selbst wenn man es kaum gekannt oder, wie in ihrem eigenen Fall, nie kennengelernt hatte, das wusste sie nur allzu gut. Gern hätte sie ihm ein paar tröstende Worte gesagt, aber sie wusste nicht, wo sie ansetzen sollte. Dafür kannte sie Leon einfach nicht gut genug. Auch wenn sie das Gefühl hatte, ihm näherzustehen, als es der kurze Zeitraum, den sie einander kannten, erlaubte.

»Mein Paps war sehr einsam. Er liebte den Campingplatz, aber als ich ihn übernommen habe, hat er mit dem Reisen angefangen. Momentan ist er in Mexiko, um sich Aztekentempel an-

zuschauen. Aber egal, was er macht, er kann sie nicht vergessen.«
Er schniefte, und das Geräusch löste in Emma einen Sturm der
Gefühle aus. Instinktiv griff sie nach seiner Hand und drückte sie.
Seine Verwundbarkeit berührte sie zutiefst.

Leon trat näher zu ihr und schaute ihr tief in die Augen. Ihre
Knie wurden so wackelig, dass sie nun auch seine andere Hand
ergriff. Die Luft um sie herum schien zu knistern. Er beugte sich
zu ihr herunter, sein Geruch überwältige ihre Sinne, und sie sah
nur seine Lippen, die sich langsam öffneten. Sie atmete tief aus,
kam ihm entgegen, stellte sich auf die Zehenspitzen und ließ alle
Sorgen und Bedenken fallen. Schmetterlinge tanzten in ihrem
Bauch Salsa, und gleichzeitig fühlte sie einen tiefen Frieden. Ihre
Brüste berührten seinen Oberkörper, und sie spürte, wie die Erregung in ihr aufstieg. Ihre Lippen waren nur noch wenige Zentimeter voneinander entfernt, sein Atem streifte ihre Wange.

Kapitel 6

Emma streckte sich noch ein wenig mehr, bereit, Leon zu küssen. Wärme stieg zwischen ihren Körpern auf und verwandelte sich in Hitze, als sie sich enger an ihn schmiegte. Seine Lippen trafen auf ihre, schmeckten warm und nach mehr.

Doch plötzlich flatterte der Hahn auf, der bis dahin ruhig auf seiner Stange zwischen den Hühnern gesessen hatte. Er stieß einen lang gezogenen Drohlaut aus und hüpfte aus dem Verschlag heraus, nur um gleich darauf wild mit den Flügeln zu schlagen. Die Hühnerschar gackerte, und Panik brach aus. Leon schob Emma entgeistert von sich weg. Prüfend musterte er sie, dann schaute er an ihr vorbei zu der Hecke, vor der ein Mann in einem hellbeigen Anzug stand. Und neben ihm einer der Seppl-Jungs. Kris, der zweitälteste, wenn Emma sich nicht irrte.

»Herr Ebbels?«, fragte Emma überrascht. Der erste Schock über die Unterbrechung wich einer Enttäuschung, als wäre sie aus einem wunderschönen Traum gerissen worden, den sie nie wieder würde einfangen können.

Der Bürgermeistersohn schien nicht bemerkt zu haben, wobei er die beiden gerade gestört hatte. Er kramte in seiner Tasche und drückte Kris eine Münze in die Hand. Der grinste, nickte Emma freundlich zu, schaute dann schuldbewusst zu Leon und verzog sich.

Emma sah, wie sich Leon anspannte und die geduckte Haltung einer Raubkatze einnahm, die sich auf einen Sprung vorbereitete. Seine eben noch sinnlichen Züge verwandelten sich unmittelbar in einen Ausdruck, der nichts Gutes verhieß.

»Du hast hier nichts zu suchen«, schnauzte er Thobe Ebbels an, der in aller Seelenruhe einen Käfer von seinem Jackett schnippte und Leon ignorierte.

Der Käfer breitete seine Flügel aus und surrte hoch, direkt vor Thobes Gesicht, der ihn angewidert wegwedelte. »Hallo, Emma«, grüßte er sie.

Emma stutzte. Woher kannte er ihren Vornamen? Und seit wann duzten sie sich?

»Ich hatte gerade Feierabend und wollte kurz bei dir vorbeischauen. Es geht um dein Boot. Hast du ein paar Minuten Zeit?« Er warf Leon einen verächtlichen Blick zu, bevor er mit betont höflicher Stimme weitersprach: »Es ist wichtig, aber wenn ich störe, können wir uns morgen auch in meinem Büro treffen. Ich arbeite in der Personalabteilung der Ostfriesischen ZBF-Versicherung, in der Hauener Hooge, du kannst mich dort bis sechzehn Uhr erreichen.«

»Ich will dich nie wieder auf meinem Grundstück sehen«, fauchte Leon. »Du hast ab heute hier Hausverbot.«

»Aus welchem Grund?«, fragte Thobe.

Emma runzelte die Stirn. Sie schaute zwischen Leon und Thobe hin und her und wusste nicht recht, was sie entgegnen sollte. Da beobachtete sie, wie Leon die Fäuste ballte, und trat schnell einen Schritt auf Thobe zu. Was auch immer zwischen den beiden vorgefallen war, es rechtfertigte keine spontane Eskalation.

»Nein, das ist in Ordnung, Herr Ebbels. Wenn es so dringend ist, sollten wir das sofort regeln«, sagte sie schnell und deutete in Richtung Pfad. »Aber bitte nicht hier. Kommen Sie mit.« Nur weil Thobe sie duzte, hieß das noch lange nicht, dass sie es auch tun musste. Sie wandte sich an Leon, der vorsichtig seine Hühner zurück in den Verschlag hob und sah ihn entschuldigend an. »Es tut mir leid«, sagte sie leise und streckte dabei den Arm aus, um ihn an der Schulter zu berühren. Leon zuckte zurück, und das versetzte ihr einen Stich. Sie konnte doch nichts dafür, dass die Männer miteinander verfeindet waren. Trotzdem schob sie hinterher: »Ich kläre das eben.«

Thobe schwieg, während er ihr folgte. Sie entschied, ihn sicherheitshalber vom Zeltplatz zu führen, lief am Empfang vorbei bis hinter den Campingplatz, vorbei an der hübschen Obstwiese und am Gulfhof Leyhörn mit seinen zehn blau gestrichenen Ankern und weiter bis zu einem durch Sanddornbüsche geschützten Punkt am Leyhörner Sieltief. Sie wollte möglichst viel Abstand zwischen den beiden Männern schaffen, um ungestört zu reden. Außerdem half ihr der kurze Spaziergang, den Kopf freizubekommen.

Es war deutlich kühler geworden, und ein frischer Wind war aufgekommen, der Emmas Haare hochwirbelte und tanzen ließ. Als sie endlich das dunkle Wasser erreichten, war sie atemlos und holte tief Luft, um sich zu sammeln. Am Wegesrand stand eine Bank, auf die sie sich dankbar sinken ließ. Der Ausblick über das Sieltief, auf dem einige Wasservögel trieben, war phänomenal, aber Emma konnte ihn nicht richtig genießen. Sie dachte an Leon und sein merkwürdiges Verhalten. War seine deutlich unterdrückte Wut gegenüber Thobe ein Warnzeichen, dass sie lieber die Finger von ihm lassen sollte? So attraktiv und begehrenswert er sein mochte, sie hatte keine Lust auf einen Typen, der mit der Faust eine Scheibe einschlug, wenn ihm etwas nicht passte. Markus hatte einmal im Streit eine Packung Milch vom Tisch gefegt, und das hatte ihr an Aggression gereicht.

»Ich wollte eben keinen Streit provozieren«, sagte Thobe verhalten, als er sich neben sie setzte. Wehmütig schaute auch er in die Ferne. »Ist schön hier, nicht wahr?«

Emma nickte. Der Schnurrbart des Bürgermeistersohns stand

windschief wie eine stehen gebliebene Uhr, und Schweißflecken hatten sich auf seinem hellen Jackett gebildet.

»Du kannst mich ruhig duzen«, fuhr er fort. »Ich will wirklich nur helfen. Dass Leon immer Ärger sucht, ist schade, aber ich hoffe, es beeinflusst dich nicht.«

Sie überlegte. Doch, sie musste zugeben, Leons Wut hatte einen Eindruck auf sie gemacht, aber bisher hatte Thobe sich ihr gegenüber nichts zuschulden kommen lassen. Und es wäre unfair, ihm wegen Leons Feindseligkeit nicht mit offenem Ohr und unvoreingenommen zu begegnen. Sie schaute ihn nachdenklich an. Seine hohen Wangenknochen gaben ihm etwas Aristokratisches, und die lange Denkerstirn ließ ihn intellektuell wirken. Die rötlichen Haare passten gut zu seiner blassen Haut. Eigentlich sah er recht attraktiv aus, wenn man den Schnurrbart ignorierte. Sein ernsthafter Ausdruck hatte etwas Schwermütiges, das Emma weich werden ließ.

»Worum geht es denn, Thobe?«, fragte sie so freundlich wie möglich. Ihr Sitznachbar atmete deutlich hörbar aus, als sie seinen Vornamen aussprach.

»Nun ja. Die *Bernstein II* ist der Gemeinde schon lange ein Dorn im Auge. Der Greetsieler Hafen ist ein international angesehenes Schmuckstück, und es wird viel Wert auf seine Gepflegtheit gelegt. Wie du sicherlich gesehen hast, sind alle anderen Schiffe gut in Schuss.«

Das war noch untertrieben – die anderen Schiffe hatten mit den Lichtreflexen auf dem Wasser um die Wette gefunkelt. Jedes einzelne von ihnen war ein Zeitzeuge aus der Vergangenheit, in der Greetsiel noch ein kleiner Fischerhafen gewesen war, der sich der besten Garnelenfänge Norddeutschlands rühmte.

»Ja, ich weiß«, gab sie kleinlaut zu. »Und ich kann mich nur wiederholen: Das wird sich ändern.«

»Deswegen bin ich hier. Bruntjes Vertrag für den Ankerplatz läuft in vier Monaten aus, und es liegt in der Hand des Hafenmeisters, der ein guter Freund und Golfpartner meines Vaters ist, den Vertrag zu verlängern. Wenn du mir versicherst, dass du sofort mit den Renovierungsarbeiten anfängst, dann werde ich mich dafür einsetzen, dass das Boot bleiben kann.«

Eine Möwe segelte über ihre Köpfe hinweg und kreischte, bevor sie sich direkt am Wasser niederließ, wo sich bereits ein paar Artgenossen tummelten. Sehnsüchtig betrachtete Emma den Vogel und wünschte sich, dass auch sie Flügel hätte, um sich leichter zu fühlen. Stattdessen lastete ein schweres Gewicht auf ihr, das sie am Boden niederzudrücken schien: die Unsicherheit wegen des Neuanfangs, die Gewissheit, dass sie eine neue Arbeit brauchte, das beschädigte alte Haus, das kaputte Boot. Jetzt auch noch Zeitdruck und Widerstand von der Gemeinde. Wie sollte sie das alles schaffen?

»Mach dir keine Sorgen, Emma. Ich helfe dir dabei«, sagte Thobe, und seine Stimme klang so beruhigend, dass sie ihn dankbar anlächelte. »In der Region gibt es mehrere Firmen, die Boote ausbessern oder auch restaurieren. Ich höre mich um, wer Kapazitäten hat.«

»Das ist nett. Ich weiß nämlich echt nicht, wo ich anfangen soll«, gestand sie. *Und wenn ich das Schiff nicht innerhalb von drei Monaten seetüchtig bekomme, verliere ich meine Wette mit Leon.* Das war aber nur eine Nebensache, die sie Thobe lieber verschwieg.

»Schiffsbauer Hauke ist recht zuverlässig, aber der ist meist ausgebucht. Um diese Jahreszeit bereiten sich alle auf die alljährliche Kutterregatta vor. Früher war Nienke Moor eine gute Ansprechpartnerin, die ist ein richtiger Klüterbaas, aber mittlerweile ist sie völlig durchgeknallt.«

Emma horchte auf. »Leons Tante?«

»Ja. Leider.«

»Was ist ein Klüterbaas?«, lenkte sie schnell ab.

»Ein Tüftler. Du weißt schon, ein vielseitig begabter Handwerker, und eine tüchtige Seefahrerin ist sie auch. Nienke konnte alles reparieren. Aber wie gesagt, sie tickt nicht ganz richtig. Liegt wohl in der Familie.« Zur Bekräftigung seiner Worte ließ er den Zeigefinger auf Höhe seiner Schläfe kreisen. Es gefiel Emma nicht, dass er damit auf Leon anspielte, und sie machte sich eine gedankliche Notiz, Thobe nicht mehr auf irgendetwas anzusprechen, was im Entferntesten mit Leon zu tun hatte.

Sie blieben noch eine Weile am Sieltief sitzen, und Thobe erzählte von seiner Arbeit bei der Ostfriesischen ZBF-Versicherung und Emma von HydroproTech. Natürlich ohne Markus und ihren unglücklichen Abschied zu erwähnen. Trotzdem tat es gut, mit jemandem darüber zu reden, der mit der ganzen Sache nichts zu tun hatte. Etwas Normalität, die ihr in den letzten Tagen und Wochen gefehlt hatte. Die Geräusche um sie herum wurden leiser, selbst die kleinen Wellen auf dem Wasser verebbten.

Schließlich schaute Emma auf die Uhr und sprang auf. »Der Schnüüsch!«, rief sie schuldbewusst und sah sich um. Das Essen hatte sie durch den Streit und das Gespräch mit Thobe völlig vergessen. Es war bereits dunkel geworden, und sie musste die Augen zusammenkneifen, um den schmalen Weg zu erkennen, den sie gekommen waren.

Thobe brachte sie bis zur Einfahrt des Campingplatzes. Als sie sich verabschiedeten, hielt er ihre Hand eine Sekunde zu lang fest. »Alles wird gut«, sagte er, und für diese Aussage hätte Emma ihn am liebsten gedrückt.

Sie eilte den spärlich beleuchteten Weg entlang und realisierte erst jetzt, dass sie keine Ahnung hatte, wo Leon wohnte. Er hatte gesagt, dass er ein Häuschen besaß, aber das musste nicht zwingendermaßen auf dem Gelände des Campingplatzes stehen.

Die Zeltwiese hatte sich gefüllt, sie entdeckte mehrere neue Aufbauten, die vor ein paar Stunden noch nicht hier gestanden hatten. Wurfzelte, Igluzelte, Tunnelzelte und sogar ein Multiraum-Zelt mit mehreren Schlafkabinen. Auf dem Klettergerüst des Spielplatzes hockten zwei Teenager, die sie noch nie zuvor gesehen hatte. Sie entschied, die Seppls nach Leons Adresse zu fragen, aber gerade als sie den Weg verließ, entdeckte sie Motje, die in Badelatschen und Kimono aus den Duschräumen kam.

»Hi«, begrüßte sie die alte Dame, die stark nach einem Kokosshampoo roch. »Könntest du mir sagen, wo Leon wohnt? Wir sind verabredet, und ich habe keine Ahnung, wo ich ihn finden kann.«

Motje wippte den Kopf abwägend von links nach rechts. »Ich habe ihn vor etwa einer Stunde gesehen. Er war sehr aufgewühlt. Habt ihr euch gestritten, mein Kind?«

Emma zögerte kurz. »Nein, es lag nicht an mir. Thobe Ebbels, der Sohn vom Bürgermeister, war hier, und Leon hat ihm Hausverbot erteilt. Warum, das weiß ich allerdings nicht.«

Motje lachte spöttisch. »Der Ebbels also. Dann ist es kein Wunder, dass Leon so vergrätzt war.« Sie legte ihren noch feuchten Arm um Emma, die sofort eine Gänsehaut bekam. »Der Leon, das ist ein dufter Typ. Tut keiner Fliege was zuleide. Aber wenn der den Thobe sieht, dann kann man für nichts garantieren. Jaja, die sind sich nicht grün, die beiden.«

»Aber warum?«, fragte Emma und ließ sich von Motje den Weg entlangführen.

»Das kann ich dir nicht sagen, mein Kind. Aber sieh mal, ist das nicht dein Hund?«

Sofort vergaß Emma alle Gedanken an Leon und Thobe und schaute auf die kleine braune Gestalt, die ihr schwanzwedelnd entgegenlief.

»Flip, was machst du denn hier?« Sie hatte das Loch im Vorzelt mit ihrem schweren Hartschalenkoffer verschlossen, aber Flip war ein Meister im Ausbrechen. Dafür lief er nie weit weg. Aber wenn Leon oder Paragrafen-Günter das mitbekommen hatten, dann drohte ihr jetzt ein Platzverweis. »Flip, mein Hübscher, so geht das nicht«, schimpfte sie mit dem Mops, der sich so sehr freute, sie zu sehen, dass sein ganzer Körper wackelte. Sie musste ihr Haus schleunigst renovieren, damit Flip einen ausbruchsicheren Garten bekam. »Komm her.« Sie nahm ihn auf den Arm und ignorierte seinen schlechten Atem. Es war dringend Zeit, ihm mal wieder die Zähne zu putzen und einen Kaustick zu besorgen.

»Das hier ist Leons Haus. Sieht aber nicht so aus, als wäre er zu Hause. Oder wach.«

Sie waren an der westlichsten Ecke des Campingplatzes angekommen, die noch hinter dem Geräteschuppen lag. Zwischen ein paar vereinzelten Ahornbäumen und einer ausladenden Linde war ein kleines Holzhaus versteckt. Die Silhouette war im Dunkeln nur schwer erkennbar, aber es wirkte winzig. Ein schwaches Licht drang aus dem einzigen Fenster auf der Vorderseite, aber im Raum war niemand zu sehen.

»Viel Glück, Mädchen«, sagte Motje, lächelte sie vielsagend an und ging.

Zögernd trat Emma auf das Haus zu. Ihr schlechtes Gewissen wurde nun stärker. Klar, sie hatte die Situation zwischen Leon und Thobe schlichten wollen, aber vielleicht wäre es besser gewesen, Thobe zu vertrösten. Immerhin hatte Leon sie zum Essen eingeladen, und sie hatten sich geküsst, bevor sie von Thobe unterbrochen worden waren. Zaghaft klopfte sie an die Tür und überlegte, was sie Leon sagen sollte. Im Haus zeigte sich keine Regung, und Emma klopfte etwas fester.

»Leon?«, rief sie, während sie gegen die innere Unruhe ankämpfte, die sich in ihr ausbreiten wollte. »Ich bin es, Emma!« Ein feiner Geruch von erhitzter Butter und Sahne lag in der Luft – das musste der Schnüüsch sein. Wieder trommelte sie gegen das Holz. Frustriert, besorgt. Nach ein paar Minuten gab sie auf. »Mist!«, murmelte sie und lehnte sich enttäuscht mit der Stirn gegen die Tür.

Kapitel 7

Über der Wiese lag ein sanfter Nebelschleier, der die Zelte in ein unwirkliches Licht tauchte. Ein Gartenrotschwanz zwitscherte sein Morgenlied auf einem niedrigen Ast, als Emma ihre Runde mit Flip drehte. Zu dieser frühen Stunde war es noch ruhig auf dem Campingplatz, nur hier und da ertönte ein leises Schnarchen aus den Zelten. Flip zog an der Leine, weil er an einem Laternenpfahl schnüffeln wollte.

Emma sog die klare Luft tief in sich ein. Das war belebend und wohltuend. In Frankfurt hatte es selten gut gerochen, eine Mischung aus Abgasen, Essen, Müll und Schweiß. Früher hätte sie sich nie vorstellen können, auf dem Land zu leben, jetzt kam ihr die Krummhörn wie eine friedliche Oase vor, in der ein Wanderer zur Ruhe kommen konnte.

»Das werden Sie ja wohl nicht liegen lassen!«, schnauzte sie jemand an, und Emma fuhr herum. Vor ihr stand Herbert Raschl mit verschwitztem Gesicht. Er trug einen türkisblauen Jogginganzug und Schweißbänder um die Handgelenke. Seine Walking-Stöcke hielt er wie zwei Waffen, die er auf Flips Häufchen richtete, das mitten auf dem Weg lag. Sofort schoss Emma das Blut in die Wangen.

»Selbstverständlich nicht«, sagte sie und klopfte sich auf die Taschen, um nach einer Tüte zu suchen.

Herr Raschl rollte mit den Augen, bevor er ihr meckernd eine Plastiktüte reichte. »Als verantwortungsvolle Hundehalterin sollte man immer auf alle Eventualitäten vorbereitet sein.«

Sofort machte Emma sich ans Werk, während er sie mit Argusaugen beobachtete, wohl um sicherzustellen, dass sie das dampfende Häufchen gründlich entfernte.

»Der Hund«, sagte er anschließend. »Bleibt der heute wieder allein auf dem Platz?«

Emma verknotete die Plastiktüte gut, bevor sie ausweichend antwortete: »Ja. Ich muss leider verschiedene Dinge erledigen, bei denen ich Flip nicht mitnehmen kann.«

Herbert Raschl schnaufte verächtlich und stützte sich auf einen seiner Stöcke. »Bringen Sie ihn lieber zu mir, bevor er wieder abhaut und auf dem Platz randaliert.«

»Oh!« Emma hob überrascht die Augenbrauen.

»Jetzt schauen Sie nicht so«, brummte er, »ich kann gut mit Hunden. Und der Flip, der braucht mehr Bewegung, damit er mal ein paar Pfunde verliert. Schauen Sie doch, wie kurzatmig der ist.«

Tatsächlich strich Flip dem Alten fröhlich um die Beine, und als der sich ächzend bückte und ihm den Kopf tätschelte, wedelte sein Schwanz schneller, als sich die Flügel einer Libelle drehten.

»Na gut, ich bringe ihn vorbei, sobald ich meine Runde beendet habe«, sagte sie und lächelte. »Danke dafür.«

Der alte Herr kratzte sich verlegen die Wange. »Da brauchen Sie sich gar nicht für zu bedanken, das mache ich für den Hund und nicht für Sie.«

Emma setzte eine ernste Miene auf. »Natürlich.«

Eine halbe Stunde später gab sie Flip mitsamt Körbchen und Wasserschale bei Herbert Raschl ab, der ihr nur unwirsch die Leine aus der Hand riss und knurrte, sie könne jetzt gehen. Emma sah, dass Raschl bereits einen Tennisball und ein Stöckchen bereitgelegt hatte, und verabschiedete sich beruhigt. Der alte Mann war grantig, aber er würde gut auf Flip achtgeben, dessen war sie sich sicher.

Sie lief zu Leons Haus und schob einen Brief unter der Tür durch, in dem sie sich entschuldigte, den Schnüüsch verpasst zu haben. Im Gegenzug lud sie ihn zu einem Grillabend am Samstag ein.

Sie wollte ihn und die anderen Campingplatzbewohner mit einigen ihrer Spezialitäten verwöhnen. In die untere Ecke des Briefes hatte sie ein Huhn gekritzelt, das mit tellergroßen Augen aufschaute und in einer Sprechblase fragte: »Pook?«

Der Himmel war bedeckt, und es tröpfelte, als Emma am Hafen ankam und auf ihr Schiff stieg. Einige Möwen hockten träge auf den Kurrbäumen und ließen sich auch nicht von ihr irritieren, als sie über das Deck schritt, um eine Liste anzufertigen. *Zuerst muss das Loch in den Planken repariert werden,* entschied sie. Die Planken mussten abgeschliffen und neu bemalt werden, es musste Ordnung in die Taue gebracht und die Technik untersucht werden. Allein würde sie das nicht schaffen, aber Thobe hatte ihr ja gesagt, dass es einige Schiffsbauer vor Ort gab. Wie viel die Reparaturen wohl kosten mochten? Wahrscheinlich war es einfacher, das Schiff zu verkaufen, aber das wollte sie nicht. Bruntje hatte ihr den Kutter und das Haus vermacht, und sie fühlte sich verpflichtet, sich um beides zu kümmern. Und Ostfriesland war ihre neue Heimat, da war es schon cool, einen waschechten Krabbenkutter zu besitzen. Ihr Handy klingelte, als eine Nachricht einging.

Hi Emma,
die Schiffsbauer können dich frühestens in einem halben Jahr einschieben. Ich halt dich auf dem Laufenden.
Gruß
Thobe

»Na super«, seufzte Emma, verband ihr Handy mit den mobilen Musikboxen und stellte ihre Playlist an. Dann schlüpfte sie in die Plastikhandschuhe, die sie mitgebracht hatte, und schnappte sich einen Lappen. Viel konnte sie nicht tun, aber sie konnte den Kutter wenigstens gründlich putzen und die dicke Schicht Möwenkot entfernen, die alles bedeckte. Sie schrubbte und scheuerte, bürstete und putzte, bis eine Kirchenglocke in der Ferne die Mittagszeit ankündigte. Es rumorte in ihrem Magen, und sie entschied, eine Pause einzulegen. Die Wolken hatten sich gelichtet, und es war deutlich wärmer als am Morgen. Vereinzelt spazierten Fußgänger am Hafen entlang, vorwiegend Senioren, die vorsichtshalber Regenjacken trugen oder Schirme dabeihatten.

Sie packte ihre Reinigungsutensilien zusammen und verstaute sie in der Kapitänskajüte. Hier und da blitzte das Schiff jetzt wieder sauber und zeigte seine ursprüngliche, wenn auch spröde braune Farbe.

Greetsiel bestand aus vielen engen Gassen, in denen sich Wohnhäuser, Geschäfte und Cafés aneinanderreihten. Nach einer Weile fand sie ein Restaurant am Außentief namens Panntjefisk, das einen Biergarten im Hinterhof hatte. Sie suchte sich einen Platz mit Blick auf das Wasser und studierte die Karte. Eigentlich hatte sie nur eine Kleinigkeit essen wollen, aber die Gerichte klangen alle so verführerisch, dass sie entschied, die ostfriesische Küche besser kennenzulernen.

»Was soll ich nur nehmen?«, murmelte sie vor sich hin.

Am Nachbartisch stand eine mittelblonde Frau auf, die etwa in ihrem Alter war. »Nehmen Sie den Knurrhahn, der ist vorzüglich!«, rief sie und rieb sich über den schlanken Bauch. »Der zerfällt im Mund und ist nahezu perfekt. Nur in die Soße hätte ich noch etwas Safran gegeben.«

Die großen blauen Augen der Frau wirkten sofort vertrauenserweckend, und Emma nickte. »Klingt gut.«

»Guten Hunger. Ich bin übrigens Kea. Man sieht sich.« Sie

zögerte kurz, als wollte sie noch etwas sagen, dann lief sie zum Ausgang des Restaurants.

Emma bestellte das Knurrhahnfilet, das mit Senf-Rahm und dicken Bohnen serviert wurde. Der weiße Fisch war aromatisch und nicht zu streng, genau Emmas Geschmack. Aber Kea hatte recht – etwas Safran hätte die Soße verfeinert, und sie hätte die Bohnen zudem mit Petersilie garniert.

»Darf ich Ihnen noch etwas bringen?«, unterbrach der Kellner ihre Gedanken.

»Nein danke. Aber es ist ganz wunderbar. *Dat smaakt good*«, versuchte sie sich auf Platt, und der Kellner lächelte ihr zu. Den Satz hatte sie eben auf der Werbetafel eines Cafés gelesen, und sie war stolz, ihn direkt anbringen zu können.

»Das freut mich«, sagte der Kellner und schickte sich an, ihren leeren Teller abzuräumen. »Kommen Sie aus der Gegend?«

Emma schüttelte den Kopf, dann nickte sie. »Ich bin gerade erst hierhergezogen.«

»Ach? Willkommen in Ostfriesland! Wohnen Sie hier in Greetsiel?«

Emma erzählte ihm die Kurzfassung ihrer Geschichte.

Er stellte den Teller wieder ab und zog sich einen Stuhl heran. »Sie müssen sich unbedingt den Pilsumer Leuchtturm anschauen. Das ist eines unserer bekanntesten Wahrzeichen. Ebenso die Zwillingsmühlen. Und natürlich den Hafen, da liegt eine Flotte Kutter, die sehr sehenswert ist.«

»Ja, ich weiß. Einer davon gehört mir.« Der Kellner schaute sie überrascht an. »Die Patentante meines Vaters hat ihn mir vererbt. Bruntje Jansen, vielleicht sagt Ihnen der Name etwas.«

Die Augen des Kellners funkelten. »Krabben-Bruntje? Klar kenne ich die. Oder kannte, besser gesagt. Die kam öfter zum Mittagstisch hierher. Hat immer Steinbeißerfilet auf Elsässer Sahnekraut bestellt, jeden Tag. Ich mochte sie, eine herzliche alte Dame und immer in Begleitung ihrer besten Freundin Nienke.«

Jetzt horchte Emma auf. »Nienke, sagten Sie?«

»Ja, genau. Die schrullige Schreinerin, die sich nichts sagen lässt. Niemand hat hier je so laut geflucht wie Nienke. Aber einem regelmäßigen Gast lässt man einiges durchgehen, und sie meinte es ja nicht so.«

Diese Information musste Emma erst einmal verarbeiten. Wie klein Greetsiel war! Bruntje war also mit Leons Tante Nienke befreundet gewesen, derselben Nienke, die Thobe im Zusammenhang mit den Schiffsarbeiten erwähnt hatte ... Warum hatte Leon sie nicht darauf hingewiesen? Eine Idee formte sich in ihrem Kopf. »Wissen Sie, wo ich Nienke finde?«

Wenig später stand Emma vor einem Friesenhaus, dessen Eingangstür und Fensterrahmen blau gestrichen waren. Sie musste nicht lange nach Nienke suchen, denn auf einer Bank neben einem Hortensienbusch saß eine ältere Frau und rauchte eine Seemannspfeife. Emma schätzte sie auf Mitte sechzig. Über die Schultern hatte sie sich einen schwarzen Strickschal gelegt. Das war auch das Einzige, das der herkömmlichen Mode ihrer Altersgruppe entsprach. Denn auch der Rest ihrer Kleidung war schwarz, dazu trug sie grobe halbhohe Schnürschuhe. Ihre weißgrauen Haare waren auf der linken Schädelseite kurz rasiert, im Ohr steckten drei Ohrringe.

Im Garten verteilt standen kunterbunte Kunstobjekte, die alle mehr oder weniger ein Friesenthema hatten. Es gab einen neonpinken Anker, an dessen Zacken Fische aus Metall befestigt waren, einen Rettungsreifen, der mit einem Tuch umhäkelt war, einen türkis angesprühten Austernfischer, der aus Schrauben, Muttern und anderen Schrottteilen gefertigt war.

»Guten Tag, mein Name ist Emma Martens. Ich komme wegen ...« Verlegen suchte sie nach Worten. »... Ihrer Freundin Bruntje«, beendete sie den Satz. »Haben Sie kurz einen Moment Zeit?«

Nienke zuckte sichtlich zusammen, und dabei fiel ihr die Pfeife aus dem Mund. Sofort griff sie danach, sprang auf und schüttelte sich den Tabak aus dem Schoß. »*Harrijasses!*«, fluchte sie.

Emma öffnete sofort das Gartentor und eilte zu ihr. »Alles in Ordnung? Haben Sie sich verbrannt?«, fragte sie besorgt und hob den Strickschal auf, der auf den Boden gerutscht war.

Nienke winkte ab und setzte sich wieder. Sie beruhigte sich ebenso schnell, wie sie sich aufgeregt hatte. *Wie Leon,* dachte Emma. Optisch sah sie ihm mit ihrem kugelrunden Gesicht und den kräftigen Händen aber nicht ähnlich. Allerdings war auch sie hochgewachsen, überragte Emma um einen ganzen Kopf. Aus der Nähe erkannte sie, dass einer von Nienkes Ohrringen die Form einer Fledermaus hatte und es sich bei den anderen um winzige Skelette handelte, deren Extremitäten weit über das Ohrläppchen hinunterbaumelten.

»*Elk hett sien Krüüz, man de Müller hett dat grootst.*«

»Was?«, fragte Emma.

»Es gibt Schlimmeres. Kommst wohl nicht von hier?« Sie holte eine Packung Tabak aus ihrer Brusttasche und stopfte ihre Pfeife neu. Auch ihre Fingernägel waren metallisch schwarz bemalt.

»Nein, ich komme aus Frankfurt. Bruntje hat mir ihr Haus vermacht, und ich möchte dort einziehen.« Sie holte Luft, um sich auf den nächsten Satz vorzubereiten. »Und ich habe ihr Schiff geerbt.«

Nienke zündete sich in aller Seelenruhe die Pfeife an, zog daran und stieß den Rauch aus, der sich sofort in der sanften Brise verflüchtigte. »Soso. Die *Bernstein II*. Das ist interessant. Und warum hat sie dir den Kutter vererbt?«

Emma zuckte mit den Schultern. »Mein Vater stand ihr nahe. Alexander Martens, falls Ihnen das was sagt. Jedenfalls möchte ich das Schiff auf Vordermann bringen, und die Schiffsbauer sind alle ausgebucht. Ich dachte, vielleicht haben Sie ein paar Tipps für mich?«

Doch Nienke schaute versonnen in die Ferne. »Bruntje war meine beste Freundin, auch wenn sie sechzehn Jahre älter war als ich. Sie fehlt mir sehr«, sagte sie. »Immer für einen Klönschnack zu haben und stets gut gelaunt. Außerdem hat sie meine Marotten jahrzehntelang ertragen, und das ist was wert.« Sie schlug sich auf die Schenkel und lachte. Ihre Skelettohrringe klackerten dabei. »Deinen Vater habe ich ein paarmal getroffen, als er bei Bruntje zu Besuch war. Aber ich erinnere mich nicht mehr genau an ihn. Tut mir leid. Ist lange her, und bei Bruntje gingen so viele Leute ein und aus.« Plötzlich lief ein Schatten über ihr Gesicht. »Wenn du den Kutter und das Haus geerbt hast, heißt es, dass dein Vater ...«

»Ja, er ist gestorben«, warf Emma rasch ein und wechselte schnell das Thema. »Ich hätte Bruntje nur allzu gern kennengelernt. Es fühlt sich merkwürdig an, das Vermögen einer fremden Frau zu erben.«

»Dem können wir Abhilfe schaffen. Ich erzähle dir gern mehr über sie. Sie war eine bemerkenswerte Frau. Komm, setz dich zu mir.« Sie klopfte auf die Bank neben sich. »Wusstest du, dass Bruntje Schneiderin war?«

Emma schüttelte den Kopf.

»Jawohl, das war sie. Und eine gute dazu. Jeder ging gern zu ihr, denn sie war zuverlässig, arbeitete sauber und hatte ein offenes Ohr. Sie konnte Kostüme schneidern und hat den Seemännern ihre Uniformen umgearbeitet. Aber sie war auch ein Schlitzohr und hat keine Gelegenheit ausgelassen, sich in das Leben ihrer Mitmenschen einzumischen. Hat oft Nachrichten in den Jackentaschen ihrer Kunden hinterlassen oder nützliche Geschenke, von denen sie wusste, dass die Leute sie gut brauchen konnten. Dem alten Kapitän Hauke hat sie eine Flasche Ketten-Öl zukommen lassen, weil sein Fahrrad quietschte. Und der Köchin vom Sielkieker hat sie eine Tüte Salz zugesteckt, weil ihr Plattfisch nach nichts schmeckte. Tatsächlich war ihr Fisch danach immer gut gewürzt. Jaja, so war sie, meine Bruntje.« Nienke beugte sich vor und hob ihren Rock an. Ein Koi-Tattoo kam auf ihrem Bein zum Vorschein. »Und sie war ein ebenso großer Japan-Fan wie ich.«

»Das erklärt die japanische Malerei im Treppenhaus«, stellte Emma fest und beugte sich vor, um das Tattoo näher zu betrachten. Links und rechts neben den Barteln des Kois trieben Lotusblüten auf einem dunkel gehaltenen Hintergrund.

»Genau.« Nienke lehnte sich zurück, und das Tattoo verschwand wieder unter dem Stoff. »Was hast du mit dem Schiff vor?«

»Na ja, die Sache ist die. Ich möchte es gern restaurieren. Und am liebsten schnell, denn die Gemeinde denkt darüber nach, mir den Liegeplatz zu kündigen, und außerdem habe ich mit deinem Neffen Leon eine Wette abgeschlossen.« Sie spürte, wie eine warme Welle durch ihren Bauch schwappte, als sie Leons Namen aussprach. »Er traut mir nicht zu, den Kutter flottzumachen und damit eine Runde um Borkum zu drehen.«

In Nienkes Augen blitzte es. »*Mien Jung Leon*, soso.« Sie klatschte in die Hände. »Dann lass uns doch mal den Kutter gemeinsam untersuchen. Mit vereinter Frauenpower ist alles möglich.«

»*Blixem*, da gibt es einiges zu tun«, sagte Nienke entgeistert, als sie den Kutter genauer in Augenschein nahm. Kritisch beäugte sie die Positionslampen, auf denen eine dicke Schicht Insekten klebte. »Hast du einen Stift? Schreib auf …« Sie diktierte Emma eine lange Liste mit Dingen, die erledigt werden mussten, und eine weitere mit Materialien, die Emma besorgen sollte. »Das Rollengrundtau muss komplett erneuert werden, das ist nicht mehr zu retten«, sagte sie und deutete auf die hölzernen Rollen über ihr. »Die macht man heutzutage auch aus Kunststoff.«

Emma hörte aufmerksam zu und notierte sich alles. Ihr Kopf schwirrte von all den neuen Begriffen, aber sie war bereit, zu lernen, was es zu lernen gab.

»Hier wird der Beifang aussortiert, der dann gleich wieder ins Meer zurückgeschüttet wird«, erklärte Nienke. »Und dort werden die Krabben dann direkt an Bord gekocht. Krabbenfang ist ein Knochenjob. Die Saison geht von März bis Dezember, und die Fischer sind tagelang auf dem Wasser und arbeiten auch, wenn es dunkel ist. Nachts lassen sich die Krabben am besten fangen, weil sie das Netz nicht kommen sehen.«

Der Kutter schwankte leicht, als sie über das Deck gingen, und die Bewegung allein reichte, um Emmas Fernweh zu wecken. »Woher weißt du so viel über das Thema?«, fragte sie, während sie einen orangenen Plastikkorb untersuchte, der stark nach Fisch roch.

»Bruntjes Mann Jost hat den Kutter geführt, und ich bin mit den beiden oft aufs Meer hinaus. Ich mochte das. Auf dem Meer ist man mit sich allein, auch wenn man mit einer Mannschaft unterwegs ist. Aber nachdem Jost gestorben ist, lag der Kutter nur noch im Hafen. Hier, notier dir: neue Rettungsringe, Erneuerung der Kesselabdichtung.« Prüfend fuhr sie mit dem Fingernagel über einen Silikonstreifen. »Alles marode«, stellte sie fest.

Schließlich gab Nienke sich mit der Inspektion zufrieden. »Das war's, mien Leev. Sobald du alles besorgt hast, legen wir los.«

Emma nickte. Nienke legte ihr die Hand auf den Arm. »Hast du vielleicht Lust, mich morgen Abend zur Kochgruppe zu begleiten? Dann kann ich dir noch mehr über Bruntje erzählen, und du lernst ein paar einheimische Mädels kennen. Was meinst du?«

»Oh, das wäre schön. Ich würde mich über etwas Anschluss freuen, und ich koche unglaublich gern.«

Der Rest des Tages verging wie im Flug. Emma fuhr zum Baumarkt und besorgte einen Teil der Werkzeuge und Materialien, wie Nienke es ihr aufgetragen hatte. Sie bekam bei Weitem nicht alles in Greetsiel, für die übrigen Sachen würde sie in den nächsten Tagen nach Emden fahren müssen, und einige Teile konnte sie ohnehin nur im Internet oder im Fachhandel in Hamburg kaufen. Später am Nachmittag schaute sie beim Haus vorbei und riss den Teppich heraus. Zwischendurch klingelte ihr Handy, es war Markus. Sie drückte den Anruf weg, weil es nichts gab, was sie mit ihm noch besprechen wollte.

Am nächsten Morgen zupfte sie Unkraut im Garten und legte die Gartenfliesen neu, die krumm und schief den Weg zu einem Hochbeet pflasterten, das vollkommen überwuchert war. »Da werde ich Tomaten und eine Menge Kräuter anpflanzen«, erklärte sie Flip, der brav hinter ihr hertapste, wenn er nicht gerade im Strandkorb entspannte, den sie gründlich geputzt hatte. Die kleine Spinne, die darin wohnte, hatte sie sorgsam in ein Gebüsch getragen.

Anschließend bestellte sie ein neues Rollengrundtau online. Dabei war sie gut gelaunt, nahezu enthusiastisch. Ihr ganzer Körper schien mit einer vibrierenden Energie gefüllt zu sein, die nur darauf wartete, genutzt zu werden. Nur den Gedanken an Leon verdrängte sie. Seit dem Vorfall mit Thobe hatte sie ihn nicht mehr gesehen, und auf ihre Einladung zum Grillabend hatte er ihr auch nicht geantwortet.

Als sie abends das Giebelhaus im Schollenweg betrat, in dem sich die Kochgruppe »Bohntjesopp« jeden Mittwoch traf, und ihr der Geruch von frischen Kräutern, Sahne und Fisch entgegenschlug, blieb sie im Türrahmen stehen und atmete tief ein. Vor ihr arbeiteten eine Handvoll älterer Frauen gemeinsam an einem langen Tisch, redeten und lachten. Alle trugen dunkelblaue Schürzen mit einem Anker auf der Brusttasche. Mitten unter ihnen stand Nienke mit einem langen Filettiermesser. Und neben ihr entdeckte Emma eine deutlich jüngere Frau mit einem bekannten Gesicht, das sie sofort zum Lächeln brachte. »Kea?«, fragte sie.

Kapitel 8

In den Töpfen und Pfannen brodelte und brutzelte es, und es roch verführerisch nach all den Köstlichkeiten, die die Frauen zubereiteten. Es gab ostfriesische Gemüsesuppe, Seelachs mit Kohlrabi-Sahne-Soße und Semmelknödeln, und ein deftiges Grünkohlgericht. Emma und Kea hatten sich ein Stück der Küchenplatte gesichert und unterhielten sich, während sie arbeiteten. Kea erzählte ihr, dass sie im Krankenhaus von Pewsum geboren worden war und nun, siebenundzwanzig Jahre später, dort selbst als Hebamme arbeitete.

»Gibt's eure Kochgruppe schon lange?«, fragte Emma, während sie die Eier in den Teig für die Teewaffeln schlug.

»Wir machen das jetzt seit fünf Jahren. In Greetsiel gibt es nicht viel zu tun, da organisieren sich viele Leute in Vereinen.« Kea hob das Pflaumenmus unter die Sahne, bevor sie weiterredete: »Hier oben auf dem platten Land überlebt man nur, wenn man eine Beschäftigung findet und sich in der Gemeinschaft organisiert. Sonst vereinsamt man.« Sie verzog das Gesicht und flüsterte Emma zu: »Aber mir hat es bisher an Gleichaltrigen gefehlt, deshalb kannst du dir gar nicht vorstellen, wie sehr ich mich freue, dass du jetzt dabei bist.«

Emma spürte, wie ihr die Röte in die Wangen stieg. Sie war schon lange nicht mehr so herzlich aufgenommen worden. Und es stimmte – sie beide waren mit Abstand die Jüngsten in der Gruppe.

»Du bleibst doch hier, oder?«, fragte Kea skeptisch.

»Klar«, sagte Emma und horchte in sich hinein. Ja, ihr gefiel es hier gut.

Nienke schlurfte zu ihnen hinüber und fragte: »Tee, ihr Nesthäkchen?«

In der Hand hielt sie eine Kluntjezange, und Emma überwand sich. Sie war zwar keine Teetrinkerin, aber mit viel Zucker würde es gehen, und das Teetrinken gehörte nun mal zu Ostfriesland dazu wie die Muscheln zum Meer.

»Wie hältst du denn den Kartoffelschäler?«, fragte Nienke skeptisch, und Emma wurde sofort rot.

»Ich bin Linkshänderin«, gestand sie. »Der Schäler ist aber für Rechtshänder gemacht.«

Nienke schüttelte den Kopf und nahm ihr den Schäler ab, um ihn gegen ein schmales Messer zu tauschen. »Da«, sagte sie. Sie hatte ihre kleinen Fledermausohrringe gegen lange, baumelnde Anhänger aus schiefergrauen Holzstückchen getauscht und wirkte mit ihren nietenbesetzten Hosen, der Seidenweste über der dunklen Rüschenbluse und den ledernen Armbändern wie ein Pirat, der sich in den Zirkus verirrt hat. Außerdem war sie ein ganzes Stück größer als die anderen Damen, mit denen sie sich aber hervorragend zu verstehen schien.

Dina, eine weißhaarige Frau mit zerfurchtem Gesicht, lehnte sich zu ihnen herüber und versuchte auf Zehenspitzen, einen Arm um Nienkes Schultern zu legen. »*De seute Deern*, die ist unsere Bulldogge«, erklärte sie Emma feierlich. »Nicht wahr, Nini?«

Nienke gluckste verlegen.

»Jaja, das bist du. Du passt auf uns alle auf. Weißt du, Emma, sie hat früher Kickboxen gemacht.« Dina kicherte. »Als ich noch jung war, da hat sie mich mehr als einmal von ungebetenen Verehrern befreit. Der Zahnarzt hatte damals viel zu tun.«

»*Dina, holl de Snuut, du oller Rachfatt!*«, schimpfte Nienke nun, aber ihre Freundin lachte nur und gab ihr ein Küsschen auf die Wange.

Im Gegensatz zu Nienke trug Dina bunte Wickelhosen und ein perlenbesetztes Dreieckstuch, das in allen Farben des Regenbogens schillerte. »Oh, solche Worte sind aber nicht gut für dein Karma.«

»Ich glaube, der Zug nach Karma ist längst für mich abgefahren«, konterte Nienke und machte eine wegwerfende Handbewegung.

»Ach du!« Dina grinste und wurde dann etwas ernster. »Schade, dass Bruntje nicht mehr bei uns ist. Die hätte dir ordentlich Kontra gegeben. Ich bin einfach zu nett.«

Nienke biss sich auf die Lippe, und auf ihre eben noch fröhliche Miene legten sich Schatten. Auch Emma spürte, wie sich ein Knoten in ihrem Hals bildete.

»Wir vermissen sie sehr. Sie war der gute Geist der Truppe«, fuhr Dina fort, die nicht zu merken schien, dass es um sie herum stiller geworden war.

»Au, *Blixem*!« rief eine Frau, die Emma als Gretchen vorgestellt worden war und die nun an ihrem Finger saugte. »Ich habe mich schon wieder geschnitten.« An ihren Händen klebten mehrere Pflaster.

Sofort wandte Nienke sich ihr zu und schimpfte: »Warum schneidest du auch immer das Gemüse? Das geht doch nie gut. Und wie das wieder aussieht! Die Möhrenwürfel sind alle unterschiedlich groß.« Sie verdrehte die Augen. »Komm, ich schaue mir das mal an.« Vorsichtig tupfte sie Gretchens Wunde sauber und klebte dann ein Pflaster darauf. »So, fast wie neu«, behauptete sie.

In der Zwischenzeit hatte sich Emma die Frühlingszwiebeln gegriffen, um sie zu verarbeiten. »Kanntest du Bruntje eigentlich auch?«, fragte sie Kea, die neben ihr stand.

»Nein, aber ich habe einiges von ihr gehört. Sie war wohl ein echtes Original und hatte für jeden ein offenes Ohr. Ein bisschen wie Nienke, nur nicht ganz so alternativ.«

Es vibrierte in Emmas Tasche, und sie holte ihr Handy heraus. Wieder ein Anruf von Markus. Sie schaltete das Smartphone aus und legte es beiseite. Was immer er wollte, es war ihr egal.

Sichtlich fasziniert schaute Kea ihr zu, wie sie die Zwiebeln erst faltete und dann in hauchdünne Ringe schnitt.

»Das habe ich noch nie gesehen. Ein cooler Trick«, fand sie. »Du arbeitest nicht zufällig als Köchin?«

Emma lachte und füllte die Ringe in eine Schüssel. »Nee, gar nicht. Ich habe als Außendienstlerin gearbeitet.« Mann, wie weit entfernt sich das bereits anfühlte … wie eine andere Welt, ein anderes Leben. »Aber ich koche unglaublich gern. Den Trick habe ich aus dem Internet. Ist eine asiatische Schnitttechnik.«

Kea nickte anerkennend. »Suchst du nicht noch eine neue Arbeitsstelle? Vielleicht solltest du im Gastronomiebereich anfangen.«

Emma lachte, dann aber hielt sie inne. Das war keine so schlechte Idee.

Am nächsten Morgen stand sie früh auf. Erstens, weil sie sich vorgenommen hatte, eine Runde am Meer spazieren zu gehen, und zweitens, weil Flip unruhig zwischen ihren Füßen hin und her wuselte. »Ist ja gut, Flipsi, ich komme ja«, sagte sie müde, streckte sich und gähnte.

Es war ein kühler Morgen, der Himmel war bedeckt. Aber mit jedem Schritt, den Emma in Richtung Deich lief, wurde die Wolkendecke dünner, bis sie schließlich ganz aufriss. Das Meer vor ihr wogte sanft vor und zurück, endlos weit und glitzernd wie ein Gemälde, das sich im Wind bewegte. Flip setzte sich hin, auch er schien von dem Anblick fasziniert. Alles wirkte so ruhig, und dennoch waren sie von den Geräuschen der Natur umgeben.

Kreischende Möwen, die über einem Schiff kreisten, Wasservögel, die flügelschlagend auf den Wellen landeten, die Brise, die ihr die Stirn kühlte, und als sie die Augen schloss, hörte sie leise das Knistern der Krebse im Watt. Sie sah, wie die Farben des Meeres sich zum Horizont hin veränderten, es immer dunkler wurde und den Anschein von Tiefe vermittelte. Sie seufzte. Es war so schön hier.

Plötzlich entdeckte sie etwas, das unweit der Wasserkante an der Oberfläche trieb. Das war doch kein Treibholz? Sie kniff die Augen zusammen und erschrak. Da trieb ein Mensch.

»Warte hier«, befahl sie Flip, der den Kopf schief legte, und stürmte in Richtung des Körpers, der völlig unbewegt zwischen den Wellen dahindriftete. Schnell streifte sie die Schuhe ab, riss sich die Baseballkappe vom Kopf, lief auf Socken ins Wasser und versteifte sich, als das kalte Salzwasser eine Gänsehaut auf ihre Arme und Beine jagte. Trotzdem kämpfte sie sich vorwärts, bis sie die Frau erreichte, die mit geschlossen Augen und ausgebreiteten Armen vor sich hin trieb. Emmas Kleidung zog schwer an ihr, und sie bereute, nicht den Pullover ausgezogen zu haben, aber das Adrenalin verlieh ihr zusätzliche Kraft. Ohne zu zögern, griff sie die Frau unter den Armen, um sie zum Festland zu bringen. Diese öffnete die Augen, schlug um sich und schrie. Emma schrie ebenfalls, schluckte Wasser und spuckte. Wild ruderte sie ein paar Meter weg, ihr Herz schlug so heftig, dass sie sich kaum auf die Frau konzentrieren konnte, die in aller Seelenruhe auf sie zuschwamm. Jetzt erkannte sie die alte Motje, die nun wieder quietschlebendig wirkte.

Flip war zum Wassersaum gelaufen und machte Anstalten, zu ihr zu kommen. »Bleib!«, brachte Emma hervor und schwamm an Land, um Flip davon abzuhalten. Er konnte einfach zu schlecht schwimmen. Sie umklammerte ihren Mops und setzte sich mit ihm in den Sand, um den Schreck zu verarbeiten.

Schließlich trat Motje aus dem Wasser und schüttelte sich, dass ihre grauen Haare hin und her flogen.

»Mädchen«, sagte sie und grinste dann. »Gerätst du immer so leicht in Panik?«

Emma starrte sie an. Sie hatte wirklich geglaubt, dass Motje eine Wasserleiche wäre. Der Schreck und die nassen Klamotten ließen sie zittern, und nun musterte Motje sie mitleidig.

»Na, na«, sagte die alte Dame. »Komm, ich bring dich nach Hause.« Sie griff nach Flips Leine, und das war Emma recht. Sie hatte genug für heute. »Ich habe dir doch erzählt, dass ich jeden Tag schwimmen gehe, wenn ich hier Urlaub mache.«

Emmas Zähne klapperten. Motje legte ihr ein Handtuch um die Schultern, aber das half nicht viel, weil sie sich vorher damit abgetrocknet hatte.

»Weißt du, das kommt öfter vor, dass Strandgänger mich für tot halten. Einmal hat ein junger Mann sogar die Wasserwacht gerufen.« Sie kicherte, aber Emma war nicht nach Scherzen zumute. »Wenn du mal so alt bist wie ich, wirst du verstehen, wie wichtig jeder einzelne Tag ist, der einem noch verbleibt. Und wenn sich dann Leute um einen sorgen, tut das unglaublich gut. Auch wenn es mir natürlich leidtut, wenn ich andere erschrecke. Aber es ist ein so schönes Gefühl, sich treiben zu lassen, eins mit dem Meer zu werden. Das Meer nimmt dir alle Schwere, es lässt dich fliegen.«

Als sie Emmas Wohnwagen erreichten, bot Motje an, Flip für sie zu Herbert Raschl zu bringen, und sie nahm auch die Packung Wacholderbeeren mit, die Emma besorgt hatte. »Er kann die beim Räuchern für seine Aale verwenden, die geben ihnen ein ganz besonderes Aroma«, hatte Emma ihr erklärt.

Während Motje und Flip von dannen zogen, suchte sie sich frische Kleidung heraus und schnappte sich ihren Waschbeutel. Eine heiße Dusche später hatte sie frische Kraft getankt, die sie heute auch dringend benötigte, denn sie hatte sich viel vorgenommen.

Erst fuhr sie nach Emden, um eine Schleifmaschine, Hobel,

verschiedene Kalfateisen, Bohraufsätze und andere Dinge von ihrer Liste zu besorgen. Nienke hatte ihr genau erklärt, was sie brauchten, und das war gut so, denn sie hatte die meisten der Werkzeuge noch nie in der Hand gehalten. Trotz Nienkes Anweisung konnte sie viele der Fragen, die ihr im Fachhandel gestellt wurden, nicht beantworten.

»Dieses VHF-Funkgerät ist das günstigste Modell aus unserem Angebot, ich empfehle Ihnen allerdings dieses hier, das ist mit vielen zusätzlichen Funktionen ausgestattet, darunter Digital Selective Calling, GPS-Integration und einem Automatic Identification System. Was meinen Sie?«

Emma setzte ein Pokerface auf, um nicht zugeben zu müssen, dass sie absolut keine Ahnung hatte und der Vortrag für sie wie Klingonisch klang. »Einen Moment bitte.« Sie verzog sich hinter ein Regal, in dem Arbeitsschutzausrüstung lagerte, und rief Nienke an. Kurz darauf konnte sie dem Angestellten eine Antwort geben. »Das teurere Modell bitte.«

Mit schweren Tüten beladen und um viele Euros leichter fuhr sie zu ihrem Haus, um dort nach dem Rechten zu sehen. Heute sortierte sie die Sachen im oberen Stockwerk durch. An Bruntjes Kleidung haftete ein leichter Lavendelduft, und es tat ihr leid, dass sie die Sachen spenden würde. Kleidungstücke waren so etwas Persönliches. Aber tragen wollte sie die hauptsächlich graubraunen Wollröcke und beigen Blusen auch nicht. Die Nähsachen packte sie säuberlich in Kartons, denn unter den Frauen der Bohntjesopp-Kochgruppe gab es sicherlich einige dankbare Abnehmerinnen dafür. Nur die antike Nähmaschine mit der Handkurbel wollte sie als Erinnerung behalten. Ebenso wie Bruntjes persönliche Andenken: die handgeschriebenen Notizen, die sie im Nachttisch fand, Fotos oder Erinnerungsstücke von Reisen. Darunter waren auch Aufnahmen ihres Vaters, die Emma beiseitelegte, um sie später in ein eigenes Album einzusortieren. Anscheinend hatte er ebenso gern gegessen, wie Emma kochte, denn auf mehreren Bildern saß er in Restaurants oder hielt ein Krabbenbrötchen in die Kamera. Es tat zwar weh, diese Bilder zu sehen, aber es schaffte auch eine ganz neue Verbindung zu dem Mann, den sie nie hatte kennenlernen dürfen.

Zwischendurch entdeckte Emma japanische Fächer, henkellose Yunomi-Becher und eine Schachtel mit bunt bedrucktem Origami-Papier. Bruntje hatte ihre Heimat geliebt und gleichzeitig von der Ferne geträumt – es berührte Emma, dass für die alte Dame beides möglich gewesen war.

Auch am nächsten Tag kümmerte Emma sich morgens um das Haus, klebte Sticker auf die Möbel, um zu kennzeichnen, welche sie behalten wollte, räumte den Garten weiter auf und pflanzte pinkfarbene und weiße Pfingstrosen am Gartenzaun entlang.

»So, das ist doch ganz hübsch!«, rief sie und klatschte zufrieden in die Hände. Sie trat einen Schritt zurück und betrachtete ihr neues Heim. Das alte Haus mit seiner weißen Fassade und dem roten Ziegeldach besaß einen besonderen Charme. Irgendwann würde es wieder ein Schmuckstück Greetsiels sein, um das sie die Touristen, die hier täglich vorbeiradelten, beneiden würden.

Es blieb ihr nicht viel Zeit, ihr neues Zuhause zu genießen, denn nach einem schnellen Matjessalat im Panntjefisk eilte sie zu ihrem Kutter.

Es herrschte dichtes Gedränge in Greetsiel, denn es war nicht nur Freitag, sondern die Sonne schien warm und der Himmel war blau. Touristen bestaunten die alten Giebelhäuser am Hafen und die historischen Schiffe, die dort vor Anker lagen. Hin und wieder blieb ein Besucher stehen und schaute ihr zu, wie sie das Deck schrubbte, den alten Krabbenkochtopf reinigte und ein Netz notdürftig flickte.

»Das geht aber anders«, erklang plötzlich eine ihr allzu bekannte Stimme. Emma sah auf und entdeckte Thobe, der lässig auf einem der Poller hockte, an denen der benachbarte Kutter, der heute rausgefahren war, normalerweise seine Leinen festmachte.

Obwohl Emma solche Besserwisserei gar nicht mochte, konnte sie jede Hilfe brauchen. »Soso«, erwiderte sie. »Und wie geht das richtig?«

Thobe sprang behände auf und kletterte auf den Kutter. Statt seines schicken Anzugs trug er ein sportliches Outfit: eine hellbeige knielange Jeans, die unten hochgekrempelt war, und ein weißes Poloshirt, das oben weit offen stand. Allerdings hatte er seine Haare glatt nach hinten gegelt – das war auch Markus' Lieblingsfrisur gewesen.

»Gib mal her«, sagte er und nahm Emma die Nadel aus der Hand. »Du musst das anders weben. Einmal hier und dann da durch.« Geschickt führte er den Faden durch das Netz, dann begutachtete er zufrieden sein Werk. »Es gibt viele Methoden, und jeder Kapitän hat da seine eigene. Mein Großvater hat immer die Inlay-Methode verwendet, kann ich dir bei Gelegenheit mal zeigen. So, aber nun zu uns beiden Hübschen.« Er breitete beide Arme aus und legte den Kopf in den Nacken, bevor er Emma wieder anschaute. »Es ist ein herrlicher Tag heute, und ich halte es für meine politische Pflicht, dir, als neuer Bürgerin unserer wundervollen Gemeinde, die Region näherzubringen.«

»Ja?«, fragte Emma, die nicht ganz verstand, worauf Thobe hinauswollte.

»Ich würde dich gern von deinem Kutter entführen und auf eine Fahrradtour mitnehmen.«

»Oh, das ist furchtbar nett, aber ich wollte eigentlich noch –«

»Papperlapapp, die Arbeit läuft nicht weg«, unterbrach er sie.

»Ich habe kein Fahrrad.«

»Zwei Straßen weiter gibt es einen Fahrradverleih.«

»Aber …« Emma suchte flugs nach einer Ausrede. Sie hatte nichts gegen Thobe, und der bemühte sich anscheinend sehr um ihr Wohl, aber was wäre, wenn Leon das mitbekam?

»Bitte?« Er zog eine Schnute und blinzelte sie mit großen Augen an. So absurd das auch aussah, es funktionierte. Immerhin konnte sie selbst entscheiden, mit wem sie was machte, sie war Leon schließlich nichts schuldig, und der redete ja nicht mal mehr mit ihr.

»Na gut«, gab sie nach. Ganz wohl fühlte sie sich trotzdem nicht.

Der Rückenwind ließ sie schnell vorankommen, und es dauerte nicht lange, bis sie die Hauener Pütten erreichten, ein Naturschutzgebiet, auf dessen Gewässern und Salzwiesen sich zahlreiche Vogelarten tummelten. Sie fuhren bis zur Beobachtungshütte und stiegen kurz ab, um Flussseeschwalben, Bartmeisen, Seeregenpfeifer und eine tief fliegende Rohrweihe zu beobachten. Ein Bartmeisenmännchen hüpfte unweit von ihnen entfernt auf einen niedrigen Ast, und Emma zeigte auf es. »Ihr beide habt eine Gemeinsamkeit«, sagte sie kichernd. Sie spielte auf die schwarzen Streifen auf den Wangen des Vogels an, die an einen Schnurrbart erinnerten.

»Meiner ist schöner«, behauptete Thobe und strich sich demonstrativ über die Bartspitzen.

Die Luft war erfüllt von Gezwitscher, Gepiepe und Vogelgesang. Emma sog die Luft tief ein. »Hach«, seufzte sie.

Thobe rückte etwas näher zu ihr heran und hob den Arm. Er wollte doch nicht etwa …? Vorsichtshalber trat sie einen Schritt zur Seite, und er ließ den Arm wieder sinken. Das zerstörte die Magie des herrlichen Panoramas und machte Emma nachdenklich. Sie wollte keine falschen Hoffnungen bei ihm wecken. Gerade erst kam sie aus einer Beziehung, die ganz schön deprimierend gewesen war, nicht zu sprechen von dem schrecklichen Ende, das sie gefunden hatte. Und wenn überhaupt, dann musste es dieses Mal der Richtige sein, der, der ihr Herz zum Rasen brachte und ihre Handflächen feucht werden ließ. So jemand wie Leon. Erschrocken hielt sie bei dem Gedanken inne.

»Komm, lass uns weiterfahren«, schlug sie vor.

Sie radelten am Deich entlang, vorbei am Pilsumer Leuchtturm mit seinem unverkennbaren Ringelsockenanstrich und der Metallwand, an der Hunderte gravierte Schlösser baumelten, die Liebespaare dort aufgehängt hatten. Ein Schloss war noch ganz neu und hatte die Form eines Herzens. »Schau mal«, sagte Emma und schmunzelte. »Da stehen drei Namen drauf. Bente, Maje und Urs. Ich frage mich, was für eine Geschichte dahintersteckt.«

Thobe zuckte mit den Schultern. »Ich find's kitschig«, sagte er abfällig.

Sie fuhren weiter bis zum Deicharbeiter-Denkmal in Diekskiel. Hier ließen sie das Meer hinter sich und nahmen die schnurgeraden Straßen durchs Inland zurück nach Greetsiel. Übermütig ließ Emma den Lenker los und breitete die Arme aus, genoss es, wie der Wind sie voranschob. Thobe hingegen trat verbissen in die Pedale, ihm stand der Schweiß auf der Stirn, und er keuchte bei jedem Tritt. Auch seine Laune war nach ihrem Halt in den Hauener Pütten deutlich angeknackst, und er war wortkarg geworden.

Im Dorf angekommen, gaben sie die Fahrräder ab und liefen gemeinsam zum Hafen zurück. Der Wind trug eine seltsam traurige Melodie zu ihnen herüber, eine Mischung aus tiefen, rauen Stimmen, die nach Fernweh klangen.

»Da ist irgendwo ein Chor«, mutmaßte Emma und lauschte dem wehmütigen Gesang, der in ihr Bilder von Fischern und Schiffen weckte, von Sturm und See.

»Klingt furchtbar«, fand Thobe, aber er folgte Emma, die den Quell der Musik suchte.

An der Sielstraße vor der Galerie standen etwa ein Dutzend Männer, jeder von ihnen mit einer hellen Hose, einem marineblauen Matrosenhemd und einem roten Tuch bekleidet. Die älteren unter ihnen hatten Bärte und trugen Kapitänsmützen, aber es gab auch ein paar jüngere Sänger. Sie hatten alle ernste Mienen aufgesetzt, die gut zu ihren nostalgischen Seemannsoutfits passten. Einer von ihnen trug eine gestrickte Mütze, unter der sich dunkelbraune Locken hervorringelten. Seine Haut war deutlich dunkler als die seiner Chorkollegen, und das Funkeln in seinen Augen ging Emma unter die Haut.

Leon!, schoss es ihr durch den Kopf, und augenblicklich wurden ihre Knie wackelig. Wie er so dastand, völlig eins mit sich und den anderen, vor dieser idyllischen Hafenkulisse und diesem wunderschönen Gesang, der tief in ihr Sehnsüchte weckte, da kam sie sich wie verzaubert vor. Der Zauber hielt allerdings nur einen kurzen Moment, bis sie realisierte, dass sie gerade mit Thobe unterwegs war.

Oh nein! Sofort tauchte sie hinter einer Gruppe Besucher ab, die den Auftritt mit ihren Handykameras festhielten. Leon schaute in ihre Richtung, aber sein schwermütiger Ausdruck veränderte sich nicht. Dennoch glaubte sie, es kurz in seinen Augen blitzen zu sehen, als hätte er sie erkannt. Das Lied verklang, die Männer verbeugten sich, und die Touristen applaudierten. Leon schaute unbeirrt in ihre Richtung.

»Bockmist«, schimpfte sie, und ihr wurde mulmig. Leon war so wütend auf Thobe gewesen, dass bestimmt irgendetwas Schlimmes vorgefallen war. Dahinter musste mehr stecken als Antipathie oder ein altes Zerwürfnis.

»Was ist?«, fragte Thobe verwirrt, der Leon unter den Sängern offenbar noch nicht entdeckt hatte.

»Das ist nicht gut«, antwortete sie betreten und versuchte sich möglichst klein zu machen. In ihrem Bauch meldete sich ein schuldbewusstes Ziehen. Wenn sie mit Leon befreundet sein wollte, das wusste sie jetzt, konnte sie nichts mehr mit Thobe unternehmen. Aber das wollte sie ohnehin nicht mehr, die Fahrradtour an sich war schon ein Fehler gewesen.

Einer der Sänger zupfte an Leons Hemdsärmel und verwickelte ihn in ein Gespräch. Emma biss sich auf die Lippe, und jetzt verstand Thobe. »Leon«, murmelte er verächtlich, die Stirn bewölkt. »Komm!« Er zog Emma vom Hafen weg und in den Schatthauser Weg, der sie zur Binnenmuhde führte. Dort angekommen, blieb er stehen und schaute sie unwirsch an. Seine Stimme klang gepresst, als er anbot: »Ich kann dir helfen, eine temporäre Unterkunft zu finden. Die Ferienwohnungen sind seit Monaten ausgebucht, aber mein Vater hat gute Beziehungen zu einigen Vermietern und könnte dafür sorgen, dass eine Buchung abgesagt wird. Dann bräuchtest du diesen Lulatsch nicht mehr zu sehen.« Er hielt Emmas Arm immer noch fest, einen Tick zu kräftig, wie sie fand. Seine Fingernägel gruben sich so tief in ihre Haut, dass es wehtat. Ein Ruck, und sie war frei.

»Was soll das heißen? Dass irgendwelche Besucher, die sich wahrscheinlich monatelang auf ihren Urlaub gefreut haben, meinetwegen ohne Bleibe dastehen? Nee, so etwas mache ich nicht.« Sie rieb sich den schmerzenden Arm.

Thobe verzog spöttisch das Gesicht. »Ich sehe doch, dass du Leon aus dem Weg gehst. Und ich kann das verstehen, er ist ein Arsch.«

Erschrocken hielt Emma die Luft an. »Er ist was bitte? Nein, sag es nicht noch mal.« Instinktiv straffte sie die Schultern. »Und jetzt mal Klartext: Was ist da los mit dir und Leon? Es ist doch nicht normal, dass zwei erwachsene Männer so verfeindet sind.«

Zwischen Thobes Augenbrauen bildete sich eine Zornesfalte. »Da kann ich doch nichts für. Er konnte mich noch nie leiden, war immer eifersüchtig auf mich, schon in der Schule. Und vor ein paar Jahren hat er mich öffentlich gedemütigt, indem er mir meine Verlobte weggeschnappt hat.«

Emmas Kinnlade klappte langsam nach unten. Das klang so gar nicht nach dem Leon, den sie kennengelernt hatte.

Thobe beobachtete die Veränderung, die in ihr vorging, und legte nach: »Du kannst dir nicht vorstellen, wie sehr mich das verletzt hat. Leon macht einen netten Eindruck, aber hinter seiner liebenswürdigen Fassade ist er ein fieser, gemeiner Kerl ohne Gewissen.«

Thobes Worte hallten in ihr nach, als sie sich auf den Rückweg machte, um eine Runde mit Flip zu drehen. Immer wieder stellte sie sich Leon vor, wie er Thobe neidisch beäugte und sich an seine Freundin ranmachte. Ob es sich dabei um diese mysteriöse Daja handelte? War Leon wirklich so niederträchtig und hinterhältig, wie Thobe behauptete? Sie konnte sich das kaum vorstellen.

Ein Regenguss durchnässte sie bis auf die Haut, und sie merkte es erst, als Flip unruhig an der Leine zog, um zum Wohnwagen zurückzulaufen. Nachts träumte sie davon, Leon auf einem Tanzball zu begegnen. Er trug eine Maske, deren linke Hälfte lächelte und deren rechte Hälfte böse die Zähne bleckte.

Kapitel 9

Jede Oberfläche in Emmas Wohnwagen war mit Schüsseln, Töpfen, Kellen und anderen Küchenutensilien bedeckt. Gut gelaunt mischte sie Butter mit Kräutersalz, rührte Brotteig an, legte Fisch in selbst hergestellter Marinade ein und schmeckte das Dressing für den Salat ab. Für den Abend hatte sie die anderen Campingplatzbewohner auf den Grillplatz eingeladen, eine kreisrunde Fläche am Rand des Campingplatzes, auf der ungestört gefeiert werden durfte, und es sollte niemandem an etwas fehlen. Jeder würde seinen eigenen Stuhl mitbringen, und die Seppls liehen ihr einen Kohlegrill. Es gab zwar einen Gasgrill auf dem Platz, aber Emma fand, dass auf Kohle Zubereitetes besser schmeckte. Es war an alles gedacht. Nur die Sache mit Leon und Thobe ging ihr nicht aus dem Kopf, aber damit wollte sie sich später auseinandersetzen.

Flip scharrte unruhig vor der Tür, aber Emma ließ sich nicht erweichen. »Nichts da, du musst draußen bleiben, du Sahnedieb!«, rief sie. Flip war ein Meister darin, Essen zu klauen, und in der Enge des Wohnwagens hatte sie keine Chance, ihn zu beaufsichtigen. Sie wirbelte nach links zum Spülbecken, um ein paar Messer zu reinigen, und drehte sich auf der Stelle, um im Hängeschrank nach einem Tuch zu suchen. Ihr Handy klingelte, und sie klemmte es sich zwischen Ohr und Schulter, während sie das Besteck abtrocknete. »Hi, Kea«, begrüßte sie ihre neue Freundin.

»Jaja, alles klar hier. Danke noch mal, dass du mir so viel von deinem Küchenequipment ausgeliehen hast. Ohne deinen Mixer wäre ich aufgeschmissen gewesen. Aber echt schade, dass du nicht kommen und mitfeiern kannst.«

Sie ging in die Hocke und öffnete einen der unteren Schränke, in dem Spülmittel und Reinigungsschwämme lagerten

»Weißt du was, Kea? Das macht richtig Spaß. Im Wohnwagen zu kochen hat was. Ich kann das nicht erklären, aber gerade der Platzmangel, verbunden mit der Herausforderung, sich gut zu organisieren – irgendwie gefällt mir das.«

Kea freute sich mit ihr und wiederholte dann noch einmal, was sie bereits in der Kochgruppe angedeutet hatte: »Sicher, dass du dir nicht in dem Bereich Arbeit suchen möchtest?«

»Ach, prinzipiell würde mir das gefallen, aber mich würde doch niemand ohne professionelle Vorerfahrung einstellen«, entgegnete sie, aber tief in ihr rührte sich etwas, das vorher nicht da gewesen war. Ein Wunsch wie ein Windhauch, transparent und nicht greifbar, aber einer, der einen aufhorchen und in die Ferne blicken ließ.

Als Emma mit den Vorbereitungen fertig war, schnappte sie sich Flip und einen Karton mit Salat, Maiskolben, Gurken und Karottengrün, den sie für Leons Hühner vorbereitet hatte. Ein schlechtes Gewissen plagte sie – sie musste unbedingt mit Leon reden. Sie konnte und wollte nicht glauben, dass Thobe die ganze Wahrheit erzählt hatte. Außerdem wollte sie ihre Einladung zum Grillabend persönlich wiederholen. Gestern Abend hatte sie ihn gesucht, aber niemand hatte gewusst, wo er steckte. Bei den Waschräumen kam sie an Hiske vorbei, die gerade einen Wischmopp auswrang. »Ich bring heute Abend einen Salat mit!«, rief sie Emma zu. »Ich weiß, dass du für alles sorgen möchtest, aber so ein winzig kleiner Salat geht doch sicherlich in Ordnung, oder?«

Geistesabwesend nickte Emma. Der Weg zum Hühnerverschlag war weit und die Kiste schwer.

Zweimal kreuzten Leons Hühner ihren Weg, einmal sah sie eins, das in einem Blumenkübel pickte und die frische dunkle Erde darin herausscharrte.

Am Hühnerverschlag angekommen, wuchtete sie die Box auf einen im Schatten gelegenen Palettenstapel und sah sich enttäuscht um. Keine Spur von Leon. Klar, sie könnte ihn anrufen, aber sie wollte lieber von Angesicht zu Angesicht mit ihm sprechen. Ob er am Empfangshäuschen war?

Der Hahn kam auf sie zugelaufen, und sie zupfte etwas von dem Karottengrün ab, um es ihm zu reichen. Er schaute sie an, schnappte sich das Gemüse und trug es zur nächsten Henne, vor der er es fallen ließ. Die pickte sofort drauflos, während Ludwig mit vor Stolz geschwellter Brust zuschaute.

»Du bist ein Guter«, sagte Emma. Es war schön zu sehen, wie er sich um seine Mädels bemühte. Sie bemerkte, dass Kleopatra noch in dem Verschlag hockte, allerdings nicht auf ihrer Stange, sondern unten in den Sägespänen. »Oh!«, rief sie und hob das Zwerghuhn vorsichtig hoch, um nachzuschauen, ob alles in Ordnung war. In der Einstreu lagen zwei weiße Eier, halb so klein wie die Bio-Eier, die sie normalerweise im Supermarkt kaufte. Emma lächelte und setzte die Henne behutsam zurück. »Du brütest gerade, da will ich nicht weiter stören.«

Als Nächstes versuchte sie es am Empfangshäuschen und schließlich an Leons Hütte, hatte dort aber auch keinen Erfolg. Resigniert schickte sie ihm eine Nachricht. »Hoffentlich kommt er heute Abend, ich würde ihn echt gern sehen«, gestand sie Flip, der gerade ein Stöckchen gefunden hatte, auf dem er begeistert herumkaute. »Du bist einfach zu verfressen«, lachte sie und bückte sich, um ihren Mops zu streicheln. »Gut, dass ich dich habe.«

Pünktlich um fünf Uhr brachten die Seppls den Grill vorbei, damit Emma schon mal vorheizen konnte. Die sieben Jungs der Familie kümmerten sich darum, den Tisch herzurichten, während Herr und Frau Seppl die Getränke in einer riesigen Kühlbox kaltstellten, die sie bis oben hin mit Eis gefüllt hatten. Als Nächstes trudelten Günter und Motje ein, dann kamen Elke und Peter Schubermaier.

»Kommt Leon auch?«, fragte Letzterer. »Der Kühlschrank in der öffentlichen Campingküche kühlt nicht mehr richtig.«

Emma schaute ihn streng an. »Das weiß ich nicht. Aber bitte keine Extraaufgaben für ihn heute Abend, ja? Das kann sicher bis morgen warten.«

Peter Schubermaier brummte beleidigt, griff dann aber begeistert nach Emmas Gitarre. »Oh, ich wusste gar nicht, dass wir musizieren. Ich hole mein Schifferklavier, dann spielen wir im Duett.«

»Wo kann ich den abstellen?«, fragte Hiske, die eine Schüssel mit Nudelsalat trug, die so riesig war, dass sie sie kaum halten konnte.

Emma hob überrascht einen Mundwinkel. »Ähm, da drüben.« Von wegen kleiner Salat. Aber gut, ihr sollte es recht sein, Hauptsache jeder wurde satt.

Mittlerweile war die Kohle überall von einer weißen Ascheschicht bedeckt – die optimale Temperatur, um das Grillgut aufzulegen. Während die ersten Fische und Steaks vor sich hin brutzelten, schielte sie immer wieder zum Weg hinüber, aber Leon blieb verschwunden. Sie seufzte leise. Hinter ihr wurde gelacht und gequatscht und Geschichten erzählt. Peter Schubermaier stimmte auf seinem Schifferklavier die Melodie von »Weißt du, wie viel Sternlein stehen« an, und Emma hob die Augenbrauen. Doch dann sang er: »*In Oostfreesland is't am besten, over Freesland geit der nix*«, und sie erkannte Ostfrieslands Regionalhymne. Plötzlich verstummten Musik und Gespräche, als Herbert Raschl am Grillplatz auftauchte. Bisher hatte sich der alte Mann mit Ausnahme von Emma und Flip von allen ferngehalten und nur gelegentlich geschimpft, wenn ihm etwas nicht gefallen hatte. Auch jetzt hatte er ein sauertöpfisches Gesicht aufgesetzt.

»Ja, was ist das denn für eine Party hier, auf der alle schweigen?«, brummte er und drückte Kris, dem zweitältesten Seppl-Sohn, ein Bündel eingerollter Aale in die Arme. »Da«, sagte er selbstzufrieden. »Dann kriegt ihr mal was Ordentliches zu futtern. Seht ja alle aus wie dürre Äste, die man in der Mitte durchbrechen kann.«

»He!«, rief Herr Seppl, aber seine Frau hielt ihn mit strenger Miene zurück.

»Ach, Sie räuchern auch?«, fragte da glücklicherweise Peter Schubermaier, und Herbert Raschls Augen leuchteten auf. Er setzte sich auf den einzigen freien Stuhl, der eigentlich Emma gehörte, und lehnte sich zurück.

»Soso. Was räuchern Sie denn?«, wandte er sich an Peter Schubermaier.

»Schinken und Fleisch aus der Nuss.«

»Also kalte Räucherung. Nee, das schmeckt doch nicht.«

»Doch, das schmeckt vorzüglich. Viel besser als so 'ne glitschige Fischgeschichte.«

»Meine Aale sind nicht glitschig. Hier, kosten Sie mal. Junge, bring die Aale her.«

Während die beiden Herren weiterdiskutierten und zwischendurch an den Aalen knabberten, spielten die Seppl-Jungs Frisbee. Ganz zu Flips Freude, der emsig zwischen den Kindern hin und her flitzte. Emma widmete sich wieder dem Grill, ertappte sich aber andauernd dabei, wie ihre Gedanken zu Leon abdrifteten. Hatte er sie gestern wirklich erkannt, als er im Fischerchor sang? War er deswegen heute nicht gekommen? Oder lag das an der Situation zuvor? Ach, es war alles so vertrackt. So angenehm das Leben auf dem Campingplatz war, vielleicht sollte sie sich doch eine andere Unterkunft suchen, denn offensichtlich fühlte sich Leon auf seinem eigenen Platz nicht mehr wohl genug, um mit ihr und den anderen gemeinsam zu grillen ...

»Na, was gibt es denn Gutes?«, erklang Leons Stimme da, und Emma erschrak so sehr, dass ihr die Grillzange auf den Rost fiel.

»Zum Kuckuck«, fluchte sie und verbrannte sich sogleich, als sie nach der Zange griff. Sie lutschte an ihrem Finger, schaute Leon an, der auf den Lachs schielte, und spürte, wie ihre Augen feucht wurden. Am liebsten hätte sie ihn hier und jetzt umarmt oder, noch besser, geküsst ... Meine Güte, was war nur los mit ihr?

Leon legte verwirrt den Kopf schief. »Hat das so wehgetan?«, fragte er und griff nach ihrem Finger. »Lass mal sehen.«

»Ja, ganz furchtbar weh«, log Emma und ließ seine Untersuchung über sich ergehen. Es kribbelte in ihrem Bauch, als er zart über ihre Fingerkuppe strich.

»Man sieht gar nichts.«

»Doch wohl, schau mal hier, da ist ein roter Fleck.« Sie deutete auf eine winzige rote Verfärbung an ihrem Finger.

Jetzt zuckte es um Leons Mundwinkel. »Du lügst wie gedruckt.«

»Gar nicht«, behauptete Emma. Sie konnte den Blick nicht von ihm lassen, seiner ausdrucksstarken breiten Nase, den hohen Wangenknochen und den dunklen Augen, die sie amüsiert anfunkelten.

»Was darf ich dir denn anbieten?«

»Hm.« Leon trat noch näher an sie heran. »Ich weiß nicht. Ich will immer das, was ich nicht haben kann.«

Das Kribbeln wanderte nun Emmas Rücken und schließlich ihre Arme entlang. Die Stimmen der anderen und die Musik wurden leiser, als wären sie weit weg, und alle Bilder hinter Leon schienen zu verschwimmen. Für den Augenblick gab es nur sie beide, allein unter dem langsam dunkel werdenden Himmel der Krummhörn.

»Schön, dass du gekommen bist«, hauchte sie. »Ich hatte gar nicht mehr mit dir gerechnet.«

»Ja, tut mir leid, dass ich dir nicht Bescheid gegeben habe. Hab ich im ganzen Stress vergessen.« Auch er klang etwas heiser. »Aber es freut mich, dass du dir anscheinend Gedanken darüber gemacht hast.«

»Gibt's langsam mal was zu futtern?«, rief einer der Seppl-Jungs, und Emma erwachte aus ihrer Trance.

»Ist gleich fertig«, antwortete sie.

Leons Blick veränderte sich wieder, wurde klarer und ernst. »Ich hatte viel um die Ohren. Die letzten Tage waren echt anstrengend. Erst ist der Heckentrimmer ausgefallen, dann ist der Antriebsriemen vom Aufsitzrasenmäher gerissen, und zu allem Überfluss friert der Bildschirm meines Computers ständig ein.«

Emma nickte verständnisvoll. »Konntest du das alles beheben?«

»Weitestgehend. Umso mehr freue ich mich auf einen entspannten Abend mit dir.« Er hielt kurz inne, dann korrigierte er sich: »Also, mit euch, meine ich.«

Emma grinste. »Na dann. Lass es dir schmecken! Das Essen ist fertig.«

»Emma, du hast das mit dem Grillen echt raus!«, rief Motje ihr kauend zu. »Dein Fisch ist kein Gericht, sondern ein Gedicht!«, reimte sie und holte sich gleich einen Nachschlag.

»Ja, dem kann ich nur zustimmen, deine Marinade ist unsagbar gut«, bestätigte Günter, und die anderen nickten.

Emma schaute zu Leon, und der lächelte sie an. »Schmeckt fantastisch, Emma. In deinem Salat sind Kräuter drin, von denen ich nicht einmal wusste, dass es sie gibt.«

»Kandierte Zitrone, Oregano, gelbe Senfkörner, Rosmarin, Koriander, Paprika, Kurkuma und eine Prise Cayennepfeffer«, zählte sie auf. »War eigentlich ganz einfach. Die Kombination macht es.«

»Ist noch etwas Steak da?«, fragte Hiske, die mittlerweile ihren dritten Teller geleert hatte.

Emma schüttelte bedauernd den Kopf. Ihre Gäste hatten das Büfett so gut wie leer gefuttert. »Wie wäre es mit einem Würstchen?«

Eine kleine und sehr schmutzige Hand zupfte an ihrem Hemd. »Kannst du wieder das Lied von den Piraten spielen?«, fragte Till, der seine schniefende Nase jetzt laut hochzog.

»Klar.« Emma griff nach ihrer Gitarre und Peter Schubermaier nach dem Akkordeon. Es war neu für Emma, im Duett zu spielen, aber mit jeder Liedzeile klappte es besser. Die Seppl-Jungs sangen laut mit, allen voran Till, der den Text brüllend vor sich hinschmetterte. Leon nippte an einer Dose Cola und wartete, bis sie ein Lied spielten, das er kannte. Dann stimmte er mit ein. Emma lief ein Schauer über den Rücken. Er hatte eine tiefe, aber sanfte Stimme, die alle anderen Sänger neben ihm verblassen ließ. Er spielte mit der Melodie, ließ seine Stimme vibrieren und betonte Worte so, dass sie mehr Bedeutung bekamen. Fasziniert ließ Emma ihre Gitarre sinken und lauschte, bis sein letzter Ton verklang.

»Also das hätte ich jetzt nicht gedacht. Kulinarischer Abend mit professioneller musikalischer Begleitung!«, rief Motje und klatschte begeistert in die Hände.

»Ich könnte dir stundenlang zuhören«, sagte Emma wie verzaubert. »Ich habe noch nie so eine schöne Stimme gehört.«

»Hab ein bisschen Übung«, raunte Leon, dessen Wangen eine zarte Röte angenommen hatten.

»Stimmt, du singst ja im Shanty-Chor«, rutschte es Emma heraus. Sofort biss sie sich auf die Lippe, aber es war zu spät.

Leons Blick verdunkelte sich. »Also habe ich gestern richtig gesehen.« Ruckartig stand er auf. »Möchtest du reden?«

Emma nickte betreten, und sie liefen ein Stück von der fröhlichen Grillgruppe weg bis zum Spielplatz, der verlassen vor ihnen lag. Leon setzte sich auf eine Schaukel, und Emma rieb sich verlegen die Hände. Es gab so einiges zwischen ihnen zu klären, und sie entschied, mit etwas Einfachem zu beginnen. »Warum hast du mir nicht verraten, dass deine Tante Nienke und Bruntje sich nahestanden?«

»Na ja, Bruntje war mit jedem befreundet. Und Nienke ist zwar sehr redselig, aber über ihre Freundschaft mit Bruntje habe ich nicht viel gewusst und auch nicht viel nachgefragt. Ich wusste nicht, dass dir das wichtig ist. Tut mir leid.«

»Hm.« Emma nickte wieder. So einfach die Erklärung war, sie ergab Sinn.

»Aber deshalb sitzen wir nicht hier«, stellte Leon sachlich fest, ohne den Blick von ihr zu lösen. »Warum hast du dich gestern vor mir versteckt?«, fragte er, aber sie sah in seinen Augen, dass er die Antwort bereits kannte.

»Ich war mit Thobe unterwegs. Er hat mich an meinem Kutter aufgesucht, und, na ja, er hat mich gefragt, ob ich mit ihm eine Runde Fahrrad fahre. Da konnte ich schlecht Nein sagen.« Nun, da sie es aussprach, klang es gar nicht mehr so überzeugend, wie sie es sich selbst zurechtgelegt hatte. Mensch, warum hatte sie Thobe nicht einfach vertröstet?

Leons Schultern sackten ein Stück herab, und seine Fäuste klammerten sich so fest um das Schaukelseil, dass die Knöchel weiß hervortraten.

»Es tut mir leid«, setzte Emma an, stockte aber, weil sie nach den richtigen Worten suchte. In ihrem Hals steckte ein dicker Kloß – Angst, Leon zu verlieren, bevor sie ihn richtig gewonnen hatte, Unsicherheit, ihren Einstieg in ihr neues Leben zu vermasseln, und eine erhebliche Sorge, nach der Erfahrung mit Markus den nächsten Fehler zu begehen. »Ich … ich glaube, es wäre gut, wenn du mir offen erzählst, was zwischen dir und Thobe vorgefallen ist. Es fällt mir schwer zu verstehen, was du gegen ihn hast. Zu mir ist er bisher ganz nett gewesen.« Auch wenn es Warnzeichen gegeben hatte. Auf ihren Armen hatten sich blaue Flecken gebildet, nachdem er sie vom Hafen weggeschleift hatte. Und die Art, wie er über Leon gesprochen hatte, das war auch nicht in Ordnung gewesen.

Leon schüttelte entschieden den Kopf. »Nein«, sagte er, »das ist zu persönlich.«

Emma verzog das Gesicht. »Das ist schade. Dann verstehst du aber bestimmt, dass ich nicht nachvollziehen kann, was dein Problem ist?«

Ruckartig hielt er die Schaukel an und hieb die Hacken dabei so fest in den Boden, dass der Sand aufspritzte. »Du kannst tun und lassen, was du willst. Aber wenn du dich mit Thobe anfreundest, kannst du nicht mit mir befreundet sein. Es ist so, wie es ist.«

Ein kühler Wind war aufgekommen, der Emmas Lippen salzig schmecken ließ und Leons Locken aufwirbelte. Wie gern hätte sie ihn an sich gezogen, umarmt und dabei an seinem Hals gerochen. Und sich auf die Zehenspitzen gestellt, um dort weiterzumachen, wo sie vor dem Hühnerverschlag aufgehört hatten. Aber davon war sie gerade meilenweit entfernt. Leon wirkte verschlossen und distanziert. Fast so wie Markus, kurz bevor er sie vor all ihren Arbeitskollegen gedemütigt hatte.

Sie sammelte ihre Kraft und versuchte es ein weiteres Mal: »Leon, ich finde dich sehr nett und würde dich gern besser kennenlernen. Dazu gehört aber Offenheit. Wenn du etwas von mir wissen möchtest, frag mich ruhig.«

Er schüttelte den Kopf, bevor er aufstand, um sich an den Pfosten der Schaukel zu lehnen. »Na gut. Dann erzähl doch mal, warum du vor Markus weggelaufen bist.«

Kapitel 10

Die Sonne war längst hinter dem Horizont verschwunden, und die Dämmerung tauchte den Spielplatz in ein merkwürdiges graurotes Licht. Die Formen der Schaukel, Rutsche, Wippe und des Spielhäuschens wirkten bizarr und unwirklich, und Leons Gesicht war vage erkennbar. Nur seine Augen blitzten, als er hinzufügte: »Das würde mich ungeheuer interessieren.«

Obwohl die Wärme des Tages schon lange einer feuchten Kühle gewichen war, die sich unangenehm auf der Haut anfühlte, schwitzte Emma. Ihr fehlten die Worte. *Markus ...,* dachte sie. *Wieso kann er mich nicht einfach in Ruhe lassen?* Es tat weh, seinen Namen laut ausgesprochen zu hören, und erst recht, weil es von Leon kam. Sie räusperte sich, und ihre Stimme brach, als sie fragte: »Woher weißt du von Markus?«

Das war offenbar die falsche Frage gewesen, denn Leon drehte sich weg von ihr, als wüsste er seine Vermutung bestätigt. »Er hat im Büro angerufen. Wollte wissen, wann du wieder nach Hause kommst. Meinte, er hätte überall nach dir gesucht.«

Emmas Puls schoss in die Höhe, und sie atmete schneller, während sie verarbeitete, was Leon gerade gesagt hatte. Anscheinend hatte Leon sich also doch Hoffnungen bei ihr gemacht, ansonsten wäre es ihm doch egal, ob sie einen Freund hatte. Aber das half ihr jetzt gerade nicht viel, es war einfach alles zu vertrackt.

»Markus ist mein Ex-Freund«, sagte sie gedämpft. Dabei merkte sie, wie ihre Knie zitterten und dem Schwindelgefühl nachgaben, das gerade versuchte, ihren Körper zu überrollen. Schnell hockte sie sich auf den Rutschenrand, um nicht vor Leon wie ein sturmgebeuteltes Blütenköpfchen umzuknicken. »Ich habe keine Ahnung, warum er anruft und was er will. Wir haben uns vor einer Weile getrennt, es ist eine lange Geschichte.«

»Das sieht Markus offenbar anders. Er meinte, er vermisst dich und es wird Zeit, dass du dich zusammenreißt und nach Hause kommst. Er hat in seiner Wohnung Platz geschaffen, damit ihr zusammenziehen könnt. Deine Arbeit würde auch auf dich warten. Er klang sehr aufgewühlt. Er meinte, er hätte versucht, dich zu erreichen, aber du bist nicht ans Handy gegangen.«

Das war zu viel des Guten. Emma schloss die Augen und konzentrierte sich auf ihre Atmung. *Einatmen, ausatmen.* Die Gedanken wirbelten in ihrem Kopf herum, wollten sich nicht greifen lassen und hüpften wie Spielbälle auf und ab.

»Nein, wir sind nicht mehr zusammen. Ich habe keine Ahnung, wie er darauf kommt, nachdem er mich –« Sie brach ab. Darüber konnte sie nicht reden, das war zu frisch, tat noch zu weh. »Du musst mir einfach glauben. Das mit Markus ist vorbei.« Sie schaute flehend in Leons Richtung, aber der mied ihren Blick, und es wäre mittlerweile ohnehin zu dunkel gewesen, um seine Züge zu erkennen.

»Vielleicht solltest du das direkt mit Markus klären. Es geht mich ja nichts an«, sagte er, und in seiner Stimme schwang ein bisschen Trotz mit.

»Ja.« Langsam kehrte ihre Atmung in den Normalzustand zurück. Sie betrachtete Leons Silhouette, der schlank und sportlich, aber deutlich verkrampfter als zuvor am Pfosten lehnte.

»Ist nicht so einfach, über solche Dinge zu reden, ne?«, fragte er, stieß sich vom Pfosten ab und trat wieder auf sie zu. Emmas Herz klopfte schneller, als er sich so nahe vor sie hinstellte, dass sie sein

Gesicht nun wieder sehen konnte. Sein trauriger Blick versetzte ihr einen Stich, und am liebsten hätte sie ihn an sich gezogen und hier unter dem Sternenhimmel geküsst, statt all diese nervigen Dinge zu klären, die zwischen ihnen standen. Aber Leon machte keine Anstalten, sich vorzubeugen oder sie gar zu berühren. *Wahrscheinlich ist es einfach der falsche Zeitpunkt*, gestand sie sich ein.

»Nein, das ist es nicht«, erwiderte sie leise. »Aber ich glaube, ich habe jetzt verstanden, dass es manchmal wichtig ist, Geduld zu haben, bis sich der andere öffnet.«

Leon nickte. »Genau.«

Auch für ihn musste es schwierig sein, über Thobe zu reden. Oder Daja. Sie kannten sich noch nicht lange, und es würde Zeit, Geduld, Verständnis und viel Vertrauen brauchen, bis sie wirklich offen zueinander sein könnten. Aber sie war bereit. Sie wollte Leon besser kennenlernen und würde dafür kämpfen.

»Wir sollten zu den anderen zurückgehen. Die machen sich bestimmt schon Sorgen um uns«, sagte Leon etwas wehmütig.

Gemeinsam liefen sie über den Platz. Beim Gehen berührten sich aus Versehen ihre Hände. Leons Hand war wärmer, als es die Außentemperatur erlauben sollte. Am liebsten hätte sie seine Finger umschlungen und gedrückt gehalten. *Vielleicht irgendwann, vielleicht nie*, dachte sie.

Sie erreichten den beleuchteten Pfad, und Emma schielte zu Leon, der mit jedem Schritt langsamer wurde, als hätte er ebenso gern wie sie die Zeit zu zweit hinausgezögert.

Schon von Weitem hörten sie das Gelächter der anderen, und Leon murmelte: »Oje, als Platzwart sollte ich den Lärm um diese Uhrzeit sicherlich nicht unterstützen.«

»Immerhin ist Paragrafen-Günter mit von der Partie, dann gibt es keine Beschwerden«, erwiderte Emma und kicherte.

»Das stimmt.« Er hielt inne und holte tief Luft. »Danke übrigens für das Gemüse, das du meinen Hühnern vorbeigebracht hast. Das bedeutet mir viel.« Er biss sich auf die Lippe, dann fügte er hinzu: »Meine Ex-Freundin wollte immer, dass ich sie abschaffe, weil sie glaubte, dass Hühner voller Ungeziefer sind. Das hätte ich aber nie getan. Ich hänge an meinen Damen und an Ludwig.« Er hob den Zeigefinger und strich über ihre Wange. Kleine elektrische Pulse entluden sich unter ihrer Haut, und sie konnte nicht anders, sie musste lächeln. Sofort zog Leon die Hand zurück. »Sorry, da saß eine Mücke«, stotterte er und schaute schüchtern zur Seite.

Instinktiv griff sie sich an die Wange. So ein bisschen Verlegenheit stand Leon ziemlich gut.

In dieser Nacht schlief Emma um einiges besser, obwohl Flip, der sich in ihren Armen eingerollt hatte, laut vor sich hin schnarchte. Sie wachte noch vor dem Wecker auf, als der Mops seine feuchte Schnauze unter ihre Achsel steckte und dort schnüffelte. »Iiieh, lass das«, sagte sie schlaftrunken und schob ihn ein Stück weg. Dann zog sie ihn auf ihre Brust und streichelte ihn noch eine Weile.

»Heute machen wir eine Pause«, entschied sie. »Was meinst du, Flip-Flop?«

Er wedelte mit dem Schwanz, und Emma gab ihm einen Kuss auf die Stirn, bevor sie sich aus den Decken wühlte. Sie ignorierte die Berge an Geschirr, die sich überall im Wohnwagen stapelten. Das konnte alles bis später warten. Ein Blick aus dem Fenster zeigte ihr einen strahlend blauen Himmel, und da heute weder Schiffsarbeiten noch die Hausrenovierung auf sie warteten, griff sie nach einem leichten Sommerkleid und ihren Lieblingssandalen aus braunem Kunstleder.

Flip lief brav neben ihr her, als sie sich auf den Weg zum Empfangshäuschen machte. Kurz bevor sie die Tür erreichten, kam ihnen Herbert Raschl entgegen. Obwohl er sich auf einen Spazierstock stützte, lief er energetisch und schneller als sonst, und in seinem blassen Gesicht war etwas Farbe zu sehen.

»Moin«, grüßte Emma ihn, aber der Alte hatte nur Augen für Flip.

»Ja, wo ist denn mein Kleiner, wo isser denn?«, rief er immer wieder und bückte sich ächzend, um Flip zu streicheln, der sich auf die Hinterbeine stellte, um ihm entgegenzukommen.

»So, das ist genug«, entschied Herr Raschl endlich, tippte sich an seine Baskenmütze und ging weiter.

»Na, dem hat unsere Party aber gutgetan«, sagte Emma kichernd zu Flip, der immer noch freudig mit der Rute wedelte.

Emma setzte ihren Weg fort und trat in das Empfangshäuschen, aus dem ein herrlicher Kaffeeduft strömte. Leon fuhrwerkte an dem Regal mit den Ausflugsbroschüren herum, aber als er sie sah, ließ er die Prospekte liegen und holte zwei Tassen hervor.

»Magst du lieber ein Croissant, ein Brötchen oder eine Scheibe Rosinenbrot?«, fragte er und zauberte einen Teller mit Gebäck hervor.

»Das da, bitte«, sagte Emma neugierig und deutete auf eine doppelt gerollte Schnecke.

»Gute Wahl, Franzbrötchen sind auch mein Favorit.«

Sie setzten sich auf die Bank vor dem Häuschen. Die Sonne schien warm, das Franzbrötchen war gleichzeitig knusprig und weich, zimtig und zuckrig, und Leon strahlte über das ganze Gesicht. *Perfekter kann ein Tag nicht beginnen*, fand Emma.

»Was hast du heute vor?«, fragte er zwischen zwei Bissen. An seiner Oberlippe hing ein Krümel, den Emma ihm nur allzu gern weggewischt hätte.

»Ich dachte, ich fahre heute zum Friedhof, um Bruntjes Grab zu besuchen.« Sie konnte den Blick nicht von ihm wenden. Seine geraden Augenbrauen waren ausnahmsweise mal nicht in Bewegung, als er sie so liebevoll anschaute, dass ihr ganz anders wurde.

»Das ist eine schöne Idee. Soll ich mitkommen? Ich bin mit Thea vom Blumenladen befreundet, die würde uns sicherlich ausnahmsweise auch heute einen Strauß geben. Oder ein paar Tagetes zum Einpflanzen, je nachdem, was dir lieber ist.«

»Lieber etwas zum Einpflanzen, das hält länger«, entschied Emma.

Der Friedhof lag direkt neben dem Neubaugebiet, in dessen Gärten sich Familien tummelten, frühstückten oder in ihren Liegestühlen die Sommersonne genossen. Er war rechteckig angelegt und in viele kleine Parzellen unterteilt, die mit betonierten Pfaden verbunden waren. Am nördlichen Ende befand sich eine runde Anlage mit Treppenaufgang, in deren Mitte ein steinernes Kreuz sowie zwei Gedenksteine errichtet waren, auf denen die regionalen Gefallenen des Ersten Weltkriegs verewigt waren.

Emma musste nicht lang suchen, denn Bruntjes Grab lag direkt am Hauptweg. »Oh«, stieß sie aus und kniete sich nieder. Das Grab war über und über mit Blumen bedeckt, pinke Geranien, weißes Steinkraut, lilafarbener Lavendel und zwischendurch Flammende Käthchen in sämtlichen Farben. Neben dem Grabstein entdeckte sie eine Kerze, unter der ein Foto klemmte. *Memento mori – carpe diem* hatte jemand mit einer krakeligen Handschrift darauf geschrieben.

»Nienke«, entfuhr es Emma, denn das Bild zeigte die Frauen Arm in Arm im Watt. Bruntje in einem braungrauen Strickkleid, Nienke in einer schwarzen Cordhose, die sie ein Stück hochgekrempelt hatte.

»Die beiden haben immer eine Menge zusammen unternommen«, erklärte Leon. »Sie fehlt Nienke sehr.« Er reichte ihr einen Spaten, damit sie ein kleines Loch für ihre Tagetes buddeln konnte.

»Wie vergänglich alles ist«, sagte Emma andächtig.

»Nichts bleibt für immer. Gerade deshalb ist es wichtig, was aus seinem Leben zu machen und jeden Tag einzeln zu genießen. Wie Nienke auch auf das Foto geschrieben hat: *Carpe Diem* – nutze den Tag.«

Emma drückte die Erde um ihre Blumen fest und goss etwas Wasser um die Pflanzen, während ihr Leons Worte durch den Kopf gingen. Sie wünschte, das wäre so einfach, wie es klang. Er hatte gut reden – er hatte den Campingplatz übernommen, stand mitten im Leben und wusste, wo er hingehörte. Sie selbst hatte gerade alles aufgegeben und einen riskanten Schritt gewagt, von dem sie vage hoffte, dass er gut gehen würde. Es kam ihr vor, als wäre sie über den Rand einer Klippe gesprungen, darauf vertrauend, dass der Fallschirm auf ihrem Rücken sich rechtzeitig öffnen würde …

Ein Spatz hüpfte auf den Grabstein und flog sofort wieder davon, als Emma sich aufrichtete. Sie schaute dem Vogel nach, wie er unweit in einem Sanddornbusch landete und sie mit seinen schwarzen Äuglein beobachtete.

»Ich hoffe nur, dass ich die richtige Entscheidung getroffen habe«, murmelte sie vor sich hin. Da spürte sie, wie sich Leons Hand auf ihren Unterarm legte. Er berührte sie sanft, so leicht, dass seine Hand kaum Gewicht hatte. Dennoch brachte sie diese Geste fast aus dem Gleichgewicht.

»Das kannst nur du selbst wissen, Emma«, sagte er. »Ich hoffe aber, dass du auf der Krummhörn dein Glück findest.«

Emma schluckte. Ihr ganzer Arm kribbelte, und es fiel ihr schwer, Leons Worten zu folgen. Ihr Blick fiel auf die Grabsteine, und sie riss sich zusammen. *Nachher*, dachte sie und überlegte, ob sie ihm einen Spaziergang am Meer vorschlagen sollte. Aber als sie den Friedhof verließen, erhielt Leon einen dringenden Anruf von einem Kameraden aus dem Fischerchor, der sich das Bein gebrochen hatte und Hilfe beim Koordinieren einiger Angelegenheiten brauchte.

»Soll ich mitkommen?«, bot Emma an, aber Leon winkte ab.

»Ich muss nur einige Sachen für ihn transportieren. Mach du dir einen schönen Tag mit Flip.« Er kam auf sie zu, umarmte sie zögerlich und ging. Emma blickte ihm noch lange nach, während ihre Gedanken rasten.

Am nächsten Morgen brachte Emma Flip zu Herbert Raschl und machte sich gleich danach auf den Weg zu ihrem Haus. Sie hatte einen Termin mit verschiedenen Handwerkern, die sich um die Böden kümmern sollten. Das Parkett im Wohnzimmer musste neu verlegt werden, das Schlafzimmer brauchte einen neuen Teppich, und in der Küche mussten mehrere gesprungene Bodenfliesen ausgetauscht werden.

Sie schrieb sich alles in ihrem Notizbuch auf. Die Kosten für diese Arbeiten waren überschaubar, aber es kamen noch die neuen Rohrleitungen hinzu und die Ausgaben am Kutter. Ihre Rücklagen und auch Bruntjes vererbte Ersparnisse schmolzen schnell dahin, bald würde sie sich eine neue Arbeit suchen müssen, um das alles stemmen zu können.

Nachdenklich stieg sie ins Auto und überlegte, in welchem Bereich sie arbeiten könnte. Ihre Karriere als Außendienstlerin wollte sie ein für alle Mal beenden. Die ständigen Überstunden, das hektische Arbeitsklima und ein Team, das nur darauf aus war, sich gegenseitig zu überbieten, das hatte ihr nicht gutgetan.

Der Fachhandel, den sie ansteuerte, lag im Industriegebiet nördlich von Emden. Ein untersetzter junger Mann mit puterrotem Gesicht und einem ölverschmierten Blaumann musterte sie von oben bis unten, als sie aus dem Wagen stieg.

»Moin«, sagte sie unsicher, weil der Typ nun lautstark die Nase hochzog, ohne den Blick von ihr zu wenden. »Ich würde gern einen Anker mit Seil und Vorlaufkette kaufen.«

Er wischte sich die Hände an der Hose ab und kratzte sich dann am Kopf, was eine schwarze Spur auf seiner Stirn hinterließ. »Was'n genau?«, fragte er mit einer überraschend hohen Stimme, die fast zu brechen schien.

»Äh, Moment.« Sie kramte in ihrer Handtasche nach dem Zettel, auf dem sie alles notiert hatte. »Hier.«

»Sind wohl nich' von hier?«, fragte der Mann und bewegte

sich behäbig in Richtung des Büros, das in einem schäbigen Container Platz gefunden hatte. Kurz davor bremste er ab.

»Doch bin ich«, behauptete Emma steif, aber der Typ schüttelte wissend den Kopf.

»Das haben wir gleich«, sagte er und fing an, in einem Berg Metallschrott zu wühlen. Er fischte einen rostigen Anker hervor. »Das ist nur Oberflächenrost. Müssen Se einfach nur ein paar Stunden in Essig einlegen, dann isser wie neu.«

Emma betrachtete den Anker zweifelnd. »Haben Sie keinen anderen?«, fragte sie.

»Nee«, sagte der Verkäufer und zog eine passende Vorlaufkette und ein Seil aus einem anderen Haufen. Dann holte er einen Taschenrechner hervor und tippte ein paar Zahlen ein. Als er Emma die Summe nannte, blieb ihr kurz die Luft weg.

»So viel?«

»Qualität hat seinen Preis«, erwiderte der Typ lachend und legte dabei ein paar gelbe Zähne und eine Lücke in der Mitte frei.

Emma überlegte. Das war mehr als gedacht, aber eine Wahl hatte sie nicht, denn dieser Fachhandel hatte das Monopol in der Region.

»Na gut«, sagte sie und zückte ihr Portemonnaie. »Mit Karte oder bar?«

Sie brachte die Sachen gleich bei Nienke vorbei, die stirnrunzelnd ihre Käufe betrachtete.

»Die Kette hält keinen richtigen Wellengang aus, der Anker ist durchgerostet, und beim Seil weiß ich gar nicht, wo ich anfangen soll«, schimpfte sie. »Du hast das vom Fachhandel bei Emden, ja? Die haben im Allgemeinen eine bessere Auswahl auf Lager als diese Resteverwertung.«

Emma senkte bestürzt den Kopf. »Na ja«, rechtfertigte sie sich, »der Verkäufer meinte, sie hätten nichts anderes mehr da.«

»Papperlapapp. Wie viel hast du denn dafür bezahlt?«

Emma reichte ihr die Rechnung und trat vorsichtshalber einen Schritt zurück. Und sie hatte richtig vermutet – binnen weniger Sekunden veränderte sich Nienkes Miene von ungehalten zu zornig. Auf ihrer Stirn erschien eine Ader, die vorher nicht sichtbar gewesen war.

»Pack den Kram wieder ein«, sagte sie bestimmt. »Wir fahren zurück und klären das vor Ort.«

Kaum waren sie beim Fachhandel ausgestiegen, eilte Nienke zu dem Mann, der mittlerweile in einem Campingstuhl saß und an einem Heringsbrötchen kaute. Neben ihm stand eine geöffnete Bierdose auf dem Boden. Sie baute sich breitbeinig vor ihm auf und funkelte ihn wütend an.

»Der Siebert Schluck«, fauchte sie ihn an, »sitzt da und macht Mittagspause.« Sie trat gegen seine Bierdose, die schäumend wegrollte.

»He, die war noch halb voll«, beschwerte er sich, allerdings recht kleinlaut, denn Nienkes Auftreten schien ihn ebenso zu beeindrucken wie Emma.

»Jetzt hörst du mir mal zu, Siebert«, fuhr Nienke fort. »Ich kenne deinen Vater bereits aus der Grundschule. Der hat mal versucht, mir ein Buch aus dem Rucksack zu stibitzen, und das hat er bitter bereut. Seitdem kamen wir gut klar. Hast du das verstanden?«

Emma hielt den Atem an. Die große Frau mit den nachtschwarzen Baumwollhosen und dem Steampunk-Korsett machte selbst ihr Angst, wenn sie aufgebracht war.

»Jaja, is' ja gut«, brummte Siebert und packte sein Brötchen wieder in das Backpapier ein. »Was kann ich denn für dich tun?«

Nienke stemmte die Hände in die Hüften. »Erst mal nimmst du deinen ganzen Krempel wieder zurück. Dann suchst du uns vernünftiges Zeug raus. Und zum Schluss machst du uns einen guten Preis, der jeden Halsabschneider ins Grab treiben würde.«

Emma verfolgte die Situation gebannt. Klar, Nienke war

selbstbewusst, aber so viel Willensstärke und Durchsetzungsvermögen hätte sie ihr nicht zugetraut.

Siebert zog eine Schnute wie ein Kleinkind, das nicht verstand, was es falsch gemacht hatte. »Was ist denn an dem Anker auszusetzen? Ist doch gut genug für 'ne maritime Deko in irgendeinem Schickimicki-Café. Dafür war der doch gedacht, oder?«

Emma klappte die Kinnlade herunter. »Nichts da, Café«, sagte sie, aber Nienke tippte dem Typ bereits mehrfach auf die breite Brust.

»Dieses patente Mädel hier, das renoviert einen Krabbenkutter und braucht dafür eine Ausstattung, die seetauglich ist. Von wegen Café, ha! Dass ich nicht lache.«

Siebert zog die Schultern hoch. »Ich dachte doch nur, weil sie nicht gerade wie ein Seemann aussieht. Gibt doch neuerdings überall so moderne Buden, die sich mit Artikeln aus der Schifffahrt schmücken.«

»Ich kann euch übrigens hören, weil ich direkt neben euch stehe«, warf Emma ein, aber die beiden waren so sehr aufeinander konzentriert, dass sie gar nicht auf sie reagierten.

Nienke straffte die Schultern und beugte sich so weit vor, dass ihre schmale Nasenspitze fast Sieberts rundliche berührte. »Aha. Interessant. Soso. Also erstens ist Emma kein Kapitän, sondern wenn überhaupt eine Kapitänin. Und dann frage ich mich, wie denn ein typischer Kapitän für dich so aussieht? Vollbart, Schmierbauch und röhriges Lachen?«

Siebert lehnte sich verzweifelt an die Wand hinter sich, ausweichen konnte er nicht. Ein einzelner Schweißtropfen rann seine Stirn hinunter. »Das weiß ich doch nicht. Aber ja, halt nicht so.« Vage wedelte er mit der Hand in Emmas Richtung.

Nienke fuhr scharf fort: »Dann wäre das ja geklärt. Aber eine Frage hätte ich da noch. Weißt du, wie eine typische Kickboxerin aussieht?«

Siebert riss die Augen auf. »Äh. Ich glaube, ich habe noch

ein paar gute Sachen auf Lager. Sind gerade im Angebot.« Er schlüpfte unter Nienkes Arm durch und eilte fort, nur um kurz darauf mit einem glänzenden Anker, einer nigelnagelneuen Vorlaufkette und einem Seil zurückzukommen.

Nienke besah sich entspannt ihre Fingernägel, während Siebert ihr einen Preis nannte, der etwa der Hälfte von dem entsprach, was Emma zuvor gezahlt hatte.

Kapitel 11

»So geht das nicht, *mien Leev*«, erklärte Nienke ihr, während sie ein Krabbenbrötchen aßen, auf das Emma sie eingeladen hatte. Sie saßen auf den Plastikstühlen draußen vor der Imbissbude, in der ein älteres Pärchen die Gäste bediente. Das Brötchen schmeckte lasch, und das einzige Salatblatt war welk.

»Ja, ich weiß. Beim nächsten Mal passe ich besser auf. Das ist doch alles neu für mich, ich muss halt auch erst lernen.« Emma kämpfte mit dem Wind, der die Serviette wegpusten wollte, die sie unter ihre Getränkedose geklemmt hatte.

»Natürlich. Aber wir haben fast alles, was wir brauchen, um richtig loszulegen. Ab jetzt werde ich dir tatkräftig zur Seite stehen. Seit Bruntje nicht mehr da ist, ist mir eh viel zu oft langweilig.«

»Das würde mich sehr freuen. Dann bin ich dir aber etwas schuldig.«

»Ach, was redest du da für einen Unsinn? Wenn überhaupt, dann bin ich das Bruntje schuldig. Du ahnst gar nicht, wie oft die mir aus der Patsche geholfen hat. Und nie, aber auch nie wollte sie dafür etwas zurück. Sie hat mich auch nie an ihren ollen Kutter gelassen. Dabei hätte ich so gern daran rumgetüftelt.« Etwas Remoulade tropfte aus ihrem Krabbenbrötchen in ihren Korsettausschnitt. Emma reichte ihr die Serviette.

»Du scheinst ein bewegtes Leben geführt zu haben, Nienke«, stellte sie fest und biss lustlos in ihr Brötchen.

»Das glaub man. Besser richtig leben als gar nicht leben, sag ich immer.«

Emmas Handy klingelte. Auf dem Bildschirm war wieder einmal das Foto von Markus zu sehen, das sie unter seinem Kontakt eingespeichert hatte. Sie verschluckte sich, hustete und lief rot an. Nienke klopfte ihr auf den Rücken. Aber bis ihr Hustenanfall vorüber war, war der Anruf verklungen.

Abends, als sie mit Flip allein vor dem Wohnwagen saß und zusah, wie die Sonne als glühend roter Ball hinter dem Horizont versank, rief sie Markus zurück. Sie hoffte, dass er dann endlich Ruhe gab.

»Emma, mein Schatz«, begrüßte der sie, als wäre nie etwas vorgefallen. »Wie überaus schön, dass du dich meldest.«

Augenblicklich zuckte es in ihrem linken Bein. Das passierte öfter, wenn etwas Unvorhergesehenes geschah. Sie stellte das Gespräch auf Lautsprecher, um Flip auf ihren Schoß zu heben. Sanft drückte sie ihren Hund an sich.

»Nein, du hast mich angerufen«, sagte sie, so ruhig wie möglich. »Ich rufe nur zurück. Was gibt es?« Seine Stimme zu hören, die so weit weg war und dennoch so nah klang, verwirrte sie. So viele Erinnerungen verband sie mit ihm, nicht alle waren schlecht.

»Ich habe gehört, dass du nach Ostfriesland gezogen bist, und das hat mich echt mitgenommen.« Er klang dabei so traurig, dass Emma es ihm fast abkaufte. Markus war immer gut darin gewesen, seinen Charme spielen zu lassen. Deswegen hatte sie sich ja auch ursprünglich in ihn verliebt.

Flip fiepte, und sie ließ ihn erschrocken wieder los. »Sorry«, entschuldigte sie sich bei ihrem Hund.

»Ja, danke dass du dich entschuldigst. Das war wirklich nicht nett von dir.«

»Was?« Sie brauchte eine Sekunde, um zu realisieren, dass Markus sich angesprochen gefühlt hatte. »Nichts da. Ich habe mich bei Flip entschuldigt. Ist jetzt aber auch egal. Warum rufst du bei Leon ... ich meine, auf dem Campingplatz an und erzählst irgendwelche Märchen? Woher weißt du überhaupt, dass ich hier bin?«

»Ach Emma-Bärchen, jetzt sei doch nicht so. Ich habe deine Mutter gefragt, und die hat es mir verraten. Na ja, ich meinte, dass da noch ein Scheck für den Bonus im letzten Jahr aussteht. Ich wollte doch so gern mit dir sprechen.«

Emma dachte an Nienke und wie selbstbewusst sie mit Siebert umgegangen war.

»Aber nicht, dass du jetzt denkst, dass es da wirklich einen Bonus gibt. Den habe ich mir nur ausgedacht.«

»Ach ja?« Sie holte tief Luft und sagte dann betont laut: »Ich habe dir nichts mehr zu sagen. Zwei Jahre lang habe ich geglaubt, dass das mit uns eine Zukunft haben könnte. Und du hast mich betrogen und unsagbar blamiert. Vor allen meinen Kollegen. Hast du das schon vergessen?«

»Ja, das tut mir leid, das war falsch. Ich war geblendet von Heikes Reizen. Aber sie ist Vergangenheit, und ich vermisse dich so sehr. Stell dir vor, die dumme Kuh hat mich wegen eines anderen verlassen. Mehmet vom Außendienst, ein Kollege von dir.«

Aha, daher wehte der Wind. Vehement schüttelte sie den Kopf und verzog angewidert das Gesicht.

Markus, der ihre Reaktion durch das Telefon nicht sehen konnte, redete unbeirrt weiter: »Wir hatten so eine tolle Zeit zusammen, ich finde, wir sollten uns noch mal eine Chance geben. Wir könnten nach Spanien fahren oder in die Karibik. Du wolltest doch so gern segeln gehen.«

Weit hinten auf der Wiese sah Emma einen Mann, der eine Schubkarre schob. Leon! Selbst um diese Uhrzeit kümmerte er sich noch um seinen Platz. Seine gelben Gummistiefel leuchteten bis zu ihr herüber, die, auf denen Dutzende winzige Hühnchen gedruckt waren. Sein Anblick gab ihr Halt und Kraft.

»Nein«, sagte sie bestimmt. »Das mit uns beiden ist vorbei. Ich finde es ehrlich gesagt beschämend, dass du es wieder bei mir versuchst, nachdem dir Heike weggelaufen ist.«

Stille. Emma wartete eine Weile, bis Markus sich wieder gefangen hatte. »Das kannst du nicht ernst meinen.«

»Doch, das tue ich. Und ich will, dass du mich nie wieder anrufst.«

Flip spürte, dass etwas nicht in Ordnung war, und presste seinen Körper ganz dicht an ihren Bauch. Das tat gut.

Jetzt änderte Markus seinen Ton. »Ey, ich schütte dir mein Herz aus, und du nutzt das aus, um mir einen Korb zu geben. Du spinnst doch. Ja, ich habe dich verletzt, aber jetzt bist du gemein zu mir, also bin ich das eigentliche Opfer.«

»Wie bitte?«

»Du begehst einen großen Fehler, Emma. Und eins sag ich dir: Da oben im Norden, da wirst du nicht glücklich. Du bist jetzt achtundzwanzig, deine Halbwertszeit als Frau ist längst vorbei, und du wirst niemals jemanden finden, der über deine Marotten hinwegsehen kann und dich lieben wird. Und dein doofer überzüchteter Hund, der –«

Emma legte auf. Genug war genug. Kurz überlegte sie, ob sie seine Nummer blockieren sollte, entschied sich aber dagegen. Sie wollte sehen, wenn er sie anrief. Das war besser, als zu riskieren, dass er sich dann von einem anderen Handy aus meldete und sie mit einem Anruf überraschte.

»Was für ein Idiot!«, brummte sie wütend, aber auch ein wenig verletzt. Der einzige Fehler, den sie begangen hatte, war, Markus nicht schon viel früher den Rücken gekehrt zu haben.

Sie schaltete das Handy sicherheitshalber aus, falls er noch mal versuchte, sie anzurufen. Wie konnte er es wagen … Tränen stiegen in ihr auf, und sie riss sich zusammen, um ihnen keinen freien Lauf zu lassen. Nein, von Markus würde sie sich nie wieder wehtun lassen, schwor sie sich. »Komm, Flip, wir drehen eine Runde.«

Kaum war die Sonne verschwunden, sank die Temperatur deutlich. Emma trug noch ihre kurze Hose und das Spaghetti-Shirt und bereute es bald, sich keine Jacke übergeworfen zu haben. Aber umkehren wollte sie auch nicht. Trotzig hielt sie ihr Gesicht in den aufkommenden Wind und marschierte weiter. Im Leyhörner Sieltief quakten die Frösche um die Wette, und einmal flog eine Sumpfohreule so dicht über sie hinweg, dass sie den Luftzug spürte. Flip hielt gelegentlich an, um an den Binsen zu schnuppern. Im Gegensatz zu ihr genoss er den Abendspaziergang.

Sie versuchte, sich zu entspannen, aber das Gespräch ging ihr immer wieder durch den Kopf. Markus war ein Idiot, aber er kannte sie gut. War es wirklich zu spät für sie, um die große Liebe zu finden?

Rechts von ihr tauchte der Badesee auf, der tagsüber Scharen von Touristen und Anglern anzog. Jetzt lag er verlassen vor ihr, eine dunkel glänzende Fläche, an deren Ende der helle Sandstrand zu sehen war. Ein schmaler Deichstreifen, der See und Sieltief voneinander trennte, sorgte dafür, dass er von den Gezeiten unabhängig war.

Emma lief bis zum Aussichtspunkt und schaffte es, im letzten Tageslicht einen Blick über das Wattenmeer zu werfen, das bei Ebbe wie die brache Landschaft auf einem anderen Planeten wirkte.

Plötzlich zog Flip an der Leine. Seine kurzen Beine schienen auf dem geteerten Weg durchzudrehen, so schnell wurde er.

»Was ist denn los?«, fragte sie und entdeckte im nächsten Moment Leon, der auf der hölzernen Bank am Ufer saß. Er hatte beide Arme über der Rücklehne ausgebreitet und schaute verwundert zu ihr und Flip. Ein schiefes und ungemein mitreißendes Lächeln legte sich auf seine Lippen, das Emma gleich ansteckte.

Er sagte nichts, aber das war auch nicht nötig. Das Strahlen in seinen Augen und die in Bewegung geratenen Augenbrauen verrieten ihr, wie sehr er sich freute, sie zu sehen.

Als sie sich neben ihn setzte, veränderte er die Position seiner Arme nicht, und das ließ ihr Herz kleine Hüpfer machen, denn es war fast so, als würde er sie indirekt umarmen. Eine Weile saßen sie einträchtig da und schauten über die flache feuchte Ebene des Wattenmeers.

Irgendwann tauchten die ersten Sterne am Himmel auf, und die Nacht legte sich wie eine dunkle Decke über sie. Die Sterne funkelten hell und wirkten so nah, als könnte man sie vom Firmament pflücken, wenn man sich nur ordentlich streckte. Emma fröstelte und zog die Schultern zusammen, um sich der Kälte etwas zu entziehen. Sofort hob Leon die Augenbrauen. Umständlich zog er sein Holzfällerhemd aus, um es ihr um die Schultern zu legen. Nun saß er im ärmellosen Shirt neben ihr, um den Hals trug er ein beiges Halstuch, auf dem – natürlich – ein Hühnermuster abgedruckt war.

»Ist es besser so?«, fragte er, und Emma nickte steif. »Darf ich?« Fragend hob er seinen Arm.

Emmas Mund wurde trocken, als sie verstand, was er vorhatte. Nur mit Mühe konnte sie nicken. Behutsam legte er den Arm um ihre Schultern und zog sie ein Stück an sich. »Ist aber auch eine kalte Nacht«, sagte er und klang dabei so schüchtern, als müsste er sich entschuldigen.

Die Wärme, die sein Körper ausstrahlte, strömte in sie hinein und erfüllte sie von innen. Es war so schön, dass sie am liebsten die Augen geschlossen hätte. Aber dann hätte sie Leons feine Züge nicht betrachten können, seine langen Wimpern und diese schön geschwungenen vollen Lippen und seine sanften Augen, die mit den Sternen um die Wette funkelten. Mal rahmten seine ungebändigten Locken sein Gesicht ein, mal verdeckten sie seine Züge. Er kam ihr mit jedem Tag vertrauter und attraktiver vor.

»Du zitterst ja immer noch, du Klöömkatte«, sagte er leise und strich ihr zart über den Hals. Ein Schauder wanderte ihren Rücken hinunter, und sie konnte nicht anders, als ihren Kopf an seine Schulter zu lehnen. Sie hörte Leons gleichmäßiges Atmen, spürte, wie sich sein Brustkorb hob und senkte. Dieser Moment hätte für sie ewig andauern können.

Doch irgendwann räusperte sich Leon. »Ich bin viel gereist. Hab mir Kalifornien, Island und Irland angeschaut und war in Neuseeland wandern. Aber egal, wo ich war, immer waren die Sterne falsch. Und wenn ich nach Ostfriesland zurückkomme und in den Nachthimmel schaue, dann weiß ich, dass ich hier zu Hause bin.«

Emma richtete sich auf, und ihre Blicke trafen sich. Im Schein des Mondes wirkten seine Augen noch dunkler als sonst, und das gab ihnen eine sehnsüchtige Tiefe, die sie magisch anzog. Es war, als würden seine Augen sie wie ein Strudel aufsaugen und in eine andere Welt entführen.

»Hm.« Sie versuchte, sich zusammenzureißen, um eine intelligente Antwort zu geben. Aber was sollte sie sagen? Frankfurt war nicht mehr ihre Heimat, und die Krummhörn war es noch nicht. Sie stand zwischen den Stühlen, mit einem Herzen voller Hoffnung und einer Seele voller Tatendrang, der allerdings durch die unerwarteten Hindernisse und die hohen finanziellen Kosten etwas getrübt worden war.

Er strich ihr eine Strähne von der Wange und klemmte sie hinter ihr Ohr. Es prickelte auf ihrer Haut, als seine Hand eine Sekunde zu lang an ihrer Wange verharrte.

»Weißt du, gelegentlich fragen mich neue Gäste auf dem Campingplatz, woher ich komme und wie lange ich schon in Deutschland bin. Manche sprechen dabei betont langsam.« Er lachte leise. »Dann antworte ich meist auf Plattdeutsch, und das bringt sie zum Nachdenken.« Er klang leicht belustigt, aber Emma glaubte, auch einen gewissen Schmerz herauszuhören.

Durch ihre Arbeit bei HydroproTech wusste sie, wie schwer es war, Teil einer Gemeinschaft zu sein und doch nicht ganz reinzupassen. Wie oft war es vorgekommen, dass sie im Pausenraum zwischen ihren Kollegen saß, die über Trivialitäten redeten, die sie überhaupt nicht interessiert hatten? Sportergebnisse und Markenklamotten, aktuelle TV-Shows und angesagte Clubs. Und wenn Markus dabei war und mit seinen maßgeschneiderten Anzügen angab, hatte sie sich oft einsamer gefühlt, als wenn sie wirklich allein im Raum gesessen hätte.

»Das ist schade. Es geht dir sicherlich nah, wenn jemand solche Vorurteile hat.« Sie schaute ihm prüfend in die Augen, aber Leon zuckte nur mit den Schultern und antwortete: »*De Driever un de Esel denken selten glik.*«

Als Emma fragend die Stirn runzelte, fügte er hinzu: »Jeder sieht die Welt von seinem Standpunkt aus. Ich bin Ostfriese durch und durch. Dass ich anders aussehe als der Stereotyp, hat doch nichts zu sagen. Ganz im Gegenteil, ich bin stolz darauf, dass ich zumindest optisch nach meinen afrikanischen Großeltern komme. Immerhin kriege ich im Sommer nicht so leicht einen Sonnenbrand.«

»Du hast da was.« Ein Nachtfalter war auf seiner Brust gelandet, und sie sammelte das Insekt behutsam ab, um es auf die Lehne neben sich zu setzen. Leon zuckte leicht zusammen, und als sie sich wieder zu ihm drehte, stand ein Glanz in seinen Augen, der vorher noch nicht da gewesen war. Er beugte sich nach vorn, sein Atem ging schnell, und ein vibrierendes Zittern auf seinen Lippen verriet seine Erregung.

Emmas Gehirn schien sich einfach auszuschalten. Sie kam ihm entgegen, bereit, sich ihm hinzugeben. Aber bevor es zu dem Kuss kam, hielt Leon inne.

»Emma«, sagte er leise. »Ich habe keine Lust mehr auf unsinnige Beziehungen, die einem das Herz brechen und den Schlaf rauben.«

In ihr polterte es, als die Schmetterlinge, die in ihrem Bauch Samba getanzt hatten, alle gleichzeitig zu Boden fielen. Es dauerte einen Augenblick, bis sie seine Worte verarbeitet hatte. Er wollte keine Beziehung? Was wollte er dann? Für ein Techtelmechtel, einen One-Night-Stand oder eine Freundschaft-plus-Geschichte war sie nicht zu haben. Nach der gescheiterten Beziehung mit Markus wollte sie … ja, was wollte sie eigentlich? *Etwas Echtes*, dachte sie. *Etwas, worauf ich bauen kann und das Bestand hat.* Ihre Eingeweide zogen sich schmerzhaft zusammen. Wenn Leon das nicht wollte, dann hatte das hier keinen Sinn. Sie rückte von ihm ab, klopfte sich auf die Oberschenkel, bevor sie aufstand und nach Flips Leine griff.

»Es tut mir leid«, sagte sie und ignorierte seinen enttäuschten Blick. »Wir wollen beide nicht dasselbe. Ich gehe jetzt besser.«

Traurig schüttelte Leon den Kopf und seufzte. Aber Emma hatte sich schon in Bewegung gesetzt. Sie konnte seinen Anblick keine weitere Sekunde ertragen, es tat zu weh.

Kapitel 12

»Du bist heute aber ein Miesepeter«, bemerkte Nienke sofort, als sie am Hafen aufschlug, um gemeinsam mit Emma am Kutter zu arbeiten.

Emma lächelte gequält. »Hab schlecht geschlafen«, sagte sie, und das stimmte halbwegs. Immer wieder war sie aufgewacht, hatte an die niedrige Wohnwagendecke gestarrt und versucht, der wirren Gedanken Herr zu werden, die sie verfolgten. Leon war nicht ernsthaft an ihr interessiert … Sie wollte das nicht glauben, wollte lieber davon träumen, dass er sie geküsst hatte.

Das rhythmische Klirren der Fahnenmasten bereitete ihr Kopfschmerzen, und das Schaukeln auf dem Kutter machte es nicht besser. Trotzdem staunte sie abends nicht schlecht, wie viel sie gemeinsam geschafft hatten.

»Morgen früh, gleiche Uhrzeit?«, fragte Nienke zum Abschied, und Emma nickte müde, aber äußerst zufrieden mit dem Ergebnis.

In den nächsten Tagen kümmerten sie sich um das Steuerrad, das Tauwerk, installierten den Anker und entsorgten den durchgerosteten Kochkessel. Emma befolgte Nienkes Anweisungen genau und war erstaunt, wie gut die sich auskannte. Es schien nichts zu geben, das zu schwierig für die pensionierte Schreinerin war. Hin und wieder landete eine neugierige Möwe bei ihnen, die zumeist aber schnell weiterflog, weil es bei ihnen nichts zu holen gab.

In ihrer Mittagspause kam Kea herübergelaufen, um ihnen etwas zu essen vorbeizubringen oder um zu schnacken.

Der Mittwochabend blieb ein Highlight ihrer Woche. Emma genoss die lustige Zeit in der Kochgruppe Bohntjesopp und die Gesellschaft der anderen Frauen. Bei Nordseescholle mit Kräuterbutter und Petersilienkartoffeln vergaß sie für ein paar Stunden ihren schmerzenden Rücken vom Bohnern des Holzes und die feinen Splitter, die sie sich beim Reinigen der Taue zugezogen hatte. Zusammen mit Kea stand sie an der Kücheninsel, wusch Gemüse, schnitt Kräuter und unterhielt sich. Zwischendurch gesellte sich Gretchen mit erhobenem Zeigefinger zu ihnen und fragte: »Was quatscht ihr da schon wieder, ihr Küken?«

Emma musste schmunzeln. Es stimmte, dass zwischen Kea und ihr und den anderen Frauen ein deutlicher Altersunterschied lag. »Aber Nienke als unsere Mutterglucke ist schwer vorstellbar«, flüsterte sie Kea zu und kicherte. Nienke war das unausgesprochene Oberhaupt der Gruppe, hatte mit ihrer alternativen und äußerst robusten Art aber wenig Fürsorgliches an sich.

Kea holte ihr Handy hervor und hielt Emma ein Foto vor die Nase. »Das ist meine Hündin Jane, sie macht Agility«, sagte sie stolz und kicherte, als Emma ihr ein Foto von Flip zeigte und erwiderte: »Das ist mein Flip, er macht gern Yoga im Liegen.«

Die Arbeit an der frischen Luft war zwar schön, aber ging ordentlich an die Substanz. So sportlich Emma auch war, es war etwas anderes, Volleyball in einer gut klimatisierten Halle zu spielen oder im Stadtwald wandern zu gehen, als auf einem Kutter gebeugt mit Geräten zu hantieren, deren Namen sie vor ein paar Wochen noch nicht einmal gekannt hatte.

Und Nienke zeigte kein Erbarmen, trieb sie immer wieder an,

erklärte ihr die Werkzeuge und demonstrierte ihr, wie man sie einsetzte.

Am Samstagmittag lehnte Nienke sich über die Reling und schaute auf das trübe Wasser. »Um das Unterwasserschiff zu prüfen, müssten wir den Kutter in eine Werft bringen lassen. Gerade das Ruder sollte kontrolliert werden.«

»Das klingt teuer.«

»Das ist nicht nur teuer, sondern im Moment auch unmöglich. Um einen Platz im Trockendock zu ergattern, muss man sich auf einer Warteliste eintragen lassen, und ich sag es mal so – vorher kannst du mindestens einmal Silvester feiern.«

»Also, was schlägst du vor?«

Nienke zuckte mit den Schultern. »Keine Ahnung.«

Emma seufzte. Nach der Arbeitswoche war sie zu erschöpft, um eine schnelle Lösung parat zu haben. Sie kletterten zurück an Land und hockten sich auf zwei Poller. Müde rieb Emma sich die Schläfe, während Nienke in die Ferne schaute. »Na ihr zwei Dwarsbüddel, habt ihr endlich Feierabend?« Neben Emmas Beinen tauchte Keas hübsche Border-Collie-Dame Jane auf, die brav Sitz machte, als Kea den Zeigefinger vor ihrer Nase hob.

Emma schaute Nienke unterwürfig und äußerst hoffnungsvoll an – ihr tat jeder einzelne Knochen weh –, und diese nickte. »Feierabend.«

»Danke, Nienke«, sagte Emma und umarmte sie, woraufhin die ihr etwas hilflos den Rücken klopfte.

»Na, na, da nich' für«, sagte sie schließlich und versuchte, sich aus der Umarmung zu winden. »Man nicht so stürmisch.« Aber auf ihren Wangen leuchtete nun eine verlegene Röte. »Nu aber los, ihr beiden«, sagte sie verlegen. »Ich hab noch was vor heute.«

»Stimmt, du wolltest nach Rysum zum Neßmersieler Hof, Friesenpferde anschauen. Den muss ich bei Gelegenheit auch besuchen.«

»Ja. Ich liebe alles, was schwarz ist. Falls du das noch nicht mitbekommen hast.« Sie grinste breit.

Emma und Kea liefen zum Campingplatz. Schäfchenwolken grasten auf der Himmelsweide, es wehte ein leichter Wind. Herbert Raschl spazierte ihnen über die Zeltwiese entgegen, und zum ersten Mal, seit Emma ihn kennengelernt hatte, begrüßte er sie mit einem knappen, aber aufrichtigen »Moin«.

»Moin«, antwortete Emma fröhlich und nahm Flips Leine entgegen, nur um kurz darauf einen Leinensalat zu entwirren, weil die beiden Hunde sich freudig begrüßten und gleich miteinander spielen wollten. Jane sprang auf Flip zu und zurück, und der stürzte hinter ihr her und machte ein knatterndes Geräusch wie ein klappriges Moped.

Die Hunde spielten immer noch miteinander, als sie schließlich bei Kea ankamen, um gemeinsam Mittag zu kochen. Obwohl die Tür zum Garten aufstand, bevorzugten die beiden Racker es, um sie herum zu tollen, Tauziehen mit Flips Plüschelefanten zu spielen und im Affenzahn um den Esstisch zu jagen. Die ungetrübte Lebensfreude der Hunde tat Emma gut.

»Die zwei verstehen sich echt super«, meinte Kea. »Das ist Liebe auf den ersten Blick.«

»Ja, das ist es.« Emma schnitt eine Zwiebel klein und schob die Schalen gleich in die dafür vorgesehene Schüssel. *Ich mochte Leon auch auf Anhieb*, dachte sie und griff nach einem Papiertuch, als die Zwiebeln ihr die Tränen in die Augen trieben.

Bei Kea hatte alles System und war so blitzrein, dass man sich sogar in den Kacheln spiegeln konnte.

»Wie geht es mit dem Kutter und deinem Haus voran?«

Emma gab ihr ein Update und schloss mit den Worten: »Ist alles nur leider viel teurer als gedacht. Ich fürchte, ich muss mir schleunigst einen Job suchen. Wie ich das zeitlich schaffen soll, weiß ich zwar nicht, aber ich sehe keinen anderen Weg.«

Kea schaute sie verständnisvoll an. »In der Kfz-Werkstatt Wiemers unten in Wirdum suchen sie eine Bürokraft. Ich habe als Hebamme alle drei Kinder von der Frau des Chefs auf die Welt gebracht. Wenn du möchtest, vermittle ich dir den Kontakt.«

Die Vorstellung, den ganzen Tag vor einem Computer zu sitzen und zwischendurch Kaffee für das Personal zu kochen, war nicht besonders reizvoll, aber Emma nickte. Sie konnte es sich nicht leisten, wählerisch zu sein. »Das wäre lieb.«

Erst am späten Nachmittag kam sie auf dem Campingplatz an und stellte fest, dass das Zelt der Seppls abgebaut war.

»Oh nein.« Sie seufzte enttäuscht. Die Seppls hatten gar nicht erzählt, dass sie heute abreisen würden. Sie hatte sich so an die herzliche Großfamilie mit ihren patenten Jungs gewöhnt.

»Emma!« Hiske eilte mit einem Briefumschlag auf sie zu. »Ich soll dir das hier von den Seppls geben. Sie hätten sich gern von dir verabschiedet, mussten aber schon früh los. Ist eine lange Fahrt nach Hannover.«

»Danke.« Emma presste den Umschlag wie einen Schatz an sich. So war das halt auf dem Campingplatz. Man lernte Leute kennen, manche davon schätzen, und dann gingen sie wieder. Ein Kloß bildete sich in ihrem Hals. Das war Leons Leben. Menschen kamen und gingen. Und sie war einer davon, ein Schatten in seinem Leben, der nur kurz an ihm vorbeigehuscht war. Bestimmt würde er sie in dem Moment vergessen, in dem sie den Platz verließ …

Ohne es zu merken, hatte sie ihre Schritte in Richtung des Hühnerverschlags gelenkt. Die Hennen scharrten davor in der Erde, hatten noch keine Lust, sich in ihr sicheres Häuschen zu begeben, in dem Leon sie nachts einsperrte, damit kein Fuchs oder Uhu sich an die Vögel wagte. Wilhelmina, die Emma an ihren besonders ausgeprägten Kammzacken erkannte, zog gerade einen Wurm aus der Erde. Im Gebüsch gackerte es. So langsam verstand sie, warum Leon an den Tieren Gefallen gefunden hatte. Sie strahlten Ruhe und Frieden aus, Selbstzufriedenheit und Geborgenheit. Unter ihnen fühlte man sich immer wohl. Während seine Gäste kamen und gingen, blieben seine Hühner, waren wie der sichere Leuchtturm in einem aufgewühlten Meer, das sich stets veränderte.

Kleopatra hockte als Einzige im Stall und brütete. Müde schaute sie Emma an, die gleich ein paar Körner aus dem Blechkasten holte, um sie ihr vor den Schnabel zu streuen. Sofort fing die kleine Henne an zu picken. Ihr Gefieder wirkte stumpf.

»Du hast ja total abgebaut, du Arme«, tröstete Emma das Zwerghuhn. »Dauert bestimmt nicht mehr lange, bis deine Küken schlüpfen. Dann kannst du wieder losziehen und die Sonne genießen.«

Ludwig kam herangestelzt und betrachtete sie argwöhnisch. Sie ging in die Hocke und lockte ihn mit einer auffordernden Geste an.

»Keine Sorge, ich tue deinem Mädchen nichts«, erklärte sie dem Hahn, der näher kam und dann auf ihre Knie hopste. Vor Schreck fiel sie nach hinten auf ihren Hintern. Ludwig flatterte kurz mit den Flügeln, blieb aber sitzen. »Möchtest du etwa kuscheln?«, fragte sie ungläubig und strich dem Hahn über das Gefieder. Der reckte den Hals genüsslich.

Von nun an schaute Emma jeden Abend beim Hühnerverschlag vorbei. Die Arbeitstage waren lang und hart, und bis auf die Treffen mit den Frauen ihrer Kochgruppe gab es wenig andere Ablenkung. Ludwig war so zutraulich, dass sie sich manchmal ein Buch mitnahm, damit er auf ihrem Schoß sitzen konnte, während sie las.

Leon ging ihr aus dem Weg, und das schmerzte. Andererseits war es ihr auch recht, weil es sie jedes Mal aufwühlte, wenn sie ihn von Weitem über den Campingplatz eilen, den Kies harken oder vor dem Empfangshäuschen in ein Gespräch vertieft sah.

Nach zwei Wochen waren die Handwerksarbeiten am Haus fast abgeschlossen, die Wände getrocknet und das Schimmelproblem gelöst. In ein paar Tagen würde sie endlich in ihr Haus einziehen können. Darauf freute sie sich, aber den Campingplatz würde sie vermissen. Und der Gedanke, Leon gar nicht mehr zu sehen, hinterließ einen bitteren Beigeschmack.

Auch die *Bernstein II* konnte mittlerweile mit den anderen Kuttern im Hafen mithalten. Ihr Bug glänzte sauber, das Deck war aufgeräumt, und auch wenn sie ihn nie nutzen würde, hatte Emma einen historischen Kochkessel gefunden, der an die Krabbenfänge in vergangenen Zeiten erinnerte. Darin lagerte sie Putzutensilien und Ersatzteile.

Zu ihrer großen Erleichterung hatte Nienke einen Techniker aufgetrieben, der sich die Elektrik anschaute und grünes Licht gab.

Kea kam regelmäßig zum Hafen und auch die anderen Mitglieder der Kochgruppe Bohntjesopp machten dem Schiff ihre Aufwartung.

»Dein Kutter ist ganz entzückend«, fand Dina an einem Dienstagnachmittag und klopfte mit ihrem Spazierstock gegen die Bordwand. »Da stecken viele positive Energien drin.«

Am Mittwoch schaute Thobe vorbei und lud sie auf einen Spaziergang ein.

»Das geht nicht, ich bin hier völlig eingebunden«, entschuldigte sich Emma und schämte sich dem gut gekleideten Thobe gegenüber ein wenig für ihr zerzaustes Haar und die dreckverschmierten Arbeitsklamotten.

»Wir haben uns ewig nicht gesehen. Nur eine halbe Stunde«, bettelte er. Im selben Moment tauchte Nienke aus der Kajüte auf. Seine Pupillen weiteten sich, und er verzog den Mund.

»Sie hat gesagt, sie hat keine Zeit«, sagte Nienke laut und stellte sich breitbeinig auf das Deck. Die Nieten an ihren Lederarmbändern drückten sich in ihre Haut, als sie die Arme verschränkte.

Auch wenn es Emma nicht ganz recht war, bevormundet zu werden, war sie erleichtert, als Thobe daraufhin wortlos abzischte.

Er versuchte es am nächsten Tag noch einmal, fing sie dieses Mal ein paar Hundert Meter vor der Einfahrt zum Campingplatz ab, als sie gerade mit Flip ihre Morgenrunde drehte. Nebelschwaden waberten über den Boden, und plötzlich stand er da, wie ein Geist, der aus dem Nichts erschien. Er wirkte übernächtigt, und sein sonst so glatt gebügelter Anzug warf Falten.

»Moin, Emma«, sagte er und strich sich über die zerknitterte Krawatte.

»Moin, Thobe.« Sie versuchte sich ihren Schreck nicht anmerken zu lassen, atmete einmal tief durch, um ihren Puls zu beruhigen. Jetzt musste sie allein für sich geradestehen, und das war nicht einfach. Thobe hatte ihr zwar nichts getan, aber sie wollte und durfte ihm keine Hoffnungen machen. Auch wenn Leon keine Beziehung mit ihr wollte, Thobe war sicher nicht ihr Typ, und eine Notlösung kam nicht infrage. Außerdem war es echt unheimlich, wie er einfach nur dastand und sie anstarrte. Am liebsten wäre sie umgekehrt und zurück zum Campingplatz gelaufen. Zu spät – er trat näher auf sie zu, aber plötzlich stellte sich Flip vor sie und knurrte.

»Ist gut, Flip«, sagte sie erstaunt. Selbst bei Markus hatte er das nicht getan, auch wenn der ihn oft unsanft von der Couch gestoßen hatte.

»Gehen wir die Runde gemeinsam?«, fragte Thobe und beäugte den kleinen Mops misstrauisch, der weiterknurrte und sich dabei an Emmas Bein schmiegte.

»Du, ich möchte ganz ehrlich zu dir sein«, gestand sie, immer noch mit klopfendem Herzen. »Ich denke nicht, dass wir uns treffen sollten. Das mit uns, das wird nichts.«

Die Farbe von Thobes Gesicht wandelte sich von Blässe über Rosa hin zu einem Zornesrot. Seine Nüstern weiteten sich wie bei einem aufgebrachten Pferd. »Woher kommt der Sinneswandel?

Wir haben uns doch bisher gut verstanden.« Als Emma nicht antwortete, zog er die Augenbrauen zusammen. »Liegt es an Nienke?«

Sie schüttelte den Kopf.

»Es ist wegen Leon, oder? Der Schietkeerl, ich hätte es wissen müssen.« Jetzt wirkte er aggressiv, beinahe gefährlich.

Beschwichtigend hob Emma die Arme. »Nein, Thobe. Mit Leon läuft nichts«, sagte sie, nicht, weil es Thobe etwas anging, sondern um Leon vor seinem Widersacher zu schützen. Es wurde eng in ihrer Brust, das Atmen fiel ihr schwerer. Furcht überkam sie, als sie realisierte, dass sie hier draußen niemand hören würde, wenn sie schrie ... Die Leine in ihrer Hand zitterte, und sie versteckte sie hinter dem Rücken.

In dem Moment hob Flip sein Bein und pinkelte auf Thobes Schuhe. Es plätscherte ein paar Sekunden lang, bis Thobe realisierte, was gerade passierte. Angewidert trat er zur Seite, mit einem dunklen Schimmer auf seinen hellen Lederschuhen.

»Flip!«, rief Emma und stürzte vor, um sich den Mops zu schnappen. »Wie kannst du nur? 'tschuldige, das hat er noch nie getan. Ich komme natürlich für den Schaden auf, das ist –«

»Das kannst du dir gar nicht leisten. Das sind echte Combucci aus Mailand.« Thobe schaute erst sie, dann Flip verächtlich an und ging zu seinem weißen Porsche, der am Straßenrand parkte. Der Nebel hatte sich mittlerweile gelichtet, und die feuchte Spur, die er bei jedem Schritt auf dem Asphalt hinterließ, war klar erkennbar. Der Motor heulte auf, und der Sportwagen raste mit quietschenden Reifen davon. Der Gestank des Reifenabriebs brannte in Emmas Nase, während sie versuchte, sich zu sammeln. Flip lag derweil brav neben ihr und wirkte äußerst selbstzufrieden.

»Na, deine Ruhe möchte ich haben«, brummte sie. Richtig böse konnte sie ihrem Mops nicht sein, denn sie spürte, dass er sie nur hatte beschützen wollen. Und seine Methode hatte funktioniert, das musste sie ihm lassen. Deeskalation auf Mops-Art. Aber

Thobe war schwer beleidigt abgedüst. Der Bürgermeistersohn war es offensichtlich nicht gewohnt, eine Abfuhr zu kassieren. Die Wut, die in ihm aufgezüngelt war, die verhieß nichts Gutes. Sie spürte, dass die Sache ein Nachspiel haben würde.

Kapitel 13

»Soll ich hier noch eine Möwe hinmalen?«, fragte Kea, die in einem farbverschmierten Shirt auf der Leiter in Emmas neuem Schlafzimmer stand. Sie hatte die gesamte Zimmerdecke im Laufe des Wochenendes in einen hellblauen Himmel verwandelt, auf dem einzelne Schäfchenwolken schwebten. Zwischen ihnen segelten ein paar Vögel.

»Gern«, antwortete Emma begeistert. Kopfschüttelnd betrachtete sie, wie ihre Freundin kunstvolle Striche an den Himmel malte. »Du bist echt gut. Wenn ich eine Möwe malen würde, dann wäre das ein Kreis mit Dreiecksschnabel und Strichbeinen.«

Kea lachte. »Ich habe schon immer viel gezeichnet. Das hilft, um Erlebtes zu verarbeiten und den Emotionen freien Lauf zu lassen.«

»Ich hoffe, du musst nichts an meiner Zimmerdecke verarbeiten«, gab Emma kichernd zurück. Sie nahm einen Pinsel entgegen und stellte ihn in den Eimer mit Terpentin. »Nach der Möwe machen wir aber eine Pause.«

Sie setzten sich in den Garten, Emma auf einen Holzstuhl und Kea in den Strandkorb.

»Kluntjes?«, fragte Emma und holte die hübsche Teekanne mit dem blauen Windmühlenmuster vom Stövchen, die sie in Bruntjes Küche gefunden hatte. Sie musste uralt sein.

»Gern.«

Im Gegensatz zum guten Wetter in Emmas Schlafzimmer war der Himmel hier draußen voller hoher Wolkenberge, die grau und bedrohlich wirkten. Ein starker Wind wehte, der die Büsche zur Seite drückte und pfeifend auf das alte Dach des Hauses traf.

Kea verkroch sich tief in den Strandkorb und nippte an ihrer Tasse, aber Emma hielt das Gesicht in den Wind, genoss die Kälte, die er mit sich brachte, und die Frische, die sich auf ihrer Haut ausbreitete. »Hach«, seufzte sie.

In den letzten Tagen waren sie gut vorangekommen, aber ihr Budget war ordentlich zusammengeschrumpft. Langsam wurde es kritisch.

Als könnte Kea ihre Gedanken lesen, fragte sie: »Wie ist es bei Wiemers gelaufen, hast du den Job?«

Emma nickte. Ja, die Kfz-Werkstatt hatte ihr angeboten, sie ab nächster Woche als Assistentin im Büro einzustellen. »Ich weiß aber noch nicht, ob ich das annehmen möchte.«

»Glücklich siehst du nicht aus.«

»Na ja, Ulf Wiemers ist ganz nett und die Mechaniker auch. Aber das Büro hat keine Fenster, und es riecht furchtbar nach Abgasen. Und ganz ehrlich – sie haben mir nur zehn Stunden die Woche angeboten, damit komme ich nicht weit. Ich brauche dringend eine bessere Alternative.« Sie wünschte sich, dass Flip bei ihr wäre, um ihn an sich zu drücken und durchzuknuddeln. Aber der verbrachte den Tag bei Herbert Raschl, weil sie nachher noch beim Kutter vorbeischauen musste. Der betagte Camper hatte seinen Aufenthalt auf dem Platz spontan verlängert, aber nicht wegen Flip, wie sie vermutete, sondern bestimmt, weil Hiske jetzt öfter mal bei ihm vorbeischaute und sie gemeinsam Aale räucherten. Dabei tranken sie Unmengen Tee, und Emma hatte Hiske schon mehrfach in den frühen Morgenstunden aus seinem Wohnwagen schleichen sehen, wenn sie mit Flip spazieren ging.

Wenn es doch bei Leon und ihr auch so einfach wäre! Stattdessen hatte der klargestellt, dass er keine Beziehung suchte. Zumindest nicht mit ihr. Konnte ja gut sein, dass er einfach nicht auf sie stand. Markus hatte gesagt, dass niemand sie jemals lieben können würde …

In ihr breitete sich ein bitteres Gefühl der Resignation aus. Hier saß sie nun – in ihrer neuen Wahlheimat, als Single, ohne Job und knapp bei Kasse. Gut, dass es Kea und Nienke gab, die Bohntjesopp-Frauen und natürlich Flip. Wenn doch nur Leon … aber nein, daran wollte sie nicht mehr denken.

»Was ist mit Thobe? Lässt er dich jetzt in Ruhe?«, unterbrach Kea ihre Grübeleien.

»Ja. Seit seinem letzten Besuch habe ich nichts mehr von ihm gehört. Ich hoffe, das ist ein gutes Zeichen.« Dass sie außerdem ein Dutzend verpasste Anrufe von Markus hatte, wollte sie nicht erwähnen. Der war Vergangenheit und sollte es bleiben.

Kea legte zweifelnd den Kopf schief. »Ich hoffe es für dich, Emma. Ich bin Thobe bisher nur ein paarmal begegnet, aber er wirkte nicht wie jemand, der leicht nachgibt, wenn er sich etwas in den Kopf gesetzt hat. Als sein Vater gegen die Bürgerinitiative ›Radweg Greetsiel nach Norden‹ war, hat Thobe für ihn die Öffentlichkeitsarbeit übernommen. Er hat sich richtig ins Zeug gelegt, und das Projekt wurde abgesagt.« Mitleidig schaute sie ihre Freundin an, aber Emma winkte ab.

»Ach, der sieht doch gut aus und findet bestimmt bald die nächste Verehrerin.« Wohl war ihr dabei aber nicht.

Als Emma am Montagmorgen den Hafen erreichte, hatte sich der Himmel bedrohlich zugezogen. Dunkle Wolken hingen tief und schwer über dem Wasser, bereit, jederzeit zu platzen. Vorsichtshalber hatte Emma ihren neuen Friesennerz übergezogen, der sich leuchtend gelb vor der Kulisse des sich zusammenbrauenden Sturms abhob. Auch Nienke trug einen Regenmantel, allerdings war der ebenso schwarz wie der Himmel einer mondlosen Nacht.

»Das bringt heute nichts!«, rief sie Emma zu. »Gleich gibt's einen anständigen Pladderregen. Komm!« Sie deutete auf die Hafenkneipe mit dem urigen Namen Zuckersnuut, deren Messingschild bedrohlich im Wind schwankte. »*Watt'n Weer weer.*«

Kaum hatten sie den Eingang erreicht, platzten die ersten großen Tropfen auf die Pflastersteine, und Emma zwängte sich schnell durch die Holztür ins Warme. Drinnen empfing sie die urige Atmosphäre der Bar, eine blank gewienerte Eichentheke, auf der ein Flaschenschiff thronte, davor Hocker, auf denen schmal gebaute Männer in Arbeitsklamotten saßen und Bier tranken. Das Gebälk des alten Gastraums war freigelegt, und zahllose Souvenirs aus der Schifffahrt waren an krummen Nägeln aufgehangen. Seile mit Knoten, Bojen, Stücke von Fischernetzen – alles baumelte durcheinander über den braunen Balken.

»Zwei Tassen Ostfriesentee mit einem guten Schuss Rum«, bestellte Nienke. »So, und jetzt müssen wir Klartext reden.« Sie fixierte Emma mit ihren hellgrünen Augen.

Die verzog unglücklich das Gesicht.

»Dein Kutter sieht gut aus«, sagte Nienke und nahm einen tiefen Schluck aus der dampfenden Tasse, die der Wirt so fest vor sie hingeknallt hatte, dass sie übergeschwappt war. »Der ist richtig vorzeigbar geworden. Um deinen Ankerplatz musst du dir also höchstwahrscheinlich keine Sorgen machen. Leif? Mach da mal mehr Rum rein, man schmeckt den ja gar nicht raus.«

»Hm«, knurrte der Wirt und holte die Rumflasche zögernd hervor, um nachzugießen.

Nienke probierte. »Besser. So, wo waren wir? Genau. Dein Schiff. Es sieht gut aus. Und alles scheint zu funktionieren.«

Während sie zuhörte, nippte Emma am Tee. Sofort wurde ihre Kehle warm, und nach wenigen Schlucken stieg der Rum ihr zu Kopf. Sie vertrug einfach keinen Alkohol. Und an den Geschmack des Tees gewöhnte sie sich nur langsam.

»Aber bevor es nicht im Trockendock war, würde ich dir

dringlichst davon abraten, damit auf See zu gehen. Du solltest deine Fahrt um Borkum also auf nächstes Jahr verschieben.«

»Das geht nicht!«, rief Emma entrüstet, während sie die Teetasse unauffällig von sich wegschob. Sie musste Leon zeigen, wozu sie fähig war. Die Wette gewinnen, damit er sein Versprechen halten und sie auf das Picknick am Naturstrand Hilgenriedersiel einladen würde.

Nienke schaute sie streng an. »Warum ist dir das so wichtig? Sicherheit geht vor.« Sie hatte ihre Augen mit schwarzem Kajal umrandet, sodass sie schärfer und beharrlicher wirkten, als sie es ohnehin schon waren.

Emma schaute verlegen weg, richtete den Blick auf einen Kompass, der von der Decke baumelte. Sie wusste nicht, wie sie Nienke erklären konnte, was Leon in ihr auslöste. Dass ihr Gehirn sich ausschaltete und, obwohl sie wusste, dass aus ihnen nichts werden würde, dieser Hoffnungskeim einfach nicht ersticken wollte. Dass ihr Herz nicht auf ihre Vernunft hören wollte. Wie viel leichter wäre es, einfach aufzugeben! Leon hinter sich zu lassen und alles andere auch. Wer weiß, ob Ostfriesland irgendwann zu ihrer neuen Herzensheimat werden würde. Ohne finanzielles Polster oder einen anständigen Job in der Gegend würde sie sich bald auch auf Stellen in anderen Regionen bewerben müssen. Wahrscheinlich in einer Großstadt, es musste ja nicht gleich Frankfurt sein. Ihr neues Haus könnte sie schließlich vermieten, so unangenehm der Gedanke war. Ja, es wäre einfacher, aber noch war da ein Funke Hoffnung.

»Ismirhaltwichtig«, murmelte sie trotzig. »Außerdem sagst du doch immer: *Geit neet gifft neet.*«

Nienke runzelte die Stirn, während sie unrhythmisch mit den Fingern auf der Theke trommelte. »Du bist ein Dickkopf, Emma«, sagte sie, hob ihre Tasse und trank sie in einem Zug leer. »He, Leif, nachfüllen!«, rief sie dem Wirt zu, ehe sie sich wieder Emma zuwandte. »Na gut. Dann rufen wir heute beim Wasser-

und Schifffahrtsamt Emden an und organisieren eine Inspektion. Wenn alles gut geht, stechen wir am Freitag in See. Eine Runde um Borkum, und danach wird der Kutter erst wieder ausfahren, wenn er im Trockendock war. Deal?«

Ein beklemmendes Gefühl erfasste Emma. Es kam ihr vor, als würde das Gewicht eines schweren Rucksacks auf ihr lasten, und sie spürte, dass ihr Vorhaben äußerst unvernünftig war. Aber dann wiederum sah sie Leon vor sich auf dem Deck stehen, wie er entrückt in die Ferne schaute, in der sich Himmel und Horizont trafen.

Sie schlug in Nienkes Hand ein. »Deal«, sagte sie.

Die blaue Stunde hatte begonnen, die Zeit, in der die Sonne noch hinter dem Horizont lag, aber ihr Licht bereits den Himmel erhellte. Die Silhouetten der anderen Kutter und der Ziegelhäuser waren noch dunkelgrau, aber mit jeder Minute wurden mehr Details auf ihren Fassaden sichtbar. Eine friedliche Stille lag in der Luft des menschenleeren Hafens, über dessen Promenade täglich zahlreiche Besucher flanierten, bevor sie in den kleinen Gassen des Fischerdorfs verschwanden. Emma liebte es, mitzuerleben, wie der Morgen begann und sich das Hafengebiet langsam mit Leben füllte. Noch aber waren Nienke, Leon und sie die einzigen Personen weit und breit.

»Die Flut erreicht ihren Höchststand in einer Stunde«, sagte sie zu Nienke, die gerade ein paar Wasserflaschen in einer Metallkiste verstaute. Hier war von der Flut allerdings nichts zu merken, denn der Hafen selbst war gezeitenlos, dafür sorgte die Schleuse Leysiel.

»Es kann losgehen!«, rief Nienke, die zu Emmas Begeisterung eine Kapitänsjacke über ihrer schwarzen Kluft trug.

Aufgeregt löste Emma das Tau vom Poller. Dabei schielte sie zu Leon, der verschlafen an der Reling stand, einen Kaffeebecher in der Hand. Er hatte sich nicht besonders begeistert gezeigt, als Emma ihn auf die Fahrt eingeladen hatte.

»Wenn ich allein fahre, kann ich ja alles behaupten. Auch dass ich es bis nach Norwegen und durch den Saltstraumen geschafft habe«, hatte sie argumentiert, und das überzeugte ihn schließlich.

»Na gut«, hatte er wenig begeistert zugestimmt.

Jetzt wirkten seine Augen klein und müde, und als sich der Kutter mit einem Ruck in Bewegung setzte, stolperte er zurück und fluchte, weil der Kaffee in seinem Becher überschwappte. Nienke ließ sich davon nicht beirren und stimmte ein Seemannslied an. Im Gegensatz zu Leon konnte sie die Töne nicht halten, es klang schief und rau, aber sie sang leidenschaftlich und laut.

Sie ließen das Hafenbecken hinter sich und fuhren durch das Leyhörner Sieltief, an dessen Ufern sich die Zugvögel zu ihrem Frühstück versammelt hatten, bis hin zur Schleuse. Emma war so aufgeregt, dass sie immer wieder die Karte und den Wetterbericht prüfte, bis Nienke schließlich rief: »Schleuse voraus!«

Schnell zückte Emma ihr Handy, um die Einfahrt in die Schleuse zu filmen. Es war ein besonderer Moment für sie, die historische Anlage zum ersten Mal zu erreichen.

Endlich ging es hinaus auf das offene Meer. Sofort fing der Kutter an zu schaukeln, als die ersten Wellen ihn umfingen. Nienke steuerte, und Emma lief prüfend über das Deck, um sicherzustellen, dass sie die Planken gut genug versiegelt hatten und es kein Leck gab.

»Ich war noch nie auf einem Krabbenkutter.« Leon trat an sie heran. Die Müdigkeit war aus seinem Gesicht gewichen, und auf seinen Wangen lag ein roter Hauch. Seine Augen funkelten in der Morgensonne, und obwohl Emma sich fest vorgenommen hatte, den Tag ruhig und gewissenhaft anzugehen, war es, als würde jemand mit einem Stock seitlich gegen ihre Knie schlagen, um ihr das Gleichgewicht zu rauben. Sie verfluchte sich selbst dafür, was für eine Macht seine Gegenwart auf sie ausübte.

»Wie es aussieht, muss ich meinen Hühnerstall wohl selbst tiefenreinigen.«

»Ich kann dir gern dabei helfen«, bot sie an. »Ich stelle mich einfach neben dich und feuere dich an.« Sie grinste frech, und Leon grinste zurück.

»Noch sind wir nicht wieder sicher im Hafen.«

Gischt schlug an den Bug und spritzte zu ihnen herauf, benetzte ihre Gesichter. Einzelne Tropfen liefen über Leons Stirn, Nase und Kinn und gaben ihm etwas Seemännisches, das Emma zum Anbeißen fand.

Sie legte den Kopf in den Nacken und schaute in den Himmel. Ein paar Federwolken, ansonsten Sonnenschein. Gut.

Nienke beschleunigte den Kutter auf acht Knoten, und bald fühlte es sich an, als würden sie über das Wasser fliegen.

»Hart Steuerbord!«, rief sie und riss das Ruder herum. Emma stolperte nach links und landete auf Leon, der sie geschickt auffing.

»Hui«, sagte er. »So stürmisch heute.«

Sie schälte sich befangen aus seiner Umarmung. *Das sollte sich nicht so gut anfühlen,* dachte sie.

Solange sie auf hoher See waren, gab es für Emma nicht viel zu tun, außer gelegentlich den Kurs zu prüfen. In der Ferne tauchte Borkum auf, rechts von ihnen wurden Memmert und Juist erkennbar. Nienke drehte ab, damit sie Borkum im Uhrzeigersinn umrunden konnten. Sie zogen an der Kugelbake vorbei, die auf der Insel als Erinnerung an die ursprüngliche Bake installiert war, die Seefahrern in alten Zeiten zur Orientierung gedient hatte.

Der Wellengang war nicht besonders hoch, aber für Emma, die außer während den praktischen Stunden für ihren Bootsführerschein nicht viel Zeit auf dem Wasser verbracht hatte, fühlte sich die Bewegung des Schiffes kraftvoll und leistungsfähig an.

»Wenn es so weitergeht, schaffen wir die paar Tausend Seemeilen extra bis zum Saltstraumen auch noch«, witzelte Leon. »Ist ja nur der stärkste Gezeitenstrom der Welt, das packt dein Kutter sicherlich mit links.«

Die Konturen der ersten Häuser auf Borkum wurden erkennbar, und es dauerte nicht lange, da fuhren sie an der Ronden Plate vorbei und den Südstrand entlang, bis sie schließlich die Seehundbank erreichten, auf der sich zahlreiche Tiere im Sand wälzten.

»Schau mal!«, rief Emma, als einer der Seehunde über den Strand robbte und ins Wasser glitt. So behäbig er an Land war, im Wasser bewegte er seinen stromlinienförmigen Körper ausgesprochen geschickt und wendig.

»Supercool«, fand auch Leon. Er hatte sich einen Dreitagebart wachsen lassen, der ihm gut stand und ihn etwas reifer wirken ließ. Gern hätte sie ihn berührt, um herauszufinden, ob er stoppelig oder weich war.

»Weißt du, dafür bewundere ich dich«, sagte er und sah ihr in die Augen. »Also ich meine für deinen Optimismus. Du hast so viel Ehrgeiz an den Tag gelegt und bist die Sache enthusiastisch und proaktiv angegangen. Das hätte nicht jeder geschafft.«

»Ach, mit guten Freunden ist alles möglich«, antwortete sie verlegen und schaute zu Nienke hinüber, die voll in ihrem Element war. Sie summte eine Melodie nach der anderen, steuerte die *Bernstein II* sicher durch die Fahrrinnen des Wattenmeeres und strahlte dabei so glücklich, dass man meinen könnte, sie hätte sich seit Jahren auf diesen Moment gefreut. Mit ihrer aufrechten Haltung und der im Wind flatternden Jacke sah sie aus wie die legendäre Piratin Anne Bonny, die gerade nach einem erfolgreichen Beutezug in die heimischen Gewässer zurückkehrte, den Rumpf voller Schätze und Kostbarkeiten.

»Schon. Trotzdem gehört da einiges an Mut dazu. Es gibt viele Leute, die von Ostfriesland träumen, aber nur wenige wagen den Sprung und ziehen hierher.« Er legte seine Hand auf ihre, und auch wenn das nur freundschaftlich gemeint war, glaubte Emma, dass in ihr etwas zersprang und klirrend zu Boden fiel.

»Äh …«, stammelte sie hilflos, darauf bedacht, sich nicht zu bewegen, damit die sanfte Berührung nicht endete.

Einträchtig schauten sie zur Insel hinüber, bewunderten das Naturspektakel der sich windenden Küste und die karge Sandebene des Hooge Hörns. Ab jetzt würde es volle Kraft voraus Richtung Heimathafen gehen.

Einerseits freute es Emma, dass der Kutter so schön fuhr, aber andererseits hätte sie diesen Augenblick gern für die Ewigkeit eingefroren.

»Ich freue mich schon auf unser Picknick«, sagte Leon leise und so liebevoll, dass Emma an seinen freundschaftlichen Absichten zu zweifeln begann.

Plötzlich knirschte und knatterte es unter dem Schiff. Der Wind dämpfte das Geräusch ab, aber Emmas Herz setzte für einen Moment aus. Die *Bernstein II* blieb ruckartig stehen und rauschte dann mit einem Satz nach vorn. Emma fiel auf die Knie, und Leon schlitterte gegen den Kochkessel. »Autsch«, stöhnte er.

Es ratterte tief unter ihnen. Erschrocken schlug Emma die Hand vor den Mund und murmelte gedämpft: »Das Ruder.«

»He, ihr turtelnden Maten. Wir haben ein Problem!«, rief Nienke.

Emma beugte sich bereits weit über die Reling und kniff die Augen zusammen. Aber um das Ruder erkennen zu können, hätte sie unter die Wasserlinie tauchen müssen.

»Ich sagte doch, der Kutter muss vorher ins Trockendock.« Nienkes gute Laune war wie weggeblasen, stattdessen breitete sich ein besorgter Ausdruck in ihrem Gesicht aus.

Emma lehnte sich so weit vor, dass sie fast über die Reling purzelte, als das Boot leicht abdrehte. Das Wasser unter ihnen hatte eine andere Farbe, war eher braun als blau. Flaches Gewässer, Mist!

»Wie schlimm ist es denn?«, fragte Leon.

»Ähm.« Emma schaute ihn beklommen an. Sie brauchten das Ruder, um sicher in den Hafen zurücksteuern zu können. Ohne funktionierendes Ruder trieben sie hilflos auf offener See ... Ihr

Atem wurde schneller, als ihr klar wurde, dass sie gerade Leon und Nienke in Gefahr gebracht hatte. Sie schätzte die Entfernung bis zum Festland ab – es war selbst mit Rettungsring viel zu weit zum Schwimmen. Wenn das Ruder komplett aussetzte, würden sie einen Notruf absetzen müssen. Das war nicht nur peinlich, sondern bedeutete auch, dass sie die Wette verloren hatte.

Das knatternde Geräusch verstummte, aber gleich darauf rief Nienke: »Der Kutter zieht nach Backbord!«

Emma verlor keine Zeit. Sie stürmte nach hinten und öffnete das Heckluk, um die drei Rettungswesten hervorzuziehen, die sie dort verstaut hatte.

»Hier«, sagte sie. »Zieh die an.«

Leon riss die Augen auf. »Echt jetzt? Wir gehen aber nicht unter, oder?«

Emma verzog das Gesicht. »Ich weiß es nicht. Aber das da macht mir noch größere Sorgen als das Ruder.«

Leon folgte ihrem Finger und zuckte zusammen. Auf dem Boden hatte sich ein Riss in den Planken gebildet, und das Wasser, das ständig an Bord schwappte, sickerte darin ab.

»Ein Leck?!«

»Was is'n nu los?«, rief Nienke.

»Das Boot leckt und zieht schon Wasser!«, rief Emma zurück. »Kann gut sein, dass es weitere Risse unter der Wasserlinie gibt.«

»Bei Störtebekers doppelt geflochtenem Bart –« Weiter kam Nienke nicht, denn sie musste hart gegenlenken, damit der Kutter nicht zu sehr nach links abdriftete.

»Halt Kurs auf den Hafen und bring uns sicher zurück. Wir kümmern uns um das Leck.«

»Aye, Aye, Käpt'n.« Nienke tippte sich an die Stirn.

Emma eilte zu der Stelle, an der das Wasser durch die Planken sickerte. »Anscheinend haben wir irgendetwas gerammt. Eine Muschelbank oder irgendein Wrack«, erklärte sie Leon.

»Und das hat das Ruder beschädigt?«

»Ich denke schon.« Sie presste ihr Ohr gegen die Planken und glaubte, ein Gluckern und Knirschen in der Bilge zu hören. »Das meiste Wasser an Deck läuft von allein ab, aber wenn zu viel Wasser in den Rumpf sickert, geraten wir in Tieflage.«

»Hilft das?« Leon hielt ihr einen Lappen entgegen, den sie zusammenknüllte und in die Spalte schob. Der Lappen saugte sich voll, aber nach ein paar Sekunden ächzte das ganze Schiff, und der Riss wurde breiter. Der Lappen verschwand in der Tiefe des Rumpfes. Entsetzt schauten die beiden sich an.

»Mist!«

»Jep.« Emma kratzte sich am Kopf. »Viel können wir nicht tun, aber wir sollten um jeden Preis vermeiden, dass zu viel Wasser in die Öffnung läuft.«

Sie schnappte sich einen zweiten Lappen, um das Wasser aufzusaugen, das sich bei jeder Schiffsbewegung auf dem Deck verteilte. Leon holte den Schrubber, und gemeinsam kämpften sie darum, die Wassermassen an Deck unter Kontrolle zu halten. Das wurde mit jeder Minute schwieriger, denn bald lag die *Bernstein II* tiefer im Wasser als zuvor und bewegte sich schwerfälliger vorwärts. Immer wieder fluchte Nienke, wenn der Kutter anfing, sich im Kreis zu drehen.

»Sollen wir einen Notruf absetzen?«, fragte Leon, aber Nienke winkte ab.

»Das kriegen wir auch so hin! Wäre doch gelacht.«

Emma war schweißgebadet.

»Der Seegang wird stärker!«, rief Nienke, und kurz darauf spürte Emma, wie die Wellen höher wurden, den Kutter hoben und senkten wie ein Spielzeug in einer Badewanne.

Sie prustete, als der Kutter nach links ausschwang und Wasser aufspritzte. Die nasse Kleidung klebte an ihr, fühlte sich eng und unbeweglich an. Schaumige Gischt mischte sich mit dem Leckwasser und erschwerte ihre Bemühungen, das Deck wasserfrei zu halten. Emma arbeitete schneller. Trotzdem wurden ihre Finger immer steifer. Das Salz brannte ihr in den Augen, schmeckte scheußlich auf der Zunge. Aber am unangenehmsten war das Schaukeln des Kutters, das ihren Magen umstülpen wollte.

Leon ging es offenbar ähnlich. Seine Wangen waren blass, und er hielt mehrfach inne, hob die Hand an den Mund, als müsste er sich übergeben. Mitfühlend klopfte sie ihm auf die nackte Schulter, das Hemd hatte er längst ausgezogen. Er versuchte zu lächeln. »Alles gut«, behauptete er.

Obwohl ihr ebenfalls speiübel war, wanderte ihr Blick immer wieder zu ihm hinüber. Selbst in dieser Notlage sah er umwerfend aus. Die Jeans lag eng an seinen Beinen an, betonte die Wadenmuskeln. Jedes Mal, wenn er Wasser schöpfte, spannten sich seine Arme, und der kleine Leberfleck an seinem Hals tanzte. Emma konzentrierte sich darauf, nicht hinzugucken. Ob er wusste, welchen Eindruck er auf sie machte?

Er strich sich die Haare aus der Stirn und schaute sie schwer atmend an. Das Wasser tropfte in seinen leicht geöffneten Mund, und ein verheißungsvolles Prickeln lief ihr den Rücken hinunter.

Eine Welle erwischte das Boot, und ihr Magen machte einen Satz, der sie aufstöhnen ließ. Leon sprang hoch und hielt den Kopf über die Reling. Das spornte Emma an, sich noch mehr Mühe zu geben. Trotz ihres unermüdlichen Einsatzes drang mehr und mehr Wasser durch den Spalt in den Planken. Sie mussten schleunigst an Land zurück! Im Akkord arbeitete sie weiter. Schließlich schaute sie zum Küstenstreifen – die Schleuse war nicht mehr weit entfernt. Ihre Arme fühlten sich schlapp wie Gummistangen an.

»Sollen wir dort nothalten?«, rief Nienke. Der Kutter lag tief im Wasser, im Rumpf gluckerte es unermüdlich.

Emma überlegte. Wenn sie jetzt ankerten, würde die *Bernstein II* untergehen. »Nein«, entschied sie. »Sobald wir im Sieltief sind, können wir jederzeit an Land schwimmen, wenn es ernst wird. Wir haben es fast geschafft, der Hafen ist in greifbarer Nähe.«

Nienke nickte und bemühte sich, den Kutter auf Kurs zu halten, der immer nach links ausschwenken und die Fahrrinne verlassen wollte. Leon, dem es wieder besser ging, schöpfte allein weiter, während sie für Nienke Ausschau hielt, um zu vermeiden, dass sie auf eine Sandbank auffuhren. Sie passierten das Speicherbecken. Vögel stoben von der Deichkrone auf, und einige Schafe schauten ihnen kauend zu, als sie vorbeifuhren. Endlich steuerten sie um die letzte Kurve des Sieltiefs, und Emma erkannte die Mastspitzen der anderen Kutter.

»Neptun sei Dank!«, rief Nienke und hielt direkt auf den Liegeplatz der *Bernstein II* zu. »Sobald wir festgemacht haben, kümmere ich mich drum, dass jemand von der Hafenbehörde kommt, damit der Kutter nicht absäuft.«

Am Liegeplatz angekommen, sprang Emma an Land und vertäute das Boot. Der feste Boden unter ihren Füßen schien weiterhin zu schwanken.

Leon sprang hinter ihr auf den Pier und atmete tief durch. »Mann, fühlt sich das gut an. Ich bin zur Seefahrt nicht gemacht!«

»Ach, nur weil du ein bisschen die Fische gefüttert hast, das heißt doch nichts«, witzelte Emma und beobachtete erfreut, wie Leons Wangen an Farbe gewannen. Auch ihr eigener Magen beruhigte sich wieder.

»Was bin ich froh, dass du die Wette gewonnen hast. Hab mich schon auf dem Meeresgrund zwischen den Austernschalen liegen sehen.«

»Ja, wir haben es geschafft! Eine Runde um Borkum, das war doch ein Klacks!« Sie war so erleichtert, dass sie um Leon herumtanzte, der sie erst verwirrt anschaute und dann lachte. Er wartete, bis sie genau vor ihm stand, dann zog er sie an sich.

»Du verrückter, dickköpfiger, unverbesserlicher Butenfahrder!«, rief er und drückte sie fest.

Sofort hielt Emma inne und versteifte sich. Die plötzliche Nähe zu Leon raubte ihr den Atem. Seine Körperwärme hüllte sie ein, und ihre Sinne schienen zu schwinden – es gab nur noch Leon, seinen Geruch nach Algen, Schweiß und Salz und seine nackte Brust, die sich an ihrer Wange hob und senkte. Zaghaft, wie in Zeitlupe, legte sie die Arme um seine Hüften und erwiderte die Umarmung. Tränen der Erleichterung stiegen in ihr auf. »Mann, was habe ich mir Sorgen gemacht«, flüsterte sie und schniefte.

»Weinst du etwa?« Er beugte sich zu ihr hinunter und schaute sie liebevoll an.

»Nee, gar nicht«, flunkerte sie. »Ich habe nur etwas ins Auge bekommen.«

Er strich ihr über den Rücken und dann über das Haar. »Du bist so schön, Emma. Und so anders als alle Frauen, die ich jemals kennengelernt habe.«

Er küsste sie sanft auf die Stirn, und Emma seufzte leise. Ein Glücksgefühl überkam sie, das alle Vernunft ausschaltete. Egal, ob Leon etwas Langfristiges wollte oder nicht, sie konnte ihm nicht widerstehen. Nur der Moment zählte. Die Sehnsucht nach ihm überrollte sie wie ein Kaventsmann eine Jolle – sie war machtlos gegen seine Anziehungskraft.

»Nicht aufhören, bitte«, sagte sie und schaute ihm in die Augen, bevor sie sich auf die Zehenspitzen stellte, eine Hand an seine Wange legte und ihre Lippen seinen näherte.

Kapitel 14

Emmas Lippen hatten Leons Mund fast erreicht, als eine unwirsche Stimme sie aus ihrem Bann riss.

»So ist das also, Emma. Und ich habe dir beinahe geglaubt.«

Entgeistert wandte sie den Kopf und starrte Thobe an, der mit den Händen in den Hosentaschen vor ihnen stand. Emma versteinerte. *Nicht schon wieder.* Leon trat einen Schritt zurück, und seine Gesichtszüge verhärteten sich.

Emma erinnerte sich. Sie hatte Thobe gesagt, dass da nichts mit Leon lief, oje! Andererseits musste sie sich vor ihm nicht rechtfertigen, es war ihre Entscheidung, mit wem sie sich traf. Dennoch wollte sie vor Thobe nicht als Lügnerin dastehen. Die Wärme, die sie eben erfüllt hatte, verschwand und machte einer unangenehmen Kälte Platz.

»Guten Morgen, Thobe«, versuchte sie es mit betont freundlicher Stimme. »Was können wir für dich tun?«

Um sie herum bildete sich eine Wasserlache. Jetzt erst wurde ihr bewusst, dass sie komplett durchnässt war. Verschämt kreuzte sie die Arme über ihrem transparent gewordenen T-Shirt.

Thobe verzog den Mund. »Ihr datet euch jetzt also«, sagte er und scannte Leon von oben bis unten verächtlich ab. »Muss ja nicht jeder einen guten Geschmack haben. Eigentlich bin ich hier, um mir dein Schiff anzuschauen«, wandte er sich wieder an

151

Emma. »Ich wollte mir einen Eindruck davon machen, wie gut ihr es restauriert habt.«

Sie verzog den Mund. Die steile Falte zwischen Thobes Augenbrauen verhieß nichts Gutes.

»Optisch macht es jetzt was her. Aber wenn mich nicht alles täuscht, liegt der Kutter viel zu tief im Wasser. Ein Schiff mit Leck ist natürlich ein Risiko.« Sein Schnurrbart zuckte, als er auf Nienke deutete, die noch mit der Pfütze auf dem Deck beschäftigt war. »Wenn da schon so geschludert wurde, dann will ich gar nicht wissen, wie es im Motorraum und unter dem Lack aussieht.« Er lehnte sich nach vorne, um die Außenwand der *Bernstein II* zu inspizieren, und schüttelte vielsagend den Kopf. »Na, wie du weißt, ist das alles aber gar nicht meine Entscheidung, sondern die des Hafenmeisters. Ob Derk diesen rostigen Kahn noch länger in unserem Vorzeigehafen duldet, wage ich zu bezweifeln.«

»Ich glaube dir kein Wort«, knurrte Leon. »Derk ist bekannt dafür, sich dem zu beugen, der den größten Druck ausüben kann. Er wird genau das tun, was du ihm rätst. Er wird sich mit Sicherheit nicht mit einem Gemeinderatsmitglied anlegen.«

Hämisch wanderte Thobes linker Mundwinkel nach oben. »Ach, ist das so? Ich denke, du überschätzt meinen Einfluss.«

»So Kinder, die Party ist vorbei!«, rief Nienke und sprang für ihr Alter recht behände an Land. Demonstrativ knackte sie mit den Fingerknöcheln. Das Geräusch ließ Emma schaudern.

Thobe nahm sofort einen Sicherheitsabstand von der patenten Dame mit der Kapitänsjacke und dem Dreieckstuch über den Haaren ein. »Ich wollte sowieso gerade gehen. Für mich ist alles geklärt.«

Sobald Thobe verschwunden war, zückte Nienke ihr Handy, um jemanden zu finden, der sich das Boot anschaute. Sie lief den Pier entlang und setzte sich in einiger Entfernung auf eine Bank, Leon nutzte die Gelegenheit und zog Emma wieder an sich. Aber die Romantik zwischen ihnen war verflogen, sie konnte seine Nähe nicht mehr genießen. Steif ließ sie die Umarmung über sich ergehen, bis Leon sagte: »Lass dir von dem Miesepeter nicht den Tag versauen. Wir finden schon einen Weg, wie dein Kutter im Hafen bleiben kann. Das liegt in der Zukunft – lass uns gemeinsam in der Gegenwart bleiben. Du hast die Wette gewonnen, und jetzt schulde ich dir ein Picknick. Ich verspreche dir, ich werde mir die allergrößte Mühe machen, damit es ein unvergesslicher Ausflug wird.«

Sie taute wieder ein wenig auf. Obwohl sie immer noch angespannt war, trat ein Lächeln auf ihr Gesicht. Vielleicht bestand ja doch eine winzige Chance, dass Leon seine Meinung zum Thema Beziehung änderte. Solange es ein Fünkchen Hoffnung gab, würde sie auf ihn warten.

Doch in den nächsten Tagen fanden sie keinen Termin für das Picknick. Erst musste der Kutter wieder flottgemacht werden, und da es sich um einen Notfall handelte und der Kutter vor Ort nur notdürftig geflickt werden konnte, bekam sie einen Platz im Trockendock.

Leon war mit seiner Arbeit viel zu beschäftigt, denn ständig reisten neue Besucher auf dem Campingplatz an oder ab. Günter und die Schubermaiers waren längst abgereist, und auch Motje hatte sich verabschiedet. Von den ursprünglichen Gästen war nur Herbert Raschl übrig geblieben, und der verbrachte jetzt einen Großteil seiner Zeit damit, Hiske hinterherzulaufen, wenn sie die Waschräume reinigte. Das schien ihr zu gefallen, und Emma bemerkte, dass sie neuerdings eine Bernsteinkette um den Hals trug, die so gar nicht zu ihrer Schürze und den Gesundheitssandalen passen wollte. Dafür sah Emma täglich neue Gesichter. Es gab viele ältere Pärchen unter ihnen, aber auch Familien und Alleinreisende.

»Es ist so herrlich vielfältig hier. Bunt und aufregend wie das Leben«, stellte sie am Morgen ihres geplanten Umzugs fest, als sie mit Leon einen Kaffee vor dem Empfangshäuschen trank. Auf der Zeltwiese spielten zwei Mädchen Fußball, während ihr Vater die

Wäsche auf der Leine aufhängte. Die Kleinere der beiden schoss den Ball in ein sauberes Laken, und der Vater schimpfte: »*Hey, be more careful, Anne! Now I have to wash it again.*« Das Mädchen machte verlegen einen Kratzfuß, ihre Schwester kicherte. »*Yes, Daddy. Sorry, Daddy.*«

»Das liebe ich an dem Platz. Es ist nie langweilig. Und auch wenn es unbeständig wird und man sich immer an neue Gäste gewöhnen muss, so gibt es doch eine Routine, die sich immer wiederholt. Und viele Gäste sieht man jedes Jahr wieder«, erklärte Leon.

Als Emma geschickt den Ball auffing, der fast seine Kaffeetasse umgeworfen hätte, lächelte er. »Danke, das war meine Lieblingstasse.«

»Ich weiß.« *Und ich weiß auch, dass du sie deshalb magst, weil sie einen Sprung hat, der dich an Tassilo aus* Die Schöne und das Biest *erinnert,* dachte sie. Leon war ein cooler Typ, aber eben auch sentimental. Ein schöner Kontrast.

Ein Auto rollte auf sie zu, und er winkte dem Fahrer, anzuhalten. »Könntest du nachher für mich bei den Hühnern vorbeischauen?«, bat er Emma. »Heute erwarte ich gleich mehrere Gäste mit Wohnwagen. Es dauert immer eine Weile, bis die eingewiesen sind.«

»Kein Problem, mache ich gern.«

Auf dem Weg zum Hühnerverschlag schaute Emma sehnsüchtig zu den Urlaubern, die in ihren Campingstühlen saßen und frühstückten, sich sonnten oder sich mit ihren Nachbarn unterhielten.

Klar, sie freute sich darauf, heute endlich in ihr Haus zu ziehen, aber sie würde den Platz mit seiner heiteren Ferienstimmung vermissen. Immerhin war sie sicher, dass sie Leon weiterhin sehen würde. Seit ihrer Borkum-Umrundung waren sie sich nicht mehr nähergekommen, aber etwas hatte sich zwischen ihnen verändert. Es herrschte eine unausgesprochene Einigkeit zwischen ihnen, die sich richtig anfühlte. Wie ein unsichtbares Band, das sie verband und zusammenhielt. Wenn Leon sie sah, strahlte er, und seine Züge wurden weich. Und wenn Emma ihn sah, dann wackelten ihre Knie, und ihre Gelenke verwandelten sich in Butter. Wohin das führen sollte, wusste sie nicht, aber das war egal. Sie hatte Zeit.

Ihr Handy klingelte, es war Kea. »Hi, Süße«, begrüßte ihre Freundin sie. »Und, hast du dich entschieden, ob du bei Wiemers anfängst?«

Emmas Schritte wurden langsamer. »Ja. Das heißt, nee. Ich habe mich entschieden, aber ich möchte das nicht. Es wird sich etwas anderes für mich finden, da bin ich mir ganz sicher. Ich weiß nicht wie und wo, aber das ist einfach nicht das Richtige.« Wie bei Leon wollte sie einfach ihren Instinkten vertrauen.

»Na ja, ich kann dich verstehen.« Kea seufzte. »Wenn ich dir etwas Geld leihen soll, sagst du Bescheid, ja? Ich habe genug zurückgelegt.«

Sofort schoss Emma das Blut in die Wangen. Es rührte sie, dass Kea sie unterstützen wollte, aber das würde sie auf keinen Fall annehmen. »Das ist lieb, aber ich komme bisher zurecht. Du kommst doch morgen Abend zur Einweihungsparty?«, lenkte sie ab.

»Klar. Bist du sicher, dass ich dir nicht beim Kochen helfen soll?«

»Alles gut, ich freue mich darauf, meine neue Küche einzuweihen. Ist alles genau geplant.« Sie holte die Futterschaufel aus dem Schuppen, um den Hühnern ihre Körner abzufüllen. »Bis morgen dann«, verabschiedete sie sich. Keas Angebot, ihr etwas zu borgen, ging ihr noch einmal durch den Kopf. Obwohl es lieb gemeint war, würde sie sich furchtbar schämen, es anzunehmen. Nein, dazu durfte es niemals kommen, so etwas ruinierte Freundschaften.

Die Hühner und auch Ludwig kamen sofort angestürzt, nur Kleopatra ließ sich nicht blicken.

»Richtig«, murmelte sie. Die kleine Henne saß ja seit knapp drei Wochen auf ihren Eiern. Aber als sie die Klappe des Verschlags öffnete, wurden Emmas Augen groß.

»Kleopatra!« Sie lachte und fixierte die Klappe mit dem Haken, damit sie offen stehen blieb. »Du bist Mama geworden!«

Unter dem Federkleid der Henne lugte ein kleiner Schnabel hervor. Dann tapste ihr ein schneeweißer Flauschball entgegen, der gleich darauf wieder unter Kleopatras Flügel verschwand. Emma hörte es aufgeregt piepen. Sie lauschte. Da war nur ein Küken. Sie hob Kleopatra vorsichtig an, die empört gackerte. Ihr Gesichtsausdruck änderte sich sofort, als sie ein totes Küken entdeckte. Sie hob den schlaffen Körper auf, nein, ihm war nicht mehr zu helfen.

»Oh, Kleo«, seufzte sie. »Freud und Leid liegen nah beieinander. Ich wünschte, ich könnte das ändern, aber ich kann es nicht.«

Die dunklen Knopfaugen des Huhns ruhten auf ihr, als würde dieses sie verstehen.

Sie schrieb Leon eine Nachricht und musste nicht lange warten – egal, wie beschäftigt er auch war, wenn es um seine Hühner ging, war er immer erreichbar. Wenig später kam er angerannt, war so außer Atem, dass er kaum sprechen konnte. »Danke-fürs-Bescheidgeben«, keuchte er mit hochrotem Gesicht in einem Atemzug.

Traurig reichte Emma ihm das tote Küken. Er untersuchte es sorgfältig und legte es behutsam in einen Eimer. Auch wenn er dabei ein Pokerface aufsetzte, konnte Emma erkennen, dass es ihn mitnahm, das kleine Tier so leblos zu sehen.

»Ich werde es nachher vergraben und eine Sonnenblume obenauf pflanzen«, erklärte er leise. »Aber eins lebt, sagst du?«

Da hüpfte das weiße Küken wieder hervor, erschrak, raste auf seinen winzigen Stelzenbeinen einmal um seine Mutter herum und verschwand wieder im sicheren Gefieder.

Ein Lächeln erhellte Leons Miene. »Meine Güte, Kleo, das hast du gut gemacht. Das ist ein ganz, ganz hübsches Baby, das du da hast.« Er streichelte das Huhn, das sich das von ihm gern gefallen ließ. Auch Kleopatra wirkte jetzt deutlich entspannter. *Sie vertraut ihm voll und ganz,* dachte Emma.

»Und weißt du was? Ich habe den perfekten Namen für dein Küken. Es soll Emma heißen.« Liebevoll sah er Emma an, und sie wandte den Blick verlegen zu Boden. Ihr wurde so warm, dass sie die Handflächen aneinanderrieb.

»Äh, danke«, sagte sie. Sie konnte nicht fassen, wie nett er war. Noch nie hatte irgendjemand irgendetwas nach ihr benannt. Aber dann fiel ihr etwas ein. »Und was, wenn es ein kleiner Hahn ist?«

Leon grinste. »Dann ist es ein Hahn, der Emma heißt.«

»Aber ich dachte, du benennst alle deine Hühner und Hähne nach Königinnen.«

»Das stimmt. Moment!« Er zückte sein Handy und tippte etwas ein. »Aha. Hier haben wir es. Emma von der Normandie war gleich zweimal Königin von England. Damit ist alles geregelt. Willkommen im Leben, zuckersüße Emma!« Den letzten Satz sagte er in Richtung des Piepens, das immer noch unter Kleopatra hervordrang.

Emma tastete nach Leons Hand und drückte sie. Ihre Lippen bebten, weil sie so von seiner Geste gerührt war.

Er lächelte, öffnete den Mund, als wollte er etwas sagen, entschied sich aber um. »Wir sehen uns, ich muss dringend los, die nächsten Gäste einweisen.« Er küsste sie zum Abschied auf den Mund, und das überrumpelte sie so sehr, dass sie nicht reagierte, nur hilflos zusah, wie er über den Platz davoneilte.

Den Rest des Tages schwebte sie wie auf Wolken. Alles fiel ihr leicht und kam ihr vor wie ein Traum. Sie sortierte neue Töpfe und Pfannen in der Küche ihres neuen Hauses, brachte Vorhänge an und bezog ihr Bett mit der neu gekauften Wäsche. Sie hatte sich für gelbe Baumwolle entschieden, die sie an den blühenden Löwenzahn erinnerte, der entlang der schnurgeraden Deiche wuchs.

»Oh nein!«, rief sie, als Flip auf das frisch gemachte Bett sprang und braune Pfotenabdrücke darauf verteilte. »So geht das nicht.«

Sie hob ihn herunter, um seine Pfoten mit einem Handtuch

zu säubern. Aber Flip wackelte vor Freude so wild herum, dass sie ihn kaum festhalten konnte. Schon seit Stunden flitzte der Mops gut gelaunt durch alle Zimmer, schnüffelte hier und da, spielte mit ihren Hausschuhen oder dem Türstopper in der Küche.

»Du weißt auch, dass das hier ein Neuanfang ist«, vermutete sie, und wie zur Bestätigung rollte sich Flip auf den Rücken und grunzte.

Emma genoss es, alles zum ersten Mal einzurichten, und gab sich besonders große Mühe, es gemütlich und gleichzeitig stilvoll aussehen zu lassen. Es hieß, dass es zu Hause am schönsten sei – aber dafür musste man es sich eben auch schön machen.

Ein paar von Bruntjes Möbeln aus dem oberen Stockwerk hatte sie übernommen, und auch ihre alltäglichen Gegenstände, die den Wasserschaden überstanden hatten, waren ihr von Nutzen. Von ihren eigenen Sachen in Frankfurt hatte sie die meisten verkauft oder verschenkt. Zu vieles erinnerte sie an das unglückliche Leben in der Großstadt, an Markus, an den Geruch von grauem Beton und U-Bahn-Stationen.

Auf den Esstisch stellte sie einen Strauß mit leuchtend roter Gerbera und gab als Beiwerk selbst gesammelten Strandflieder, Schafgarbe und Wiesenflockenblumen dazu.

Zufrieden betrachtete sie ihre Komposition. »Was meinst du, Flip?«, fragte sie den Hund, der in seinem Körbchen lag und ausnahmsweise mit einem seiner eigenen Spielzeuge beschäftigt war.

Zum ersten Mal übernachtete Emma in Bruntjes altem Häuschen, das nun ihr neues Heim war. Es knirschte in den alten Balken, und der Wind zog durch das Dach. Immer wieder wachte sie auf und hörte, wie das Haus ihr seine Geschichten erzählte. Vor Bruntje hatten andere Menschen hier gelebt, vielleicht Fischer oder Deichbauer. Sie dachte an die junge Bruntje in ihren Schlaghosen und an Nienke, die ihr so nahegestanden hatte, erinnerte sich an Dinge, die sie beim Einrichten gefunden hatte. Ja, alles war vergänglich, aber das Rad der Zeit drehte sich unaufhörlich weiter. Das Haus würde nun mit neuem Leben erfüllt werden.

Am nächsten Morgen brauchte Emma ein paar Sekunden, um sich zu orientieren. Der blaue Himmel über ihr, auf dem hübsch gemalte Möwen entlangzogen, die gelbe Bettwäsche, die ihr das Gefühl gab, in einer Blumenwiese zu liegen, es war herrlich.

Flip, der auf das Bett sprang und sich unruhig im Kreis drehte, war allerdings real. »Guten Morgen, Flipsi, einen Moment.« Sie schlüpfte in ihre Hausschuhe und lief zur Gartentür, um den Mops rauszulassen. Vor ihrem Spaziergang wollte sie aber noch einen Kaffee aus der neuen Maschine trinken, die sie sich bei einem Laden in Emden bestellt hatte. Wie aufregend das war, wenn man alles zum ersten Mal machte!

Der Kaffee schmeckte voll und rund und weckte ihre Lebensgeister. Fröhlich sang sie vor sich hin, versuchte sich an dem Lied, das der Fischerchor bei seinem Auftritt zum Besten gegeben hatte. Dabei schnappte sie sich Zettel und Stift und schrieb gerade eine Einkaufsliste, um sich auf die Einweihungsfeier am Abend vorzubereiten, als es laut klingelte.

Verwirrt fuhr Emma hoch. »Was?«, rief sie, bis sie begriff, dass es die Türglocke gewesen war. Draußen stand ein Postbote. Emma legte den Kopf in den Nacken. »Moin«, sagte sie.

»Einschreiben für Frau Emma Martens. Könnten Sie hier unterschreiben?«

»Sehr gern.« Ihre erste Postzustellung im eigenen Haus! Stolz griff sie nach dem Stift. Dann aber sah sie den Absender auf dem Umschlag, und ihr wurde mulmig. Und als sie wenig später am Küchentisch saß und die Nachricht las, bestätigte sich ihr Verdacht. Der Hafenmeister würde ihren Liegeplatz nicht verlängern.

Kapitel 15

»Das ist ganz sicher Thobes Werk. Ich kann nicht glauben, dass er dir das antut«, schimpfte Leon eine Stunde später, als sie ihn auf dem Campingplatz aufsuchte. Seine Augen lagen im Schatten des großen Strohhutes, den er trug, aber seine Stimme klang so zornig, dass Emma auch ohne Blickkontakt wusste, wie sehr ihn die Sache aufregte.

»Also erst mal kann ich Thobe nichts nachweisen, und selbst wenn – was würde das ändern? Der Hafenmeister kann nun mal über die Liegeplätze entscheiden, und dagegen kann ich nichts machen.«

»Das ist unglaublich. Ich werde ein ernstes Wort mit Thobe reden.« Die blitzenden Klingen seiner Gartenschere schnappten gefährlich auf und zu.

»Nee, das lass mal lieber bleiben.« Sie tastete nach seinem Handgelenk, und die Schere kam zur Ruhe. »Ich wende mich direkt an den Hafenmeister. Vielleicht kann ich die Sache im persönlichen Gespräch klären. Ich meine, so viele Krabbenkutter gibt es hier nicht, warum sollte er einen leeren Liegeplatz bevorzugen?«

Das überzeugte Leon wenig. »Weil Thobe ihn bestimmt unter Druck gesetzt oder ihm irgendwelche Versprechungen gemacht hat. Deshalb.«

»Mag sein. Aber«, sie stellte sich auf die Zehenspitzen und sah ihn ernst an, »ich muss mir eine Strategie überlegen. Jetzt bin ich erst mal froh, dass ich ein Zuhause habe. Als Nächstes sollte ich mich um einen neuen Job kümmern, und der Kutter, der ist als Letztes dran. Im schlimmsten Fall verkaufe ich ihn.« Als sie den Vorschlag aussprach, merkte sie, wie falsch sich das anhörte. Nein, sie würde den Kutter nicht verkaufen. Nach all der Arbeit, der Mühe, Nienkes Einsatz und dem Nervenkitzel bei der Borkum-Umrundung gehörte die *Bernstein II* jetzt fest zu ihr. Gerade lag sie ohnehin erst mal im Trockendock, um repariert zu werden.

»Mhm«, brummte Leon unzufrieden. Dann erhellte sich seine Miene. »Aber ich habe immerhin eine kleine positive Nachricht für dich: Die Seppls sind für ein paar Tage zurück.«

Das lenkte Emma tatsächlich ab. »Oh wie schön«, sagte sie glücklich. »Bitte lade sie zu meiner Einweihungsfeier heute Abend ein. Ich würde sie so gern wiedersehen.« Sie schaute auf die Uhr. »Ach du meine Güte, ich muss los, Fisch und Gemüse kaufen.«

Den Einkauf erledigte sie im Schnelldurchgang. Dank ihrer gut sortierten Liste konnte sie die Läden einen nach dem anderen abklappern und war gegen Mittag wieder zurück im Haus.

Flip erwartete sie mit schuldbewusstem Blick, und Emma musste auch nicht lange nach dem Grund suchen, warum er mit eingeklemmter Rute in der Ecke saß. Er war anscheinend im Spiel gegen den schmalen Glastisch gestoßen, der im Flur stand, und hatte die Vase darauf umgeworfen. Die weißen und blauen Scherben waren bis zur Küche geschlittert. Sofort stellte Emma die Einkaufstüten ab.

»Ach du meine Güte!«, rief sie. »Bist du verletzt?« Sie untersuchte seine Pfoten, aber die waren zum Glück heil. »Ist nicht schlimm, Flip, ich weiß, dass du das nicht mit Absicht gemacht hast.« Sie hob den Mops hoch und trug ihn in den Garten.

Nach dem Schreck fegte sie die Scherben weg, setzte einen

starken Kaffee auf und fing mit dem Kochen an. Es sollte typische ostfriesische Kost geben. Zarte Schollenfilets in Sesamkruste, dazu alternativ Seezunge nach Müllerinart. Als Beilage verschiedene Blattsalate mit Krabbenfleisch und einem hausgemachten Apfel-Balsamico-Dressing. Zum Nachtisch Mehlpütt mit Birnenkompott. Bald duftete es in ihrer Küche nach Sahne und Butter, frischen Kräutern und der Vanillesoße, die sie über den Mehlpütt gießen wollte. Immerhin kamen heute Abend auch die Frauen der Kochgruppe Bohntjesopp, und die verstanden ihr Handwerk. Alles sollte perfekt sein!

»Meine Güte!« Kea klappte die Kinnlade herunter, als sie Emmas Garten betrat. Auf dem Rasen waren Korbstühle und Biertischgarnituren aufgebaut. Die Tische waren mit Girlanden verziert, die Emma aus Gräsern geflochten hatte. Zwischen ihnen standen winzige Vasen mit Gänseblümchen. In die Bäume hatte sie Lichterketten gehängt, damit sie es später gemütlich hatten, wenn die Sonne verschwunden war. »Emma, das ist alles wunderschön.« Versonnen griff sie nach einer der Servietten mit Ankermotiv, die auf jedem Teller lagen.

»Ich hoffe, es schmeckt auch so gut«, meldete sich Herbert Raschl, der gerade sein Cordjackett abnahm, um es über eine Stuhllehne zu hängen. Vor ihm stand ein seltsam altertümlicher Geigenkasten. Was er damit wohl vorhatte? »Hier sitze ich«, sagte er und belegte den Stuhl.

Emma lächelte ihm zu. Jaja, um seinen weichen Kern lag eine raue Schale. Kurz nach ihm betrat Hiske den Garten. Auch sie hatte sich schick gemacht und ihre Kittelschürze gegen einen dunkelblauen Wickelrock getauscht.

»Komm, Tüti!«, rief Herbert Raschl. »Neben mir ist noch frei!« Er klopfte auf den benachbarten Platz, und Hiskes Wangen röteten sich, als sie zu ihm hinüberging.

Emma und Kea wechselten einen Blick. »Das Alter schützt

vor Liebe nicht«, flüsterte Kea und brachte Emma damit zum Lachen. Da flitzte Flip an ihr vorbei, der offenbar Herbert Raschl entdeckt hatte. Freudig mit dem Schwanz wedelnd hüpfte er um die Beine des alten Mannes herum, der ihn liebevoll, aber mit eiserner Miene streichelte.

»Ach, bevor ich es vergesse.« Er öffnete seine Geigentasche und zog ein braunes Päckchen heraus, das er Emma reichte. »Ich habe dir eine frische Ladung geräucherter Aale mitgebracht.«

»Danke. Das wäre doch nicht nötig gewesen.« Sie nahm die Aale an sich und brachte sie in die Küche. Das Päckchen wog schwer, da mussten mindestens ein Dutzend Fische drin sein.

Kea folgte ihr. »Der Raschl hat auch so seine eigene Art, jemandem zu zeigen, dass er ihn mag, oder?«

Gequält schaute Emma auf die Aale, die sie leider gar nicht mochte. »Ja, das stimmt. Möchtest du nachher ein paar davon mitnehmen? Wäre schade, wenn die umkommen.«

»Gern. Ich kann die unter meinen Kollegen verteilen, die freuen sich sicher.«

Gemeinsam trugen sie die Kannen mit dem selbst gemachten Holunderblütensaft nach draußen.

»Jetzt bist du wirklich und endgültig in der Krummhörn angekommen. Ein eigenes Haus und ein Kutter«, meinte Kea und schob eine Gänseblümchenvase zur Seite, um Platz für die Kannen zu schaffen.

Emma schüttelte den Kopf. »Nicht ganz. Fehlt noch der Job.« *Und der Mann*, fügte sie in Gedanken hinzu. Auch von dem gekündigten Liegeplatz hatte sie Kea noch nichts erzählt.

»Wo bleibt Leon eigentlich?«, fragte Kea einen Tick zu unschuldig. Ob sie ahnte, wie viel Leon ihr bedeutete?

Wie aufs Stichwort öffnete sich das Gartentor, aber herein stürmte nicht Leon, sondern Till Seppl, der einen Strauß mit deutlich zerfledderten Wildblumen hinter sich herschleifte. »Emma!« rief er, rannte auf sie zu und umarmte ihre Beine. Die

Blumen zerknickten weiter, Blütenblätter rieselten auf den Boden.

Emma presste den kleinen Jungen freudig an sich, dessen Rotznase eine Spur auf ihrer hellen Hose hinterließ. »Ich freue mich so sehr, dich wiederzusehen.«

»He und was ist mit uns?«, rief sein Bruder Oskar zu ihr herüber, der mit dem Rest der Familie im Schlepptau den Garten betrat.

»Ach, kommt einfach alle her.«

Das ließen sich die Jungs nicht zweimal sagen und versuchten alle gleichzeitig, Emma zu umarmen. Flip sprang begeistert um das Knäuel herum und bellte. Irgendwann lösten sie sich voneinander, und Till reichte Emma den arg mitgenommenen Strauß. »Der ist für dich«, sagte er stolz. »Habe ich selbst gepflückt.« Die Hälfte der Blumenköpfchen fehlte bereits, aber Emma freute sich mehr darüber als über einen perfekten gekauften Strauß. Der hier war mit Liebe zusammengestellt.

»Das ist total lieb von dir, Till. Wie gut der duftet! Weißt du was? Der kommt in die Mitte des Tischs, damit jeder ihn bewundern kann.«

Till strahlte.

Auch Nienke und die anderen Mitglieder der Bohntjesopp-Kochgruppe trafen kurz darauf ein. Das Geschnatter der Frauen erfüllte Emmas Garten und mischte sich mit dem lauten Gerede der Seppl-Jungs. Herbert Raschl und Hiske redeten leise miteinander – *Nein*, erkannte Emma, *sie flirten!* Immer wieder flüsterte er Hiske etwas ins Ohr und legte dabei seine Hand auf ihre. Hiskes Wangen leuchteten rot, während sie ihn mit einem verheißungsvollen Wimpernaufschlag anschaute.

Und endlich kam Leon. Emmas Herz hüpfte, als er sie zur Begrüßung umarmte und ihr einen Kuss auf die Wange drückte. »Hi«, hauchte sie und sog seinen Duft tief in sich auf. Heute roch er nach Wasserjasmin und Zitrone, mit einer Essenz von Minze.

Ein frischer, prickelnder Duft, der Leichtigkeit und Temperament versprühte. Am liebsten hätte sie ihre Nase an seinen Hals gedrückt und weitergeschnuppert, aber Leon hatte bereits den dekorierten Garten über ihre Schulter hinweg entdeckt.

»Wow, Emma! Du hast dich mal wieder selbst übertroffen.«

Die vielen Komplimente und Aufmerksamkeiten taten ihr gut. Wie lang war es her, dass sie unbeschwert gefeiert hatte? Oder für ihre Arbeit gebührend gelobt worden war? Düstere Erinnerungen an die Zeit bei HydroproTech stiegen in ihr auf, die sie gleich wieder zu verdrängen suchte. Das war Vergangenheit.

Leon trug ein kuschelweiches Flanellhemd, das vorn weit offen stand und zeigte, wie gut er gebaut war. Sie fuhr ihm einmal über die Brust, nur spielerisch, aber das reichte, um Lust in ihr aufsteigen zu lassen. *Oh Mann, ich will diesen Mann*, dachte sie. *Alles an ihm. Seine Freundschaft, seine Liebe und ja – auch seinen Körper.*

Leon und Kea halfen Emma, das Essen aufzutischen. Die Scholle duftete herrlich in ihrer Sesamkruste, und auch die knusprig gebratene Seezunge verströmte ein vollmundiges Butteraroma.

»Sogar mit gedünsteten grünen Bohnen und Zitronenspalten«, lobte Gretchen, und die anderen Mitglieder der Kochgruppe Bohntjesopp nickten anerkennend.

»Du hast die ostfriesische Küche schnell verstanden.«

»Verstanden – und deinen eigenen Pfiff eingebaut.«

»Einfach nur köstlich.«

»Dein Garten hat ein gutes Karma«, warf Dina ein, die eine Sprühflasche mitgebracht hatte, mit der sie regelmäßig »dunkle Auraflecken« entfernte.

»Willst du nicht einen Imbiss aufmachen? Ich würde jeden Tag bei dir essen.«

So ging es weiter, und Emma kam gar nicht hinterher, sich über jeden Zuspruch zu freuen. Alle quatschten, lachten und aßen, was das Zeug hielt. Die Essensberge wurden schnell kleiner. Am meisten stopften die Seppl-Jungs in sich hinein, und auch Frau Seppl nahm sich mehrfach nach. Immer wieder musste Emma die Schüsseln auffüllen und für Nachschub sorgen. Es machte ihr riesigen Spaß. Zu sehen, wie es allen schmeckte, umgeben von leckeren Düften zu arbeiten und dabei schnell zu koordinieren und zu entscheiden, das war genau ihr Ding.

Als sie den Mehlpütt zum Nachtisch auf den Tisch stellte, räusperte sich Herbert Raschl. Er schlug mit dem Löffel an den Rand seines Glases und stand umständlich auf. Es wurde still in der Runde. »Ich würde gern etwas verkünden. Also …« Er zögerte, wirkte auf einmal verlegen. »An diesem wunderbaren Abend möchte ich euch gern mitteilen, dass – also dass …« Er holte tief Luft. »… Hiske und ich ein Paar sind.« Er legte seine Hand auf ihre Schulter und schaute sie unsicher an. »Ich hätte nie gedacht, dass ich mich jemals wieder verlieben könnte, aber das habe ich. Du bist eine zauberhafte Frau, Hiske.«

Hiske schlug die Hände an die Wangen. »Ach, Putzelchen. Ich habe dich doch auch gern.« Und als Herbert sich wieder setzte, gab sie ihm einen Kuss auf die Wange.

Beifall brach aus, und alle gratulierten den beiden. Emma spürte, wie ein innerer Frieden sie erfasste. Hiske strahlte glücklich, Herbert Raschl wirkte erleichtert, und diese ehrliche, herzerwärmende Liebesbekundung versöhnte sie mit der Vergangenheit und heilte die Wunde, die Markus damals bei der Firmenfeier in ihr Herz gerissen hatte, noch ein wenig mehr.

Später schaltete Emma die Lichterketten an und verwandelte den Garten so in eine funkelnde Enklave, die sie alle zu umschließen schien. Kea, die leicht fror, hatte sich in eine Decke gewickelt und unterhielt sich mit Herrn Seppl, dessen Jungs eine Runde Karten spielten. Flip kaute zu Herbert Raschls Füßen auf einem Knochen, den Hiske ihm mitgebracht hatte. Zufrieden schaute Emma von einem zum anderen. Ein gelungener Abend!

»Dein Essen ist legendär«, sagte Leon leise. »Ich hoffe, dir ist klar, dass ich das bei unserem Picknick nicht überbieten kann. Wenn ich einen Korb packe, gibt es Erdbeeren, Teebrötchen und Sanddornaufstrich. Wenn du Glück hast, vergesse ich die Brotmesser nicht.«

»Das Einzige, was mir wichtig ist, ist, dass du dabei bist.« Sie tastete nach seiner Hand und drückte sie. »Von mir aus kannst du auch Dosensardellen mit Apfelmus servieren.«

»He, beschwer dich aber nicht, wenn ich das dann auftische«, witzelte Leon. Allerdings schaute er sie dabei so ehrfürchtig an, dass ihr ganz anders wurde. Wie in Trance deutete sie auf den Strandkorb, der im Dunkeln lag. »Magst du?«, fragte sie.

Aber Leon bewegte sich nicht. Die Muskeln neben seinen Augenwinkeln zuckten, und er kniff die Lippen zu einer schmalen Linie zusammen. Etwas schien in ihm vorzugehen, das Emma nicht greifen konnte.

»Ich ... ich kann nicht«, sagte er.

Sie spürte, wie ihr eine unsichtbare Faust in den Bauch boxte, als er sich ihr entzog. »Warum nicht?«, fragte sie.

»Emma!«, unterbrach Kea die beiden. »Komm mal her. Wir haben eine ultraspitzenmäßige Idee.«

Verwirrt und von Leons Reaktion verletzt ging Emma zum Tisch zurück, an dem die Frauen der Bohntjesopp damit beschäftigt waren, tuschelnd auf die Servietten zu kritzeln. Auf Keas Wangen lag ein roter Schimmer, so übereifrig hatte sie ihre Freundin noch nie erlebt. Aber es war Nienke, die feierlich das Wort an sie richtete. »Emma, wir haben die Lösung für dich gefunden. Setz dich besser, sonst wird dir noch schwindelig.«

»Oha.« Emma schaute sie skeptisch an. »Was habt ihr ausgeheckt?«

Verschwörerisch grinste Nienke sie an, was mit ihrem schwarzen Lippenstift etwas bizarr wirkte. »Du kannst super kochen, und es macht dir Spaß, richtig?«

»Jaaa«, antwortete Emma gedehnt.

»Na ja, und im Notfall hast du uns. Wir kennen uns in der Regionalküche so gut aus wie sonst niemand.« Sie schlug sich auf die Brust, und die anderen lachten. »Und du hast einen Krabbenkutter.«

Emma schüttelte fragend den Kopf. »Worauf willst du hinaus?«

Dina schob ihr eine der Servietten hin. Sie zeigte die Strichzeichnung eines Schiffs, auf dessen Bug *Bernstein II* gekritzelt war.

»Das ist mein Kutter. Ich verstehe nicht.«

»Schau genauer hin.« Dina tippte auf die Zeichnung. »Na?«

Emma kniff die Augen zusammen. An Deck stand ein Strichmännchen mit Schürze vor einem Topf und hielt eine Grillgabel hoch. »Ähm, ihr möchtet, dass ich auch eine Party auf dem Kutter schmeiße?«

»Nein, wir denken, dass du deinen ollen Krabbenkutter in einen Imbiss verwandeln solltest. Greetsiels erste schwimmende Fischbude.«

Kapitel 16

»Das könnt ihr nicht ernst meinen.« Emmas Knie zitterten, und sie setzte sich, um das zu überspielen. »Ein schwimmender Fischimbiss – wie stellt ihr euch das vor?«

Der Gedanke löste einen Wirbelwind an Gefühlen in ihr aus. Bilder stiegen vor ihrem inneren Auge auf, sie sah sich Krabbenbrötchen belegen und Suppe in Teller füllen, konnte den Imbiss mit seinen vielfältigen Gewürzen beinahe riechen, hörte die Möwen kreischen, die gierig die Gäste beobachteten. Das war zu traumhaft, um wahr zu werden. Und zu schwierig. »Ich habe noch nie ein eigenes Geschäft geführt. Ich weiß gar nicht, wie das geht.«

Nienke legte ihr den Arm um die Schulter. »Dafür hast du ja uns, nicht wahr, Mädels?« An ihrem Sammelarmband baumelten neben winzigen Skelettanhängern und Raben auch eine Kochmütze und eine Suppenkelle.

Einheitlich stimmten alle anderen zu, und Nienke fuhr fort: »Gretchen kann dir mit den Genehmigungen, Anmeldungen und Unterlagen helfen. Sie hatte früher eine Kneipe und weiß, wie das geht.«

Gretchen legte die Hand an die Stirn. »Zu deinen Diensten.«

»Kea hilft dir gern bei allem Kreativen. Schilder, Flyer, Speisekarten und solche Sachen. Ich helfe dir beim Einrichten der Küche. Das sollte nicht allzu lang dauern, da kaufen wir einfach ein paar Sachen im Fachhandel, und es passt natürlich prima, dass der Kutter jetzt im Trockendock liegt. Und bevor du etwas sagst: Ich leihe dir das Geld dafür, und du kannst mir als Dank dafür gelegentlich einen Seelachsburger spendieren. Die anderen werden dir dabei helfen, die perfekten Rezepte zu entwickeln, die sowohl bei den Einheimischen als auch bei den Touristen gut ankommen.« Nienke klatschte in die Hände. »So, was meinst du, Emma. Lust auf ein Abenteuer?«

Sie dachte angestrengt nach. Gerade erst hatte sie ein Haus und einen Kutter renoviert. Jetzt mit einer Fischbude weiterzumachen, das war eine echte Herausforderung. Und ein Risiko. Wenn das nicht klappen würde, hätte sie alle ihre Freunde in ein Schlamassel gezogen und sich finanziell ruiniert. Außerdem wollte sie sich kein Geld von Nienke leihen.

Aber andererseits war das eine große Chance. Ihr wurde warm, als sie die erwartungsvollen Blicke der anderen sah. Jede Einzelne von ihnen hatte sich bereit erklärt, ihr zu helfen! Sicher war ihnen klar, dass die Idee risikoreich war. Das war ein unglaubliches Gefühl und mehr Vertrauen, als sie jemals bekommen hatte. Und den Kredit könnte sie Nienke in ein paar Monaten zurückzahlen. Vielleicht war es genau die Herausforderung, die sie brauchte.

»Ich bin dabei«, sagte sie zaghaft. Neue Zuversicht durchströmte sie, und eine Energie erfüllte sie, die ihre Fingerspitzen kribbeln ließ. Sie lachte. »Ja, ich werde den Kutterimbiss eröffnen – und er wird großartig werden!«

Kea zauberte zwei Flaschen Sekt aus einem Stoffbeutel hervor, den sie bisher versteckt gehalten hatte. »Ich wusste, dass dies ein besonderer Abend wird. Reicht mir eure Gläser – nein, nicht du, Till, du kriegst Apfelsaft – und lasst uns anstoßen!«

Emma wachte mit einem brummenden Schädel auf. »Wasn?«, murmelte sie, als Flip an ihrer Bettdecke zog. Verschlafen schaute sie auf den Wecker. »Oh, schon so spät.« Sie schälte sich unter den Daunen hervor und streckte sich. »'tschuldige, Flip, ich bin gleich so weit.« Sie angelte sich ihren Pullover, nur um ihn gleich wieder fallen zu lassen. Er roch stark nach Fisch und alter Butter. Sie schwang sich ganz aus dem Bett und suchte neue Klamotten heraus.

Ihr Kopf dröhnte, und es pochte schmerzhaft gegen ihre Schädeldecke. Sie hatten bis in die frühen Morgenstunden gefeiert und Pläne geschmiedet, Aufzeichnungen gemacht und sich Strategien überlegt. Hiske und Herbert Raschl hatten sich irgendwann verabschiedet, aber die Seppl-Jungs hatten es sich mit Decken auf der Veranda gemütlich gemacht und waren dort wie ein Rudel vollgefressener Wölfe eingeschlafen. Alle anderen hatten sich um den Tisch versammelt und mit Feuereifer Ideen gesammelt.

Jetzt, als die Sonne hoch am Himmel stand und eine frische Meeresbrise ihre Sinne klärte, schien Emma die Idee des schwimmenden Fischkutters weit weg und unrealistisch. Sie hatte den entscheidenden Punkt übersehen: Ohne Liegeplatz im Hafen konnte sie die Idee vergessen!

Sie lief eine kurze Runde mit Flip, aber ihr Kreislauf wollte nicht so recht in Schwung kommen. Auch ihre Beine waren steif und unbeweglich. Flip hingegen tollte gut gelaunt in den Gräsern am Straßenrand herum und sprang mit allen vier Pfoten gleichzeitig in eine matschige Pfütze, dass es nur so spritzte.

»Du lässt dich echt von nichts und niemandem unterkriegen«, sagte Emma verkatert. Zu Hause setzte sie einen starken Kaffee auf und warf entgegen ihren sonstigen Angewohnheiten drei Würfel Zucker hinein. Sie trank einen Schluck und verzog angewidert das Gesicht. Aber die Mischung half, und bald kehrte die Lebenskraft in ihren Körper zurück. Ihr Handy piepte, als eine Nachricht eintraf.

»Bitte komm zum Campingplatz, ich muss mit dir sprechen«, las sie laut vor. Ihre Eingeweide verknoteten sich. Gestern Abend war Leon erst so nett gewesen, bevor er sich dann wieder distanziert hatte. Klar, als es um den schwimmenden Imbiss ging, hatte

171

er begeistert mitdiskutiert und angeboten, Flyer auf dem Campingplatz auszulegen und Einkäufe für sie zu erledigen. Aber er hatte darauf geachtet, dass sie nicht zu nah an ihn heranrückte, und hatte ihr zum Abschied nur zugewinkt.

Diese Nachricht klang gar nicht gut. Markus hatte ihr am Telefon gesagt, sie würde niemals jemanden finden, der sie lieben würde. Mit dieser Prophezeiung schien er recht gehabt zu haben. Eine tiefe Hoffnungslosigkeit überkam sie. Es war, als würde sich ein schweres Gewicht auf ihre Schultern legen, das sie niederdrückte.

War der Himmel eben noch klar gewesen, zogen nun graue Wolken auf, und die Luft schmeckte stickiger und feuchter. Mit jeder Minute wurde es wärmer, bis es unangenehm schwül war und Schweißperlen auf Emmas Stirn traten. Zaghaft klopfte sie an die verschlossene Tür des Empfangshäuschens auf dem Campingplatz. Innen wurde ein Schlüssel gedreht.

»Moin, Emma.« Dunkle Ringe lagen unter Leons Augen, und seine Wangen wirkten hohl, seine Haut schlaff und blass.

»Meine Güte, was ist denn mit dir los? Bist du krank?«

»Nein. Ja, na gut. Das auch. Ist aber nur eine harmlose Erkältung«, sagte er mit verschnupfter Stimme und nieste gleich darauf zur Bekräftigung. »Aber ich habe vor allem schlecht geschlafen. Komm rein.«

Sie zögerte. Lieber wäre sie zur Apotheke gefahren und hätte ihm etwas gegen den Infekt besorgt. Ihm Tee aufgesetzt und ihn rundum versorgt. Aber Leon war bereits im Inneren verschwunden, und als sie ihm folgte, saß er im hinteren Teil des Gebäudes auf seinem Bürostuhl und deutete förmlich auf den Holzstuhl, der vor seinem Schreibtisch stand.

Wie bei einem Kündigungsgespräch, schoss es Emma durch den Kopf, und sie setzte sich beunruhigt. Ihr Mund war seltsam trocken, und die Zunge fühlte sich schwer an.

»Wir müssen reden, Emma.«

Sie schloss die Augen. *Na komm, sag es,* dachte sie, *dass wir auf Abstand gehen sollten, dass es mit uns nichts wird.*

»Ich habe ein Problem mit dir.«

Das Ticken der Wanduhr schien lauter zu werden, und das Quietschen von Leons Bürostuhl klang wie ein Rennauto in der Kurve. Eine Welle der Enttäuschung überrollte Emma, und sie hätte sich am liebsten in Luft aufgelöst. *Niemals wird dich jemand lieben können …*

»Die Sache ist die, Emma, ich habe dich einfach zu gern.«

»Was?« Sie riss die Augen auf und schnappte nach Luft. Der Raum drehte sich, und die Farben um sie herum verblassten.

»Ja, ich kann das nicht mehr. Jedes Mal, wenn ich dich sehe, will ich dir nahe sein, will dich berühren und stelle mir vor, wie es wäre, mit dir zusammen zu sein.«

Ihr Puls beschleunigte sich auf die Geschwindigkeit eines getunten Sportbootes. Gleichzeitig griff sie nach den Armlehnen ihres Stuhls und umklammerte sie fest, um nicht einfach herunterzurutschen.

Leon mochte sie. Diese Überraschung war zu viel für sie. Die Angst, dass er sie ablehnte, ihr Kater, all die Erlebnisse der letzten Wochen – und jetzt diese aufbrausende Freude, dass Leon sie gernhatte, das war überwältigend.

Leon hustete, zupfte ein Taschentuch aus der Packung und schnäuzte sich. Im Gegensatz zu ihr, die glaubte, vor Freude gleich platzen zu müssen, sah er gar nicht glücklich aus.

»Aber das geht halt nicht«, fuhr er heiser fort. »Und deshalb kann ich dich nicht mehr treffen. Versteh mich nicht falsch, ich werde dir bei dem Krabbenkutter-Projekt helfen, wie ich es versprochen habe, aber ich möchte dich privat nicht mehr sehen. Und ich weiß, Wette ist Wette, aber ich würde gern das Picknick absagen.«

Das war umso verwirrender für Emma. Die Gedanken drehten und formten sich ungestüm hin und her, aber nichts machte

Sinn. Das sprudelnde Glücksgefühl vermischte sich wieder mit Panik. Was war nur plötzlich mit Leon los? Hatte das irgendetwas mit Daja zu tun? Es rauschte in ihren Ohren, sodass sie ihre eigenen Worte kaum verstand, als sie fragte: »Warum?«

Leon musterte sie verdutzt. »Wie, warum?«

»Warum du mich magst und dich trotzdem nicht auf mich einlassen möchtest.«

Er hustete wieder, und sie sprang auf, um ihm eine Flasche Wasser aus dem Regal zu holen. Der Sprudel zischte und blubberte ihr entgegen, weil sie den Deckel zu schnell aufdrehte. Wasser spritzte auf ihren Unterarm, und sie fluchte, weil auch einer von Leons Ordnern nass wurde. Er bemerkte das aber gar nicht, sondern starrte sie nur mit einer merkwürdigen Mischung aus Wehmut und Verblüffung an.

»Du hast gesagt, du möchtest keine feste Beziehung.«

»Nee, hab ich nicht.«

»Doch, hast du. Abends am Sieltief. Wir saßen auf einer Bank, und ich wollte dich so gern küssen. Ich habe dir gesagt, ich will nichts Kurzes, Unbeständiges und du meintest, dann würden wir beide wohl nicht dasselbe wollen.« Emma versuchte sich an die Situation zu erinnern. Er hatte von seinen Reisen erzählt und davon, dass Ostfriesland sein fester Ankerplatz war. Im Sternenlicht hatten seine Augen geleuchtet, und sie hatte ihn mehr begehrt, als es gesund sein konnte. *Ich habe keine Lust mehr auf unsinnige Beziehungen, die einem das Herz brechen und den Schlaf rauben*, hatte er gesagt. Da war dieser Nachtfalter gewesen, sie wollten sich küssen und dann – langsam dämmerte ihr, was passiert war. Ruckartig setzte sie sich auf, straffte die Schultern. Das konnte doch nicht wahr sein!

»Leon«, sagte sie mit fester Stimme. »Das war ein Missverständnis. Ich dachte, du meinst, dass du keine Lust auf Beziehungen im Allgemeinen mehr hast. Und ich wollte sagen, dass ich nicht der Typ für eine schnelle Nummer bin.«

Leons blasse Wangen wurden noch blutleerer, als er verstand. »Nein«, sagte er schwach. »Soll das heißen, wir haben die ganze Zeit dasselbe gewollt und aneinander vorbeigeredet?«

»Sieht so aus.«

Wieder musste er husten, aber dieses Mal so heftig, dass sein ganzer Körper durchgeschüttelt wurde. Ein Rasseln drang aus seiner Kehle.

Emma lehnte sich vor, um seine Stirn anzufassen. Sie war feucht und warm. »Du musst dringend ins Bett. Wir reden ein anderes Mal weiter. Jetzt musst du erst mal wieder gesund werden.«

Die Situation kam ihr bizarr und wie weit weg vor. Wie ein Roboter griff sie Leon unter den Arm, brachte ihn zu seiner Hütte. Sie fühlte nichts dabei, außer einem Rauschen. Darin vermengt brodelten Hoffnung, Aufregung und ganz viel Vorfreude – aber so tief in ihr drin, dass sie es nicht greifen konnte. Jetzt gerade war es wichtiger, sich auf Leon zu konzentrieren und dafür zu sorgen, dass er sich erholte.

Sie brachte ihn zu seiner Hütte. Dort schüttelte sie seine Decke auf, kochte ihm einen Kamillentee, schloss das Fenster und maß Fieber. Leon schaute sie müde von seinem Bett aus an.

»Emma?«, fragte er, und als sie sich neben ihn setzte, tastete er nach ihrer Hand. Sein Blick war glasig.

»Keine Sorge, ich bleibe bei dir, bis du eingeschlafen bist. Und dann besorge ich dir etwas aus der Apotheke.«

Sein Mundwinkel hob sich, und ein mattes Lächeln erschien. »Emma«, wiederholte er, dann schlief er ein.

Bevor sie zur Apotheke fuhr, sah sie nach dem Emma-Küken. Das hatte sich mittlerweile in einen höchst aktiven Flauschball verwandelt, der munter um seine Mutter herumhüpfte. Mal tauchte es unter das Gefieder, mal schaute es unter einem Flügel hervor. Kleopatra ließ es gewähren. Beruhigt schloss Emma wieder die Luke. Hier war alles in Ordnung.

Auf dem Weg ins Dorf hielt sie vor Nienkes Friesenhaus. Sie

entdeckte Leons Tante im Garten, wo sie den pinken Anker neu strich, der dort als Deko stand. Aus den weit geöffneten Fenstern des Häuschens drang laute Heavy-Metal-Musik.

»Moin! Was meinst du, soll ich die Meerjungfrau auch pink streichen?« Nienke deutete auf die fast lebensgroße Statue an ihrem Gartenteich.

Emma legte den Kopf schief. Der Garten war ein wildes Kuddelmuddel an Farben und Kunstgegenständen. Es faszinierte sie, dass die Schreinerin bunte Farben in ihrem Garten bevorzugte, obwohl sie selbst hauptsächlich Schwarz trug. »Wie wäre es denn mit grün?«, versuchte sie es, aber Nienke hob abwehrend den Pinsel.

»Nein, sie möchte pink sein. Hat sie mir eben zugeflüstert.« Sie kicherte. »Und wie sieht es mit dir aus – hast du schon eine Idee, wie wir die Küche auf dem Kutter einrichten sollen?« Dabei schwang sie den Pinsel, dass die Farbe von den Borsten spritzte.

Emma wischte sich einen Tupfer von der Nase. »Deswegen bin ich hier, Nienke. Wir haben ein Problem.«

»Es gibt keine Probleme, nur Herausforderungen.«

»Na ja. Ich finde eure Idee mit dem Imbiss gut, und ich denke, das würde mir liegen. Aber der Kutter braucht dafür einen Liegeplatz, und der wurde mir gerade gekündigt.«

Nienke zog die Augenbrauen zusammen. »Das kann nicht sein. Dein Kutter fügt sich doch prima in den Vorzeigehafen Greetsiels ein. Da ist bestimmt was schiefgelaufen in der Verwaltung.«

Verlegen schaute Emma auf ihre Füße. Kleinlaut sprach sie weiter: »Es ist nur eine Vermutung, aber Leon denkt, dass Thobe vielleicht seine politischen Beziehungen hat spielen lassen. Er sitzt doch im Gemeinderat.«

»Dieser Bengel hält sich wohl selbst für den Bürgermeister«, schimpfte Nienke, dann kniff sie die Augen zusammen. »Lass mich raten: Er hat sich bei dir Hoffnungen gemacht, und du hast ihn abblitzen lassen.«

»Ja, so ungefähr«, gab Emma kleinlaut zu.

»Da hat er sich aber mit den falschen Leuten angelegt. Überlass die Sache erst mal mir, ich denke mir etwas aus.« Sie wandte sich wieder ihrem Anker zu, und Emma machte sich auf den Weg zur Apotheke. Nienke schien sich immer sicher zu sein, hatte vor niemandem Angst, das bewunderte sie. Aber sie war auch impulsiv – hoffentlich würde sie keine unbedachte Kurzschlussreaktion haben.

Als sie wenig später nach Leon sah, schlief der tief und fest. Seine Stirn schien etwas kühler als zuvor, und sein Atem ging regelmäßig. Verliebt betrachtete sie seine geschwungenen Lippen, die breite gerade Nase, das leicht vorstehende Kinn. Leise, um ihn nicht aufzuwecken, stellte sie die Medikamente und ein Wasserglas auf seinen Nachttisch und kritzelte noch eine Nachricht dazu: *Ruf mich an, wenn du mich brauchst. Bin jederzeit erreichbar.*

Sie dachte nach, kaute auf dem Stift und beendete die Nachricht mit »Deine Emma«. Das klang schön. Bald würde er wieder wohlauf sein, und dann … ja dann würde sie endlich herausfinden, wie seine Lippen schmeckten, sich seine Hände auf ihrem Bauch und ihren Brüsten anfühlten … Hitze stieg in ihr auf, und sie wandte verschämt den Blick vom friedlich schlafenden Leon ab.

Am frühen Nachmittag rief Nienke sie an. »Komm zum Hafen«, sagte sie nachdrücklich. »Wir unterhalten uns mit dem Hafenmeister.«

»Bist du sicher, dass das eine –«

»Ja. Vertrau mir.«

Sofort machte Emma sich auf den Weg und staunte nicht schlecht, als sich die gesamten Mitglieder der Kochgruppe Bohntjesopp vor ihrem Liegeplatz versammelt hatten.

Kapitel 17

»Ich sag euch, Mädels, der Imbiss, das wird Greetsiels neues Highlight!«, posaunte Gretchen heraus, die gerade eine Runde Teebonbons an alle verteilte.

Kea legte ihren Arm um Emma, die unsicher von einem zum anderen schaute. Sie kam schließlich nicht von hier, und sie wollte sich keinen Ärger mit den Behörden einhandeln.

Nienke hingegen war selbstbewusst wie immer. »Kommt, wir sprechen mit Derk. Der soll diesen Tag nie wieder vergessen.«

Sie fanden den Hafenmeister schnarchend in seinem Büro, den Kopf in den Nacken gelegt, die Hände im Schoß gefaltet. Vor ihm stand eine Flasche Whisky.

»Ts«, meinte Nienke und drehte die Flasche um, aus der ein einzelner Tropfen rann. »Dann wollen wir mal.« Sie trat nah an den Mann heran und sprach ihm direkt ins Ohr: »Moin.«

Derk öffnete ein Auge, sah Nienkes Gesicht direkt vor seinem und zuckte erschrocken zusammen. »Äh …«

Die Frauen hatten sich alle in den kleinen Raum gequetscht, in dem nur eine einzelne Glühbirne von der Decke hing, die alle paar Sekunden flackerte. Es roch penetrant nach künstlicher Vanille.

»Schön, dich zu sehen, Derk«, sagte Nienke unbekümmert und setzte sich auf die Schreibtischkante. Der Totenkopf auf ihrem T-Shirt warf dabei Falten. Emma bemerkte, dass sie sich Mühe gab, ihre Bewegungen flott aussehen zu lassen, wahrscheinlich, um kräftiger zu erscheinen. Wie schon bei Siebert Schluck, dem Fachhändler, der ihr Anker und Vorlaufkette überteuert angedreht hatte, zeigte Nienke weder Angst noch Unsicherheit.

»Nienke«, brummte der Hafenmeister und streckte sich. Beunruhigt schaute er in die Runde. »Die Damen.« Er nickte, dann blieb sein Blick an Emma haften. »Und mit wem habe ich hier die Ehre?«

»Na, Emma kennst du wohl, die hat Bruntjes Kutter übernommen. Mit Bruntje warst du ja gut befreundet, nicht wahr? Ich erinnere mich da an den Sommer 1988, als ihr gemeinsam zum Segeln rausgefahren seid. Da hattest du dich gerade mit Frauke verlobt und –«

»Jaja«, unterbrach Derk sie hastig.

»Und das sind meine guten Freundinnen Gretchen, Dina, Kea, Jaantje, Uda, Meina und Siemtje, die kennst du sicher alle vom Sehen. Alles wertgeschätzte und gut vernetzte Greetsielerinnen mit großen Familien, denen das Wohl unseres idyllischen Städtchens sehr am Herzen liegt.« Bestätigend nickten die Frauen, und Gretchen kramte in ihrer Tasche. »Ich habe hier noch irgendwo die Fotos meiner Enkel«, sagte sie, aber Uda flüsterte ihr zu: »Jetzt nicht.«

»Aha. Ja, natürlich kenne ich euch.« Ächzend stand Derk auf und zog sich das Hemd herunter, um seinen freigelegten breiten Bauch wieder zu bedecken. »Hallo, Meina«, sagte er verlegen, und diese nickte ihm zu. Anscheinend kannten die beiden sich besser. Dann fixierte er Emma, als ahnte er schon, worauf dieses Gespräch hinauslaufen würde. »Und wie kann ich behilflich sein?«

»Wie du weißt, liegt uns das Wohl unseres idyllischen Städtchens und seiner Bewohner sehr am Herzen ...«, wiederholte Nienke, offenbar in der Hoffnung, er würde selbst den Faden aufgreifen.

Doch der Hafenmeister sah sie nur stoisch an. »Soso, ich wüsste nicht, wie ich da helfen könnte.«

Nienke drehte die leere Whiskyflasche vor seiner Nase. Die kleine Narbe an ihrem Kinn zitterte kaum merklich. Plötzlich knallte sie die Flasche heftig auf den Tisch und sagte laut: »Jetzt reden wir mal Klartext. Ich weiß ja nicht, welche Flausen dir unser hochwohlgelobtes Bürgermeistersöhnchen in den Kopf gesetzt hat, aber eins sage ich dir: Wenn Emma ihren Liegeplatz nicht verlängert bekommt, dann knallt's.«

Erschrocken sprang der stämmige Mann zurück, bis er die Wand erreichte, an die er sich hilflos lehnte. »Du willst mir doch nicht drohen?«

»Natürlich nicht, lieber Derk.« Nienkes Stimme klang wieder honigsüß und troff schier vor Höflichkeit. »Ich möchte dich nur darauf hinweisen, dass die *Bernstein II* Greetsiels neueste Touristenattraktion werden könnte, die viele Leute in den Hafen lockt. Wir möchten den Kutter in einen Imbiss verwandeln. Direkt vom Schiff aus werden Krabbenbrötchen, Grillfisch, Fischsalate, Geräuchertes, Muscheln und so weiter verkauft. Das bringt dem Hafen – und dir – viel Prestige. Was immer Thobe dir versprochen hat, die Vorteile, die dir ein Kutterimbiss bietet, überwiegen.«

Gespannt beobachtete Emma, wie Derks Züge sich entspannten. *Komm schon,* dachte sie, *gib dir einen Ruck.*

»Thobe hat mir gar nichts versprochen«, erklärte er nun etwas versöhnter. »Er hat mir gedroht. Meinte, wenn ich den Liegeplatz verlängere, dann sorgt er dafür, dass die Straßenreinigung die Hafenanlagen nur noch alle zwei Wochen säubert. Und ich habe keine Lust auf Ärger.« Resigniert wedelte er mit den Armen. »Mit niemandem.«

»Ich sehe, wir verstehen uns. Mach dir um Thobe keine Sorgen. Der spuckt nur große Töne, aber weder als Gemeinderatsmitglied noch als Sohn des Bürgermeisters hat er die Befugnis eine derartige Änderung anzuordnen, zumal es keine logische Erklärung dafür gibt und dem Ansehen des Dorfes schaden würde.« Sie zwinkerte Derk nun um einiges nachsichtiger zu. »Der Hafenmeister kriegt natürlich einen saftigen Rabatt im Imbiss, das versteht sich ja wohl von selbst. Was meinst du?«

Derk schien mit sich zu ringen. In seinem breiigen Gesicht arbeitete es, und sein Adamsapfel hüpfte nervös auf und ab.

Emma hielt ihre Daumen fest gedrückt. Jetzt war der entscheidende Moment gekommen ...

Derk stieß die Luft aus, wandte sich an sie und sagte: »Na gut, dein Kutter kann bleiben.«

»Noch eine Runde Apfelsaftschorle bitte!«, rief Emma dem Kellner zu, der gerade das Rotbarschfilet vor Nienke abstellte. Es war derselbe Kellner, der sie auch bei ihrem ersten Besuch im Panntjefisk bedient und dem sie damals ihre Geschichte erzählt hatte.

»Gern doch!«, rief er und strahlte Emma an. »Sie haben in der kurzen Zeit viele Freundinnen gefunden«, stellte er fest. »Hat es Ihnen allen denn geschmeckt?«

Demonstrativ biss Gretchen ein großes Stück ihrer Ofenkartoffel ab und nuschelte mit vollem Mund: »Esch schmeckt fantaschtisch.«

Kea schaute sie pikiert an und schnitt ihr Steak in fein säuberliche Würfel, die alle exakt gleich groß waren. Der Kellner lächelte und lief zurück in die Küche.

»Also, Emma, in deinem Imbiss, da solltest du vor allem einfache, herzhafte Kost anbieten, die typisch für die Region ist«, fand Meina.

»Matjessalat«, brachte Gretchen zwischen zwei Bissen hervor.

»Und Seelachsburger! Die gehen bestimmt gut, besonders bei den jungen Leuten«, fügte Nienke hinzu. »Mädels, auf uns wartet ein Haufen Arbeit. Ich möchte, dass jede von euch in ihren Rezeptordnern stöbert und mir bis Ende der Woche mindestens drei brauchbare Rezepte vorlegt. Kea, da du Emma bei den Design-Angelegenheiten hilfst, bist du von dieser Aufgabe befreit. Gretchen, du bist auch befreit, denn die Genehmigungen und der ganze administrative Kram, die haben höchste Priorität.«

Ein Gespräch über taugliche Rezepte brach aus und wurde bald zur hitzigen Diskussion.

»Matjes im Brötchen? *Och Heer ja!* Ich glaube, bei dir piept's im Oberstübchen? Der gehört auf Schwarzbrot mit roten Zwiebeln und einer Salatgarnitur«, ereiferte sich Uda mit ihrer hellen Stimme. Normalerweise gehörte sie zu den ruhigeren Vertreterinnen der Kochtruppe, aber wenn es ums Essen ging, wurde sie laut.

»Moment, erst mal brauchen wir einen flotten Namen für den Imbiss!«, rief Kea dazwischen. »Sonst können wir keine Flyer drucken und ihn auch nicht anmelden.«

»Wie wäre es mit *Bernstein-Imbiss*?«, schlug Meina vor und schob ihre Nickelbrille hoch, die ihr fast bis auf die Nasenspitze gerutscht war.

Kea runzelte die Stirn. »Ich weiß nicht … klingt nicht so richtig lecker …«

»*Der Austernfischer!*«, rief Dina und klatschte begeistert in die Hände.

»Hmm …« Emma runzelte die Stirn. »Was haltet ihr denn von … *Krabbenglück*?«

Kea jubelte. »Ich find's klasse. Das lässt sich wunderbar auf unseren Flyern gestalten!«

»Und macht direkt Appetit«, stimmte Nienke lächelnd zu und hob ihr Glas. Die anderen Damen taten es ihr gleich und strahlten um die Wette. »Darauf trinken wir, mien leeven!«, rief Nienke, und sie stießen an, ehe die aufgeregte Diskussion um die Ausstattung und die kulinarischen Angebote weiterging.

Glücklich betrachtete Emma die Frauen, die sich so sehr um das Projekt *Krabbenglück* bemühten, diese lustige, eigenwillige Truppe, zu der sie nun auch gehörte. Selbst als Nienke zwischendurch lauthals über Meinas Idee, Snirtjebraten anzubieten, schimpfte, konnte sie nicht aufhören zu lächeln.

Erst als Emma später bei Leon vorbeischaute, ließ das überwältigende Gefühl von Glück langsam nach, und eine innere Ruhe überkam sie.

Sie stellte eine dampfende Tasse Tee auf den Nachttisch neben seinem Bett und betrachtete sein erschöpftes Gesicht. Flip hockte brav in der Zimmerecke und leckte an einer seiner Pfoten. Dabei ließ er Emma nicht aus den Augen, als ahnte er, dass sie gerade eine wichtige Aufgabe erledigte.

»Danke«, sagte Leon und pustete in den heißen Dampf. »Ich werde selten krank, eigentlich so gut wie nie.« Bekümmert ließ er die Schultern sinken. »Ich weiß gar nicht, wie ich das jetzt regeln soll. Meine Hühner müssen gefüttert werden, und der Campingplatz führt sich auch nicht von allein. Ich bin selten krank, und das letzte Mal war mein Vater gerade hier und konnte einspringen.«

Liebevoll tupfte sie mit einem feuchten Tuch über seine fiebrige Stirn. So leid er ihr auch tat, es fühlte sich gut an, ihn bemuttern zu dürfen, und die Vorfreude auf das, was passieren würde, wenn Leon wieder bei Kräften war, rumorte tief in ihrem Bauch.

»Mach dir keine Sorgen, das ist alles organisiert. Ich kümmere mich um deine Hühner. Hiske hat sich bereit erklärt, ein Auge auf die Camper zu werfen, und der gute Herr Raschl wird die nächsten Tage an der Rezeption sitzen, das Telefon hüten und Anfragen entgegennehmen.«

»Herbert Raschl?« Ungläubig riss Leon die Augen auf. »Der alte Griesgram?«

»Ja. Der ist netter als allgemein angenommen. Harte Schale, weicher Kern, wie ein Gürteltier.«

Vorsichtig stellte Leon den Tee neben sich auf den Nachttisch.

»Ich kenne den Raschl seit vielen Jahren. Der hat sich noch nie für die Bedürfnisse von irgendjemandem interessiert. Wie hast du das hinbekommen? Du hast echt ein Händchen für Menschen, Emma.«

Sie grinste. »Da kannst du dich bei Flip bedanken. Der hat den einfach um seine Pfoten gewickelt.«

»Dein Mops ist einfach der Beste. Tausend Kilo Charme in einem Zehn-Kilo-Hund.«

»Acht Kilo, bitte«, korrigierte Emma. »Wir wollen es ja mal nicht übertreiben.« Sie stupste Leons Nase mit dem Zeigefinger an, und er versuchte schwach, ihre Hand abzufangen.

»Warte nur, bis ich mich wieder wehren kann«, drohte er spielerisch.

Auf Hiske war Verlass. Die Reinigungsfachkraft schien überall gleichzeitig zu sein und versuchte, so viele von Leons Arbeiten zu übernehmen, wie möglich. Immer wenn Emma über den Platz schaute, stand sie bei einem Zelt oder Wohnwagen, quatschte mit den Bewohnern und notierte sich Wichtiges auf einem Notizblock, den sie immer mit sich herumschleppte. Herbert Raschl hingegen hatte es sich nicht nehmen lassen, Leons Bürostuhl gegen einen riesigen Korbschaukelstuhl zu tauschen. Von hier aus telefonierte er, koordinierte Stellplätze und stand nur auf, um neue Ankömmlinge einzuweisen oder eine Runde mit Flip zu drehen.

Auch Emmas Zeitplan war straff. Morgens schaute sie bei Leon vorbei, der die meiste Zeit schlief und sich auskurierte. Sie wusch sein nass geschwitztes Bettzeug, brachte ihm Haferbrei und Zwieback und achtete darauf, dass er seine Medikamente nahm. Zwischendurch telefonierte sie mit seinem Hausarzt, der ihr weitere Anweisungen gab.

»Deine Hühner haben heute eine Runde Maiskolben spendiert bekommen«, erzählte sie Leon, als sie ihm die Decke bis zum Kinn hochzog, damit er sich nicht verkühlte, während sie das Zimmer lüftete. »Sie waren begeistert. Selbst die kleine Emma hat daran herumgepickt. Ich habe dir ein Foto gemacht.« Sie zeigte ihm das Bild und sah, wie er beruhigt ausatmete. »Du kannst dir gar nicht vorstellen, wie viel mir das bedeutet«, sagte er schwach. »Meinen armen Hühnchen darf es an nichts fehlen.«

Tagsüber besorgte Emma mit Gretchen die Genehmigungen, die sie zum Führen des Kutterimbisses brauchte, füllte Unmengen an Dokumenten aus, bis es ihr so vorkam, als würde der Papierberg niemals enden.

»Das Formular hatten wir doch schon mal«, sagte sie zu Gretchen, die eine unendliche Geduld mit diesen Dingen zu haben schien.

»Nein, das sieht nur so ähnlich aus«, erklärte die und nahm ihr den Stift weg, auf dem sie herumkaute. »Deine Lippen sind blau von der Tinte, konzentrier dich, Mädchen.«

»Tue ich doch«, sagte Emma und fokussierte sich auf die schier endlosen Platzhalter und Textfelder. Das Kochen lag ihr entschieden mehr. Meist traf sie sich am späten Nachmittag mit der Bohntjesopp-Kochgruppe, um eine perfekte Menüauswahl zu kreieren. Schnell stand fest, was der Kutterimbiss verkaufen musste, nur welche Rezepte genau verwendet werden sollten, darüber waren sich die Frauen nicht einig. Jede hatte ihre eigenen Vorstellungen, Geheimtipps und speziellen Gewürze, keine von ihnen war besonders kompromissbereit. Außer bei Rollmops und Fischfrikadellen, da fanden alle, dass Meinas Rezept unschlagbar sei.

Wenn anschließend noch Zeit war, radelte Emma zu Kea, die jede freie Minute damit verbrachte, die optische Präsentation und die Werbematerialien des *Kutterimbiss Krabbenglück* zu entwickeln.

»Ich komme gar nicht mehr zum Putzen«, klagte ihre Freundin. »Schau mal, hier liegt überall Staub.« Sie strich mit dem Finger über eine glänzende Bronzefigur.

»Dein Haus ist immer noch das sauberste auf der ganzen Krummhörn«, versprach Emma amüsiert.

»Das glaube ich nicht. Eigentlich wollte ich heute den Siphon im Badezimmer reinigen, aber dann hatte ich die Idee, wie es auf dem Kai vor deinem Kutter aussehen könnte.« Sie faltete ein großes Blatt Papier auseinander, auf dem elegante Stehtische mit blau-weiß gestreiften Sonnenschirmen kombiniert waren.

»Das gefällt mir«, sagte Emma beeindruckt und deutete auf Keas Zeichnung. »Einfach, elegant und gemütlich. Die Stehtische sind bereits von der Behörde genehmigt.« Mit Grauen erinnerte sie sich an Formular 112b, auf dem sie gleich dreimal ihre Adresse hatte eintragen müssen.

Kea holte den Entwurf für eine Flagge hervor, die auf dem Kutter hochgezogen werden sollte, um die Hafengäste bereits von Weitem auf die neue Gastronomie hinzuweisen. Auch sie war blau-weiß gestreift und zeigte eine Nordseekrabbe und darunter die Worte *Kutterimbiss Krabbenglück*.

In dem Moment klingelte Emmas Handy, aber sie schaute auf den Bildschirm und ignorierte den Anruf.

»Du kannst ruhig rangehen«, bot Kea an.

»Nein, war nicht wichtig«, nuschelte sie, denn ihr Mund wollte sich auf einmal nicht mehr richtig weit öffnen. Der Anruf war von Markus gewesen. Der siebte Anruf in den letzten drei Tagen.

Kapitel 18

Nach fünf Tagen ging es Leon wieder besser, und er verließ sein Häuschen zum ersten Mal. Er war so wackelig auf den Beinen, dass Emma sich kurzerhand bei ihm unterhakte. Es ging langsam voran, aber sie versprühte eine Energie, die für beide reichte.

»Wie du siehst, ist auf Stellplatz Nummer sieben eine Großfamilie eingezogen. Die haben fünf Kinder – vier Mädchen und einen Buben. Hiske meinte, dass die eine ganze Truhe mit Gummibärchen dabeihaben.« Sie musste kurz an die Seppls denken, die hoffentlich im nächsten Jahr wiederkommen würden. »Und dort drüben campt eine Gruppe Jugendlicher. Die gehören wohl alle zum selben Berliner Tischtennisverein.« Vor den Zelten lagen Unmengen an Klamotten, Tuben mit Sonnencreme und leere Limoflaschen.

Sie kamen zum Empfangshäuschen, und Emma öffnete Leon die Tür, durch die er steif hineinstakste.

Drinnen roch es nach Moschus, Tabak und Räucheraal. Herbert Raschl saß in seinem Schaukelstuhl, das Telefon im Schoß und ein Anmeldeformular in der Hand. »Kannst dich ruhig noch ein paar Tage erholen, Junge«, sagte er mürrisch. »Siehst aus, als hätte dich der Teufel persönlich mit einem Besen versohlt.«

»Moin«, grüßte Emma fröhlich und lief zu dem alten Mann, um ihm eine Hand auf die Schulter zur legen. »Du kannst dich sicherlich noch ein, zwei Tage hier austoben«, sagte sie zuversichtlich zu ihm.

Leon bedankte sich für die Vertretung und schaute durch die aktuelle Besucherliste. »Wir sind fast ausgebucht«, stellte er zufrieden fest. »Danke, dass du den Platz am Laufen hältst.«

Herbert Raschl brummte etwas Undefinierbares vor sich hin.

»Meinst du, du schaffst es zurück zu deinem Haus?«, fragte Emma besorgt, als Leon sich kurz auf dem Schreibtisch abstützte.

»Ja.«

Zweifelnd hakte Emma sich wieder bei ihm unter und brachte ihn zurück. Aber Leon weigerte sich beharrlich, sich ins Bett zu legen. »Ehrlich, mir geht es gut«, behauptete er, setzte sich aber gleich darauf auf einen Stuhl und sank in sich zusammen.

Erst zwei Tage später war er kräftig genug für einen ausgedehnten Spaziergang am Wasser. Emma holte ihn mit Flip an seinem Haus ab, und sie liefen gemeinsam zum Empfang, wo Kea bereits in ihrem roten Kleinwagen auf sie wartete. Ihre Hündin Jane bellte aufgeregt, als sie Flip erkannte. Gut gelaunt fuhren sie zum Hundestrand Norddeich. Emma musste Flip zurückhalten, als sie ausstiegen, weil der Mops sofort in Spiellaune geriet, als er das Wasser entdeckte.

»Flip darf heute zum ersten Mal richtig baden gehen«, verkündete Emma und zeigte auf den Korb, den Kea trug. »Kea hat ihm nämlich eine Schwimmweste gekauft. In Neonblau.«

Leon griff wie selbstverständlich nach ihrer Hand, und sie schlenderten Seite an Seite in Richtung Strand. Kea schielte immer wieder vielsagend zu Emma hinüber, die aber genug damit zu tun hatte, ihre Emotionen unter Kontrolle zu halten. Leons Händedruck war wieder fest, warm und weich, und es machte sie verrückt, ihn so nah bei sich zu wissen.

Am Wasser angekommen, ließ er sich auf den Sand sinken, und Kea und Emma spielten mit ihren Hunden im Wasser. Flip plantschte erst im niedrigen Uferbereich, bis er das Prinzip der Weste verstand. Dann gab es für ihn kein Halten mehr, und er schwamm los, als wollte er die Olympischen Spiele gewinnen.

»He, nicht so weit!« Flugs watete Emma hinter ihm her, um ihn wieder Richtung Ufer zu drehen. Ausgelassen paddelte er hin und her.

»Ich habe gehört, dein Kutter kommt morgen wieder in den Hafen zurück?«, fragte Kea, während sie ihrer Border-Collie-Hündin das Stöckchen ins Wasser warf. Apportieren war Janes Lieblingsspiel.

»Ja, zum Glück. Die Reparaturen waren weniger aufwendig als gedacht. Und die restlichen Küchenarbeiten erledigen wir am Liegeplatz.«

Gelegentlich schaute Emma zum Ufer hinüber, an dem Leon es sich gemütlich gemacht hatte. Er lag auf der Seite, hatte den Kopf auf den angewinkelten Arm gestützt, einen versonnenen Ausdruck im Gesicht.

»Du, ich muss jetzt los«, sagte Kea schließlich und löste das Band, das ihre langen mittelblonden Haare zusammenhielt. »Ich muss Jane nach Hause bringen und dann los zur Spätschicht. Der Herr Raschl holt euch später ab, richtig? Wir sehen uns.«

Sie umarmten einander, und Emma drückte ihr ein Küsschen auf die Wange. »Noch mal danke für die Weste«, sagte sie.

In dem Moment schüttelte Flip sich, und sie quiekten auf. »Du Frechdachs«, schimpfte Emma, lachte aber dabei.

Während Kea und Jane den Weg zum Auto zurückwanderten, ging sie zu Leon. Mit jedem Schritt wurde es wärmer in ihr. Er war wieder gesund. Und er mochte sie. Jetzt konnte alles passieren ...

Kaum hatte sie sich vor ihn gehockt, griff er nach einem Handtuch und legte es ihr um die Schultern. Sanft rubbelte er sie trocken und entfachte damit Hunderte kleine Feuerwerke in ihrem Körper. »Mhm«, raunte sie und rutschte an ihn heran. Er zögerte nicht lang, kam näher und legte seine Lippen auf ihre. Sie öffnete den Mund und spürte, wie seine Zunge ihre umspielte. Die Welt verschwamm vor ihren Augen, als sie sich dem so lange ersehnten Kuss hingab.

Eine Ewigkeit später lösten sie sich voneinander, als Flip sich zwischen sie drängte. Der kleine Mops war immer noch sehr nass und auch etwas kalt.

Emma warf Leon einen sehnsüchtigen Blick zu und rollte Flip in ein Handtuch ein, der sich das gern gefallen ließ und leise vor sich hin grunzte.

»Ich finde«, sagte Leon heiser, »das sollten wir unbedingt fortführen. Was meinst du?«

Am nächsten Tag wehte ein kühler Wind über der rauen Küste des Wattenmeers, das weit und ruhig vor ihnen lag. Das Grau des Schlicks wurde in der Ferne von einem Landstreifen unterbrochen, der Insel Norderney, deren roter Leuchtturm den Stürmen trotzend hoch in den Himmel ragte. Bedrohlich dunkle Wolken bildeten eine undurchdringliche Decke, die bis zum Horizont reichte.

Emma zog sich die Kapuze tiefer ins Gesicht, als sie hinter Leon durch die Salzwiesenlandschaft zum Naturstrand Hilgenriedersiel lief. Sie fröstelte, und ihr vollgepackter Rucksack kam ihr überraschend schwer vor. Es war mit Sicherheit kein perfektes Picknickwetter, hatte aber den Vorteil, dass sie den Strand für sich haben würden.

Die Abbruchkanten der Salzwiesen formten bizarre Muster, zwischen denen das Wasser sprudelte. Leon, der ebenfalls einen gut gefüllten Rucksack trug, deutete auf eine versteckte Stelle, die windgeschützt lag. »Hier«, sagte er.

Sie packten ihre Sandwiches und Decken aus, kuschelten sich eng aneinander und genossen das raue Wetter, das es unter der Decke umso gemütlicher machte. Dazu tranken sie heißen Tee, direkt aus der Kanne. Immer wieder ließ Leon seinen Arm an ihrem Rücken hinunterwandern, bis er fast ihren Po erreichte. Dort verharrte er, ehe er wieder nach oben glitt. Das erregte Emma so sehr, dass sie kaum stillhalten konnte. Im Gegenzug revanchierte sie sich, indem sie ihn am Bauch kitzelte, als er sich nach hinten lehnte.

Plötzlich entzog er sich ihren Berührungen und sah sie ernst an. »Emma«, sagte er leise. »Bevor wir uns nahekommen, möchte ich, dass du etwas weißt.« Sehnsüchtig schaute er ihr in die Augen. »Ich habe nie geglaubt, dass ich mich neu verlieben könnte. Ich meine, ich war kurz davor, mich mit Daja zu verloben, als sie mit Thobe fremdging. Das hat mir das Herz gebrochen. Aber ich bin wieder bereit für eine Beziehung. Eine mit Tiefe und Bestand.«

»Daja war deine Verlobte?«, fragte Emma ungläubig und ignorierte das Reuegefühl, das durch sie hinwegschwappte. Das hatte Thobe ganz anders erzählt, aber nur so machte es Sinn. Von wegen, Thobe sei das arme Opfer gewesen – es war genau umgekehrt! Und es erklärte, warum Leon Schwierigkeiten damit gehabt hatte, sich auf sie einzulassen. Nach so einer Erfahrung verlor man das Vertrauen in die Liebe, das wusste sie selbst nur zu gut. Sie legte ihre Hand an seine Wange.

»Oh, Leon. Ich bin auch bereit dafür. Mein Ex-Freund hat sich direkt vor meinen Augen mit einer anderen verlobt. Ich dachte, er macht mir einen Heiratsantrag, aber stattdessen hat er vor der gesamten Firmenbelegschaft seiner Sekretärin einen Antrag gemacht.«

»Das muss sehr wehgetan haben. Ich verstehe nicht, warum er nicht einfach vorher ehrlich mit dir Schluss gemacht hat.« Leons Züge wurden wieder weicher, und seine Augen hellten sich auf. Sichtlich erleichtert stieß er die Luft aus, die Sache hatte ihn anscheinend belastet, und er schien froh, sich endlich aussprechen zu können.

»Ja, das verstehe ich auch nicht«, sagte Emma. »Aber es liegt in der Vergangenheit. Hier und jetzt gibt es nur uns beide.«

Kaum war der letzte Bissen verschlungen, kletterte Emma auf Leons Schoß. Alles in ihr verlangte nach diesem wundervollen Mann, der ihre Sinne derart durcheinanderbrachte, dass sie kaum atmen konnte.

Sie küsste seine Stirn, seine Wangen, sein Kinn. Leon stöhnte. Davon angestachelt fuhr sie fort, an seinem Ohrläppchen zu saugen, nur um kurz darauf sanft hineinzubeißen. Er zog sie fester an sich, tastete unter ihrem Pullover nach ihrem BH. Genüsslich verdrehte Emma die Augen, als er die Schnalle öffnete und seine Hände um ihre Brüste legte. Zärtlich drückte er sie, umkreiste mit dem Zeigefinger ihre Spitzen. »Oh«, hauchte sie. Ein Kribbeln durchfuhr sie, als die Erregung sie übermannte. Die Kälte und der Wind schienen nun weit weg, es gab nur noch sie beide, eingehüllt in diese Decke, in ihrer Höhle, die nur ihnen gehörte.

»Ich will dich, Emma«, flüsterte Leon, mit Begierde in den Augen, »schon so lang.«

Emma biss ihn sanft in den Nacken und suchte dann nach seinem Gürtel, den sie geschickt öffnete. Sie spürte, wie sich seine Erektion fest gegen die Hose presste.

Hastig halfen sie sich gegenseitig aus den Sachen und stopften ihre Kleidung in die Rucksäcke, damit sie nicht wegwehten. Kurz darauf lagen sie nackt voreinander, betrachteten sich liebeshungrig, bis Emma die Decke wieder um sie zog und sie eng umschlungen auf den Boden sanken. Leon suchte ihre Mitte, drang tief in sie ein und bewegte sich erst langsam, dann immer schneller. Sie hielt sich an seinem Rücken fest und stöhnte, als er, viel zu schnell, in ihr kam. Dann kuschelte sie sich an ihn, bedeckte seine Haut mit Küssen, bis er bereit für die nächste Runde war.

Die aufgestaute Lust in ihr wollte nicht weichen. Immer wieder schliefen sie miteinander, ließen sich nicht von einem kurzen Schauer unterbrechen oder dem stärker werdenden Wind. Einzelne Vögel flogen über sie hinweg, schwarze Schatten vor einem immer dunkler werdenden Himmel.

Für Emma war es wie ein Rausch. Leons gestählter Körper auf ihr, das Reiben seiner Oberschenkel an ihren Beinen, sein wohlriechender Schweiß und die Lust, die ihm ins Gesicht geschrieben stand, das törnte sie mehr an, als sie es je für möglich gehalten hätte.

Kapitel 19

Selbst von unten betrachtet war die Silhouette des Seeadlers, der geradlinig in Richtung Wattenmeer flog, für Emma beeindruckend. Seine weiten Schwingen, die an den Rändern gefächert erschienen, waren klar am wolkenlosen Himmel erkennbar. Verträumt schaute sie dem Vogel hinterher, spürte, wie auch sie im Geiste mitflog, während sie Flip spazieren führte. Alles an ihr schien leicht. Das Picknick mit Leon vor ein paar Wochen hatte alles verändert.

Sie merkte nicht, wie sie sich in Flips Leine verfing, bis sie schließlich stolperte. Flip fiepte, sie selbst schürfte sich das Knie auf. »Autsch! Tut mir leid.« Sie hockte sich hin, entwirrte die Leine und gab dem Mops ein Küsschen auf den Kopf. Sie hatte Glück: Die Haut am Knie war abgeschabt, aber es blutete nicht.

Flip hingegen zog eine unwirsche Schnute. Überhaupt wirkte er grummelig, und das war kein Wunder, denn die letzte Nacht hatte er nicht wie sonst in ihrem Bett geschlafen, weil Leon mal wieder den Platz eingenommen hatte. Obwohl, geschlafen hatten sie nicht viel … Ein reizvoller Schauer rieselte ihre Arme und Beine hinunter. Leon war so ein wundervoller Liebhaber, gleichzeitig zärtlich und wild und immer einfühlsam. Seine Lust hatte sie angestachelt, und das wiederum hatte ihn erregt. Eigentlich hätte sie jetzt todmüde sein sollen, aber ihre Hormonwelt spielte verrückt.

»Ich bin verliebt«, gestand sie ihrem Mops, der beleidigt wegschaute und sein Bein am nächsten Baumstamm hob.

Kaum kam sie am Campingplatz an, lief Leon ihr entgegen. Sofort ließ Emma die Leine fallen und rannte die letzten Meter auf ihn zu. Endlich, endlich durften sie sich offen lieben, musste sie nicht mehr verstecken, was sie für ihn empfand!

»Emma.« Leidenschaftlich umarmte er sie, hob sie hoch und wirbelte sie gleich zweimal im Kreis. Flip machte derweil Platz und schaute sich das Ganze ungerührt an. Aber als Leon auf ihn zukam, ihn streichelte und ihm ein Leckerli zuschob, wedelte sein Schwänzchen wieder.

Gemeinsam spazierten sie über den Campingplatz, das hatte sich mittlerweile als feste Morgenroutine etabliert. Hier und da plauderten sie mit den Gästen, schauten bei Herbert Raschl vorbei, der sich nun offiziell bis Ende des Jahres eingemietet hatte, oder hielten ein Schwätzchen mit Hiske, die meist um diese Uhrzeit die Duschen reinigte. Am Hühnerverschlag fütterten sie Ludwig und seine Damen und freuten sich über das Emma-Küken, das zu einer niedlichen Henne heranwuchs, die wie eine Miniversion von Kleopatra aussah.

»Pook«, machte es, als Emma ihm die Körner hinstreute. Es war ganz zahm, drückte sich gegen ihre Hand, als sie es am Gefieder berührte. Leon beobachtete sie dabei mit zufriedenem Ausdruck. Sie wusste, dass er es liebte, sie gemeinsam mit seinen Hühnern zu sehen.

»Meine zwei liebsten Dinge auf der Welt«, sagte er verträumt und ruderte gleich zurück. »Also nicht, dass es sich bei dir oder den Hühner um Dinge handelt, aber ihr in Kombination, das hat etwas.«

Grinsend trat sie auf ihn zu. »Ich glaube, diese Stelle«, sagte sie und deutete auf Leons Wange, »die habe ich vernachlässigt.« Sie stellte sich auf die Zehenspitzen und küsste ihn dort. Einmal, zweimal, dann wanderten ihre Lippen zu seinem Mund. Mit jedem Kuss schmeckte er vertrauter, noch besser, intensiver. Ideen formten sich in ihr, Sachen, die sie heute Nacht mit ihm anstellen könnte. Zum Beispiel könnte sie ihm eine Ganzkörper-Öl-Massage verpassen, die ihn sowohl entspannen als auch verrückt machen würde. Vor allem, wenn sie besonders viel Zeit zwischen seinen Oberschenkeln verbrachte …

Die Lust stieg in ihr auf, und es kribbelte in jeder Faser ihres Körpers. Die letzten Wochen waren wie im Rausch vergangen. Der Hochsommer hatte seinen Zenit gerade erst überschritten, überall blühte und summte es, und die Mirabellen in Bruntjes Garten waren gelb und süß geworden. So könnte es ewig weitergehen!

»Am Wochenende zeige ich dir Upleward«, versprach Leon auf dem Weg zum Empfangshäuschen. An dieser Stelle der Morgenroutine wurde Emma immer ein bisschen traurig, denn nach dem gemeinsamen Kaffee verabschiedeten sie sich und würden sich bis zum Abend nicht wiedersehen. Und es bedeutete für sie, dass viele Herausforderungen auf sie warteten. Die Arbeiten am Kutterimbiss gingen zwar gut voran, aber jedes Mal, wenn ein Problem gelöst war, gab es zehn neue. Allerdings konnte sie an einer Schulung teilnehmen, durch die sie den Sachkundenachweis im Bereich Gastronomie erhielt. Der war neben den ortsrechtlichen Bestimmungen eine Grundlage für ihre benötigte Gaststättenerlaubnis.

»Was gibt es denn Schönes in Upleward?«, fragte sie und tastete nach seiner Hand. Sie hatten sich gemeinsam die Pelzerhäuser in Emden angeschaut, hatten die Seehunde in der Auffangstation *Seehund in Sicht* bewundert und waren mit dem Fahrrad bis zum Badestrand in Bensersiel gefahren. Die Krummhörn fühlte sich nicht mehr fremd an, aber immer noch geheimnisvoll und faszinierend. Es gab hier so viel zu entdecken, wenn man nur ein aufgeschlossenes Herz und Interesse an Natur, Menschen und Geschichte hatte.

»Das ist eins der urigen Warfendörfer, aber das Besondere ist, dass es dort überall kunstvoll geschmiedete Eisenzäune gibt, die wie verzauberte Ranken aus einem Märchenschloss wirken. Hat Nienke dir nicht davon erzählt? Sie hat beim Bau einiger Zäune mitgeholfen.« Im Vorbeigehen pflückte Leon eine Blüte, die er Emma ins Haar steckte. Sie hatten das Empfangshäuschen inzwischen fast wieder erreicht.

»Das klingt super. Nee, Nienke hat das nicht erwähnt. Aber es passt zu ihrer kreativen Art. Und dafür, dass sie auf den ersten Blick wie ein Grufti wirkt, hat sie erstaunlich viele soziale Kontakte.« Sie lachte. »Und sie ist die stärkste Frau, die ich kenne. Nicht nur körperlich, auch mental. Tough wie ein Eisberg.«

»Das liegt in der Familie«, behauptete Leon heiter und verbeugte sich.

Emma lachte und pikte ihn in die Seite. »Natürlich. An dir zum Beispiel ist ein Wrestler verloren gegangen. Man nennt dich auf der Straße nicht umsonst Hulk Leon.«

»Wenn schon, dann Leon den Löwen, bitte.«

Flip kuschelte sich direkt in sein Körbchen, das nun permanent am Eingang des Empfangshäuschens für ihn bereitstand. Er mochte den Platz, weil die meisten Gäste sich bückten, um ihn zu streicheln. Er musste sie nur lang genug anstarren und seine Augen dabei immer größer werden lassen. Früher oder später wurde fast jeder schwach.

Kaum hatte Emma sich einen Kaffee eingegossen und den ersten Schluck genommen, klingelte ihr Handy. Sie zog es aus der Hosentasche hervor und prustete. »Oh Mist!« Das war Markus. Ständig rief er an, aber sie hob nie ab. Obwohl sie ihm gern auf die Nase gebunden hätte, dass sie jemanden gefunden hatte, der sie mit allen Macken, Ecken und Kanten mochte.

Leon hob die Augenbrauen. »Wieder dein Ex?«

Sie nickte unglücklich.

»Soll ich mal mit ihm sprechen?« Auffordernd streckte er die Hand aus.

Emma schaute ihn entsetzt an, aber er schien es ernst zu meinen. Ihr Herz wummerte und presste ihr die Luft aus der Lunge. Sie wollte Leon von Markus fernhalten, aber der hatte ja bereits einmal beim Campingplatz angerufen. *Vielleicht ist Leons Vorschlag keine schlechte Idee*, dachte sie und reichte ihm das Handy.

Er räusperte sich und meldete sich mit tiefer Stimme: »Moin, Leon hier. Wie kann ich helfen?« Kurz darauf runzelte er die Stirn. »Nein, Emma ist momentan nicht zu sprechen. Ja, sie hat ihr Handy an der Rezeption hinterlegt. Wann? Versuchen Sie es doch am einunddreißigsten November. Wie? Dann eher am drölften Juniber?« Er hielt das Handy etwas vom Ohr weg, anscheinend wurde Markus gerade lauter. »Ja, genau, wir haben schon einmal miteinander gesprochen. Nein, ich habe nichts getrunken.« Er grinste und zwinkerte Emma zu. »Jetzt hat er aufgelegt. Ich glaube, der ruft nicht mehr so schnell an.«

Sie atmete erleichtert aus. »Danke«, flüsterte sie. Markus hatte sie verletzt, gedemütigt, und sie wünschte, sie könnte einfach mit dem Thema abschließen. Aber so einfach war das nicht. Markus war ihr egal, aber es tat immer noch weh, wenn er sich meldete. Und er meldete sich eindeutig zu oft. Hoffentlich hatte Leon ihn endgültig abgeschreckt.

Bald hatte sie den Anruf wieder vergessen, denn am Kutter wartete viel Arbeit auf sie. Als sie am Kai ankam, war Nienke bereits mit dem Küchenbauer beschäftigt, der eine ganze Reihe an Fragen hatte. »Soll die Fritteuse hinter die Edelstahltheke nach links, mittig hinter die Bain Marie oder ganz nach rechts? Der Kühlschrank umfasst zweihundert Liter, passt das, oder brauchen Sie eine Nummer größer? Die Außentheke mit oder ohne Spuckschutz?«

Ratlos kratzte sich Emma den Kopf. »Ähm«, sagte sie und trat auf das Deck des Kutters, das kaum wiederzuerkennen war. Überall lagen Metallteile, Werkzeug, Staub und Planen. Sie drehte sich einmal im Kreis, schloss die Augen und stellte sich alles vor. Es war wichtig, Platz zum Arbeiten und dennoch kurze Wege zu haben, damit viele Kunden in kurzer Zeit bedient werden konnten. Außerdem gab es Auflagen, die beachtet werden mussten.

Sie spürte Nienkes Hand auf ihrem Arm und war dankbar für die Geste. Neue Kraft durchströmte sie, als sie die Augen öffnete und dem Küchenbauer zunickte. »Also …«, setzte sie an und beantwortete alle seine Fragen. Es war wichtig, die Kontrolle zu behalten, sich nicht aus dem Konzept bringen zu lassen.

Kaum war sie fertig, lief Kea auf den Liegeplatz zu. Anscheinend eilte sie gerade von einem Termin zum nächsten, denn an ihrem weißen Shirt war ihr Namensschild angebracht.

»Gute Neuigkeiten!«, rief sie Emma zu. »Die Sonnenschirme werden morgen geliefert. Wir dürfen die in der Halle hinter dem Büro des Hafenmeisters lagern. Ich habe eben noch schnell mit Derk gesprochen, der hat da nichts gegen.«

Bei der Erwähnung von Derks Namen, horchte Nienke auf und nickte selbstzufrieden.

»Die Tische kommen auch in den nächsten Tagen an. An den Plakaten und Aufstellern bin ich noch dran. Aber dafür habe ich dir eine Überraschung mitgebracht.« Kea entrollte ein Stück Stoff, das sich als blau-weiß gestreifte Fahne entpuppte.

»Oh wie schön«, freute sich Emma und betrachtete die Nordseekrabbe mit den langen Fühlern, die darauf gedruckt war.

»Die könntest du zur Eröffnung hissen«, schlug Kea vor.

Schwieriger gestaltete sich Gretchens Arbeit bei den Behörden, die immer neue Dokumente verlangten und so langsam arbeiteten, dass Emma sich manchmal fragte, ob sie jemals fertig werden würden.

»Dem Enno sein Jasper, das ist ein ganz ein Lahmer«, schimpfte auch Gretchen. Die alte Dame war selbst auf ein Gehgestell angewiesen und litt darunter, wie schleppend sie vorankam. Sie hatte zwar eine Engelsgeduld, mochte es aber, wenn Dinge zügig abliefen. »Wenn das so weitergeht, wird dein Imbiss erst am Ende der Saison eröffnen können!«

»Ehrlich gesagt ist mir das recht. Ich kann im Herbst und Winter mit dem Geschäft warm werden, lernen, es vernünftig zu führen, mich darauf konzentrieren, einen guten Job zu erledigen, und lokale Stammkundschaft aufbauen. Und im Frühjahr, wenn wieder mehr Touristen kommen, bin ich bereit, auch einem größeren Kundenandrang gerecht zu werden.«

»Na, das stimmt. Und zwischendurch packst du den ollen Kutter ein zweites Mal ins Trockendock und lässt ihn ordentlich durchchecken, damit er nicht absäuft, während du Zwiebelringe schnippelst.«

Markus schien tatsächlich das Interesse an ihr verloren zu haben. Er schrieb ihr weder Nachrichten, noch versuchte er sie anzurufen. Auch Thobe hielt sich von ihr fern. Ein paarmal traf sie ihn am Hafen und im Dorfzentrum, aber bis auf ein tonloses »Moin« kam nichts von ihm. Dafür widmete Leon sich ihr in jeder freien Minute. Selbst als Emma die endgültige Speisekarte beim wöchentlichen Treffen der Kochgruppe Bohntjesopp vorstellte, war er mit dabei. Und als Kea ihnen Mitte September die Marketingmaterialien präsentierte, war er ebenso begeistert wie Emma.

»Du bist eine begnadete Künstlerin«, lobte er sie mit einer so rauchigen Stimme, dass Kea knallrot wurde.

Emma hüpfte hingerissen um die Klappschilder und das elektrische Menü-Board, das von innen beleuchtet war.

»Das passt alles perfekt zusammen.« Entzückt griff sie nach einem Tischaufsteller, der neben der Werbung für ein Krabbenbrötchen mit Getränk auch eine Zeichnung von einer Möwe mit einem Fisch im Schnabel zeigte. Die Tischdecken waren wetterbedingt aus Plastik, zeigten aber stilecht verschiedene Knoten aus der Schifffahrt.

»Wer an dem Kutter vorbeiläuft, der muss einfach Appetit bekommen. Ich glaube, jetzt kann nichts mehr schiefgehen.« Doch während sie das aussprach, meldete sich eine warnende innere Stimme, als wäre es zu früh, sich zu entspannen, und als läge das Schlimmste noch vor ihr. Wie ein Nebelhorn in weiter Ferne, das durch die brechenden Wellen am Bug übertönt wurde. Sie verdrängte die Stimme, aber ihr war so schwindelig, dass sie sich in Leons Arme gleiten ließ, der sie überrascht an sich zog.

»Alles gut?«, fragte er verwirrt, und Emma nickte.

»Gretchen sagt, die Genehmigungen von der Verwaltung liegen alle vor«, erklärte Kea. »Die Umbauarbeiten sind so gut wie abgeschlossen, und alles andere ist innerhalb von wenigen Tagen fertig. Wenn du willst, Emma, dann kann der Kutterimbiss nächste Woche eröffnen.« Sie hatte einen Terminplaner herausgeholt und deutete auf den kommenden Montag. »Da wird es sicherlich ruhiger sein als am Wochenende. Was meinst du, packst du das?«

Emma schaute den Kutter an, dann ihre Freunde. Ja, es war ein beklemmendes Gefühl, dass es bald ernst werden würde. Aber sie spürte so viel Vorfreude und Hoffnung auf eine Zukunft, in der sie so leben konnte, wie sie wollte. Flexibel, selbstständig, an Leons Seite. Bis Montag würde es viel zu tun geben, aber es wäre machbar.

»Klar«, sagte sie betont lässig. »Ich kümmere mich gleich um die Vorbestellungen beim Bäcker, Fischhändler und Tiefkühlkostanbieter. Die frischen Sachen hole ich morgens vom Großhandel.«

»Wie, Tiefkühlkost? Ich denke, alles wird frisch zubereitet?«, neckte Leon sie und tippte ihr provozierend auf die Nasenspitze.

»Die Pommes werden aber nicht im Meer geangelt«, konterte Emma und gab den Nasenstupser zurück.

Und dann war es so weit. Am Montagmorgen trug Emma eine breite Markisenschürze über ihrer hellen Arbeitskleidung, um die Tische ein letztes Mal zurechtzurücken, den Boden vor dem Kutter zu kehren und die Anschlüsse ein letztes Mal zu prüfen. Es war erst sieben Uhr, und ein frischer Wind jagte die Wolken über den Himmel, ließ die Servietten im Ständer flattern und die Möwen über dem Kutter immer wieder aufsteigen.

»Wann öffnet ihr?«, fragte ein junger Mann in Handwerkerkluft, der schon eine ganze Weile am Hafenbecken auf und ab gegangen war. Er war offenbar nicht der Einzige, der auf Emmas Startsignal wartete. Überall um den Kutter herum standen Menschen, die sich unterhielten und gelegentlich zu ihr hinüberblickten. Sie war froh, dass die meisten ihrer Freunde versprochen hatten, erst in den nächsten Tagen vorbeizuschauen, wenn sich der größte Rummel gelegt haben würde.

»Ist spannend, wenn ein neuer Laden eröffnet«, hörte Emma eine Frau sagen. »Cafés und Restaurants haben wir ja genug in Greetsiel, aber ein Kutterimbiss, das ist mal was Besonderes.«

Das Öl in der Fritteuse blubberte bereits vor sich hin, die Theke war gut bestückt mit Matjes, Krabben, Seelachs, Rollmops und einem ganzen Berg frischer Brötchen. Daneben lagen all die Zutaten, die sie brauchte, um die ausgefalleneren Rezepte zuzubereiten, die sie mit den Frauen der Bohntjesopp-Gruppe ausgearbeitet hatte.

»Es geht gleich los«, versprach Emma. »Ich warte nur auf jemanden.«

Herbert Raschl kümmerte sich um den Campingplatz, weil Leon unbedingt bei der Eröffnung dabei sein wollte. Emma zog an dem Seil, um die Flagge mit der Krabbe zu hissen. Die Fahne glitt nach oben und zog alle Blicke auf sich. Stolz flatterte sie im Wind.

»Moin, Emma.« Freudestrahlend stieg Leon vom Fahrrad und schloss es an einem Laternenpfosten an. Das war zwar verboten, aber um diese Uhrzeit und an einem Montagmorgen wurde das nicht so genau genommen. »Hier ist ja richtig was los. Ich freu mich so!« Er lief über die bewegliche Metallbrücke, die den Kutter mit dem Kai verband, und schnappte sich eine Arbeitsschürze. »Na denn mal los, *mien Hartenskralloog.*«

Emma lächelte und drehte das Schild um, auf dem in roten Lettern *OFFEN* stand.

Sofort drängten die Hafengäste an die Kuttertheke. Der Handwerker schaffte es zuerst und brauchte nicht lang, um zu bestellen. »Ich nehme ein Krabbenbrötchen und eine Portion Kartoffelsalat.«

Es kam Emma vor, als würde die Zeit langsamer laufen, während sie eine großzügige Portion Salat in die Pappschale füllte und eine Gabel dazusteckte. Sie nahm jedes Detail überdeutlich war, die fein geschnittenen Formen der Kartoffeln, die mit Mayonnaise überzogenen Gurkenstücke dazwischen. Das war ihr erster Kunde, der erste Verkauf. Wie aufregend!

»Bitte schön«, sagte sie und nahm die Münzen entgegen, die sie einen Moment in der Hand hielt, um das kalte Metall zu spüren, bevor sie sie in die Kasse legte.

Leon bediente bereits die nächsten Kunden, ein älteres Ehepaar, das unschlüssig das Menüboard abscannte.

»Haben Sie auch Hühnchen?«, fragte der Mann zu Emmas Entsetzen, aber Leon hatte sich erstaunlich gut im Griff.

»Nein, wir bieten nur Fisch- und Meeresprodukte an. Wenn Sie etwas ganz Besonderes wollen, kann ich Ihnen den Labskaus empfehlen. Das Rezept stammt von meiner Tante Nienke. Vielleicht kennen Sie Nienke Koopmann?«

»Nee, kenne ich nicht«, sagte die zierliche Ehefrau des Gastes, der wiederum enttäuscht die Theke begutachtete.

»Wirklich kein Hühnchen?«, fragte der Mann erneut und ließ erst nach, als seine Frau ein Spiegelei mit kross gebratenem Speck für ihn bestellte.

Die nächsten Kunden wollten alle Fischbrötchen kaufen, und die meisten nickten anerkennend nach den ersten Bissen. »Schmeckt frisch«, sagte eine ältere Dame, die ihrem Dackel gleich ein Stück abgab. »Fehlt nur noch ein Kruiden. Den haben Sie aber nicht, oder?«

Emma schüttelte den Kopf. »Nein, wir schenken keinen Alkohol aus.«

Nach dem ersten Andrang wurde es erst einmal ruhiger, und Emma konnte sich darauf konzentrieren, die Brötchen für den Mittagstisch und die Zutaten für die Ofenkartoffeln vorzubereiten. Leon stand pfeifend neben ihr und lächelte ihr gelegentlich aufmunternd zu.

»Danke, dass du dir heute für mich freigenommen hast. Kea konnte die Schicht nicht wechseln, und für Nienke ist der Verkauf nichts. Die anderen habe ich gebeten, erst in den nächsten Tagen vorbeizuschauen. Aber es tut gut, das hier gemeinsam mit dir anzugehen.« Gern hätte sie noch mehr gesagt, nämlich dass er umwerfend in der Schürze und mit dem Fischerhut aussah, unter dem sich seine Locken einfach nicht versteckt halten wollten. Und dass sie sich revanchieren würde und überhaupt, dass sie von den Ohren bis hinunter zu den Zehenspitzen in ihn verliebt war. Stattdessen zwickte sie ihn in den Hintern und grinste schelmisch, als er erschrocken zusammenfuhr. »Du bist der Beste«, raunte sie.

Leon schaute sie vielsagend an, er verstand.

Das Knattern der Flagge über ihnen wurde lauter, der Stoff schlug hart aufeinander.

»Heute Abend haben die Schafe keine Locken mehr«, mutmaßte Emma, als eine Plastiktüte über den Hafen wehte. »Der Wind nimmt zu, wir sollten die Sonnenschirme einklappen.«

Sie kletterte vom Kutter und widmete sich dem ersten Schirm. Aus dem Augenwinkel sah sie, wie sich ein Mann näherte, der mit Mühe gegen die aufkommende Böe ankämpfte. Er trug eine

Kamera mit sich herum, die er eng an sich presste. Er wurde von einem zweiten Mann überholt, der ein Tablet in der Hand hielt.

Das sind sicher Journalisten, dachte Emma und beeilte sich. Natürlich wollte die Lokalpresse von der Eröffnung berichten.

Der Sicherungsstift in der Öffnung der zweiten Sonnenschirmstange klemmte, und sie musste kräftig daran ziehen, bis er nachgab. Ihr Fingernagel riss bei der Aktion ein, aber das war nicht so schlimm wie der Wind, der ihr nun heftig ins Gesicht blies. Er schmeckte salzig und nach Alge und gab Emma wenig Zeit, den dritten Schirm zu schließen, bevor der Wind den Mechanismus des Gestänges zerstörte.

»Mist noch mal!«, rief Leon, und plötzlich wirbelten überall um sie herum Servietten in der Luft. Wie die Segel winziger Schiffe bäumten sie sich auf, wellten sich und stoben in alle Richtungen davon. Ehe Emma richtig begriff, was passierte, klatschte ihr eine davon direkt ins Gesicht, und sie schnaufte, als sie sie herunterzog und auf das gedruckte Schiffsmotiv starrte.

»Was?«, rief sie, aber da war es bereits zu spät. Leon versuchte nach vorne über die Theke gebeugt, ein paar der Servietten zu erwischen, aber die meisten trug der Wind hoch über den Kutter, aufs Wasser und über den Hafenplatz.

»Nein!« Emma sprang mit gespreizten Armen nach vorn, um die Servietten zu fangen. Sie erwischte eine, dann noch eine, stolperte über den Sonnenschirmständer und sah das Wasser auf sich zurasen. Es platschte, sie tauchte ins salzige Nass direkt neben ihrem Kutter.

Sie sank in die grüne Tiefe, spürte wie die Kälte ihren Körper erfasste, und versuchte sich zu orientieren. Wasser drang in ihre Kehle. Wo war oben, wo unten? Ein paar Luftblasen wiesen ihr den Weg, und sie schaffte es zurück zur Oberfläche. Prustend sah sie sich um. Sie durfte nicht zwischen den Kutter und die

Kaimauer geraten, das wäre lebensgefährlich. Ihre Kleidung zog schwer an ihr, und Emma strampelte heftig, um sich in Sicherheit zu bringen.

»Fang!«, hörte sie Leon rufen. Ein Rettungsring landete neben ihr, und sie griff dankbar danach. Hustend kletterte sie an Land, sie hatte zu viel Wasser geschluckt. Sie legte sich flach auf den Rücken und stierte in den bedrohlich grauen Himmel. Einzelne Servietten tanzten noch in den Windwirbeln, wurden hin und her gerissen, wehten auf und ab. Ein Schatten beugte sich über sie, es blitzte grell und klickte. Schützend hielt Emma sich die Hand vor die Augen und fixierte den blassen Mann über ihr, der sich vor Leon gedrängt hatte. Es war der Journalist mit der Kamera, den sie eben noch auf dem Kai gesehen hatte.

»Moin, ich bin vom *Krummhörner Generalanzeiger*. Ich bin hier, um über die Eröffnung des Kutterimbisses zu berichten. Kann ich Ihnen irgendwie helfen?« Umständlich zog er sich den Gurt seiner Kamera über den Hals.

»Das mache ich schon«, sagte Leon und schob den Reporter einfach weg, um sich neben Emma zu knien.

Sie stöhnte, drehte sich zur Seite und spuckte noch mehr Wasser aus.

»So ein Pech«, fluchte Leon und hielt ihr den Kopf. »Lass alles raus.«

Der Typ mit dem Tablet tauchte in ihrem Blickfeld auf. Im Gegensatz zu dem Journalisten vom *Generalanzeiger* wirkte er wenig besorgt, grinste sie hämisch an, als hätte sie gerade eine Zirkuseinlage geboten. Obwohl sie noch Wasser in der Nase spürte und ihre Ohren klingelten, musterte sie ihn prüfend, um sich sein Gesicht zu merken. Das war nicht weiter schwierig, denn er trug ein auffälliges Nasenpiercing über seinem leicht ergrauten Dreitagebart.

»Würden Sie sagen, dass Ihre Eröffnung ins Wasser gefallen ist?« Der Typ amüsierte sich köstlich über seinen eigenen Witz.

Währenddessen fotografierte der Lokalreporter die Servietten, die um den Kutter herumtrieben, sich langsam voll Wasser sogen und im dunklen Grün versanken.

»Packen Sie sofort die Kamera weg, Sie sehen doch, dass es Emma nicht gut geht.« Böse funkelte Leon den Journalisten an, der erschrocken dreinblickte.

»'tschuldigung, das ist mein Job«, murmelte er.

Der andere Typ tippte auf seinem Tablet herum, bis er es schließlich direkt vor Emmas Gesicht hielt. »So, jetzt bitte einmal lächeln.«

Leon kniff die Augen zu schmalen Schlitzen zusammen. »Wenn jetzt hier noch ein Foto gemacht wird, vergesse ich mich«, knurrte er.

»Ich muss eh weiter. Viel Erfolg noch!«, entschuldigte sich der Journalist vom *Generalanzeiger*, während der andere Mann in aller Seelenruhe wieder auf seinem Tablet herumtippte.

Leon half Emma, sich aufzusetzen, und klopfte ihr behutsam auf den Rücken. »Mann, Emma. Das tut mir so leid. Geht es wieder? Der verdammte Wind hat den Serviettenständer einfach umgepustet.« Umständlich zog er die Schürze aus, dann sein Flanellshirt, in das er Emma einwickelte. Besorgt befühlte er ihre Wangen. »Wir sollten dir trockene Kleidung besorgen, sonst wirst du krank. Der *Kutterimbiss Krabbenglück* muss wohl heute erst mal wieder schließen.«

»Der Sonnenschirm«, krächzte sie, und Leon sprang auf, um den letzten Schirm zu schließen.

»Was für eine Story. Damit kriege ich ordentlich Reichweite«, murmelte der verbliebene Typ erfreut und richtete sein Tablet noch einmal auf Emma, die vor Kälte zitternd kaum aufstehen konnte. Doch bevor er ein weiteres Foto schießen konnte, hatte Leon sich vor ihm aufgebaut und schaute ihn so wütend an, dass er es sich anders überlegte.

»Von welcher Zeitung kommst du Fuzzi eigentlich?«, zischte Leon.

»Von wegen Zeitung … Ich bin Food-Blogger und berichte über Trends in ganz Norddeutschland. Ich wusste, dass der Besuch hier sich lohnt, Thobe hat nicht übertrieben.«

Kapitel 20

Nienke lachte so laut, dass die anderen Damen der Kochgruppe Bohntjesopp verschämt die Köpfe senkten. Nur Uda zerlegte unbekümmert ihr Steak, anscheinend hatte sie heute ihr Hörgerät wieder nicht eingeschaltet.

Emma rutschte unruhig auf ihrem Stuhl herum. »Ich finde das gar nicht lustig«, sagte sie kleinlaut. Nachdem sie Nienke von ihrem Eröffnungsdesaster erzählt hatte, hatte diese eine Notfallsitzung einberufen.

»Siehste, hättest du uns mal erlaubt, dir am ersten Tag beizustehen«, beschwerte sich Siemtje. »Der wär nicht an uns vorbeigekommen.«

»Aber, Mädchen, das ist doch nicht schlimm. Pannen passieren, und in drei Jahren kräht kein Hahn mehr danach, wie es am Anfang gelaufen ist. Glaub mir, irgendwann wird das zu einer heiteren Anekdote«, tröstete Nienke sie.

Das konnte Emma sich beim besten Willen nicht vorstellen. Ihr Sturz ins Wasser und der Journalist, der das fotografisch festgehalten hatte, der fiese Food-Blogger – die Erinnerung an ihre misslungene Eröffnung lag ihr im Bauch wie zu fett gebackene Bratkartoffeln. Es bedrückte sie und gab ihr ein Gefühl von Ruhelosigkeit.

»Morgen öffnest du den *Kutterimbiss Krabbenglück* einfach

wieder und machst weiter, als wäre nichts gewesen. Der Zeitungs-fuzzi hat bestimmt Besseres zu tun, als über deine Geschäftser-öffnung zu lästern. Schade, dass er dein Essen nicht probiert hat, dann würde er den Kutter sicherlich in den höchsten Tönen lo-ben«, fügte Nienke hinzu.

Skeptisch verdrehte Emma die Augen, und auch Kea, die ne-ben ihr saß, wirkte nicht überzeugt.

»Der Food-Blogger macht mir ehrlich gesagt mehr Sorgen. Er hat nebenbei verraten, dass Thobe ihm den Tipp gegeben hat, und irgendwie habe ich das Gefühl, dass das nichts Gutes bedeu-tet«, erklärte Emma, aber Kea winkte ab. »Ach, *Blaffers sünd keen Bieters*. Auch wenn es merkwürdig ist, dass Thobe da seine Finger im Spiel hat. Aber konzentriere dich lieber auf das Gute: Immer-hin hat es deinen ersten Gästen geschmeckt«, versuchte sie Emma aufzumuntern. »Und das ist die Hauptsache.«

Am nächsten Morgen radelte Emma allein zum Kutter. Leon musste sich wieder um den Campingplatz kümmern, und Kea, die ihr gern beigestanden hätte, wurde zu einer Geburt gerufen. »Das ist das Problem als Hebamme. Man weiß nie, was einen erwartet. Tut mir leid«, entschuldigte sie sich, aber Emma winkte ab.

»Da kannst du doch nichts für. Ich packe das schon.«

Die Wolken hingen so tief, dass Emma glaubte, sie müssten bald an die Masten der Schiffe heranreichen. Sie ließ die Son-nenschirme geschlossen und bereitete den Imbiss vor. Heute wollte sie erst um neun Uhr aufmachen. Das würde ihr genug Zeit geben, um sich auf das Mittagsgeschäft vorzubereiten, und sie könnte bis zum Abend durcharbeiten. Aber kaum hatte sie an-gefangen, die Auslage einzuräumen, klatschten die ersten dicken Tropfen auf das Deck. Emma zückte ihr Handy und prüfte den Wetterbericht. Sturmwarnung. Na toll! Sollte sie trotzdem öff-nen? Während sie überlegte, wurde der Regen heftiger, prasselte auf das Imbissdach, und bald lagen die Häuser im Hafen hinter einem undurchsichtigen Regenvorhang. Es grollte, ein erster Donner, der den Sturm ankündigte.

Nein, entschied sie. Im Sturm würden keine Kunden kommen, aber ihre Ware würde verderben. Eine bleierne Schwere legte sich über sie. Erst der zweite Tag, und sie musste schon wieder schließen.

Flip hingegen freute sich darüber, sie so schnell wiederzusehen. Als sie vom Regen durchnässt und reichlich resigniert bei Herbert Raschl klopfte, begrüßte ihr kleiner Mops sie überschwänglich, ehe er wieder in den Wohnwagen verschwand.

»Komm rein«, brummte der alte Mann. Seine Gesichtszüge nahmen einen überraschend weichen Ausdruck an, als er Emmas triefende Gestalt betrachtete.

Sie nickte dankbar und folgte ihm. Im Fernseher lief ein Krimi, und auf dem Bett davor hatte Flip es sich auf einer Decke bequem gemacht, die Herbert wohl extra für ihn dort ausgebreitet hatte.

»Er mag Columbo«, erklärte er Emma. »Hat einen guten Geschmack, dein Hund.« Er angelte nach einem Handtuch und reichte es ihr. »Trockne dich ab, ich setze dir einen Tee auf.«

Sie ließ sich auf die Bettkante sinken, damit Flip auf ihren Schoß hüpfen konnte. Er genoss es, dass sie ihn hinter den Ohren kraulte, und grunzte wonnig.

»Wenn das so weitergeht, platzt mein Traum von einem eigenen Gastronomiebetrieb«, gestand sie seufzend, während Herbert so viel Zucker in ihren Tee warf, dass die Tasse überschwappte. Emma bemerkte, dass sein Wohnwagen um einiges aufgeräumter wirkte als sonst. Auf der Küchenzeile stand ein eingerahmtes Bild, das ihn und Hiske Händchen haltend vor einem Leuchtturm zeigte, und daneben lag eine Packung mit Pralinen in Muschelform. Es freute Emma, dass es gut für ihn zu laufen schien. Manchmal brauchten Menschen einfach eine zweite Chance, um wieder zu sich selbst zu finden.

»So. Jetzt trinkst du das hier. Und dann geht es dir gleich besser.« Er setzte sich zu ihr, goss sich selbst aber ein Pinnchen mit Rum ein, das er in einem Schluck leerte. »Ah«, seufzte er genießerisch. »Jetzt sage ich dir mal was. Du bist nach Ostfriesland gezogen, obwohl du keinen Bezug zu der Gegend hattest. Ohne Verwandte, Freunde, Job. Das ist verdammt mutig. Die Krummhörn ist nicht für jedermann. Lauter plattes Land und Kühe. Ich hätte mich das früher nicht getraut. Konzentrier dich auf das, was du erreicht hast, nicht das, was vor dir liegt und unmöglich erscheint.«

Seine Worte stimmten Emma nachdenklich. Er hatte recht. Jeden Tag würde sie ein Stückchen des Weges gehen und für ihre Ziele kämpfen. Und wenn es Rückschläge gab – und die würde es immer geben –, so war es wichtig, sich nicht davon unterkriegen zu lassen.

Den Rest des Tages verbrachte sie in ihrem Haus. Sie überlegte sich Strategien, um in Zukunft mit schlechtem Wetter umzugehen, und dachte sich Notfallpläne bei Pannen aus. Wenn Lebensmittel ausgingen, bräuchte sie jemanden, der ihr diese Dinge schnell besorgen konnte – oder sie müsste so gut und systematisch planen, dass es einfach nicht passierte. Wenn sie mal ausfiel, weil sie krank wurde, dann musste der Imbiss geschlossen werden, aber irgendwann würde sie sich eine Aushilfe leisten können. Das würde ihr auch erlauben, abends länger geöffnet zu haben, was gerade im Sommer wichtig war. In den nächsten Monaten würde es allerdings sehr gemächlich zugehen. Die Krummhörn war ein Sommerreiseziel, und jetzt, da die ersten Herbstwinde über die Nordsee pfiffen und das Wasser dunkel färbten, streiften auch weniger Touristen durch Greetsiel.

Aber vielleicht könnte sie zur Weihnachtszeit Kunden mit attraktiven Sonderangeboten in den Hafen locken? Mit einem Stift im Mundwinkel schaute sie aus dem Fenster in den nicht enden wollenden Regen. Von hier drinnen aus betrachtet und mit einem warmen Kamin im Hintergrund, sorgte das raue Wetter für eine gemütliche Atmosphäre. Das sah auch Flip so, der sich seit Stunden nicht von ihrem Schoß bewegt hatte, während er auf einem Ohr seines Plüschelefanten kaute. Sie kraulte seinen Nacken. »Einen loyaleren Freund als dich gibt es gar nicht«, fand sie.

Ihr Handy klingelte, dieses Mal war es kein Anruf, sondern eine Nachricht von Markus: *Wie geht es dir? Ruf bitte zurück. M.*

»Nee«, sagte Emma zu Flip. »Den brauchen wir nicht mehr, stimmt's?« Sie löschte die Nachricht und rief dafür kurz ihre Mutter an, um sie auf den neusten Stand der Dinge zu bringen, bevor sie sich wieder auf ihre Arbeit konzentrierte.

Am frühen Abend verzog sich der Sturm und hinterließ eine feucht dampfende Landschaft, die sich von den immensen Wassermassen erholte. Die Blätter des Brombeerbusches vor Emmas Wohnzimmerfenster richteten sich wieder auf, ein paar Vögel schüttelten ihr Gefieder und suchten in ihrem Blumenbeet nach Insekten. Auch der Wetterbericht versprach leicht bewölktes Wetter und mäßige Temperaturen für die nächsten Tage. Es klopfte an ihrer Tür, und sie sprang freudig auf.

»Leon!« Sie fiel ihm stürmisch um den Hals und bedeckte sein Gesicht mit Küssen.

»Hui …« Er ließ sich den Überfall gern gefallen, hob sie hoch und trug sie direkt ins Schlafzimmer, wo er sie sanft auf dem Bett absetzte. Sein Grinsen reichte bis zu seinen Ohrläppchen. »Mein ursprünglicher Plan war, dich zu fragen, ob du mit mir baden möchtest«, sagte er. »Aber wir können gern eine Abkürzung nehmen und direkt hier weitermachen.« Während er sprach, hatte Emma bereits sein Hemd aufgeknöpft und strich ihm über die muskulöse Brust. Das erregte sie ebenso sehr wie ihn, und sie ließen sich gemeinsam nach hinten auf die Decke gleiten.

Leons Handy vibrierte laut. Schlaftrunken tastete er danach.

»Viel zu früh«, fand Emma und kuschelte sich fest an ihn. Sie sog seinen Duft ein und seufzte. So könnte sie ewig hier liegen.

Auch Leon hatte offenbar keine große Lust aufzustehen, aber als der Wecker ein zweites Mal losging, schob er die Decke von sich. »Bis heute Abend, mein Schatz!« Er sah sie sehnsüchtig an, beugte sich dann vor, um ihr einen Kuss zu geben. Er schmeckte so süß und nach mehr. »Ich liebe dich.«

»Was?« Sofort saß sie kerzengerade im Bett, die Müdigkeit und Erregung waren wie abgeschüttelt. Was hatte er gerade gesagt? Ihr Herz pochte laut, aber die Botschaft wollte nicht so recht ankommen.

Leon schaute sie verliebt an. »Du hast richtig gehört, Emma. Ich liebe dich. Du bist genau die Frau, die ich immer gesucht habe. Und von der ich dachte, es würde sie nicht geben.« Er legte einen Finger auf ihre Lippen. »Alles gut. Du musst nicht antworten. Das ist einfach, was ich fühle.«

Sie saß da wie versteinert, unfähig, sich zu bewegen. Ihre Finger, die sie in die Matratze presste, waren taub, und als Leon das Zimmer verließ, blieb sie eine ganze Weile so sitzen. *Er liebt mich,* dachte sie. *Wie kann dieser umwerfende Mann, dieser wahnsinnig attraktive Typ, es so ernst mit mir meinen?* Langsam, ganz langsam wuchs ein Lächeln in ihrem Gesicht, und ein Gefühl wie warmer Sirup breitete sich in ihrem ganzen Körper aus.

Die nächsten Tage lief das Geschäft im *Kutterimbiss Krabbenglück* gut. Es gab weder Zwischenfälle noch Pannen. Die Kunden waren zufrieden mit ihrem Angebot, und Emma nahm sich viel Zeit, mit den Leuten ins Gespräch zu kommen. Einige sprachen sie auf Plattdeutsch an, dann lachte sie und erklärte, dass sie Ostfrieslands frischgebackenste Ostfriesin sei.

»Von Ihrer Sorte können wir immer welche brauchen«, meinte ein alter Mann mit schelmischem Blick. »Das Platt, das kommt mit der Zeit.« Er zwinkerte ihr zu und verabschiedete sich.

Gut gelaunt arbeitete Emma weiter. Und gelegentlich ließ sie sich von ihren Kunden Begriffe auf Plattdeutsch erklären. Sie wollte unbedingt hierhergehören, und dazu gehörte es auch, die Menschen besser zu verstehen.

Erst am Samstag passierte etwas, mit dem sie nicht gerechnet hatte. Am Morgen zog sie fröhlich vor sich hin summend ihre Arbeitskleidung aus dem Trockner. Die Sachen dufteten nach einem meeresfrischen Waschmittel, das lokal produziert wurde. Leon würde ihr den ganzen Tag im Imbiss helfen, und überdies durfte sie jetzt am Wochenende mit deutlich mehr Gästen rechnen als in den letzten Tagen. Sie nahm sich viel Zeit, um sich zu schminken und ihre Haare so zu frisieren, dass ihre Wangenknochen gut zur Geltung kamen. Leon hatte ihr den Einkauf der frischen Lebensmittel abgenommen, sodass ihr noch ein paar ruhige Momente blieben.

Zuversichtlich radelte sie zum Hafen, an dem sich heute erstaunlich viele Menschen versammelt hatten. Emma stieg vom Rad und bahnte sich einen Weg durch die Menge. Auch Leon, der mit einem großen Korb voller Fisch und Gemüse vor dem Kutter auf sie wartete, wirkte überrascht.

»So voll ist es hier normalerweise nur im Hochsommer oder wenn eine Krabbenkutter-Regatta stattfindet.«

»Da ist sie«, hörte Emma einen attraktiven Mittdreißiger rufen, der ungeniert mit dem Zeigefinger auf sie deutete. Sofort stieg der Stolz in ihr auf – nach einer Woche Betrieb war sie gleich so bekannt?

Im nächsten Moment aber drängten die anderen Menschen in ihre Richtung, und sie entdeckte zahlreiche Kameras, die nun eine nach der anderen auf sie gerichtet wurden.

»Haben Sie sich bei Ihrem Sturz ins Wasser verletzt?«, rief ihr jemand zu.

»Kommen Sie für die Umweltverschmutzung des Hafengeländes privat auf?«

»Sind Sie allgemein der tollpatschige Typ, oder hatten Sie einfach nur Pech?« Die Fragen kamen von allen Seiten gleichzeitig. Die Menge rückte näher an sie heran, ein flauschiges Mikrofon erschien direkt vor ihrem Mund.

Leon tastete nach ihrer Hand. »Oh Mann«, sagte er. »Das sind alles Journalisten.«

»Ich zahle Ihnen fünfzig Mäuse für ein Exklusivinterview«, bot eine rundliche Frau mit Sonnenbrille an.

»He, jetzt drängen Sie nicht so«, beschwerte sich ihr Nachbar.

Emma schaute sich ratlos um. Sie hatte die Leute für Touristen gehalten und natürlich für potenzielle Kunden. Jemand wedelte mit dem *Krummhörner Generalanzeiger,* und sie erkannte den Grund für den Ansturm. »Kann ich das mal sehen?« Sie entriss dem verdutzten Journalisten die Tageszeitung, um das Foto auf der Titelseite zu betrachten. Darauf war zu sehen, wie sie völlig aufgelöst und tropfend an der Beckenkante hockte, umgeben von flatternden Servietten. Der Krabbenkutter im Hintergrund war leicht verschwommen, aber man konnte das Schild *Kutterimbiss Krabbenglück* noch gut erkennen. *Neuer Hafenimbiss in Greetsiel* lautete die Überschrift.

»Ist das der Grund, warum Sie alle hier sind?«, fragte Emma den erstbesten Reporter vor ihr. Der druckste kurz herum und holte dann einen Ausdruck aus seiner Umhängetasche. Es war der Artikel eines Food-Bloggers namens Hisko Eilerts.

»Eigentlich war das hier der entscheidende Grund«, gab der Mann zu.

Eilig überflog Emma die fettgedruckte Überschrift: *Machtlos gegen den Wind – Drama am Kutterimbiss.* Darunter stand kleiner: *Trotz Fischbrötchen nicht wasserfest.*

»Puh«, stieß Leon entgeistert aus, der über ihre Schulter hinweg mitlas. »»Nach einem peinlichen Auftakt in Greetsiel ist es zwar nicht zu einer Verkostung gekommen, aber Kutterimbissbesitzerin Emma Martens hat bewiesen, dass sie keinerlei Kompetenz besitzt, um ihren Laden bei jeder Windstärke zu führen«, las

Emma laut vor. Sie schüttelte den Kopf. Der Blogger hatte ihren Sturz ins Wasser ausgenutzt, um sie der Lächerlichkeit preiszugeben. »Wo wurde das veröffentlicht?«, fragte sie und reichte dem Reporter den Ausdruck zurück.

»Auf der Website ›Deich Dining‹. Die sind, äh, ziemlich bekannt. Der Artikel hat 70.000 Klicks erhalten und wurde zweitausendmal geteilt, die Story ging viral –« Er brach ab, als Emma sich entsetzt die Hand vor den Mund hielt. Natürlich hatte sie von Deich Dining schon gehört, hielt aber nicht viel von deren reißerischen Storys, die wenig mit seriösem Journalismus zu tun hatten.

Dieser Hisko wollte sie bloßstellen, nur für eine coole Story. Das hatte anscheinend ja auch funktioniert. Und Thobe hatte es ihm ermöglicht.

Trotz stieg in ihr auf. *So nicht*, dachte sie. Sie klatschte in die Hände und rief, so laut sie konnte: »Meine Damen, meine Herren, vielen Dank für Ihr Interesse! Ich beantworte gern Ihre Fragen, allerdings muss ich jetzt meinen Imbiss öffnen.« Sie grinste Leon an und fügte dann hinzu: »Ich bediene Sie gern als meine Kunden und beantworte jeweils eine Frage pro Person.«

»Wie jetzt?«, fragte die rundliche Frau mit der Sonnenbrille, aber da drängten die ersten Journalisten bereits zur Kuttertheke.

»Ich zuerst!«, brüllte der Mann mit dem Mikrofon und stellte sich breitbeinig hin, damit ihm niemand seinen Platz streitig machte.

Emma winkte ab. »Ich brauche mindestens eine halbe Stunde für die Vorbereitungen, aber Sie können sich gern schon mal anstellen.«

»Du bist so was von genial.« Leon rieb sich angestrengt die Schläfen. »Darauf muss man erst mal kommen.«

»Gibt anscheinend nicht viel in der Gegend zu berichten, wenn das hier schon eine große Story ist.« Emma band sich die Schürze um und machte sich an die Vorbereitungen. Sie arbeitete so schnell wie möglich, und mit Leons Hilfe schaffte sie es, nach etwa dreißig Minuten die Klappe des Imbisses zu öffnen.

»Moin. Was kann ich für Sie tun?«, flötete sie fröhlich, und der Journalist mit dem Mikrofon, der tapfer den vordersten Platz in der Schlange verteidigt hatte, antwortete: »Ich würde gern wissen, ob Sie nach Ihrem ersten Schicksalsschlag noch optimistisch in die Zukunft schauen.«

Emma sah dem Mann fest in die Augen und antwortete nicht. Die Journalistin hinter ihm tippte ihm auf die Schulter. »Du musst erst etwas bestellen, Arne.«

Leon reckte beide Daumen in die Höhe und grinste die Frau an. Der Reporter bestellte sich ein Getränk, und Emma kassierte, bevor sie schlicht antwortete: »Ja.«

»Wie, ja?«

»Klar schaue ich optimistisch nach vorn. Ich lebe an einem wundervollen Ort voller besonderer Menschen und habe das Privileg, meinen Traumberuf ausüben zu dürfen. Möchten Sie nicht vielleicht auch noch ein Krabbenbrötchen probieren? Die Krabben sind fangfrisch verarbeitet, und wenn ich das mal so prognostizieren darf – nach diesem Krabbenbrötchen möchte man sich als Matrose anheuern lassen und die Weltmeere bereisen!«

Emma bemühte sich, alle Fragen zu beantworten, auch dann, wenn sie provokativ gestellt wurden. »Finden Sie nicht, dass Sie mit dem Umbau des Kutters in einen Imbiss ein Stück ostfriesische Geschichte zerstört haben?«, fragte ein Journalist mit einem Gesicht wie ein Wiesel.

»Gut, dass Sie das fragen. Nein, ich habe diesen historischen Kutter vor dem Verfall gerettet«, erklärte sie. »Er gehörte einem echten Greetsieler Urgestein: der Schneiderin Bruntje Jansen, von der Sie vielleicht schon gehört haben. Der Imbiss wird viele Besucher in den Hafen locken, und das ist gut so, denn so bekommen auch die anderen Kutter die Aufmerksamkeit, die sie verdienen.

Dieser Kutter vereint Vergangenheit und Gegenwart und legt den Grundstein für eine würdige Zukunft Greetsiels.«

Neben ihr belegte Leon ein Brötchen nach dem anderen. Immer wieder schielte er belustigt zu ihr herüber, während sie mit jeder Antwort selbstbewusster wurde. Zu ihrem eigenen Erstaunen genoss sie es, die Journalisten von ihrem Geschäft zu überzeugen.

»Die Entscheidung über den Liegeplatz hat übrigens unser geschätzter Hafenmeister Derk Hansen getroffen. Ihm ist es zu verdanken, dass Greetsiel nun eine weitere Touristenattraktion besitzt, die unser wunderschönes Dorf noch bekannter macht und zu langfristigem Wirtschaftswachstum beiträgt.«

Nach anderthalb Stunden erreichte die Schlange ihr Ende, und sowohl Emma als auch Leon lehnten sich erschöpft an die Wandschränke. Die Welt vor Emmas Augen schien sich zu drehen, und sie konzentrierte sich darauf, wieder zu Atem zu kommen. Es kam ihr vor, als wäre sie gerade einen Marathon gelaufen.

»Kaffee?«, fragte sie Leon, der matt nickte. »Gut, ich hole uns welchen. Das haben wir uns verdient.« Im Kutterimbiss wurden nur kalte Getränke verkauft, aber am Hafen gab es das Café Fernweh, und die machten einen hervorragenden Cappuccino.

Auf dem Weg dorthin stellte sie sich vor, wie sie am Ende des Laufs durch die Ziellinie rannte, abgekämpft, aber zufrieden mit dem Ergebnis. Der nächste Artikel über den Kutterimbiss würde anders aussehen, dessen war sie sich sicher.

Kapitel 21

Emma hastete mit den zwei dampfend heißen Bechern über den Platz zurück zum Kutter. Sie hatte sich beeilt, um Leon nicht zu lang mit den Kunden allein zu lassen, aber zu ihrer Erleichterung wischte er gerade entspannt die Theke. Er hatte sich neongrüne Gummihandschuhe angezogen, die ihm fast bis an die Ellbogen reichten.

»Was'n Morgen«, murmelte er.

»Ja.«

Sie stellten sich an einen der Stehtische, da gerade ohnehin nichts los war, und tranken ihren Kaffee. Das Adrenalin schwappte noch durch Emmas Körper, und die Aufregung um den Andrang wollte nur langsam nachlassen.

»Mit dir erlebt man verrückte Sachen«, stellte Leon sachlich fest. Er drückte sie an sich und küsste ihr Haar. »Das mag ich.«

Während sie den Mittagstisch vorbereiteten, füllte sich der Hafen wieder mit Menschen, aber dieses Mal handelte es sich wirklich um Touristen. Familien, Paare, Einzelgänger, die die Schiffe bewunderten. Niemand, der sie bedrängen wollte, kein Journalist, Reporter oder gar Food Blogger. Gelegentlich kamen Leute zum Kutter und bestellten etwas. Auch nach einer Woche war es für Emma jedes Mal etwas Besonderes, einem Kunden seine Bestellung zu überreichen. »Die Remoulade ist selbst gemacht«, erklärte sie stolz auf Nachfrage. »Und die Brötchen kommen aus der Bäckerei am Eck in Pewsum. Was Knusprigeres gibt's gar nicht.«

Gegen Mittag wurde es richtig voll, und jeder Stehtisch war belegt. Es wurde geschmatzt, gelacht, und immer wieder lobten die Kunden Emmas Essen. Glücklich schaute sie auf ihre Besucher und atmete tief aus. So hatte sie sich das vorgestellt.

Am späten Nachmittag machte sie eine Bestandsaufnahme. »Für nächstes Wochenende muss ich mehr Getränke vorbestellen. Wir sind so gut wie ausverkauft. Cola und Sprite sind alle.«

»Ich repariere dir bis dahin die Grillplatte«, bot Leon an. »Die fällt ständig aus, ich vermute, es ist ein Wackelkontakt.«

»Haben wir noch saure Gurken?«

»Moment, ich schaue nach.« Er wühlte im Schrank und stieß sich den Kopf. »Autsch!«, rief er. »Da ist eine Kiste mit Besteck, aber keine Gurken.« Er rieb sich die schmerzende Stelle am Schädel, und Emma ging an seiner statt auf Tauchgang.

Sie schob die Sachen zur Seite und tastete weiter hinten im Schrank. »Ha!«, rief sie triumphierend und richtete sich auf. Vor ihr wartete bereits der nächste Kunde, der interessiert die Auslage betrachtete. Da sie hinter der Theke leicht erhöht stand, schaute sie von oben auf den Mann hinunter, der ein gestärktes Hemd anhatte und die schmalen Schultern hochgezogen hatte. Er trug eine knielange braune Hose, unter der bleiche dünne Beine hervorschauten, und weiße Segelschuhe. Emmas Kehle schnürte sich zu, als der Mann sie mit seinen stahlblauen Augen anschaute, die sie zu durchbohren schienen.

»Hallo, Emma«, sagte er.

Sie taumelte nach hinten, bis sie mit dem Hintern gegen das Spülbecken stieß. Das Gurkenglas presste sie sich wie einen Schutzschild an die Brust.

»Markus«, brachte sie schwach hervor. Wie in Zeitlupe ließ sie das Gurkenglas sinken, um es sicher auf der Arbeitsplatte abzustellen.

»*Der* Markus?«, mischte sich Leon ein und stellte sich beschützerisch neben sie.

Markus ignorierte ihn und rief theatralisch: »Oh, Emma, mein Liebling! Endlich seh ich dich wieder. Du siehst gut aus! Deine Haare sind gewachsen.« Seine Stimme klang heller, als Emma sie in Erinnerung hatte.

Fassungslos schüttelte sie den Kopf. »Was … machst du hier?«, stammelte sie.

»Das ist eine lange Geschichte. Können wir uns unter vier Augen unterhalten?« Bedeutungsvoll nickte er in Leons Richtung. »Emma, ich habe dir so viel zu sagen. Und das geht nur uns beide etwas an, Liebling.«

Ich glaube, ich bin im falschen Film, dachte sie. Im letzten Gespräch hatte er sie beleidigt, ihr vorgeworfen, sie würde spinnen und einen Fehler begehen. Außerdem hatte er Flip einen doofen Hund genannt, mindestens das war unverzeihlich. Und diese falsche freundliche Art … brrr!

Entschlossen lehnte sie sich nach vorn. »Verzieh dich, Markus. Ich habe dir nichts mehr zu sagen.«

Neben ihr verschränkte Leon die Arme und richtete sich dabei auf.

»Aber, Emma«, fuhr Markus nun fast weinerlich fort, »ich bin den ganzen weiten Weg gefahren, um dich zu sehen.«

Zu allem Überfluss kamen nun weitere Gäste zum Imbiss und reihten sich hinter Markus ein.

Sie zog die Augenbrauen zusammen und funkelte ihn warnend an. »Ich meine es ernst, Markus. Geh!«

Es schmerzte, ihn zu sehen. Nicht, weil sie noch Gefühle für ihn hatte, aber weil die Erinnerung an ihre Trennung so wehtat. Die Scham, die Reue an die verschwendete Zeit mit ihm. Und außerdem belastete sie die Vorahnung, dass Markus sie höchstwahrscheinlich vor ihren Kunden blamieren würde.

Sie ließ den Blick über die Reihe der Wartenden gleiten. Keine

Journalisten dabei. Gut. Aber ganz hinten entdeckte sie ein weiteres bekanntes Gesicht: Thobe. Der schaute sie unverwandt an, anscheinend überrascht ob ihrer wütenden Miene. Der hatte ihr gerade noch gefehlt. Nachdem er ihr den Food-Blogger auf den Hals gehetzt hatte, war sie nicht gerade gut auf ihn zu sprechen.

Markus zog einen Schmollmund und versuchte es mit einem Augenaufschlag. »Bitte, Emmachen?«

Ebenso wie sie es bei Nienke beobachtet hatte, schob sie trotzig die Unterlippe vor, stemmte die Hände in die Hüften und zischte Markus zu: »*Nu is aver Daddeldu, du Tröppe Nese!*«

Da hatte sie sich wohl zu viel von Nienke inspirieren lassen, denn nun sah Markus reichlich verwirrt aus. Statt abzuzischen, tastete er in einer Hosentasche und zog ein kleines Kästchen daraus hervor. Das dunkelblaue Leder kam ihr sofort bekannt vor. Ihr stockte der Atem.

»Nein«, sagte sie. »Mach das nicht.«

»Du gehst jetzt besser«, knurrte Leon, seine Muskeln schienen bis aufs Äußerste angespannt. Das Hemd saß stramm über seiner Brust, und sein Oberarm hatte ein paar Zentimeter dazugewonnen. Unter normalen Umständen hätte Emma das ziemlich sexy gefunden. Aber gerade war es unheimlich, denn Leons sonst so gelassener Ausdruck war blanker Wut gewichen. So hatte sie ihn bisher nur in Thobes Gegenwart erlebt. Und ausgerechnet der stand unweit von der Szene entfernt und beobachtete sie mit wachsendem Interesse. Was für ein gemeiner Zufall, dass sie es mit beiden gleichzeitig zu tun hatte!

Wie zuvor ignorierte Markus Leons Aufforderung. Stattdessen ging er auf die Knie, öffnete das Kästchen, und der goldene Ring, den er bereits seiner Sekretärin angeboten hatte, funkelte in der Sonne. Derselbe Ring, den Emma zuvor beim Aufräumen gefunden und als Liebesbeweis interpretiert hatte. Ein bitterer Geschmack bildete sich in ihrem Mund.

Thobe schob sich an den Wartenden vorbei, die entweder

neugierig oder peinlich berührt das wachsende Drama verfolgten. Er hatte Markus gerade erreicht, da rief der mit dramatischer Stimme: »Vergib mir, Emma! Ich habe einen Fehler begangen. Dafür habe ich bezahlt! Lass mich das wiedergutmachen. Ich weiß jetzt, dass du zu mir gehörst und dass wir füreinander bestimmt sind.« Er hielt ihr den fein geschliffenen Ring entgegen, über den sie sich vor nicht allzu langer Zeit noch gefreut hätte.

Sie betrachtete ihren Ex-Freund, sein blasses Gesicht mit den kaum sichtbaren Augenbrauen, die künstlich weiß wirkenden Zähne und die leicht abstehenden Ohren. Seine Haut wirkte schlaffer als sonst. *Er hat stark abgenommen*, dachte sie. Um sie herum war es totenstill geworden. Selbst die Möwen und der Wind schwiegen.

»Ich werde mich für dich ändern, mein Liebling. Ich werde nicht mehr fremdgehen, das verspreche ich.«

Das war neu für Emma. Waren da noch andere Affären außer der Sache mit Heike gewesen? Starr schüttelte sie den Kopf.

Aber Markus schien sich davon nicht aus dem Konzept bringen zu lassen. »Deswegen knie ich heute demütig nieder. Um dich nach Hause zu holen, zurück an meine Seite. Für immer. Möchtest du, Emma Martens, meine Frau werden?«

Bevor sie antworten konnte, schoss Thobe nach vorn und schlug Markus den Ring aus der Hand. Der flog in hohem Bogen davon, traf klirrend die Bodenplanken der *Bernstein II*, nur um weiterzuschlittern und mit einem Platschen im Wasser zu landen. Kleine Kreise bildeten sich auf der Oberfläche.

Fassungslos schaute Markus dem Ring hinterher, bevor er sich aufrappelte und den Mund verzog. »Was soll das?«, fragte er, aber statt zu antworten, schubste Thobe ihn gegen die Brust und ballte die Hände zu Fäusten.

Er tänzelte um Markus herum und zischte: »Verzieh dich besser, solange du noch kannst.«

»He!« Markus' Züge verhärteten sich, und er presste die Lippen zu einer dünnen Linie zusammen.

»Die beiden wollen sich doch jetzt nicht prügeln?«, flüsterte Leon ihr entgeistert zu, während sie noch versuchte, die überraschende Wendung der Situation zu verarbeiten.

»Sieht ganz so aus. Ist gerade irgendwie verwirrend. Lass mich das regeln.« Sie zog ihre Schürze aus und griff nach dem Besen. Eben noch hatte Thobe versucht, den Ruf ihres Imbisses zu ruinieren, indem er ihr einen niederträchtigen, skandalsüchtigen Food-Blogger auf den Hals gehetzt hatte, und jetzt legte er sich mit Markus an? Was wollte er eigentlich?

Die Imbissgäste bildeten einen Halbkreis um die beiden Kampfhähne, die immer wieder in die leere Luft boxten, ohne sich dabei zu nahe zu kommen.

»Du bist also der Neue – pah! So ein verschnöselter Dorftrottel!«, zischte Markus. »Und ein altbackener Schnurrbart! Auf so etwas steht Emma nicht.«

»Meinst du, sie bevorzugt lieber Lackaffen mit Storchenbeinen?«

Thobes Reaktion bestätigte Emmas Befürchtung – er stand noch immer auf sie, und das, obwohl er sie boykottiert hatte. Vielleicht hatte er sie sogar gerade deswegen boykottiert, wie ein Kleinkind, das sich danebenbenahm, um Aufmerksamkeit zu bekommen.

Einer der Zuschauer klatschte begeistert in die Hände. »Gib's ihm!«, feuerte er die beiden an, auch wenn unklar war, wen er gemeint hatte.

Mittlerweile war Emma vom Kutter heruntergeklettert, schob sich an den Gaffenden vorbei und stellte sich zwischen die beiden Querulanten. Sie hieb den Besen fest auf den Boden und rief: »So, jetzt ist hier Schluss! Genug gezankt, ihr geht jetzt beide, sonst rufe ich die Polizei.«

Markus ließ die Fäuste sinken. »Die soll ruhig kommen, der

Blödmann hat deinen Ring versenkt. Das sollte dich mehr ärgern als mich!«

Das war so grotesk, dass Emma amüsiert den Mundwinkel nach oben zog. »Meinen Ring?« Sie schüttelte den Kopf. »Nein, das war nie mein Ring. Du hast ihn für Heike gekauft, und das weißt du genau. Und du, Thobe – ich habe keine Ahnung, warum du denkst, dich einmischen zu müssen, aber ich bin durchaus in der Lage, für mich selbst einzustehen. Jetzt ist hier Frieden. Oder ihr könnt das Ganze der Polizei erklären und euch gegenseitig anzeigen, wenn ihr das wollt.«

Thobe riss erschrocken die Augen auf. Abwehrend wedelte er mit den Händen. »Wir kriegen das auch so geregelt.«

»Was ist denn jetzt, Emma, gibt es für uns noch eine Chance oder nicht?«

»Nein, Markus. Wie ich bereits sagte, habe ich kein Interesse mehr an dir.« Sie wandte sich an Thobe. »Und an dir ebenso wenig.«

»Der Ring hat viertausend Euro gekostet«, warf Markus ein und funkelte Thobe finster an. »Kannst du mir überweisen oder bar bezahlen.«

Der lachte auf. »Viertausend … du spinnst ja völlig. Emma ist hübsch, aber nun auch kein Supermodel.«

»Hey«, empörte sich Leon, der zu Emma trat und den Arm um sie legte. »Jetzt nicht beleidigend werden.«

»Knall ihm eine!«, rief derselbe dürre Mann, der eben schon Markus und Thobe angefeuert hatte.

Zwischen Thobes Augenbrauen wuchs eine Zornesfalte. »Du machst nichts als Ärger, Emma. Erst flirtest du mit mir, und dann bin ich Luft für dich. Irgendwelche Typen machen dir Heiratsanträge. Was für ein perverses Doppelspiel ist das?«

»Ich bin mit Leon zusammen, und er ist der einzige Mann, der mich interessiert.«

»Pah. Leon! Ausgerechnet der singende Hühnerzüchter. Das

ist doch nur ein Flirt. Wer will schon mit dem W...« Er verschluckte den Rest des Worts gerade noch rechtzeitig. Das war gut so, denn der Besen in Emmas Hand zitterte bereits. Thobe und Markus konnten sie beleidigen, wie sie wollten – immerhin konnte sie ihre Ohren auf Durchzug stellen –, aber wehe sie würden Leon da hineinziehen. »Das mit Leon ist alles, aber kein Flirt. Es war mir noch nie im Leben so ernst«, sagte sie leise.

Thobe schaute in die Runde, und sein Blick blieb an einem Ehepaar hängen, das er anscheinend kannte, bevor er das Wort wieder an Emma richtete: »Weißt du, was du bist? Du bist ein Flittchen.«

Leon schnappte nach Luft und spannte sich an. Emma zog ihn vorsichtshalber ein Stück fester an sich. Thobe suchte Streit, den würde er nicht bekommen. Ruhig sagte sie: »Damit wäre ja alles geklärt. Ihr könnt jetzt beide gehen.«

Thobe öffnete den Mund, aber eine ältere Frau drängelte sich vor und rief: »Sagen Sie mal, Sie sind doch der Ebbels aus dem Gemeinderat, nicht wahr? Sie waren doch neulich auf dem Hansen sein Richtfest.«

Die Ansprache der Frau schien Thobe an sein öffentliches Amt zu erinnern, denn er straffte die Schultern und erwiderte diplomatisch: »Das ist richtig. Ja, auf dem Richtfest habe ich meinen Vater begleitet. Schön, dass Sie auch da waren.«

Emma war erstaunt, wie schnell er wieder zur Normalität finden konnte. Sie nutzte die Gelegenheit, schaute in die Runde der Zuschauer und sagte fest: »Die Show ist vorbei. Ich gebe eine Runde Krabbenbrötchen aus, wer möchte eins?«

Das brach das Eis. Die Leute wandten sich nun zum Krabbenkutter, als hätte es den Kampf nie gegeben.

»Ich nehme gleich zwei, eins für meine Frau zu Hause«, rief der dürre Mann eifrig, der den vordersten Platz in der Reihe erobert hatte.

Markus stand noch eine Weile ratlos in der Nähe des Kutters, bevor er mit beleidigter Miene abzog. Auch Thobe stapfte davon, sobald die ältere Frau von ihm abließ.

Leon und Emma machten sich daran, die Kunden zu bedienen. Das war gar nicht so einfach, denn nun, da die brenzlige Situation aufgelöst war, spürte sie, wie das Adrenalin in ihr nachließ und ihr Blutdruck sank. Markus, Thobe und Leon alle drei an einem Ort zu sehen, zwischen ihnen zu stehen und sich für ihre Entscheidung rechtfertigen zu müssen, das ging tief in ihr Mark. Sie zitterte so stark, dass sie das Krabbenbrötchen mehrfach nachfüllen musste, weil die kleinen Nordseekrabben immer wieder hinausfielen. Eine tiefe Erschöpfung machte sich in ihr breit, aber sie versuchte, sich das nicht anmerken zu lassen.

Die Dame in den Achtzigern, die das Brötchen entgegennahm, nickte ihr aufmunternd zu. »Junge Frau, Sie haben die richtige Wahl getroffen.«

Die nächsten Stunden verflogen schnell. Emma und Leon versuchten, den Konflikt mit Markus und Thobe zu verdrängen. Wie mechanisch angetrieben, arbeiteten sie die Schicht zu Ende, bedienten Kunden, räumten auf, legten Ware nach. Kurz vor Feierabend kam der Hafenmeister vorbei, um sich sein Abendessen beim *Kutterimbiss Krabbenglück* abzuholen.

»Für Sie zum halben Preis«, sagte Emma und reichte ihm seine Bestellung, aber der rundliche Mann schien gar nicht glücklich und wich betreten ihrem Blick aus.

»Was war denn heute hier los?«, fragte er, die rundlichen Hände fest um den braunen Papierbeutel gekrallt. Emma sah ihm an, dass ihm die Situation mehr als unangenehm war. Nervös zog er die knollenförmige Nase kraus. Sie ahnte, dass Thobe ihm seine Aufwartung gemacht hatte.

»Es gab einen Streit zwischen Thobe und einem Bekannten von mir. Die Situation hat sich aber geklärt.« Nur dass Thobe ihrem Ex jetzt viertausend Euro schuldete und Markus die Demütigung seines Lebens erfahren hatte.

Derk brummte und spielte mit der Tüte, die leise knisterte. *Wenn er so weitermacht, zerquetscht er das Brötchen,* dachte Emma.

»Ich will keine Scherereien am Hafen. Schon gar nicht mit dem Bürgermeister.«

»Bürgermeistersohn«, korrigierte Emma, aber sie verstand, worauf Derk hinauswollte. Wenn Thobe sich bei seinem Vater beschwerte, könnte das ernste Konsequenzen haben. Politik und Privates waren nicht immer so klar voneinander getrennt, wie es eigentlich sein sollte. Und wenn Thobe sich weiterhin auf sie fixierte, würde er es irgendwann schaffen, ihr richtigen Ärger einzubrocken. Sie musste auf der Hut bleiben.

Kapitel 22

Die Wochen verstrichen, und die Arbeit im Kutterimbiss wurde zur Routine. Jeden Tag wurden die Tage etwas kürzer und kälter, und immer weniger Touristen verirrten sich an den Hafen. Zwar hatte Emma sich eine Stammkundschaft unter den Greetsielern aufgebaut, aber die kamen vor allem zur Mittagszeit.

»Ich mache ab morgen bis Anfang Frühling nur noch mittags und abends für zwei Stunden auf«, erklärte sie Leon auf einem ihrer ausgedehnten Sonntagsspaziergänge über den Deich. Gerade hatten sie den roten Pfahl gekreuzt, jene Grenzmarkierung, die an längst vergangene Zeiten erinnerte, die geprägt waren von Sturmfluten, Deichbrüchen und mühevollen Kämpfen der Landrückgewinnung. Weit und breit gab es keine Bebauung, nur den schnurgeraden Deich, den Pfad und einen Schloot, an dessen Rändern die Vegetation längst verblüht war.

Die Blätter verfärbten sich, und die Natur wechselte ihr Kleid. Flip, der nun deutlich leichter war als zu Beginn des Jahres, trug seinen hellblauen Steppmantel, der ihn vor den pfeifenden Winden schützte. Er futterte zwar immer noch für sein Leben gern, aber die regelmäßige ausdauernde Bewegung hatte den Mops fitter werden lassen. Leichtfüßig lief er neben ihr her, seine Speckröllchen waren fast verschwunden, und er schien nie müde zu werden. Auch von seiner Kurzatmigkeit war nichts mehr zu hören.

»Das klingt vernünftig«, meinte Leon und zog sie fester an sich. »Ehrlich gesagt wirkst du ziemlich abgespannt in letzter Zeit. Aber das ist kein Wunder, wenn man jeden Tag zwölf Stunden arbeitet.«

Das stimmte. Emma fühlte sich ausgelaugt, aber die Arbeit hatte ihr Spaß gemacht. Die neue Verantwortung war anders als der Job bei HydroproTech, bei dem sie nur ein Rädchen im Getriebe gewesen war.

»Das gehört zur Selbstständigkeit dazu. Und jetzt trete ich ja kürzer.« Leons Sorge rührte sie. Überhaupt lief es gut zwischen ihnen. Markus hatte viele Ansprüche an sie gehabt, wollte sie so haben, wie es ihm gefiel. Bei Leon konnte sie einfach so sein, wie sie war. Es interessierte ihn nicht, was sie trug oder welche Frisur sie hatte. Sie sahen einander jeden Tag, und mittlerweile verbrachte er die meisten Nächte mit ihr in ihrem Haus. Seine grüne Zahnbürste stand neben ihrer gelben, seine bauchige Kaffeetasse neben ihrer hohen, schmalen. Gestern Abend hatte er laut unter der Dusche gesungen, und sie hatte ihm wie verzaubert zugehört und war dann zu ihm unter den laufenden Wasserstrahl geschlüpft, um sich von hinten an ihn zu schmiegen. Es war das erste Mal, dass sie Sex unter der Dusche gehabt hatte, aber meine Güte, war das intensiv gewesen!

»Schau mal.« Sie deutete auf die Zugvögel, die sich im Watt vor ihnen tummelten. Säbelschnäbler, Pfuhlschnepfen, Alpenstrandläufer und Ringelgänse erkannte Emma auf den ersten Blick, aber da waren noch mehr Arten, von denen sie viele nicht kannte.

Zahlreiche Vögel staksten über den feucht glänzenden Meeresboden, den die Ebbe für ein paar Stunden frei gegeben hatte. Hier und da schwirrten sie auf, ein buntes Konfetti, das manchmal aufblinkte, wenn die Sonne die Federn leuchten ließ.

»Es sieht aus, als trügen die Vögel ein Licht in sich, das vom Schlagen ihrer Flügel verursacht wird«, philosophierte Emma.

»Ja.« Leon blieb stehen und zog sie an sich. »Genieß deine

neue Heimat in all ihrer Schönheit. So, wie ich dich in jeder Sekunde genieße, die wir gemeinsam verbringen.«

Alles in Emma wurde weich. Die unendliche Weite des Meeres, die Vögel, der schlickige Geruch des Watts – das war mittlerweile ein Teil von ihr geworden. Sie gehörte hierhin.

Das sahen auch ihre Freundinnen aus der Kochgruppe Bohntjesopp so. »Emma, ich kann mir gar nicht mehr vorstellen, dass du mal nicht hier warst«, gestand Kea ihr drei Tage später am Mittwochabend, als sich die Truppe wieder in ihrem Quartier im Schollenweg traf. »Mit dir ist es viel lustiger.«

Inzwischen konnte Emma gut mit den lokalen Kochkünsten der anderen mithalten, aber es gab auch immer wieder Tricks und Kniffe, die sie nicht kannte. Gretchen war die beste Kuchenbäckerin unter ihnen und regte sich immer furchtbar auf, wenn Emma beim Backen einen Fehler machte.

»Neineinein«, unterbrach sie Emma beim Schichten der Knüppeltorte. »Da gehört viel mehr Zuckermasse zwischen die Pfannkuchen. So schmeckt das doch *knakendröög*.« Sie nahm ihr den Holzlöffel weg und übernahm die Aufgabe. »Geh du man den Fisch vorbereiten, ich mach das schon«, sagte sie.

»Ach?«, fragte Emma und verzog sich in die Ecke zu Kea, die den Fisch anbriet. Das war eher ihr Revier, mit Fisch konnte sie hervorragend umgehen. Sie kannte zahlreiche Kräutermischungen, mit denen er mariniert und eingerieben werden konnte, wusste, welcher Fisch gebacken und welcher gebraten werden musste und auch, wie man Fischarten in einer Reispfanne gelungen kombinierte.

Letzteres wollte Nienke ihr aber nicht glauben, die skeptisch in ihre Pfanne schielte. »Seelachs-, Rotbarsch-, Lachs- und Welsfilet gehören einzeln gebraten, nicht zusammengewürfelt.«

»Probiere es doch mal. Das Ergebnis wird dich überraschen. Es ist eine Explosion der Geschmäcker im Mund, die aber alle herrlich harmonieren.«

»Na ja, gar nicht so schlecht«, gab Nienke später zu, als sie alle an dem langen Holztisch saßen, der von zwei Kerzenständern beleuchtet wurde. Sie schwiegen eine Weile, während jede ihren Teller leer futterte.

»Der Thobe, der ist jetzt häufiger bei der Gemeindeverwaltung«, sagte Uda plötzlich so laut, das Emma vor Schreck der Rotbarsch von der Gabel rutschte.

»Du musst die Lautstärke an deinem Hörgerät runterdrehen!«, rief Nienke ihr zu und machte dazu eine entsprechende Geste.

Uda spielte an ihrem Ohr und stellte den Regler nach unten. Deutlich leiser sprach sie weiter: »Ich bin ja öfter mal in Pewsum beim Doktor, wegen des Blutzuckers, wisst ihr.« Schuldbewusst schielte sie auf die Knüppeltorte, die auf der Fensterbank abkühlte. »Und ich hab seinen Porsche da schon viermal parken sehen, wenn ich mit dem Rüdiger Gassi gehe. Diese Bonzenkarre kann man ja schlecht übersehen. Und einmal habe ich auch beobachtet, wie er aus dem Gebäude gekommen ist.«

»Na, der ist doch beim Gemeinderat?«, spekulierte Gretchen.

»Die tagen aber abends. Und nur einmal im Monat.«

»Der will doch wohl kein weiteres öffentliches Amt übernehmen?«, fragte Nienke. »Oder gar in die Fußstapfen seines Vaters treten?«

»Oje.« Der Gedanke daran, dass Thobe mal Bürgermeister werden könnte, trieb Emma den Schweiß auf die Stirn. »Ich hoffe, er hat etwas Privates erledigt. Ich jedenfalls freue mich, dass ich von ihm nichts mehr gehört habe.« Seit ihrer letzten Begegnung hatte er sich nicht mehr bei ihr gemeldet, es gab keine Nachrichten, verpassten Anrufe, keine zufälligen Begegnungen. Aber tief in ihr breitete sich ein mulmiges Gefühl aus. Thobe war nach seinem Angriff auf Markus auffallend schnell verschwunden. Dabei war er sicherlich nicht der Typ, der leicht aufgab, und die Stille, die ihn jetzt umgab, fühlte sich eher nach der Ruhe vor dem Sturm an.

»Der regt mich total auf, dieser Thobe. Jedes Mal, wenn ich seinen dämlichen Schnurrbart sehe, wird mir speiübel«, wetterte Dina.

»Du hast selbst einen Schnurrbart«, warf Nienke mahnend ein.

Dina strich sich über den leichten Flaum auf ihrer Oberlippe. »Wo du recht hast, hast du recht«, gab sie schmunzelnd zu.

»Ist nicht mehr viel los bei dir am Kutter?«, wechselte Siemtje das Thema. »Bei dem Sauwetter kommt ja kaum noch jemand nach Greetsiel.«

Emma erzählte von ihren neuen Öffnungszeiten, die sie seit Anfang der Woche umgesetzt hatte. »Das ist einerseits schön, weil ich richtig viel Zeit habe, um Ausflüge mit Flip und Leon zu machen.« Sie hatten sich das Teemuseum in Norden angeschaut, einen Hofladen in Osteel besucht und den Hunde-Agility-Park in Neßmersiel ausprobiert, den Flip enthusiastisch gemeistert hatte, nachdem er verstanden hatte, dass Leckerlis im Spiel waren. »Aber ehrlich gesagt fehlt mir ein wenig Action«, gestand sie ihren Freundinnen. »Die Tage sind lang, und ich habe meine gesamten Ersparnisse erst durch die Arbeiten am Haus und dann die doppelte Kutterrenovierung aufgebraucht.«

»Wie wäre es denn mit einem Partyservice? Du könntest deine lokalen Spezialitäten doch auch auf Geburtstagen, Firmenfeiern und Jubiläen anbieten«, schlug Kea vor, und ehe Emma sichs versah, zückte Nienke einen Stift aus ihrer Handtasche.

»Vor uns liegt mal wieder eine lange Nacht, Mädels. Wer hat Papier?«

Wie bereits zuvor, als die Idee mit dem Imbiss aufkam, brüteten die Frauen stundenlang vor neuen Plänen. Bald waren die Rückseiten sämtlicher Einkaufszettel und selbst die Servietten mit Vorschlägen vollgekritzelt.

»Das lässt sich erstaunlich leicht umsetzen«, fand Emma. »Nur personaltechnisch wird es schwierig.«

»Ich spare auf eine neue maßgefertigte Vollprothese«, erklärte Jaantje da, fuhrwerkte in ihrem Mund herum und holte ihr Gebiss heraus. »Schaut eusch dasch mal an«, nuschelte sie. »Dasch taugt nischt mehr.«

»Ihhh, pack deine Beißer weg.« Angeekelt rückte Nienke ein Stück von ihr ab.

Beleidigt setzte Jaantje ihre dritten Zähne wieder ein. »Ich wollte ja nur sagen, ich bin gern bereit, bei einem Partyservice auszuhelfen und mir ein paar Groschen dazuzuverdienen.«

»Euros sind das jetzt, Jaantje. Schon seit vielen Jahren.«

»Das wäre tatsächlich sehr hilfreich. Ich würde jemanden benötigen, der meine kalten Platten ausfährt, die ich vorher zusammenstelle. Das würde mir erlauben, mehrere Kunden gleichzeitig zu beliefern.«

»Wann bist du das letzte Mal Auto gefahren, Jaantje?«, fragte Nienke mit zusammengekniffenen Augen.

»Ich fahre jeden Morgen in die Hagermarsch, um meine Schwester zu besuchen. Also gestern.« Sie sammelte einen Krümel von ihrer gemusterten Bluse, die farblich perfekt auf ihre Perlenohrringe abgestimmmt war.

»Und warum muss ich dich dann immer für die Bohntjesopp-Treffen abholen?«

Jaantje klimperte mit ihren hellen Wimpern. »Weil ich deine reizende Gesellschaft so liebe, Nini, mein Schatz.«

Nienke schnaubte.

»Die Erweiterung zum Partyservice macht großen Sinn. Ich kann dieselben Gerichte wie im Kutterimbiss anbieten, und zwar gleich in größeren Mengen. Das klingt profitabel. Ich erweitere meinen lokalen Kundenstamm, kann in der Nebensaison Geld reinholen, und wenn es zu viel wird, nehme ich Aufträge einfach nicht an.« *Oder stelle einfach mehr Personal ein*, fügte sie in Gedanken hinzu. Sie war hoch motiviert, ihr Geschäft richtig brummen zu lassen.

»Du musst nicht mal viel Werbung machen«, ergänzte Kea ebenso euphorisch. »Häng einfach einen Zettel an deinen Tresen, und du wirst sehen, das spricht sich schnell rum. Viel Konkurrenz hast du nicht.«

Emma stürzte sich in die Planung. Eine Woche lang arbeitete sie an ihrem Angebot für den Lieferservice und entschied sich schließlich für drei gemischte Platten und eine weitere Option, bei der man Fischbrötchen und weitere Spezialitäten flexibel kombinieren konnte. Kurz nachdem sie den Flyer aufgehängt hatte, kam der erste Auftrag. Didi, ein junger Schmied aus dem Ort, der mit vollem Namen Dieter Schöneich hieß, bestellte eine Platte, um seinen Chef zu dessen Geburtstag zu überraschen. Emma kannte Didi gut. Jeden Mittag Punkt dreizehn Uhr bestellte er sich zwei Krabbenbrötchen und einen Seelachsburger, eine Mahlzeit, die er binnen weniger Minuten verschlang. Bei jedem Wetter trug der gut aussehende junge Mann ein an den Seiten weit ausgeschnittenes Muskelshirt, und das wiederum zog weitere Gäste an den Stand.

»Dein Imbiss bietet das beste Kraftfutter der ganzen Krummhörn«, wiederholte er nach jeder Mahlzeit, und als Emma die Bestellung für seinen Chef notierte, war er so aufgeregt wie ein Kapitän bei der Jungferntaufe seines Kutters. »Der wird staunen«, sagte er und trank einen großen Schluck Cola. »Wer einmal deine Krabbenbrötchen probiert hat, der mag nichts anderes mehr essen.«

Pünktlich am nächsten Abend lieferte Jaantje die Platte beim Schmied in der Eisengasse ab. Sie brauchte lange, bis sie zum Kutter zurückkam, und Emma feudelte den Boden bereits zum dritten Mal. Nicht weil es nötig gewesen wäre, sondern aus Nervosität. Jaantje hatte zwar ein Handy, aber das war ausgeschaltet. Endlich tauchte ihr grauer Pixie Cut am Hafen auf.

»Wie ist es gelaufen?«

Jaantje strahlte. »Super war es. Ein Haufen junger Männer, die sich alle auf dein Essen gestürzt haben. So richtige Body-builder-Typen. Ich habe denen vorgerechnet, wie viel Protein in einem Stück Lachs steckt, und gleich zwei der Kerle haben sich deine Telefonnummer geben lassen, damit sie sich auch Platten bestellen können. Wenn du zusätzlich zu deinem Angebot noch eine Fitnessplatte anbietest, kannst du die ganzen Brekers für dich gewinnen!«

»Wow!« So viel Schneid hätte Emma der alten Dame nicht zugetraut. »Die Idee gefällt mir – damit würde ich eine neue Zielgruppe erschließen.« Sie nahm Jaantje die leeren Platten ab, um sie abzuspülen. »Ich könnte am Fitnessstudio Werbung machen und bei den Sportvereinen. Vielleicht kann ich da auch mal ein paar Platten bei Events sponsern.«

Der ersten Bestellung folgten weitere. Das war auch gut so, denn die Laufkundschaft am *Kutterimbiss Krabbenglück* wurde immer weniger und bestand im November fast nur noch aus lokaler Stammkundschaft. Manche Kunden verbrachten die ganze Mittagsschicht an einem der Stehtische, suchten ein Gespräch mit Emma oder schauten auf die langsam schaukelnden Boote. Bei stürmischem Wetter blieb Emmas Kutter geschlossen. Dann kuschelte sie sich mit Flip vor dem Kamin ein und las, telefonierte mit ihren Freundinnen oder wälzte alte ostfriesische Rezeptbücher, die sie auf einem der hiesigen Flohmärkte gefunden hatte. Manchmal schaute Leon vorbei, der bei Dauerregen auch wenig auf dem Campingplatz zu tun hatte. Heute allerdings verbrachte er den Tag in seinem Werkelschuppen, um weitere Nestboxen und Sitzstangen für seine Hühner zu zimmern. Dafür schmiegte sich Flip eng an sie.

»Es ist doch erstaunlich, wie viele Varianten es von jedem Gericht gibt«, erklärte sie dem Mops, während sie ihm den Bauch kraulte. »Zum Beispiel, wenn es um Prüllkers geht. Ich glaube, dafür existieren so viele unterschiedliche Rezepte, wie es Köche in Ostfriesland gibt.« Beim Gedanken an die fettgebackenen Hefeküchlein lief ihr das Wasser im Mund zusammen. »Was meinst du, Flip? Soll ich im nächsten Sommer auch ein paar Desserts anbieten?«

Flip grunzte fröhlich vor sich hin und veränderte seine Position, damit sie auch seinen Hals tätscheln konnte.

Vor dem Fenster trommelte der Regen auf die Erde, zupfte die letzten welken Blätter von den Bäumen und verwandelte ihre Wiese in einen Sumpf, auf dem Äste und Laub schwammen.

Aber in Emmas Stube war es so warm, dass sie T-Shirt und kurze Hose trug. Es knisterte im Kamin, und ab und zu knackte es, wenn sich das Holz in der Hitze des Feuers zusammenzog.

Verträumt schaute Emma dem Wasser zu, das an ihrer Scheibe hinunterlief. Nie hätte sie gedacht, dass ihr das raue Wetter des Nordens so gut gefallen würde. Zumindest, solange sie sich in ihrem gemütlichen Haus zurückziehen konnte, wenn der Wind über das platte Land fegte und die Ortschaften in Regen und Nebel versanken.

Und jeder Tag endete schön – denn abends kam Leon vorbei. Mit dem konnte man nicht nur wunderbar schmusen, sondern sich auch prima über jedes erdenkliche Thema unterhalten, egal ob Politik, aktuelle Ereignisse oder Bücher. Er hatte zu allem eine Meinung, war aber offen für ihre Ansichten – ganz anders als Markus, der sich nie von seinem Standpunkt hätte abbringen lassen.

Wobei das Schmusen echt nicht schlecht war. Er hatte da so eine Technik entwickelt, bei der er ihren Bauchnabel küsste und mit der Zunge umspielte und sich dann langsam zu ihren Brüsten hocharbeitete …

Sie kicherte vor sich hin, bis Flip fragend den Kopf hob.

»Schon gut, du bist und bleibst meine Nummer eins, Flipsi«, versprach sie dem Mops.

Und an einem besonders kühlen Abend, den sie mit Leon gemeinsam auf dem Sofa verbrachte, legte sie ihr Buch weg, umarmte ihn so fest, dass er aufstöhnte, gab ihm einen Kuss auf die Stirn und raunte: »Ich liebe dich auch. Nur damit du's weißt.«

»Du kennst echt jeden«, stellte Kea fest, während sie die langen Samthandschuhe zurechtzupfte, die sie extra für die Silvesterfeier gekauft hatte. So schick hatte Emma sie noch nie erlebt, aber das galt auch für sämtliche anderen Besucher im Gemeindesaal.

»Klar. Fischbrötchen mag jeder«, entgegnete sie und grüßte Didi Schöneich, der gerade mit seinem Partner den Raum betrat. Beide Männer trugen Anzüge, nur dass Didis beige war und der seines Freundes fliederfarben.

Die Organisatoren hatten Emma gebeten, ein paar Platten für die Feier beizusteuern, und das hatte sie gern getan. »Ich liebe es einfach, zu sehen, wie mein Essen anderen schmeckt. Das motiviert mich, treibt mich an. Und auch wenn ich heute nichts daran verdiene, so bringt mir das in Zukunft Kundschaft.«

»Die erste Platte ist schon leer. Und von deinen Visitenkarten sind auch nicht mehr viele übrig.«

Nienke, Gretchen, Dina, Jaantje, Uda, Meina und Siemtje waren natürlich auch alle da, und Hiske und Herbert Raschl stießen in einer Ecke mit einem Sekt auf das kommende Jahr an.

Ein Tanzpaar schwebte an ihnen vorbei, und Emma musste zweimal hingucken, um zwei ihrer Stammkunden zu erkennen, Fenja und Sveen Steenblock von der Auffangstation »Seehund in Sicht«, die im Herbst jeden Dienstag und Mittwoch gemeinsam am Krabbenkutter gefrühstückt hatten. Der Veranstalter hatte sich für einen Maskenball entschieden, und auch wenn die venezianischen Masken nur die obere Gesichtshälfte verdeckten, reichte das oft, um nicht direkt identifiziert zu werden. Leons Maske war schwarz-gold gesprenkelt und mit Federn geschmückt. Das allein verriet ihn eigentlich sofort, und außerdem war er um ein gutes Stück größer als die meisten Männer, ragte aus der Masse heraus wie ein Viermaster unter Schaluppen. Auch er wurde von allen Seiten belagert. Ab und zu stahl er sich aber zu Emma hinüber und forderte sie zum Tanzen auf.

Leon hatte ein wundervolles Taktgefühl und führte sie geschickt über die Tanzfläche. Das war hilfreich, denn Emma war keine sonderlich gute Tänzerin. Statt mechanisch die paar gelernten Schritte abzuarbeiten, die sie kannte, schmiegte sie sich lieber eng an ihn, lehnte ihren Kopf an seine Brust und spürte seinen Herzschlag. Heute trug er ihr Lieblingsparfum, das eine frische Kopfnote von Zitrone und Äpfeln besaß, zu dem ein Hauch Zimt hinzustieß. Der Geruch weckte bei ihr Assoziationen an warmen Apfelkuchen, den sie ebenso gern vernaschte wie Leon.

Er fühlte sich nah an, als würde er nicht vor ihr stehen, sondern wäre mit ihr vereint, sein Herz ein Teil von ihrem. Es erfüllte Emma mit Liebe und Wärme. Bei Leon konnte sie einfach sie selbst sein, ohne sich dabei falsch zu fühlen.

Nur einer stand mit sauertöpfischer Miene am Rande des Geschehens. Selbst die blutrote Maske, die weit über seine Wangen hinunterreichte, konnte Thobes schlechte Laune nicht verstecken. Und egal, wohin Emma und Leon sich auf der Tanzfläche bewegten, immer schien sein Blick auf ihnen zu ruhen.

Ein Kellner lief an Thobe vorbei, und er riss ihm ein Sektglas vom Tablett, nur um es in einem Zug zu leeren und sich hinterher mit dem Ärmel über den Mund zu wischen. Er rülpste ungeniert und stellte das Glas einfach auf dem Boden ab.

»Was ist denn mit dem los?« Auch Leon war es nicht entgangen, wie fixiert Thobe auf sie war und wie schlecht er sich benahm.

»Ich weiß nicht. Aber er wirkt betrunken.«

In der Tat schien Thobe Probleme mit seinem Gleichgewicht zu haben, denn als er sich ein paar Meter weiter weg bewegte, schwankte er bei jedem Schritt. Sorge stieg in ihr auf. Thobes Begegnung mit Markus war heftig gewesen … Aber er hatte sich doch deswegen heute Abend nicht so gehen lassen? Sein Sakko war fleckig, und das Hemd hing an einer Stelle aus der Bundfaltenhose.

Grübelnd nagte sie an ihrer Unterlippe. Die letzten Töne des Liedes verklangen, und die Bühne leerte sich, als die Band eine Pause einlegte.

»Leon, alter Freund. Wie geht es dir?« Ein junger Mann mit silberner Maske und halb offen stehendem Hemd hieb Leon seine mächtige Pranke auf die Schulter.

»Hi, Enno! Mensch, wir haben uns ja ewig nicht gesehen«, erwiderte Leon erfreut und stellte ihm strahlend Emma vor. Sie reichte Enno die Hand, dann verabschiedete sie sich kurz, um auf die Toilette zu gehen.

Sie verließ den Gemeindesaal, ging um eine Ecke und dann noch eine, durch den langen Korridor und den kurzen Gang entlang, an dessen Decke eine müde Funzel blinkte, als plötzlich Thobe vor ihr auftauchte. Seine Mundwinkel zuckten, und der Schnurrbart zitterte gefährlich. Er baute sich breitbeinig vor ihr auf, um ihr den Weg zu versperren.

Sie verlangsamte ihre Schritte und blieb stehen. »Hallo, Thobe«, sagte sie bemüht neutral. »Könnte ich da bitte durch?«

Er schnaufte verächtlich, dann schob er sich die Maske in die Stirn, was seine geröteten Wangen freilegte. Seine blutunterlaufenen Augen waren glasig, trotzdem hatten sie etwas Lauerndes, das Emmas Warnglocken schrillen ließ.

»Dasch isch deine letzte Schance, Emma. In ein paar Schtunden beginnt ein neues – *hicks* – Jahr, und du muscht disch entscheiden«, lallte er. »Den Saftlappen oder misch.«

»Du bist betrunken«, stellte Emma fest. »Danke, nein, ich bleibe bei Leon.« Sie wollte sich an ihm vorbeischlängeln, aber wie damals im Hafen schoss sein Arm erstaunlich schnell vor, und er hielt sie fest. Emma quietschte auf. »Au, lass mich sofort los!«

Thobe drückte fester zu, und ein heftiger Schmerz zog sich

durch einen Nerv und wanderte bis in ihren Rücken. »Glaub mir, isch hab viel mehr in der Hose alsch Leon.« Er schubste sie gegen die Wand und nahm ihr den Atem, weil er sich fest mit seinem Körper gegen sie presste. Seine Fahne roch nach Alkohol, Fingerfood und Schweiß. »Dasch lohnt sisch mit – *hicks* – mir. Fühl mal. Ischt geil, ne?«

Emma spürte sein steifes Glied durch seine Stoffhose, und ihr wurde übel. Sie versuchte sich aus seinem Griff herauszuwinden, aber er war zu stark. Sein aufgedunsenes Gesicht kam ihr immer näher, und ein diabolisches Grinsen breitete sich auf seinen Lippen aus.

Emma wurde immer schwindeliger. Sie rang nach Luft, Panik und Ekel übermannten sie. *Ruhe bewahren*, schallte es durch ihren Kopf. Sie sammelte sich, konzentrierte sich. Dann riss sie sich ruckartig los.

Überrascht taumelte Thobe zurück, und sie nutzte die Gelegenheit und schlug zu.

Kapitel 23

Sie traf Thobe mitten im Gesicht.

Ein Blutfaden rann über seinen Mund und sein Kinn, tropfte auf sein weißes Hemd. Er tastete nach seiner Nase und schaute Emma so bestürzt an, als hätte der Schlag ihn aus einem tiefen Schlaf geweckt. »Warum tuscht du dasch, Emma? Warum tuscht du mir weh?« Seine Unterlippe zitterte, als wollte er gleich losheulen.

Eine Gruppe Partygänger kam um die Ecke, und Thobe stürzte sofort auf die Leute zu. »Bleibt blosch weg von der, die isch total besoffen«, behauptete er und versteckte sich hinter einem der Männer. »Schie hat mich gerade grundlos geschlagen. Einfach scho!«

Seine Miene wirkte überzeugend unschuldig, auch die zusammengezogenen Schultern ließen ihn wie das Opfer der Situation erscheinen. Emma schüttelte ungläubig den Kopf. Ihre Faust schmerzte von dem Schlag, aber der hatte sich gut angefühlt. Es war wichtig und richtig, sich zu wehren. Auch wenn Thobe gerade eine völlig irrsinnige Show abzog.

»Hier ist ein Taschentuch«, sagte eine der Frauen und reichte es ihm. »Deine Nase blutet.«

»*He hett een in de Mütz*«, raunte ihr ihre blasse Freundin zu, aber sie winkte ab.

»Das ist noch lange kein Grund, jemanden zu verprügeln.«

Einer der Männer legte seinen Arm um Thobe. »Du bist doch der Sohn des Bürgermeisters, nicht wahr?«

Thobe nickte weinerlich. »Ja, isch bin Thobe Ebbels. Isch wollte einfach nur friedlich feiern. Mir ischt übel.«

Mitleidig klopfte ihm der Mann auf die Schulter. »Komm, ich bringe dich auf die Toilette.«

Einer der anderen Männer kam auf Emma zu. »Hau ab, bevor ich dich anzeige.«

»Lass uns gehen, Sam. Wer weiß, was hier wirklich vorgefallen ist«, beschwichtigte die blasse Frau ihn.

»Pah, die blutende Nase spricht für sich«, fand Sam.

Abwehrend hob Emma die Arme. Sie war viel zu bestürzt, um eine Erklärung abzugeben. Es klingelte in ihren Ohren, wie das quietschende Bremsen eines vorbeifahrenden Zuges, nur dass der im Kreis fuhr und das schreckliche Geräusch nicht enden wollte. Jetzt würgte Thobe, nur um sich gleich darauf zu übergeben. Das lenkte die Gruppe ab und gab Emma die Gelegenheit davonzustürmen.

Aber als sie an der Schwelle stand, die sie hinaus aus dem dämmrigen Gang und hinein in das Getümmel des Tanzsaals führen würde, zögerte sie. Auf einmal war ihr das alles zu viel. Die Musik, die durcheinanderwirbelnden Menschen, die Hektik und die Vorahnung, dass ihre Freunde und Bekannten sie nichts ahnend in den nächsten Small Talk verwickeln wollen würden. Ratlos stand sie für eine Weile im Türrahmen, bis Leon sie zufällig entdeckte. Sofort eilte er auf sie zu, einen Spieß mit Schaschlik in jeder Hand.

»Hast du Hunger?«

Emma schüttelte den Kopf.

»Ach du Schande. Was ist passiert, Emma?«

Meine Güte, er kennt mich mittlerweile ziemlich gut, dachte sie und ließ sich seufzend in seine Arme sinken. Ihre Knie gaben nach. *Bloß nicht ohnmächtig werden.*

Leon balancierte die Schaschlikspieße zwischen den Fingern, bis er sie sicher auf dem nächsten Stehtisch ablegen konnte. »Komm, ich bringe dich an die frische Luft.«

Er führte sie zu einem Balkon im oberen Stockwerk, der eigentlich nur für Mitarbeiter gedacht war. Die frische Luft kühlte Emmas erhitztes Gesicht, und auch das pfeifende Geräusch in ihren Ohren verschwand. Langsam fand sie zu sich selbst zurück.

»Meine Güte, ist das kalt hier«, sagte sie und rieb sich die Arme. Leon stellte sich vor sie und strich über ihren Rücken, um sie zu wärmen. »Woher weißt du, dass etwas passiert ist?«, fragte sie schwach.

»Normalerweise strahlst du heller als das Leitfeuer im Leuchtturm Campen. Aber jetzt wirken deine Augen grau, und das Feuer ist erloschen.«

Emma schmiegte sich enger an ihn. Was war eigentlich genau vorgefallen? Thobe war betrunken gewesen und hatte versucht, sich an sie ranzumachen. Sie hatte ihm eine gezimmert. Wenn sie recht überlegte, war damit alles geklärt. Thobe wusste nun, dass sie sich gegen seine Übergriffe wehren konnte, und würde, so betrunken, wie er gewesen war, sich morgen bestimmt an nichts mehr erinnern. Leon da mit reinzuziehen, würde alles nur schlimmer machen.

»Ich bin so froh, dass du da bist, Leon. Dass ich dich unter all den Männern auf dieser Welt gefunden habe und dass du mich ebenso liebst wie ich dich.« Tränen stiegen in ihr auf, und sie wehrte sich nicht dagegen.

Leon küsste ihr zart die feuchten Wangen und tupfte sie dann mit seinem Hemdsärmel trocken. Er wirkte nicht erregt, wie sonst, wenn er sie berührte, sondern besorgt. »Ja, das tue ich, Emma. Ich liebe dich. Wenn du reden willst, bin ich immer für dich da.«

Eine Etage unter ihnen zischte es, und dann stieg eine Rakete in den Himmel. Ein silberner Schweif funkelte vor dem schwarzen Umhang der Nacht, ehe die Rakete explodierte und tausend goldglitzernde Funken herunterrieselten.

Menschen jubelten, und weitere Raketen wurden gezündet, erhellten das Dunkel mit Blinkern und Brokat-Effekten, Sternen und Silberweiden, schufen Regenbögen in der Nacht, vereinten sich zu einem beeindruckenden Silvesterfeuerwerk, um das anbrechende Jahr zu begrüßen. Mitten im Krachen und Zischen suchte Emma Leons Lippen. Der Kuss schmeckte vertraut und kribbelnd zugleich. Was immer das neue Jahr auch bringen würde, mit Leon an ihrer Seite würde sie jede Hürde meistern.

Nach dem Vorfall am Silvesterabend blieb Thobe erst mal verschwunden. Weder Emma noch ihre Freundinnen sahen ihn oder den weißen Porsche, er tauchte weder zum Neujahrsumtrunk noch zum Tag der offenen Tür bei der Feuerwehr auf, bei der sich viele Greetsieler versammelten, um gemeinsam die Einsatzfahrzeuge zu reinigen. Es dauerte nicht lange, da hatte Emma die Erinnerung an den Abend verdrängt.

Es gab so viel zu tun! Der Kutter war zum zweiten Mal zum Trockendock gebracht worden, um mit den neuen Aufbauten gründlich gewartet zu werden. Aber der Partyservice des *Kutterimbiss Krabbenglück* lief vom Hauptquartier der Kochgruppe Bohntjesopp im Schollenweg aus weiter, nachdem Emma sich um entsprechende Genehmigungen gekümmert hatte. Gelegentlich halfen ihr Nienke, Kea oder eine der anderen Frauen. Jaantje fuhr weiterhin die Bestellungen aus. Dank ihrer offenen Art kam sie mit jedem gut ins Gespräch und zog bei ihren Einsätzen weitere Kunden an Land.

»Ich rede gar nicht so viel«, vertraute sie Emma einmal an. »Aber ich bin gut darin zuzuhören, und das wissen die Menschen zu schätzen.«

Emma konnte ihr Konto langsam auffüllen und sich ein Polster aufbauen, das ihr die Sicherheit gab, für alle Fälle gerüstet zu sein.

Als die ersten Schneeglöckchen blühten, wanderte sie mit Leon und Flip bis zum Schöpfwerk Knock. Der Mops lief die ganze Strecke, ohne außer Atem zu geraten. Das wäre vor einem Jahr noch undenkbar gewesen, aber jetzt flitzte er fröhlich den Deich entlang. Zaghafte grüne Spitzen drangen aus der Erde, die Temperaturen waren auch ohne Schal erträglich – die Natur erwachte aus ihrem Winterschlaf.

Hand in Hand standen Emma und Leon am Mahlbusen, in der Nähe des Radarturms, und schauten auf das Wasser.

»Du hast deinen ersten Winter in Ostfriesland überstanden«, sagte Leon und grinste sie an. »Im Sommer ist es wunderschön auf der Krummhörn, aber wer es auch im Winter hier aushält, der wird zum waschechten Ostfriesen.«

Sie kletterte auf die hüfthohe Mauer und schlang die Arme um die Knie. »Ja. Die Krummhörn fühlt sich mittlerweile wie mein Zuhause an. Wie eine Heimat, die schon immer da war, auch wenn ich es nicht wusste. Als wäre sie tief in mir drin versteckt gewesen. Ob Sommer oder Winter, das ist mir egal. Es ist nicht alles perfekt hier, aber es ist perfekt für mich.«

»Es muss auch nicht immer alles perfekt sein. Wer eine Heimat ohne Fehler sucht, der bleibt am Ende heimatlos.« Leon stellte sich hinter sie und massierte ihre Schultern.

»Das ist schön«, sagte Emma und holte tief Luft. Alles mit Leon war schön.

Den Schneeglöckchen folgten die Krokusse, die schließlich von Tulpen, Blausternchen, Hyazinthen, Milchsternen und gelb blühenden Narzissen abgelöst wurden. Auch die Moore zeigten sich von ihrer schönsten Seite, Sonnenstrahlen glitzerten auf dem Wasser, und die Frösche wurden langsam aktiv. Der graue weite Himmel, der im Winter so tief über dem Boden hing, wich und machte einem milderen, wechselhaften Wetter Platz. Es regnete zwar viel, aber zwischendurch kam immer öfter die Sonne zum Vorschein und ließ Nebelschwaden über den flachen Böden aufsteigen.

Der Rasen auf Leons Campingplatz war wieder grün, und Leon kam kaum mit dem Zurückschneiden der Vegetation hinterher. Fast täglich fuhr er zur zentralen Sammelstelle für Gartenabfälle, um die Unmengen an Ästen und Gras loszuwerden.

Emmas kleine Henne legte fleißig Eier, die sie allerdings nicht im Hühnerhaus, sondern in den Büschen rundherum versteckte. Leon nannte sie daher liebevoll »mein Osterhuhn«. Emma hatte die Kleine fotografiert und sich einen Abzug in Schwarz-Weiß machen lassen, der im Wohnzimmer neben dem Kamin hing. »Mein Emma-Huhn symbolisiert für mich den Frieden und das idyllische Landleben in Greetsiel«, erklärte sie Kea, als die sich wunderte, warum sie ein Hühnermotiv als Wandbild gewählt hatte.

Mit den milderen Temperaturen kamen auch die Gäste nach Greetsiel zurück. In Schwärmen eroberten sie das Dorfzentrum, saßen in Cafés oder bummelten in den zahlreichen Läden, die ihre Kunden mit frühlingshaften Schaufenstern einluden. Emma konnte es kaum abwarten, dass ihr Kutter zurück an den Liegeplatz durfte, damit sie ihren Imbiss weiterbetreiben konnte. Jedes Mal, wenn sie mit Flip durch die Straßen spazierte, sprachen Fußgänger sie ungeduldig an.

»In zwei Wochen ist es so weit«, versprach Emma endlich einem ihrer Kunden, nachdem sie den lang ersehnten Anruf der Werft erhalten hatte. »Dann gibt es wieder Fischbrötchen satt.«

Ende April nahm der Kutter wieder seinen angestammten Platz am Kai ein, und Kea half Emma, ihn gründlich zu reinigen und alles für den Verkauf vorzubereiten.

»Du kommst ja gar nicht mehr aus dem Grinsen heraus! Du

siehst aus wie eine Kegelrobbe, die gerade eine Fischschule entdeckt hat«, witzelte Kea, die gewissenhaft Vertiefungen im Küchenbereich mit einer alten Zahnbürste reinigte.

Emma pfiff vor sich hin, sie freute sich so sehr, dass das Geschäft wieder anlaufen würde, dass sie keine Minute still sitzen konnte.

Aber als sie im Mai endlich die Fritteuse im Kutterimbiss anwarf, versammelte sich eine Menschenmenge vor dem Schiff, die verdächtig homogen wirkte. Es handelte sich ausnahmslos um jüngere Leute Anfang zwanzig, alle trugen Jeans, T-Shirt, Sneakers, und viele hatten längere Haare. Sie hielten Schilder hoch, auf denen Parolen und Sprüche standen.

Der Schmuddelkutter muss weg, las Emma bestürzt und *Schützt unsere historische Flotte*. Die Schilder waren alle in derselben dunkelblauen Farbe und einer aggressiv wirkenden Schriftart gehalten. Die Demonstranten formierten sich zu einem Halbkreis und riefen im Chor: »Kein Platz für den Kutterimbiss!«

Zum Glück war der Hafen gerade bis auf die Teilnehmer der Protestaktion nicht gut besucht. Trotzdem handelte Emma sofort, kletterte vom Kutter, trat auf einen bärtigen jungen Mann zu, dessen Schild nur den Ausruf *Sagt Nein!* zeigte.

»Hi«, grüßte sie ihn, aber der Chor um sie herum war so laut, dass sie ihr eigenes Wort nicht verstand. Also lief sie zum Kutter zurück, holte einen Topf und schlug mit einer Suppenkelle dagegen. Der Gong ließ den Chor verstummen. Emma räusperte sich. »Moin allerseits. Darf ich fragen, was das hier wird?«

Stille. Eine blonde Frau trat zögernd aus dem Kreis hervor. »Wir protestieren.« Unsicher zeigte sie auf Emmas Kutter. »Gegen das Schiff. Die, äh, die *Bernstein II*«, las sie den Namen des Kutters vor.

»Ja, das ist mir schon aufgefallen. Aber warum?«

»Na, weil der weg soll. Kein Platz für den –«

»Jaja, ist ja schon gut«, unterbrach Emma sie hastig, bevor die anderen mit einstimmen konnten. »Ich würde nur gern wissen, was euch an ihm stört. Ich habe euch noch nie in Greetsiel gesehen. Wer seid ihr denn?«

Die blonde Frau ließ ihr Schild sinken. »Wir sind von der Hamburger Uni. Bio-Fakultät. Wir sind hier, weil der Kutter weg soll.«

»Der stört das Stadtbild.«

»Das Abwasser läuft in den Hafen.«

»Ist die Abzugshaube nach den neuesten Standards zertifiziert?« Die Ausrufe kamen zögerlich und ohne echte Willenskraft rüber.

Emma rieb sich über das Kinn. Das hier waren keine ernsthaften Demonstranten, die sich für ihre Sache einsetzten. »Ihr seid also Studenten«, stellte sie das Offensichtliche fest. »Sicherlich habt ihr nach der langen Anfahrt aus Hamburg Hunger. Darf ich euch auf ein Fischbrötchen und Pommes einladen? Danach können wir über alles andere reden.«

Die Studenten sahen sich an.

»Na ja, also eigentlich sollten wir ja –«

»Sei still, Noel. Ich hab Hunger.«

»Ich will auch ein Fischbrötchen. Was habt ihr denn im Angebot?«

Einer nach dem anderen ließ die Plakate sinken, die Emma ihnen dankbar abnahm und an die Rückseite der Kajüte lehnte, dort, wo sie niemand sehen konnte.

Als wäre nichts passiert, servierte Emma den hungrigen Studenten ihre Mahlzeit. Die ersten stürzten sich gierig auf ihr Essen.

»Nee du, ich zahl das Brötchen auch«, bot ihr die blonde Frau verschämt an. »Tut mir leid, dass wir dir Ärger gemacht haben. Du bist echt in Ordnung.«

»Ist ja nichts passiert«, sagte Emma und machte sich an die nächste Bestellung. Wie nebenbei fragte sie: »Wer hat euch eigentlich hierher bestellt?«

Die Studentin zupfte umständlich eine Serviette aus dem Halter, bevor sie antwortete: »Noel hat den Auftrag über eine Plattform im Internet bekommen. Das ist so ein Forum, wo man private Jobs posten kann. Er meinte, der Typ sei irgendein anonymer Umweltschützer, der gut für die Demo bezahlt hat. Und wir sind alle pleite, weißt du.« Schuldbewusst senkte sie den Kopf. »Wir hätten das nicht machen sollen, aber mein Bafög reicht einfach vorne und hinten nicht für die Kurslektüre.«

Emma schaute über sie hinweg den Sielzufluss entlang bis hin zum alten Tor, an dem sich das Hafenbecken in einen dünnen Zulauf verengte. Sie konnte den Studenten nicht ernsthaft böse sein. Die hatten sich gutgläubig und naiv nur etwas dazuverdienen wollen.

»Noel meinte, der Typ kommt aus Greetsiel. Er hat seine IP-Adresse geprüft. Die E-Mail wurde vom Sanddornweg aus geschickt.«

Moment, da saß doch die ZBF-Versicherung! Also steckte Thobe dahinter, wer auch sonst? Nach seinem übergriffigen Verhalten hatte sie ihm die Chance gegeben, seine Einstellung zu überdenken. Sie hatte wirklich angenommen, er habe endgültig mit ihr abgeschlossen und werde sich auf sein eigenes Leben konzentrieren. Damit hatte sie wohl falschgelegen, denn anscheinend war Thobe nach wie vor unberechenbar, plante Intrigen gegen sie und tauchte immer wieder auf, wenn sie nicht damit rechnete. Was würde er als Nächstes tun? Und wie könnte sie die Sache ein für alle Mal mit ihm klären?

Sie entschied sich, Kea von dem Zwischenfall an Silvester zu erzählen. Nach Feierabend besuchte sie ihre Freundin, und wie nicht anders zu erwarten, war diese geschockt, als sie erfuhr, dass er Emma im Gang des Gemeindesaals bedrängt hatte.

»Meine Güte«, sagte Kea und rubbelte dabei intensiv mit dem Leder auf ihrem Fenster herum, bis sich der Fleck auf der Scheibe aufgelöst hatte. »Du solltest mit der Sache zur Polizei gehen. Zeig ihn an. Das ist keine Kleinigkeit.«

Emma reichte ihr ein Stück Zeitung, mit dem Kea die Scheibe weiterbearbeitete. Viel zu intensiv, wie Emma bemerkte. Jeder hatte halt so seine eigene Art, Sachen zu verarbeiten.

»Da habe ich auch schon drüber nachgedacht, aber das ist gar nicht so einfach. Ich habe mich erkundigt. In dem Teil des Gemeindegebäudes gibt es leider keine Kameras. Es gibt auch keine Zeugen, unsere Aussagen würden einander gegenüberstehen.« Es gab nur die Partybesucher, die sie unterbrochen hatten, aber für die hatte es ja so ausgesehen, als hätte sie Thobe angegriffen und nicht umgekehrt.

»Ich werde einfach vorsichtig sein und hoffen, dass er irgendwann ein neues Thema findet, auf das er sich fixieren kann.« Noch während sie das aussprach, merkte sie, wie falsch sich das anhörte.

Auch Kea schüttelte den Kopf. »Wenn ich an die Aktion mit den Studenten denke, bin ich mir da nicht so sicher. Was ist mit Leon – solltest du ihm nicht davon erzählen?«

»So wie der auf Thobe zu sprechen ist, geht das nicht. Vergiss nicht, dass er ihm die Verlobte ausgespannt hat.«

»Stimmt. Mensch, ist das alles vertrackt, Emma.«

Eine paar einzelne Sonnenstrahlen fielen durch die Wolkendecke, und Kea seufzte. »Schlieren, überall Schlieren! Kaum scheint die Sonne wieder, sind die Fenster dreckig. Das wird ein langer Nachmittag.« Ihre Hand wanderte über die Auswahl an Fensterledern, die vor ihr ausgebreitet lag, bis sie eins fand, das ihren Ansprüchen genügte. »Wie wäre es denn, wenn du einfach die direkte Konfrontation mit Thobe suchst? Vielleicht reicht das, damit er sieht, dass du dir nichts gefallen lässt. Hat Silvester ja auch geklappt, zumindest für eine Weile.«

Die Idee fand Emma nicht schlecht. Das Problem war nur, dass Thobe weder an sein Handy ging noch sonst irgendwie erreichbar war. Sie schrieb ihm eine E-Mail, wartete zur Mittagszeit vor seinem Arbeitsplatz, hielt die Augen nach seinem weißen Porsche auf. Nichts.

Dafür stürmte Leon ein paar Tage später aufgebracht in ihr Häuschen, als sie gerade das Abendbrot zubereitete.

»Du wirst es nicht glauben, was dieser hinterhältige Mistkerl sich jetzt schon wieder ausgedacht hat!«, rief er, streifte sich die Schuhe ab und warf seine Jacke in Richtung Garderobenständer. Sie landete auf dem Boden, aber er war so aufgebracht, dass er es nicht bemerkte.

Sofort stellte Emma die Flamme auf dem Herd kleiner und legte den Rührlöffel beiseite. Leons Nasenlöcher waren geweitet, und er schnaubte wie ein Hengst, der im Gebüsch einen Berglöwen entdeckt hatte. »Setz dich erst mal«, sagte sie sanft. »Möchtest du einen Tee?«

»Nein danke. Ich habe keinen Durst.« Er setzte sich auf die Küchenbank und spielte nervös mit dem Salzstreuer.

Emma wartete, bis sein Atem wieder einigermaßen ruhig ging, dann setzte sie sich zu ihm. »Es geht um Thobe, richtig? Was hat er getan?«

»Er hat der Gemeinde einen Vorschlag für eine Umstrukturierung und Nutzungsänderung meines Geländes gemacht. Hat alles ganz detailliert ausgearbeitet. In Greetsiel gibt es zu wenig Wohnraum, und er schlägt vor, dass mein Campingplatz verschwinden und an dessen Stelle über fünfzig sterile Neubauten entstehen sollen.«

Emma sah ihn fassungslos an. »Wie bitte? Aber damit kommt er ja wohl nicht durch. Das ist doch dein Platz.«

»Der Campingplatz unterliegt meiner Führung, ja. Das Geschäft ist auf meinen Namen eingetragen. Aber das Grundstück gehört der Gemeinde.« Seine dunklen Augen wirkten tiefschwarz, und in ihnen erkannte Emma etwas, das sie zuvor noch nie bei ihm gesehen hatte: Angst. Seine Schultern sackten mutlos hinunter, und nach seinem aufgebrachten Auftritt schien nun keine Energie mehr in seinem Körper zu stecken. Der Campingplatz war sein Job, sein Alltag, sein Leben.

»Aber dein Pachtvertrag …?«, fragte sie mit letzter Hoffnung.

Schwach hob Leon den Kopf. »Der läuft Ende des Jahres aus. Jetzt hat er meinen Schwachpunkt gefunden. Es ist vorbei, Emma.«

Kapitel 24

»Das musst du mir jetzt genau erklären. Wieso sind sie ausgerechnet an deinem Grundstück interessiert?« Es fiel Emma schwer, einen klaren Gedanken zu fassen. Vor allem, weil Leon nun den Kopf auf die Arme stützte und herzzerreißend stöhnte.

Sie tätschelte ihm den Oberarm. »Leon?«

»Ja, also … Ohne den Platz bin ich nichts … Das ist nicht nur mein Zuhause, sondern auch das meiner Hühner. Und all die Stammgäste, die seit Jahren kommen, die können sich kein teures Urlaubsapartment leisten. Für manche von denen ist das auch ein zweites Zuhause.«

»Für die Seppls zum Beispiel.«

Leon richtete sich ein wenig auf und sah sie unglücklich an. »Ja, aber auch für die Schubermaiers, Günter und all die anderen. Herbert ist zwar mittlerweile bei Hiske eingezogen, aber sein Wohnwagen parkt permanent auf dem Platz. Wo soll der den denn hinstellen?«

Es rührte Emma, dass Leon sich um seine Gäste sorgte. Für ihn waren sie mehr als nur zahlende Besucher – eher eine Art erweiterte Familie. Und seine Hühner … aber das war eine andere Geschichte.

Sie holte tief Luft und stand wieder auf, klapperte mit dem Kessel und setzte Wasser auf. Es gab Situationen, die brauchten einen starken Friesentee. Mit viel Zucker. Vor einem Jahr noch hätte sie sich einen doppelten Espresso gemacht, jetzt wusste sie den herben Tee zu schätzen.

»Lass uns das mal ganz ruhig angehen, Leon. Schritt für Schritt. Also, Thobe hat diesen Vorschlag beim Gemeinderat eingereicht, richtig?«

»Ja. Er hat Zeichnungen der Häuser anfertigen lassen und Beispielrechnungen, die genau darlegen, welchen Profit die Gemeinde dadurch erzielen würde. Und er hat nicht ganz unrecht – das mit dem Wohnraum ist ja seit Jahren ein Problem in Greetsiel. Ferienwohnungen gibt es genug, aber eben keine bezahlbaren Unterkünfte für Einheimische.«

Emma stellte seine Lieblingstasse vor ihm ab, die bauchige gelbe mit der Sonnenblume. *Deshalb ist es so still um Thobe geworden*, dachte sie. Er hatte sich ganz auf seine Racheaktion konzentriert, um sie dort zu treffen, wo es ihnen am meisten wehtat.

»Aha. Weißt du, das Ganze kommt mir sehr bekannt vor. Ähnliches hat er doch bei meinem Kutter versucht, als er sich beim Hafenmeister dafür einsetzte, dass mein Liegeplatz nicht verlängert wird. Scheint seine Masche zu sein.«

Leon fuhr sich mit den Händen durch die Haare. Sein Kinn bebte, und fast sah es so aus, als würde er gleich weinen.

»Da hat er nur geübt. Dieses Mal war er gut vorbereitet. Er hat keine Kosten und Mühen gescheut, um der Verwaltung die Idee schmackhaft zu machen. Und da er selbst im Gemeinderat sitzt, weiß er genau, wie er die Sache angehen muss.«

»Und das alles nur aus eigensüchtigen Motiven. Das ist so niederträchtig.«

»Ja, und ich bin mir ziemlich sicher, dass das Grundstück nicht optimal für Wohnraumbebauung ist. Der Boden ist im Frühling und Herbst sumpfig, und die Verkehrsanbindung ist auch nicht ideal. Außerdem ist mein Platz der einzige Campingplatz vor Ort, und er hat eine lange Tradition. Jeder weiß das. Thobe würde mit seiner Idee niemals durchkommen, wenn er nicht der Sohn des Bürgermeisters wäre.«

Emma kräuselte verächtlich die Nase. »Er spielt den großen Politiker, dabei ist er selbst nur ein unbedeutender Versicherungsfuzzi, der sich ehrenamtlich für die Gemeinde engagiert. Das sollte er im Interesse der Bürger tun, nicht um seine privaten Angelegenheiten durchzuboxen.« Sie trank einen Schluck Tee und verzog das Gesicht. Er war so süß, dass er einen unangenehmen Geschmack auf der Zunge hinterließ. »Wir sollten die anderen dazurufen. Nienke, Kea ... am besten alle unsere Freunde. Und dann beraten wir und finden heraus, was wir tun können. Es muss eine Lösung geben, Leon.« Sie rückte zu ihm heran und rieb ihm aufmunternd über den Rücken. »Wenn wir zusammenhalten, hat Thobe keine Chance gegen uns.« Sie klang selbstbewusst, aber in ihr drin kam sie sich so klein vor, wie eine Ameise, die den Mount Everest besteigen wollte.

An diesem Mittwoch fiel die Kochgruppe Bohntjesopp zum ersten Mal seit Jahren aus. Dafür hatten sich alle bei Emma versammelt, die aus Kissen, Decken und Polstern genug Sitzgelegenheiten für alle geschaffen hatte. Auch Hiske war in Begleitung von Herbert Raschl gekommen, ganz zu Flips Freude, der sich direkt auf dessen Schoß einrollte, von wo aus er gierig den Krinstuut beobachtete, den Emma für die Sitzung gebacken hatte.

»Danke, dass ihr alle gekommen seid«, erhob sie das Wort, während sie Servietten unter den Anwesenden verteilte. »Wie ihr wisst, handelt es sich um ein dringendes Anliegen. Einen echten Notfall, der –«

»Kann ich noch ein Stück Krinstuut haben?«, unterbrach Uda sie laut. Emma schaute sie verwirrt an, aber Nienke reichte Uda bereits den Teller mit dem Rosinenbrot und bedeutete ihr, das Hörgerät lauter zu stellen.

»Hast du vielleicht auch Pu-Erh-Tee da?«, fragte Dina.

»Was für einen Tee?« Jetzt hatte Emma völlig den Faden verloren.

»Pu-Erh-Tee«, wiederholte Dina. »Der einzig wahre fermentierte Tee. Der besitzt einen hohen Anteil an Gerbstoffen und hat eine hohe Adstringenz, die –«

»Du weißt schon, dass wir in Ostfriesland sind, Dina Schatz?«, unterbrach Gretchen sie. »China ist weit weg.«

»Das mag sein, aber es geht nichts über einen seelenreinigenden Sheng«, murrte Dina beleidigt. »Außerdem hinkt deine Argumentation, denn die Schwarzteesorten für den Ostfriesentee kommen auch aus China, Indien oder Sri Lanka ...«

»Genug Gequetel. Könnt ihr Emma jetzt mal reden lassen?«, übertönte Nienke die beiden.

Emma holte tief Luft. »Danke. Jedenfalls geht es um Leons Campingplatz.« Sie erzählte von Thobes Initiative und den Konsequenzen, die sich daraus ergeben würden. »Ende Juli findet eine Gemeinderatsversammlung statt. Dort wird über Thobes Vorschlag diskutiert und entschieden, ob ihm stattgegeben wird. Falls ja, dann bedeutet es das Ende für den Campingplatz am Leyhörner Sieltief. Wir haben also knapp vier Wochen Zeit, um dafür zu sorgen, dass Leons Pachtvertrag verlängert wird. Wer hat Ideen?«

Sobald Emma ihren Vortrag beendet hatte, redeten alle durcheinander. Nienke war allerdings gut herauszuhören, denn sie fluchte laut und ausgiebig. Emma ließ sie eine Weile Dampf ablassen. Als sie wieder ansetzen wollte, kam Leon ihr zuvor: »Ich denke, es geht hier nicht nur um meinen Campingplatz, sondern auch um politische Willkür. Nur weil Thobes Vater ein wichtiges politisches Amt bekleidet, sollte Thobe weder die Macht haben, die Lebensgrundlage seiner Mitmenschen zu zerstören, noch, unsere Heimat nach seinem Belieben zu manipulieren.«

»Richtig! Das geht uns alle etwas an!«, rief Nienke empört, und die anderen nickten zustimmend. »Wenn die Gemeinde mehr Wohnraum möchte, soll sie erst mal die aktuellen Regelungen zu den Ferienwohnungen überdenken, die den größten Teil des Jahres leer stehen.«

»Hey!«, ereiferte sich Meina, die mehrere Ferienimmobilien besaß. »Die sind aber äußerst rentabel.«

Jaantje hob mahnend den Zeigefinger und rief: »Wenn Wohnraum für Greetsieler gebraucht wird, müssen wir alle Abstriche machen. Das darf nicht auf die Kosten eines Einzelnen geschehen.«

»Wir brauchen einen Plan«, sagte Kea, und Nienke stimmte ihr zu: »Ja, einen wasserfesten, abriebsicheren, sturmtauglichen Plan. Thobe soll sein blaues Wunder erleben.«

»Wir können gemeinsam zum Rathaus gehen und mit dem Bürgermeister sprechen. Wie wir das bei Derk gemacht haben«, schlug Gretchen vor.

»Nein, das funktioniert so nicht. Dann stehen wir vor der Gemeinde nur als emotionaler Haufen da, der mit irgendwelchen nutzlosen Versprechungen beruhigt wird. Wir müssen Thobe mit seinen eigenen Waffen schlagen und bei der Gemeinderatsversammlung eine gute Gegenargumentation führen. Wir brauchen Tabellen, Statistiken, Erfahrungsberichte, Fotos. Eine überzeugende Präsentation, die den überlegenen Wert des Campingplatzes gegenüber dem Neubauprojekt hervorhebt«, ereiferte sich Kea.

Nienke stöhnte. »Können wir Thobe nicht einfach abfangen und ihm so richtig Angst einjagen?« Sie ließ die Fingerknöchel knacken. »Das klingt unkomplizierter.«

»Nini«, sagte Dina kopfschüttelnd. »Du solltest unbedingt mal wieder zum Meditieren vorbeikommen. Ich sehe da viel Negatives in deiner Aura.«

»Ich hoffe nur, dass das dann Thobes letzte Boykottaktion sein wird«, sinnierte Emma. »Falls wir eine Chance gegen ihn haben.«

»Natürlich gewinnen wir.«

Jaantjes warmes Lächeln wirkte beruhigend auf Emma, und sie schaffte es, tief Luft zu holen, bevor sie fortfuhr: »Dann sollten wir uns genau überlegen, wie wir vorgehen.«

Leon räusperte sich. »Ich würde sagen, wir machen das so: Ich bereite einen Ordner mit Gegenargumenten vor, und ihr alle streckt eure Fühler aus. Sammelt Informationen, Unterschriften, redet mit euren Freunden, Verwandten, Bekannten über das Thema, um Unterstützung zu erhalten.«

»Ich habe sechs Kinder und siebzehn Enkel!«, rief Siemtje selbstzufrieden. »Jawoll! Und meine zweitjüngste Tochter ist Lehrerin in der Grundschule. Ich werde denen allen erklären, warum der Campingplatz bleiben muss.«

»Und ich fahre nach Emden und suche im Gemeindearchiv nach alten Fotos und Berichten über den Campingplatz«, bot Meina an. »Immerhin habe ich Geschichte studiert und kenne mich im Archiv gut aus.«

Als die Sitzung spätabends endete und Emma mit Leon und Flip allein vor dem Kamin saß, war sie um einiges gefasster. Leon starrte stumm in die Flammen, und sie kuschelte sich an ihn, legte ihr Ohr auf seine Brust und hörte seinem Herzen zu. Es schlug schneller als sonst, Leon war immer noch aufgewühlt. Und das war kein Wunder, denn auf ihn warteten viel Arbeit, Nervenkitzel und eine ungewisse Zukunft. Und das alles nur, weil Thobe sich in sie verguckt hatte. Wäre sie doch nie mit ihm auf diese verflixte Fahrradtour gegangen!

»Es tut mir leid, dass ich dir so viel Ärger mache«, sagte sie leise.

»Wieso denn du?«

»Na, wenn es mich nicht gäbe, wäre Thobe niemals so ausgetickt. Er hat es nicht verkraftet, dass ich ihm die kalte Schulter gezeigt habe. Und jetzt lässt er seine Wut an dir aus.«

Leon winkte ab. »Ach Quatsch. Du bist nur unglücklich zwischen die Fronten geraten. Ohne dich hätte er einen anderen Grund gefunden, um mich irgendwie zu terrorisieren. Das war schon bei Daja so. Er war nicht in sie verliebt, und ich glaube auch nicht, dass sie sein Typ war. Er hat nur mit ihr geschlafen, um es mir zu zeigen. Daja dachte, er will eine Beziehung, aber er hat sie ebenso verarscht wie mich. Thobe ist ein ganz armes Schwein. Ist neidisch auf mich, weil ich meinen Lebensweg zufrieden gehe, dieses ganze selbstdarstellerische Gehabe nicht nötig habe, während er ständig nach Dingen strebt, die er nicht haben kann. Und natürlich, weil ich besser aussehe.« Er lachte leise, aber es klang nicht glücklich.

»In dem Punkt hast du auf jeden Fall recht«, meinte Emma und strich mit dem Zeigefinger über seine Brust.

Emma legte Flyer am Kutterimbiss aus, die über ihre Gegeninitiative, den Campingplatz zu retten, informierten und schöne Fotos der Anlage zeigten. Viele ihrer Kunden fragten sie danach und waren entsetzt über den Gemeindeplan, das Gelände in ein weiteres Neubaugebiet zu verwandeln.

»Wenn das so weitergeht, verliert Greetsiel noch den letzten Rest seines Charmes. Verdammt, wir waren mal ein Fischerdorf und verkommen immer mehr zur Touristenkaschemme«, sagte einer der Kapitäne, der ebendiesen Touristen in der Hochsaison Touren auf seinem Kutter anbot. »Ich habe nichts dagegen, wenn Greetsiel wächst, aber wir Bürger sollten da mitreden dürfen. Wachstum muss nachhaltig sein, und zentrale Entscheidungen sollten demokratisch abgestimmt werden.«

Die meisten Greetsieler waren sich einig, dass der Campingplatz ein wichtiger Bestandteil des Ortes war. Wenn es um Thobe ging, verdrehten viele die Augen. Das überraschte Emma, denn bisher hatte sie gedacht, dass Thobes Gehabe einen echten Eindruck auf die Leute aus dem Ort gemacht hatte. »Aufgeblasener Clown«, »Möchtegern-Politiker« und »halbstumpfe Nervensäge« hörte sie, und das waren noch die gnädigeren unter den Bezeichnungen. Aber dann erinnerte sie sich an die Show, die er mit Markus vor dem Kutter abgezogen hatte – sein ausfallendes Verhalten war bestimmt kein Einzelfall.

»Manchmal bin ich regelrecht froh, dass ich die meisten Beleidigungen auf Plattdeutsch nicht verstehe«, gestand sie Leon, als sie gemeinsam im Naturschutzgebiet Leyhörn spazieren gingen. »Thobe scheint unter den Greetsielern wenige echte Freunde zu haben. Manche Leute scheinen Angst vor ihm zu haben oder ihn irgendwie zu bewundern, aber ich glaube, er erntet wenig echten Respekt für seine hochnäsige Art.«

Es duftete nach Blumen, und zwischen den Gräsern und Hölzern schwirrten Insekten umher. Es war viel zu schön, um sich niedergeschmettert zu fühlen, aber Leon nahm die Sache mit. Trotz des herrlichen Wetters trug er lange Kleidung, als würden ihn die warmen Temperaturen nichts angehen. Emma kümmerte sich hingebungsvoll um ihn, achtete darauf, dass er genug Schlaf bekam. Dennoch hatten sich dunkle Ringe unter seinen Augen gebildet, seine Wangen wirkten hohl. Manchmal wachte sie nachts auf, weil Leon sich unruhig hin und her wälzte. Wenn er träumte, sprach er im Schlaf, und es kam nicht selten vor, dass er mitten in der Nacht hochfuhr, aus dem Bett stieg und aufwachte, ohne zu wissen, was passiert war.

Es war ein Wunder gewesen, dass sie ihn zu diesem Spaziergang hatte überreden können. Die meiste Zeit, die er nicht mit seiner Arbeit auf dem Campingplatz verbrachte, hockte er vor dem Computer, tippte an seiner Präsentation oder war unterwegs, um zu recherchieren.

»Die Mitglieder vom Zwerghühnerzuchtverein kommen alle zur Gemeinderatsversammlung«, sagte er. »Mit meinen und deinen Freunden und deren Familien und all deinen Imbissgästen können wir als starke Truppe auftreten. Das macht bestimmt Eindruck, und die Politiker werden es sich wohl zweimal überlegen, ob sie es sich mit so vielen Einheimischen verscherzen wollen.«

»Ich hoffe, dass du recht hast.« Die Luft schmeckte nach Salz und Sommer, und Emma hätte sich viel lieber mit Leon in die Hütte zurückgezogen, in der Vogelbeobachter durch schmale Schlitze auf das Wasser schauen konnten. Dort konnte man sich ungestört küssen und verbotene Dinge zuflüstern, die nur sie beide etwas angingen. Aber leider war das nicht der richtige Zeitpunkt für unbeschwerte Romantik, sosehr sie die Stunden mit Leon wieder ungetrübt genießen wollte.

»Thobe ist Mitglied im Golf-, Segel-, Boßel- und Bernsteinsammlerverein. Dort wird er sicherlich auch Unterstützung rekrutieren können«, erklärte sie. Das hatte Hiske herausgefunden, die auch gelegentlich Reinigungsjobs in der Gemeindeverwaltung übernahm.

»Ja. Es wird nicht leicht sein, gegen ihn anzutreten. Aber nächstes Wochenende ist Hafenmarkt, und das ist für uns eine hervorragende Gelegenheit, unser Anliegen allen Bürgern und Besuchern nahezubringen.« Er seufzte. »Wir müssen aber aufpassen. Den Hafenmarkt gibt es erst seit zwei Jahren, und der Bürgermeister persönlich hat sich für seine Einführung eingesetzt. Wir müssen geschickt vorgehen, damit Herr Ebbels Senior nicht das Gefühl hat, unsere Aktion würde sich gegen ihn und sein Amt richten.«

»Wie ist er denn so drauf, unser werter Herr Bürgermeister?«, fragte Emma.

»Na ja, im Gegensatz zu Thobe scheint er ganz vernünftig zu sein. Hat bisher recht gute Entscheidungen getroffen. Weißt du, seine Frau hat sich von ihm getrennt, als Thobe in der Grundschule war, und er hat ihn dann allein großgezogen. Das war, lange bevor er Bürgermeister wurde. Ich erinnere mich gut daran, wie er bei jedem Schulevent präsent war, mit den Lehrern netzwerkte und immer viel spendete. Thobe war nicht besonders fleißig, ein echter Wackelkandidat, aber er wurde immer knapp versetzt und blieb dadurch in meiner Klasse.«

Das konnte Emma sich gut vorstellen. Auch in ihrer Klasse hatte es ein Mädchen gegeben, deren Eltern alles darangesetzt hatten, dass ihre mittelmäßig begabte Tochter erstaunlich gute Klassenarbeiten schrieb – oder dass die Klassenarbeitsnoten im Nachhinein plötzlich hochkorrigiert wurden.

»Meine Theorie ist, dass er Angst hatte, dass es Thobe durch die Abwesenheit seiner Mutter an etwas fehlt, und er ihn deshalb zu sehr verzogen hat. Anders kann ich mir nicht erklären, warum er Thobe immer alles durchgehen ließ. Selbst wenn er als Jugendlicher Unsinn gemacht hat, hat sein Vater ihn stets verteidigt.«

»Glaubst du, Herr Ebbels kann jetzt unparteiisch sein, wenn es um das Anliegen seines Sohnes geht?«

»Das wird sich zeigen, aber ich bin mir nicht sicher. Es geht damit los, dass Thobe auf der Versammlung seinen Vortrag zuerst halten darf. Das war die Entscheidung seines Vaters, und es ist nachteilig für uns, denn dann sind die Ratsmitglieder voreingenommen.«

Emma seufzte. »Wie geht denn deine Präsentation voran? Sollen wir uns heute Abend mal gemeinsam dransetzen?«

»Gern.« Leon legte einen Arm um sie und schaute sehnsüchtig über die weite Wiese vor ihnen. »Wenn das alles hier vorbei ist, Emma, dann möchte ich mit dir gemeinsam ein langes, friedliches Leben führen, in dem wir uns unsere Abenteuer selbst aussuchen können. Nur du und ich und wer weiß, vielleicht noch unsere Kinder. Wenn du welche möchtest.«

Trotz des unangenehmen Themas und Leons Anspannung fing es in Emmas Bauch an zu kribbeln. Denn Leon hatte gerade klar gesagt, dass er für immer mit ihr zusammen sein wollte. Und mehr noch – er wollte mit ihr eine Familie gründen, Kinder haben. Und das war ein Gedanke, der so aufregend war, dass sie für einen Moment allen Kummer und alle Sorgen vergaß.

Kapitel 25

Von der sonst so friedlichen Atmosphäre des Greetsieler Hafens, der am Ende der malerischen Einkaufsstraße lag, war am Morgen des großen Hafenmarkts nicht viel zu spüren. Überall rummelte und klopfte es, klirrte Metall oder ertönten die Rufe der Standbetreiber. Links neben Emmas *Kutterimbiss Krabbenglück* baute ein Obsthändler einen Pavillon am Kai auf, und rechts von ihr fuhr ein Bäcker vor, der aus seinem fahrbaren Untersatz heraus Brote und Gebäck verkaufen wollte. Ihr Kutterimbiss war das einzige Geschäft, das im Wasser lag, und das allein würde die Leute sicherlich schon magisch anziehen.

»Ich lasse die Hälfte der Stehtische heute weg, damit ich den anderen Verkäufern im Gedränge des Marktes nicht zu viel Platz wegnehme. Ich glaube, anders kämen wir mit dem Verkauf auch nicht hinterher«, erklärte sie Kea, die ihr heute aushelfen wollte.

»Stimmt. Tische putzen, Mülleimer leeren, Schirme auf- und zuklappen«, zählte Kea auf, »da kommt einiges zusammen.«

Gemeinsam bereiteten sie die Theke vor und beobachteten das Treiben um sich herum.

»Es ist spannend, den Hafen so anders zu erleben«, fand Emma. Sie freute sich über jeden Neuankömmling, der auf dem Gelände vorfuhr, das sonst autofrei war. Die flatternden Planen der Stände leuchteten in allen Farben, es duftete nach Frischgebackenem, Obst und Wurstspezialitäten. Am Rand des Kais wurde sogar ein Karussell aufgebaut, auf dem die Kleinen ihre Runde auf hölzernen Seehunden drehen konnten.

»Ich hoffe einfach, dass alles gut geht.« Sie schaute auf ihre Armbanduhr. »Es ist fünf Uhr dreißig. Jaantje und Nienke sind immer noch nicht da, dabei ist die Sonne vor einer halben Stunde aufgegangen.«

Schon jetzt tauchten vereinzelte Besucher auf und begutachteten neugierig die Ware an den Ständen. Viele trugen Tüten, Körbe oder zogen gleich einen Einkaufstrolley hinter sich her.

Plötzlich ging ein Lächeln über Emmas Gesicht, und sie richtete sich auf. »Die Seppls sind hier!«

Die schwarzhaarigen Jungs liefen schnurgerade hintereinanderher, wie eine Entenfamilie. Emma legte die Hände trichterförmig an den Mund. »Hey – hier drüben!«

Die Jungs flitzten zu ihnen herüber.

»Mögt ihr ein Krabbenbrötchen zum Frühstück?«, bot sie ihnen an.

Alle bis auf Till schüttelten den Kopf. »Ich nehm gern eins«, sagte der.

»Wie schön, dass ihr hier seid!«, rief Emma fröhlich und belegte Tills Brötchen. »Ich glaube, der Markt wird eine richtige Sensation. Sind eure Eltern auch hier?«

»Nee, die nutzen die Gelegenheit und gehen ins Spa. Und wir sind nicht zum Vergnügen hier, sondern zum Arbeiten«, erklärte Kris stolz. »Leon meinte, wir können deiner Kochtruppe am Infostand helfen, und ich habe gestern Abend mit Nienke telefoniert. Die meinte, sie freut sich über unsere Unterstützung und wir sollen einfach vorbeischauen und uns bei ihr melden.«

»Ihr seid die Besten. Ich wusste gar nicht, dass ihr dieses Wochenende wieder auf dem Platz seid«, sagte Emma und reichte Till sein Brötchen, der sofort kräftig hineinbiss, sodass die Remoulade an den Seiten herausspritzte.

266

»Wir kommen jetzt öfter her, uns gefällt es hier richtig gut. Und deshalb wollen wir auch mehr mit anpacken.«

»Ich zieh später auch hierher!«, rief Till mit vollem Mund.

»Ach, das ist aber nett, dann sehen wir euch ja häufiger«, sagte nun auch Kea erfreut, runzelte aber gleich darauf die Stirn. »Ich frage mich nur, wo Nienke und Jaantje bleiben, die sind doch sonst immer pünktlich.«

Die beiden Frauen trafen erst um Viertel nach sechs auf dem Markt ein. Mittlerweile hatten sich lange Schlangen vor den Ständen gebildet, die schmalen Gassen waren brechend voll, und überall wurde gedrängelt. Emma, die eine Bestellung nach der anderen abarbeitete, hörte Nienkes laute Stimme trotzdem in dem allgemeinen Lärm heraus.

»Bitte zur Seite treten, danke! So, junger Mann, rücken auch Sie ein Stück, wunderbar, geht doch.« Nienkes puterroter Kopf stand im starken Kontrast zu ihrem paillettenbesetzten schwarzen Hut, der oben spitz zulief und die Köpfe ihrer Mitmenschen überragte. Sie sah aus wie eine Hexe aus einem Märchen und wirkte ebenso unbeugsam. Jaantje bahnte sich atemlos ihren Weg hinter Nienke her, bis sie einen freien Platz erreichten, der auf dem Boden mit Kreidestrichen gekennzeichnet war.

Nienke winkte Emma zu, bevor sie anfing, ihren Infostand aufzubauen. Während sie den leichten Klapptisch aufstellte, setzte Jaantje den schweren Flechtkorb ab, den sie hierhergeschleppt hatte. Dann verschwand sie, um eine Weile später mit zwei Stühlen zurückzukommen. Nienke zog derweil einige Broschüren aus dem Korb und brachte ein laminiertes Schild am Tisch an, das sie mit Tesafilm befestigte. *Rettet den Campingplatz am Wattenmeer*, stand darauf geschrieben, darunter prangte ein Totenkopf, der eine Rose im Mund hielt. Emma verkniff sich ein Grinsen – Nienke hatte eben einen eigenwilligen Geschmack.

»Wie bitte?«, rief Kea gerade dem Kunden vor ihr zum dritten Mal zu.

»Fuffsehn Aale«, antwortete der Mann.

»Ach so. Nein, wir haben leider keine Aale. Wir verkaufen nur das, was hier auf der Speisekarte steht. Möchten Sie noch einen Moment schauen? – Was kann ich denn für Sie tun?«, wandte sie sich an den nächsten Gast.

»Wie überstehst du das nur allein?«, fragte sie Emma, als sie gerade ein paar Sekunden Luft holen konnte.

»Na ja, normalerweise ist nicht so viel los wie heute. Aber man findet sich auch in seine Routine ein, irgendwann sitzen die Handgriffe, und man lernt, die Kunden zu verstehen.« Als sie im letzten Jahr angefangen hatte, war sie langsam gewesen, hatte ewig nach Sachen gesucht und viele Fehler gemacht, aus denen sie gelernt hatte. Jetzt hätte sie sich im Kutterimbiss mit einer Augenbinde zurechtgefunden. Was die Kunden betraf, hatte sie die Erfahrung gemacht, dass offene Freundlichkeit am meisten brachte. Man musste nicht jeden mögen, aber jeder verdiente zunächst eine zuvorkommende Behandlung.

Die Schlange vor dem *Kutterimbiss Krabbenglück* wurde immer länger, bis sich der Obsthändler von nebenan beschwerte: »Man sieht meinen Stand ja gar nicht mehr. Die ganzen Leute verdecken meine Kohlköpfe.«

Emma versuchte, die Wartenden umzudirigieren, sodass sie sich in einer geraden Linie anstellten. Das stimmte den Obsthändler gnädig, und er nickte ihr zufrieden zu.

Jedem Imbisskunden drückten sie einen Flyer in die Hand, auf dem die wichtigsten Infos über die Campingplatz-Initiative standen.

Immer wieder schaute Emma zu Nienke, Jaantje und den sieben Seppl-Jungs hinüber, die fleißig Flyer verteilten. Das hieß, die Jungs verteilten Flyer – und Nienke? Emma kniff die Augen zusammen. Leons Tante packte eine Art Schminkset und einen Spiegel aus. Dann rief sie ein kleines Mädchen zu sich, das in der Nähe stand.

»Was geht da vor sich?«, fragte Kea, die auch neugierig geworden war.

Emmas Finger zuckten nervös. Bei Nienke konnte man nie so richtig wissen. »Könntest du den Stand kurz allein übernehmen? Ich schaue mal nach«, sagte sie und nahm die Schürze ab. Bisher war sie trotz des Andrangs ruhig gewesen, aber der Gedanke, dass irgendetwas schiefgehen könnte … Ein Schauer rann ihr den Rücken hinunter.

»Oh«, meinte Kea und schaute entgeistert die Schlange entlang. »Aber ich kann doch nur abrechnen, für das Essen bist du zuständig …«

»Nur ganz kurz«, sagte Emma und machte sich auf den Weg zu Nienkes und Jaantjes Stand. »Wie läuft es?«, fragte sie mit viel zu hoher Stimme, die ihren Argwohn verriet.

»Moin, Emma. Alles im Lot auf dem Boot. Und bei dir?«

»Alles in Butter auf dem Kutter«, konterte sie und sah zu, wie Nienke nach einem schwarzen Stift griff.

»Setz dich gerade hin, ja so ist es gut«, sagte die zu dem Mädchen, das ihre Anweisungen sofort befolgte. »Ich kann dich in einen gefährlichen Drachen verwandeln, der so gruselig aussieht, dass du deinem Bruder einen gehörigen Schrecken einjagen kannst.«

Das Mädchen grinste und legte dabei eine Zahnlücke frei. »Ja, so richtig fies und gemein, bitte.«

Nienke zog einen ersten Strich auf ihrer Wange, und jetzt erst verstand Emma. »Ach so. Du bietest Kinderschminken an!«

»Jep. Du wirst sehen, das zieht viele Leute an den Infostand. Hab mir dafür extra eine Genehmigung besorgt. Und während ich den Kindern das Gesicht bemale, kann ich den Eltern nebenher vom Campingplatz erzählen.« Sie kicherte, als die erste Drachenschuppe Form annahm. »Du jagst mir jetzt schon Angst ein.«

Das Mädchen strahlte.

»Nini, hascht du meine Pumpe geschehen?« Jaantje kramte in dem Korb, in dem neben weiteren Schminkutensilien auch eine Menge Proviant verstaut war.

»Die liegt ganz unten, glaube ich.«

»Isch kann schie nischt finden.«

»Musstest du ausgerechnet heute dein Gebiss verlegen?«, schalt Nienke ihre Freundin. »Du klingst, als hättest du eine Sandgrundel quer im Mund sitzen.«

»Und dein Hut beischt sisch mit deiner Blusche.«

»Wie bitte? Die sind beide schwarz.«

»Falsch, dein Hut isch schwarz. Deine Blusche isch abyschblau.«

»Was? Ach so, abyssblau. Stimmt. Passt trotzdem.«

Damit schien alles gesagt, und beide Frauen konzentrierten sich wieder auf ihre Tätigkeit. Beruhigt lief Emma zum Kutter zurück und fand dort eine aufgelöste Kea vor, die kaltes Wasser über ihre Finger laufen ließ.

»Ich habe mich an der blöden Fritteuse verbrannt«, stammelte sie.

Emma begutachtete ihre Hand. »Puh, du hast Glück gehabt«, sagte sie erleichtert. »Kühle zur Sicherheit noch ein paar Minuten weiter.«

Ein schlechtes Gewissen breitete sich in ihr aus. Sie hatte Kea zu viel zugemutet. In der nächsten Stunde achtete sie darauf, dass ihre Freundin langsamer arbeitete und ihre frisch verbundene Hand dabei so wenig wie möglich einsetzte.

Viele Stammkunden kamen an den Stand, aber auch viele Touristen. Die Schubermaiers, die gerade eine Campingfahrt durch ganz Deutschland machten, schauten vorbei, und Emma spendierte ihnen eine große Portion Pommes mit Mayo. Zeit für ein ausführliches Gespräch hatte sie aber nicht, dafür war zu viel los.

Plötzlich ertönte ein lauter Knall in der Nähe, und Kea, deren Nerven etwas blank lagen, tauchte unter die Theke ab.

»Was war das?«, fragte sie ängstlich.

Emma schaute sich suchend um, bis ihr Blick bei Jaantje verharrte, die mit einem Ballon kämpfte. »Sieht ganz so aus, als versuchte sich Jaantje an einem Ballontier«, schlussfolgerte sie.

Auch der nächste Ballon platzte, und Emma beobachtete, wie der Vater eines mittelblonden Jungen in Fußballkluft seinem Sprössling die Ohren zuhielt, als Nienke laut fluchte. Hören konnte sie zwar nicht, was Nienke rief, aber auf Jaantje schien es Eindruck zu machen, denn sie pumpte den nächsten Ballon äußerst zaghaft auf.

»Macht sie das zum ersten Mal?«, fragte Kea, die sich mittlerweile wieder hochgewagt hatte.

»Sieht ganz so aus.«

Jaantje formte aus der Ballonwurst etwas, das mit viel Fantasie wie ein Hund mit zu lang geratenem Hals aussah. Sie schien aber stolz auf ihr Werk und überreichte die Hundegiraffe mit einer dramatischen Geste dem Fußballjungen, der sie etwas verwirrt anschaute.

Ein paar Minuten später platzte wieder ein Ballon, und Emma sah, dass das Kind – ob Junge oder Mädchen konnte sie auf die Distanz bei dem hellblonden Kurzhaarschnitt nicht erkennen – vor Schreck anfing zu weinen. Seine Eltern schimpften, und während Jaantje eilig einen weiteren Ballon aufpumpte, diskutierte Nienke mit den Eltern. Dabei gestikulierte sie wild. Emma beobachtete, dass eine andere aufgebrachte Mutter an den Tisch trat, deren Sohn eine furchterregende gemalte Grimasse im Gesicht trug.

»Oh, das sieht nach Nienkes Werk aus.«

Kea schaute Emma bestürzt an. »Geh lieber mal gucken.«

»Bist du sicher?« Sie wollte ihre Freundin ungern noch einmal am Stand allein lassen.

»Ja. Ist doch gerade wieder weniger los. Und ich halte mich von der Fritteuse fern.«

Also kletterte Emma vom Kutter und lief zu Nienke und Jaantje hinüber.

»Wie können Sie einem Fünfjährigen so eine Fratze aufmalen?«, rief die Mutter erbost.

Der Junge, an dessen Kinn Kunstblut klebte, reckte stolz das Kinn. »Ich finde es cool«, erklärte er.

»Er hat sich das gewünscht. Ich finde, es steht ihm«, sagte Nienke fest.

»Was soll das denn heißen?«

»Kriegt Micki jetzt endlich den Schwan?« Der Vater des Blondschopfes drängte sich an Emma vorbei.

Sie atmete tief durch und sammelte Kraft. »Jaantje?«, fragte sie. »Kommt der Schwan gleich?«

»Jaja, habsch gleich.« Der nächste Ballon platzte zwar nicht, dafür entglitt er Jaantjes Fingern und flog zischend über den Platz. Alle sahen ihm hinterher, wie er schlapp in der weit geöffneten Tüte einer Besucherin landete, die gerade ihre Einkäufe einsortierte. Jaantje startete den nächsten Versuch, und dieses Mal klappte es. »Tada«, sagte sie stolz und übergab Micki etwas, das an eine Ente mit Hörnern erinnerte.

Nienke hatte dem Vampirjungen derweil das Kunstblut vom Kinn gewischt und durch eine Narbe ersetzt. »Besser so?«

Die Mutter nickte zufrieden.

Emma atmete auf.

Zwei der Seppl-Jungen kamen auf sie zu. »Wir haben keine Flyer mehr.«

Nienke wühlte im Korb und drückte ihnen gleich darauf einen weiteren Stapel in die Hände. Emma nahm auch welche zum Nachlegen an der Theke mit. Schweiß hatte sich in ihrem Nacken gebildet, der ihren Kragen feucht werden ließ. Sie zupfte ein Taschentuch aus ihrer Hose und tupfte sich das Gesicht ab, während sie zum Kutter eilte.

Aber bevor sie ihn erreichte, entdeckte sie eine Gruppe Männer in Matrosenuniformen. Unter ihnen war auch Leon. Die dunkelblaue Strickmütze saß schief auf seinem Kopf, und Emma fand ihn mit seinem leicht offen stehenden Hemd und dem locker sitzenden Halstuch zum Anbeißen. Er trug einen knallroten Aufsteller unter dem Arm, den er aufklappte, sobald die Truppe zum Stehen kam. Darauf erkannte sie die Luftaufnahme seines Campingplatzes und den Aufruf, sich gegen seinen Niedergang zu wehren.

Der Fischerchor nahm Aufstellung, und einer von ihnen begann mit einer tiefen Bassstimme zu singen: »*There once was a ship that put to sea, the name of the ship was the Billy O' Tea ...*«

Die anderen Sänger setzten mit ein und übertönten die anderen Geräusche auf dem Markt. »*The winds blew up, her bow dipped down*«, schallte es tief und satt. Köpfe drehten sich, und immer mehr Zuschauer drängten sich um die Männer, die mit geradem Rücken und wehmütigem Ausdruck ihr Lied darboten. »*Soon may the Wellerman come, to bring us sugar and tea and rum ...*«

Die nächste Strophe war ein Solo von Leon, der genau mittig in der ersten Reihe stand. Selbst unter den teilweise kräftig gebauten und hochgewachsenen Männern stach er noch mit seiner Größe heraus, aber dennoch fügte er sich perfekt in den Chor ein, weil er zwar attraktiv war, aber nicht makellos, melancholisch, aber nicht trübsinnig wirkte. Und seine Stimme war unbeschreiblich! Gleichzeitig tief und rau, ohne dabei ihre Unschuld zu verlieren, sie vibrierte leicht und war dennoch glasklar. Sie hüllte Emma ein, versetzte ihren Geist in Schwingungen und ließ sie vergessen, wo sie gerade war und was sie gerade vorhatte.

Verträumt schaute sie über die Männer hinweg, über die Schiffe und weiter das Hafenbecken entlang, das hinausführte auf das scheinbar endlose Meer. Sie dachte an die Naturgewalten an seiner Oberfläche und die Geheimnisse in seiner Tiefe. Die Schätze und Wracks, die halb versunken am Meeresboden lagen, und den Ruf der Weite, der jeden Seemann – und jede Seefrau – auf Landgang früher oder später ereilte. Jetzt erst verstand sie so richtig, warum die Greetsieler ihre Heimat so liebten. Es war nicht einfach nur unglaublich schön hier, das Meer war Teil des Lebens und ein Teil der Menschen, der sie hier hielt. Und was hatte Motje damals zu ihr gesagt, an dem Tag, an dem sie reglos auf der Wasseroberfläche trieb? *Das Meer nimmt dir alle Schwere, es lässt dich fliegen.* Genauso fühlte sich Emma jetzt, als würde Leons Stimme sie an diesem sagenumwobenen Küstenort zum Fliegen bringen können, als müsste sie nur die Arme ausbreiten, um sich vom Boden zu lösen.

Nachdem der Chor sein Lied beendet hatte, zogen die Männer ihre Hüte und Mützen und verneigten sich. Ein stürmischer Applaus brach los.

»Bravo, bravo!«, riefen auch die Schubermaiers, die schwer bepackt mit Einkaufstüten wieder vor Emmas Kutter aufgekreuzt waren.

Leon trat vor, seine Mütze knetete er nervös zwischen den Fingern. »Vielen Dank!«, rief er, räusperte sich und fuhr fort: »Wir sind der Fischerchor Achterwind, und wir lieben unsere Heimat. Wenn auch ihr etwas für Greetsiel tun möchtet, dann –« Einer seiner Chorkollegen trat zu ihm hin und flüsterte ihm etwas ins Ohr. Leon schaute bestürzt. »Äh, dann unterstützt unsere lokalen Geschäfte und kauft so viel ein, wie ihr tragen könnt«, fügte er hastig hinzu und gesellte sich zurück zu den anderen Sängern. Dabei schnappte er sich den Aufsteller und ließ ihn hinter sich verschwinden.

Emma runzelte besorgt die Stirn. Leon hatte sicherlich etwas anderes sagen wollen, etwas, das mit dem Campingplatz zu tun hatte. Der Männerchor stimmte das nächste Lied an.

»Schau mal«, sagte Kea und deutete auf eine Lücke zwischen dem Fleischerstand und der Käserei. Dort stand der Bürgermeister mit seiner Delegation. Hajo Ebbels hatte die Arme hinter dem

Rücken verschränkt, was dafür sorgte, dass sein runder Bauch wie eine Kugel wirkte, die er sich umgeschnallt hatte. Bis auf die roten Haare sah er Thobe nicht besonders ähnlich, hatte glatt rasierte speckige Wangen und einen eher müden Blick. Seine Geheimratsecken, die weit bis über die Schläfen reichten, verliehen ihm etwas intellektuell Verklärtes. Die zwei Männer rechts und links kannte Emma bereits aus der Zeitung – zwei Lokalpolitiker, die neben dem Bürgermeister allerdings eher wie Bodyguards wirkten. Ihre grimmigen Gesichter waren mit Narben überzogen, und die breitbeinige Haltung und ihr übermäßiges Selbstbewusstsein strahlten wenig Freundlichkeit aus.

»Ui! Das sieht nach Ärger aus.« Vorsorglich nahm Emma die Flyer von der Theke und verstaute sie in dem Fach unter der Kasse.

Kapitel 26

Der Bürgermeister schlenderte über den Platz, während seine politische Delegation dicht neben ihm blieb. Jeder, der die Truppe auf sich zukommen sah, trat automatisch zur Seite, um sie durchzulassen. Einer der Begleiter lächelte einer älteren Dame zu, die sich auf ein Gehgestell stützte. Dabei kamen seine blitzweißen Zähne zum Vorschein, und Emma musste sofort an die Grinsekatze aus *Alice im Wunderland* denken.

Ihr Herz setzte kurz aus, als der Bürgermeister bei Jaantje und Nienke stoppte und sich mit den beiden unterhielt. Er schien sie etwas zu fragen und nickte dabei in Richtung des Kutterimbisses. Die beiden Frauen setzten unschuldige Mienen auf, und Nienke wedelte demonstrativ mit einem Stift, als böte sie dem Bürgermeister gerade eine Gesichtsbemalung an. *Das ist ihr tatsächlich zuzutrauen*, dachte Emma und musste bei der Vorstellung von Herrn Ebbels mit einem grün geschminkten Frankensteins-Monster-Gesicht lächeln.

Auch die Seppl-Jungs hatten seine Anwesenheit spitzbekommen und versteckten die Flyer hinter ihrem Rücken.

»Puh«, keuchte Kea, als Herr Ebbels endlich weiterging. Ihre Fingerknöchel waren weiß hervorgetreten, so fest hatte sie den Besen in ihrer Hand umklammert. »Was bin ich froh, dass der wieder weg ist.«

Aber kurz bevor der Bürgermeister hinter der Wand aus Eierkartons verschwand, die der Hofladen aufgebaut hatte, bückte er sich und hob etwas vom Boden auf. Selbst von Weitem erkannte Emma das leuchtende Blau und das Format ihres Flyers. Hajo Ebbels sah zum Fischerchor hinüber und dann zum Kutterimbiss. Seine Mimik veränderte sich nicht, aber gerade das verunsicherte Emma.

»Ich hoffe, ihr könnt euch gegen seinen elenden Sohn durchsetzen.«

Emma zuckte so stark zusammen, dass ihr schwindelig wurde. »Was?«, stammelte sie. Vor ihren Augen tanzten kleine Sternchen, und als diese verschwanden, sah sie ihren Stammgast Didi Schöneich, der damals als Erster ihren Partyservice gebucht hatte. Auch heute trug er eins seiner legendären Muskelshirts, das seine stahlharten Arme betonte.

»Der Fatzke ist so schmierig, der braucht beim Braten keine Butter.«

»Hi, Didi«, sagte sie erleichtert. »Möchtest du deine üblichen zwei Krabbenbrötchen und einen Seelachsburger, oder darf es etwas anderes sein?«

»Nee, dasselbe wie immer.« Er verfolgte aufmerksam, wie sie seine Bestellung zubereitete. »Ich finde das ja ganz schön dreist mit dem Campingplatz«, sagte er. »Vor allem deshalb, weil er persönlich davon profitiert.«

»Danke, Didi«, erwiderte Emma, ganz auf die einzelnen Lagen im Burger konzentriert.

Zum Glück hatte Kea besser zugehört. »Wer profitiert wovon persönlich?«, fragte sie scharf.

»Na, der Thobe. Dem gehört doch die Streuobstwiese neben dem Campingplatz. Bitte noch ein paar Zwiebelringe mehr, dafür etwas weniger Soße heute, danke. Wo war ich?«

Emma und Kea beugten sich beide weit vor. »Was soll das heißen?«, fragten sie gleichzeitig.

»Ja, das weiß ich halt von meinem Chef. Die Wiese ist zwar an einen Bauern verpachtet, aber laut Grundbuch gehört sie dem Ebbels. Und wenn der Campingplatz Bauland wird, dann ändert sich der Flächennutzungsplan in der ganzen Ecke, das heißt, dass die Wiese zu einem Baugrundstück wird.«

»Das ist ja höchst interessant«, meinte Kea, deren Mundwinkel langsam nach oben wanderten.

»Ist doch Käse, wenn die Politiker alle unter sich munkeln und mischen«, brummte Didi. »Wo bleibt denn da die Gerechtigkeit?«

Emma verpackte seine Bestellung und reichte sie ihm. »Da hast du recht. So, ich wünsche dir einen schönen Tag! Deine Krabbenbrötchen und der Burger gehen heute aufs Haus.«

Didi bedankte sich vielmals und marschierte dann zum Getränkestand, um sich zu seiner Mahlzeit auch ein Bier zu genehmigen.

Emma drückte Keas Hand unter der Theke. Die hibbelte aufgeregt auf der Stelle und zischte: »Wenn das wahr ist, dann kriegen wir Thobe damit dran.«

»So ein Schlitzohr!«

»Schlitzohr?«, eiferte sich Kea. »*Dat is 'n driester Schojer.*«

Die Zeit bis zur Gemeinderatsversammlung verging schneller, als Emma und Leon lieb war. Über Umwege hatte Emma herausgefunden, dass Didi recht gehabt hatte: Die Streuobstwiese war tatsächlich auf den Namen Ebbels eingetragen. Sie musste bei ihren Erkundigungen vorsichtig sein, denn sie wollte vermeiden, dass Thobe Wind von ihrer Recherche bekam. Ihr Wissensvorsprung war schließlich eine Geheimwaffe gegen ihn.

Die Damen der Kochgruppe Bohntjesopp waren auch fleißig gewesen. Sie hatten ihre Fühler ausgestreckt, Freunde, Verwandte und ehemalige Kollegen informiert, und jeder, der in und um Greetsiel wohnte, hatte inzwischen von dem Kampf um den Campingplatz gehört.

»Es gibt kaum jemanden, der nicht auf unserer Seite steht«, erklärte Nienke zuversichtlich, aber Kea sah das anders: »Die Bürger sind die eine Sache. Klar, da haben wir viel Rückhalt. Meines Erachtens sind die Gemeinderäte selbst das Problem. Die kennen Thobe persönlich, arbeiten mit ihm, golfen mit ihm oder gehen mit ihm segeln. An die kommen wir nicht heran.«

Das Giebelhaus war erfüllt von einer Vielzahl an leckeren Gerüchen, aber heute hatte keine von ihnen großen Appetit mitgebracht. Selbst Leon, der Emma an diesem Abend begleitete, hatte sein Essen kaum angerührt. Nur Flip knabberte fleißig an einem Knochen.

»Wir könnten uns im Golfclub anmelden«, schlug Siemtje vor.

»Hast du dir mal die Anmeldegebühr und den Jahresbeitrag angeschaut? Das kannst du knicken.« Nienke schüttelte den Kopf. »Und im Segelclub sind wir auch fehl am Platz. Ich kann segeln, aber pass da nicht rein, das ist mir zu elitär. Oder kann jemand von euch segeln?«

»Ich habe früher als Lotsin gearbeitet«, krähte Siemtje.

»Ach echt?«, fragte Emma überrascht. Nordseelotsin war ein knallharter Job, den sie der zierlichen Frau, die in ihrer Freizeit gern strickte, nicht unbedingt zugetraut hätte.

»Mit Schiffen kenne ich mich aus. Aber segeln kann ich auch nicht.«

»Dann muss es auch so gehen«, lenkte Emma ein. »Leon hat einen soliden Vortrag erstellt, er wird alle Register ziehen. Und wir haben ja noch unseren Joker: Leon wird erwähnen, dass Thobe von seinem Vorschlag privat profitiert.«

»Ja, aber …«, begann Nienke, und alle Augen richteten sich auf sie. »Das wirft vielleicht ein schlechtes Licht auf Thobe, aber letztendlich interessiert das die Gemeinderäte doch nicht. Für die ist es wichtig, dass die Region auf eine gesunde Art wächst, dass Wohnraum geschaffen wird und die Wirtschaft Greetsiels blüht.«

»Was Thobe betreibt, das ist Korruption!«, rief Jaantje.

»Oder nur ein positiver Nebeneffekt eines neuen Gemeinde-projekts. Das ist Auslegungssache«, dämpfte Nienke ihren Enthusiasmus.

In der Vergangenheit hatte Emma sich leidenschaftlich an den Diskussionen beteiligt. Nun wurde sie mit jeder Minute stiller und nachdenklicher, mit jedem Einwurf ihrer Freundinnen verschwand ihre Zuversicht, und die Hoffnung rieselte aus ihr heraus.

Leon, der anfangs des Abends noch stolz seine Unterlagen präsentiert hatte, schien es ähnlich zu gehen. Blass und schweigsam sortierte er Papiere, die immer knittriger wurden, und sobald das Essen beendet und das Geschirr weggeräumt war, verabschiedete er sich. »Vielen Dank, ihr Lieben, ich würde gern länger bleiben, aber ich bin heute etwas müde«, entschuldigte er sich.

»Ich komme mit«, sagte Emma und nahm ihre Jacke vom Garderobenhaken. »Komm, Flip, wir gehen.«

Mit enttäuschtem Blick sprang der Mops auf und versuchte den übergroßen Knochen hinter sich herzuziehen.

Die Nacht war warm und lieblich. Grillen zirpten in den Gräsern, und hin und wieder quakte ein Frosch. »Lass uns bei dir übernachten«, schlug Emma vor. *Solange das noch möglich ist*, ergänzte sie in Gedanken und schämte sich gleich darauf für ihre Zweifel. Leon ohne seinen Campingplatz, das konnte und wollte sie sich nicht vorstellen.

»Wenn ich den Platz verliere, Emma, könntest du vorübergehend ein paar meiner Hühner aufnehmen?«

»Natürlich. Deine Hühner – und dich auch.«

Es war merkwürdig, im Dunkeln über den Platz zu laufen und die einzelnen Lichter in den Wohnwagen zu sehen. Hinter jedem Fenster passierte eine kleine Urlaubsgeschichte, lasen Menschen Bücher, redeten oder gingen ihren Hobbys nach. Manche häkelten, andere malten oder bastelten an alten Radios. Vor einigen

Zelten standen Grills, deren Kohle längst verglüht war, von denen aber immer noch der leckere Geruch von Steaks und Würstchen ausging. In einem Zelt lachte jemand, vor dem Eingang standen zwei Paar Schuhe in unterschiedlichen Größen.

»Es steckt so viel Leben in diesem Platz«, sagte Emma leise. »Ich würde dir so gern sagen, dass alles gut wird, aber ich weiß es nicht, Leon. Ich kann dir nur versprechen, dass ich zu dir halte.«

Nachts lagen sie eng umschlungen in Leons Hütte und schauten durch sein rundes Dachfenster in den Sternenhimmel. Keiner von ihnen konnte einschlafen. Die Gedanken in Emmas Kopf drehten sich, rasten auf sie zu und lösten sich wieder auf. Vieles war so unsicher, die Zukunft nicht greifbar. Nur einer Sache war sie gewiss. »Ich liebe dich, Leon.«

Er küsste ihr Haar. »Oh, Emma. Ich dich doch auch.«

»Das tut so gut. Du bist perfekt für mich. Ich habe lange gebraucht, um das wirklich zu verstehen. Aber ich meine es ernst. Ich war schon öfter in meinem Leben verliebt, aber ich habe nie geliebt. Du bist der Richtige. *Ik heb di leev!*« Sie drehte sich zur Seite und knipste die Nachttischlampe an. Leons dunkle Augen ruhten liebevoll auf ihr. Sie küsste ihn auf die Stirn, bevor sie fragte: »Sollen wir uns deinen Vortrag noch mal vornehmen?«

Sofort richtete Leon sich auf. »Ja«, sagte er.

An dem Mittwoch, an dem die Gemeinderatsversammlung stattfand, blieb das Leben in Greetsiel stehen. Jeder Bewohner war daran interessiert, welche Entscheidung getroffen werden würde – ob der Campingplatz weiterhin bestehen oder durch ein Neubaugebiet ersetzt werden würde. Es ging sie alle an. Greetsiel, das war nicht irgendein Ort, es war ihr Dorf, ihre Heimat. Jeder hatte eine eigene Meinung in dieser Angelegenheit.

Selbst der Bäcker hatte zugemacht, auf dem Schild im Fenster stand: *Wegen persönlicher Umstände geschlossen.* Der Bäckermeister war einer von Siemtjes zahlreichen Enkeln, die ebenso wie die anderen Mitglieder der Kochgruppe Bohntjesopp keine Gelegenheit ausgelassen hatten, andere davon zu überzeugen, dass der Campingplatz zu Greetsiel gehörte wie Butter zu Bratfisch.

Die Versammlung würde um zehn Uhr morgens stattfinden, das hatte Emma und Leon genug Zeit gegeben, um mit Flip vorher einen ausgedehnten Spaziergang zu machen, Kraft zu tanken und die letzten wichtigen Dinge zu besprechen.

»Ich glaube, ich war noch nie so nervös im Leben«, gab Leon zu, der sich alle paar Sekunden am Ohr kratzte.

»Dann ist es eine gute Sache, dass Thobe zuerst spricht«, versuchte Emma ihn zu beruhigen. »So kannst du dich in Ruhe auf deinen Einsatz vorbereiten.« Es kostete sie viel Mühe, ihren Glockenhut nicht zum hundertsten Mal zurück in die Stirn zu schieben. Nicht, dass er nicht passte – aber es gab ihren Fingern etwas zu tun, das sie ablenkte.

»Moin, Emma, moin, Leon. Viel Erfolg heute!«, rief Didi ihnen zu, als er mit seinem Skateboard gekonnt vor ihnen bremste und dann absprang. Flip kletterte mit den Vorderpfoten auf das Skateboard, und Didi setzte ihn begeistert ganz drauf. »Mensch, dein Mops ist ja vielseitig begabt. Ich wette, den könnte ich in null Komma nix zum tauglichen Skater ausbilden.«

»Mit Sicherheit – wenn genug Leckerlis im Spiel sind, lernt der alles«, behauptete Emma und zückte ihr Handy, um ein Foto zu machen.

Didi schob das Skateboard einen halben Meter vorwärts, und Flip blieb brav stehen. »Guter Junge!« Er streichelte Flips Köpfchen. »Ich hoffe, ihr zeigt es diesem Heiopei heute richtig.«

»Das hoffen wir auch. Aber da sein Vater der Bürgermeister ist und er die richtigen Verbindungen hat, ist das keine leichte Sache.«

»Ach, lasst euch von Thobe nicht einschüchtern. *De is ok mit bloot Mors up de Welt kamen.*«

Didi war nicht der Einzige, der sie anhielt, um ihnen Mut zuzusprechen. Herbert Raschl, bei dem sie vorbeischauten, damit er auf Flip aufpasste, versuchte, seinen Beistand mit einem »Ihr macht das schon, Kinder« auszudrücken. Hiske hingegen umarmte sie beide mit roten Augen, tupfte sich immer wieder über die feuchten Wangen und schluchzte, als sie sich schließlich verabschiedeten.

»Es ist schon zwanzig vor zehn«, meinte Emma, »wir sollten uns beeilen.« Die Zeit war schneller verstrichen als sonst, jetzt drängte es, denn die Gemeindeverwaltung befand sich in Pewsum, und dort würde auch die Versammlung stattfinden.

Emma drückte aufs Gaspedal, fuhr knapp über der Geschwindigkeitsbegrenzung, was zu einer sportlichen Fahrt führte, weil sie mehrfach heftig bremsen musste. Leon drückte sich nach hinten ins Polster, die Hand fest am Haltegriff. »Mensch, Emma. Wir sind nicht beim Grand Prix in Monaco«, klagte er.

»Wir müssen auf jeden Fall pünktlich sein.« Kaum hatte sie den Satz beendet, tauchte ein Traktor vor ihnen auf, und es dauerte quälende zwei Minuten, bis Emma ihn endlich sicher überholen konnte.

Je näher sie dem Gebäude der Gemeindeverwaltung kamen, desto mehr waren die Parkstreifen belegt. Menschen strömten die Straße entlang, einige hatten ihre Kinder mitgebracht. Ein kleines Mädchen winkte ihnen, als Leon das Fenster herunterkurbelte, um nach einem freien Platz Ausschau zu halten.

»Sind die etwa alle wegen uns hier?«, fragte Emma ungläubig.

»Sieht ganz so aus.«

Ihr Magen zog sich zu einer Schrumpelpflaume zusammen, so kam es ihr auf jeden Fall vor. Sie parkte etwas zu ruckartig in der nächsten Lücke, stellte den Motor ab und ließ den Kopf auf das Lenkrad sinken, um kurz durchzuatmen. Jemand klopfte an ihre Scheibe. Kea!

Sie stieg aus und umarmte ihre Freundin.

»He, du zerquetschst mich«, quiekte die, und Emma ließ etwas lockerer.

»Sorry«, entschuldigte sich Emma. »Ich bin nur so froh, dich zu sehen.«

»Hi, Leon, alles klar?« Kea winkte Leon zu, der zaghaft den Wagen verließ. »Mann, es sind so viele Menschen hier. Passen die denn alle in den Versammlungssaal?«

»Bestimmt. Da finden ja auch größere Anhörungen statt. Und wenn nicht, werden halt Stühle aufgestellt. Die werden sicherlich niemanden draußen stehen lassen. Das wäre ein gefundenes Fressen für die Presse.«

Die Presse. Eine dunkle Erinnerung tauchte in Emma auf. Die Eröffnung des *Kutterimbiss Krabbenglück*. Der Reporter vom *Krummhörner Generalanzeiger* und der unangenehme Food-Blogger mit dem Dreitagebart und dem Nasenpiercing. Hisko Eilerts hieß er, erinnerte sie sich. Ihr Sturz ins Wasser und die beiden daraus resultierenden Artikel, online und in der Tageszeitung. Während der Reporter nur seiner Arbeit nachgegangen war, hatte dieser Hisko versucht, sie lächerlich zu machen, und es war ihm egal gewesen, ob sie sich verletzt hatte oder nicht, er war nur auf eine gute Story aus.

Hoffentlich war dieser Schnösel heute nicht da, und hoffentlich würde die Lokalpresse sich diesmal auf ihre Seite schlagen oder zumindest fair berichten.

Während sie auf den Saal zugingen, gesellten sich Gretchen, Dina, Jaantje, Uda, Meina und Siemtje zu ihnen. Nienke trug ein schwarzes Kostüm, das wunderbar auf eine Beerdigung gepasst hätte, und ihr Outfit spiegelte Emmas Gefühlswelt gerade gut wider. Dieser Tag würde über Leons Zukunft entscheiden und damit auch über ihre.

Sie hörte nicht, was die anderen sie fragten, war gedanklich weit weg und suchte unter den Menschenmassen nach einem ganz bestimmten Gesicht. Eine Kamera klickte, und Emma schoss panisch herum. Hinter ihr stand ein unauffälliger Mann in Jeans und Cordhemd, der nun weitere Bilder von ihr knipste. Mit dem Tablet vor dem Gesicht konnte sie sein Nasenpiercing nicht erkennen, aber sie hätte den Food-Blogger auch unter hundert anderen wiedererkannt.

Kapitel 27

Bevor Emma reagieren konnte, trat eine Frau in einem schicken Zweiteiler auf Leon und sie zu. »Hi, mein Name ist Chen Lu Huang-Schmikowski. Ich bin vom Magazin *Campingfreude*. Ich würde mich nach der Versammlung sehr über ein Interview mit Ihnen freuen, hier ist meine Karte.« Sie reichte dem verwirrten Leon eine Visitenkarte und lächelte dann Emma an: »Mit Ihnen würde ich mich auch gern bei Gelegenheit unterhalten.«

Ehe sie etwas entgegnen konnte, war die Journalistin wieder in der Menge verschwunden. Der ganze Trubel um sie herum drückte auf ihre Nerven. Immerhin schien der Food-Blogger weitergezogen zu sein, und der Journalist vom *Krummhörner Generalanzeiger* war auch nicht zu sehen.

Im Versammlungssaal wurde es eng. Die Stühle waren alle belegt, selbst an den Wänden lehnten Menschen. Viele davon kannte Emma, und die meisten mochte sie gern. Einige nickten ihnen mitleidig zu. Überall wurden Gespräche geführt, begrüßten sich Bekannte oder wurden knisternd Jacken ausgezogen.

»Komm, ich habe uns Plätze reservieren lassen.« Leon schritt auf die erste Reihe zu, in der Zettel mit ihren Namen auf den Stühlen lagen. Ein paar Meter weiter saß Thobe und las seelenruhig eine Zeitung. Die Stühle links und rechts von ihm waren frei, aber das musste nichts heißen. Er würde schon dafür gesorgt haben, dass seine Unterstützer anwesend waren, dessen war Emma sicher. Aber es irritierte sie, dass er einen Finger befeuchtete und bedächtig auf die nächste Seite blätterte, als ginge ihn der Tumult um ihn herum gar nichts an.

»Der ist mir eine Spur zu gelassen«, raunte sie Leon zu. Sie betrachtete den Bürgermeistersohn, erinnerte sich daran, wie sie ihn das erste Mal getroffen hatte. Das war am Krabbenkutter gewesen. Er hatte sich mächtig aufgespielt und ihr erzählen wollen, die *Bernstein II* passe nicht ins Stadtbild. Auch heute waren die Ecken seines Schnurrbarts kunstvoll hochgezwirbelt, aber etwas war anders. Emma runzelte die Stirn. »Hm …« Natürlich – der Ziegenbart war neu. Auch wenn es nur ein Bart war, erinnerte sie sein neuer Look an ein Teufel-Faschingskostüm. Oder an die Handpuppe aus dem Kasperltheater ihrer Kindheit, die immer als Bösewicht herhalten musste.

Plötzlich legte Thobe die Zeitung zusammen und schaute sie direkt an. Seine Augen verengten sich.

Oh nein, er hat gemerkt, wie ich ihn beobachte. Emma schluckte. *Einfach stark bleiben*, dachte sie und hielt seinem Blick stand.

Spöttisch hob er den Mundwinkel, ganz so als ob ihn Emmas Interesse amüsierte.

Wo ist dein Schwachpunkt, Thobe, wie kann ich dich dazu bringen, uns in Frieden zu lassen?

Vor den Stuhlreihen war ein langer Tisch aufgebaut, an dem jetzt die Gemeinderäte Platz nahmen. Emma hatte ihre Namen recherchiert, kannte aber keinen von ihnen persönlich. Ein Stuhl war symbolisch freigehalten, das Namensschild verriet, dass Thobe dort normalerweise saß. Heute würde er zwar in der Rolle des engagierten Bürgers auftreten und durfte an der Abstimmung der Gemeinderäte selbst nicht teilnehmen, aber der leere Stuhl und das Tischnamensschild wiesen allzu deutlich darauf hin, welche Stellung er im Gemeindesaal und bei den Räten innehatte.

Ein Mikrofon quietschte, und die Gespräche im Saal verstummten. Nur Uda redete laut weiter, bis Nienke sie anstupste und sie für alle hörbar anfauchte: »Verflixt noch mal, Uda, dein Hörgerät!«

Emma versuchte, sich auf ihr inneres Mantra zu konzentrieren. *Alles wird gut, alles wird gut.* Aber sie konnte sich selbst nicht so recht glauben. Leon umfasste ihre Finger, seine Hand war warm, verschwitzt und glitschig wie ein frisch gefangener Fisch. Aber seine Fingernägel waren rissig und spröde, der Stress der letzten Wochen hatte ihm sichtlich zugesetzt.

Eine Gemeinderätin, eine streng wirkende Frau mit einem grauen Dutt, stand auf und wartete ein paar Sekunden, bevor sie die Anwesenden begrüßte. »Meine Damen, meine Herren, ich erkläre die heutige Sitzung für eröffnet. Ich möchte all die zahlreichen Zuschauer willkommen heißen, die sich hier versammelt haben. Wir sind überrascht, dass sich so viele Interessierte eingefunden haben, unsere Sitzungen ziehen in den meisten Fällen deutlich weniger Zuschauer an. Auf der Agenda steht nur ein einziger Punkt, und das ist die Entscheidung über das Neubauprojekt, das unser allseits geschätzter Kollege Herr Thobe Ebbels ausgearbeitet hat. Es handelt sich um die Errichtung von vierundfünfzig familienfreundlichen Wohneinheiten, um die allgemein knappe Immobiliensituation in Greetsiel zu entspannen.«

Ein Raunen ging durch den Saal. Auch Emmas Herz klopfte schneller bei ihren Worten. »Von wegen Kollege! Thobe hat den Vorschlag als Bürger eingereicht, nicht als Gemeinderatsmitglied«, flüsterte sie Leon zu, der wütend die Lippen zusammenpresste, bevor er antwortete: »Das hört sich so an, als wäre die Sache längst entschieden.«

Unbeirrt sprach die Rätin weiter: »Zunächst wird Herr Ebbels seine Präsentation halten und uns über die finanziellen und wirtschaftlichen Vorteile seiner Idee aufklären. Dann gibt es eine Pause, anschließend kann sich der Campingplatzbesitzer – Moment, wo habe ich den Namen? Ich kann ihn gerade nicht finden – dazu äußern, da es ja schließlich auch um seinen Pachtvertrag geht, und anschließend stimmen die Verordneten dann ab, ob –«

»Leon Koopmann!«, rief Nienke so laut, dass die Rätin zusammenzuckte.

»Wie bitte?«

»So heißt er. Der Campingplatzbesitzer. Wie man den Leon nicht kennen kann, weiß ich auch nicht.«

Die Gemeinderätin machte ein säuerliches Gesicht, aber ein Kollege mit Vollbart kam ihr zu Hilfe. »Setzen Sie sich wieder hin, und unterbrechen Sie die Sitzung kein weiteres Mal, sonst müssen wir Sie umgehend des Saals verweisen. Es tut mir leid, aber bei öffentlichen Sitzungen herrschen strenge Regeln, damit es fair zugeht.«

»Pah, fair am Ar...!«, schimpfte Nienke, und Emma war dankbar, dass das letzte Wort unterging, als mehrere Besucher gleichzeitig anfingen zu reden.

»Ruhe! Noch eine Unterbrechung, und ich rufe das Sicherheitspersonal.« Bedeutsam zeigte der Bärtige zur Tür, an der sich gerade zwei Schränke mit Beinen aufbauten, die so ernste Gesichter machten, dass man glauben könnte, sie würden sich im Hochsicherheitstrakt einer Justizvollzugsanstalt befinden. Waren das nicht die beiden Typen, die den Bürgermeister auf dem Markt begleitet hatten?

Puh! Die Luft im Saal fühlte sich stickig an, und Emmas Bluse klebte am Hals. Sie tastete nach dem oberen Knopf, weil sich der Kragen zu eng anfühlte, als würde er sie würgen.

Leon war bereits so nass geschwitzt, dass sein Hemd an den Schultern klebte. Selbst die Sprungkraft seiner Locken hatte nachgelassen.

»Ich darf Herrn Ebbels jetzt bitten, seinen Vorschlag zu präsentieren« rief die Rätin.

Thobe stand auf und ging schwerfällig nach vorn. Unter seinem Hemd war ein Bauchansatz zu sehen, der bei ihrer letzten Begegnung noch nicht da gewesen war.

»Buh!«, hörte sie Siemtje rufen, aber als einer der Verordneten einem der Sicherheitskräfte zuwinkte, sank ihre Freundin tief in den Stuhl zurück und setzte eine Unschuldsmiene auf.

Thobe ließ sich so viel Zeit dabei, den Beamer zu adjustieren und seine Daten einzuspeisen, dass Emma ihn am liebsten angeschrien hätte. Das hätte sie zwar ohnehin gern getan, aber diese betonte Langsamkeit zermürbte ihre Nerven. *Mach schon, du aufgeblasene Sumpfente!*

Er drückte ein paar Knöpfe, und auf der Leinwand erschien das Foto einer lachenden Familie vor einem kastenförmigen Reihenhaus. Der Vater trug das jüngere der beiden Kinder auf seinen Schultern, die Mutter hielt ihren Strohhut fest, während der Wind ihr die Strähnen ins Gesicht pustete.

Klassische Musik erklang aus den Lautsprechern, und auf der Leinwand erschien der Slogan: *Für ein besseres Miteinander, für ein besseres Greetsiel.*

Emma spürte, wie Übelkeit in ihr aufstieg, und sie konzentrierte sich darauf, flach zu atmen. Die glückliche Familie wurde abgelöst von einem weiteren Foto, das eine Reihenhaussiedlung von oben zeigte und in der alle Gebäude und Gärten exakt gleich aussahen.

Eine Schweißperle rann Emma über die Stirn. Warum war es auch so warm im Saal? Am liebsten wäre sie aufgesprungen und hätte die Fenster aufgerissen.

»Greetsiel, das ist mehr als nur ein Ort. Das ist Heimat«, sagte Thobe mit einer vor Honig triefenden Stimme, während er jede Silbe betonte. »Wir blicken auf sechshundertfünfzig Jahre Geschichte zurück, auf eine bewegte Zeit, die mit den Häuptlingen der Cirksena begann.« Es quietschte aus den Lautsprechern, und Thobe rückte das kleine Ansteckmikrofon an seinem Kragen zurecht. Dann fuhr er fort und erzählte, wie aus dem neu gegründeten Hafenort an der Leybucht ein Städtchen wurde, das immer mehr an Bedeutung gewann. Der Vortrag war lang und hatte nichts mit seinem Neubauprojekt zu tun, aber Emma wusste, warum dieser Teil seiner Präsentation so wichtig war. Die Greetsieler liebten ihren Ort und seine Geschichte, klebten an Thobes Lippen, wenn er Begriffe wie »Sielhafen«, »Torf«, »Buddelschiffe« und »Schöpfwerk« nannte.

Immer wieder schaute sie sich um. Selbst ihre Verbündeten hörten Thobe interessiert zu. Neben ihr rutschte Leon unruhig auf seinem Platz herum. Die Gemeinderäte machten sich viele Notizen, schienen von Thobes Präsentation angetan.

Endlich kam er zum Punkt. »Und heute ist Greetsiel ein Juwel des Nordens geworden, ein einzigartiger Ort, der blüht und gedeiht und den wir alle so lieben. Greetsiel wächst, und es fehlt an Wohnungen und Häusern. Das treibt die Mieten und Kaufpreise hoch! Viele junge Leute sind gezwungen, in andere Ortschaften zu ziehen, die Alten rechnen mit jedem Cent.« Das Bild eines traurigen Ehepaars wurde eingeblendet, das ihrer flüggen Tochter zum Abschied winkte, die einen Koffer trug. »Deshalb habe ich mir Gedanken gemacht, wie wir Greetsiel auch in Zukunft erhalten und als Gemeinschaft zusammenleben können.«

Emma kaufte ihm kein Wort ab. Da konnte Thobe in seinem graubraunen Anzug mit der Krawatte noch so konservativ und seriös aussehen – dass ihm das Wohl der Gemeinde so am Herzen lag, das hielt sie für gequirlten Humbug. Thobe war berechnend und egoistisch, die Idee eine Racheaktion gegen Leon im Allgemeinen und ihre Zurückweisung im Speziellen.

Dennoch musste sie ihm eins lassen: Er verkaufte sich überzeugend. Nach seinem emotionalen Auftritt folgte nun ein zahlenbasierter Vortrag. Er präsentierte Statistiken über das Einwohnerwachstum, Tabellen mit Berechnungen zu Miete und Einkommen und Modelle über Arten der Wohnraumerweiterung. Er redete schnell und professionell, gab den Zuschauern kaum Zeit, die Zahlen zu verstehen, und riss dann bereits das nächste Thema an. Das vermittelte den Eindruck, als wäre er ein Experte auf dem Gebiet und als könnte man ihm ruhig die komplexen Zusammenhänge überlassen. Er schlug sich so gut, dass Emma immer mehr daran zweifelte, ob Leons Präsentation ausreichen würde, um den Campingplatz zu retten. Würde er sein Anliegen ebenso gut rüberbringen können? Waren seine Gegenargumente stark genug?

Thobe beendete den Vortrag mit einem letzten Bild, das eine Skizze der vorgeschlagenen Häuserfronten zeigte. Es war bunt eingefärbt, und Rosen rankten an den Fassaden hoch, in den Gärten standen Schaukeln und Gartenstühle. Trotzdem war das Bild nicht perfekt – Emma erkannte, dass die Reihenhäuser schmal geplant waren, die Gärten klein und einsichtig. Auch fehlte es an Fenstern, in den Räumen würde es dunkel sein.

Thobe deutete eine Verbeugung an. Stille im Saal. Dann ein Klatschen. Es kam von seinem Vater. Ein paar Zuschauer fielen zögernd mit ein, dann stand die Gemeinderätin mit dem Dutt auf und fiel in den Applaus mit ein, ihre Kollegen folgten dem Beispiel. Die meisten Zuschauer zeigten keine Regung, es herrschte eine unangenehme, zweigeteilte Stimmung im Saal.

»Vielen Dank, Herr Ebbels, das war ganz wunderbar. Wir werden jetzt eine zehnminütige Pause einlegen, aber aufgrund des großen Andrangs bitten wir Sie, den Saal nur dann zu verlassen, wenn es sich nicht vermeiden lässt.«

Leon schnappte sich seinen Ordner und blätterte fahrig darin herum. Eine Seite riss unter seinen feuchten Fingern ein. »Dreimal verfluchte Eiderente.«

Emma legte ihm mitleidig die Hand auf die Schulter. »Ich verschwinde kurz auf die Toilette. Soll ich dir ein Wasser vom Getränkeautomaten mitbringen?«

»Gern.«

»Er hat den Fokus auf sein Projekt gelegt und deinen Campingplatz mit keinem Wort erwähnt.«

Leon verzog den Mund säuerlich. »Natürlich nicht. Er möchte das als Lappalie, als reine unangenehme Nebenwirkung verkaufen. Und auf gar keinen Fall soll es so aussehen, als sei dieses Thema wichtig für ihn.«

»Damit lenkt er aber auch von seiner Obstwiese ab und dem Reibach, den er damit machen wird.«

»Es geht ihm nicht um Geld, sondern nur darum, uns fertigzumachen.«

»Ich weiß.«

Emma schob sich an den anderen Zuschauern vorbei und entschuldigte sich, wenn jemand sie aufhalten wollte, um sie auf die Sitzung anzusprechen. Ihre Blase drängte, und sie musste für wenigstens eine Minute Luft schnappen, um den Rest des Morgens durchzustehen.

Als sie die Damentoiletten erreichte, hatte sich dort bereits eine lange Schlange gebildet. Sie stellte sich ans Ende und trat von einem Fuß auf den anderen. Mist, sie musste wirklich dringend. Sie schielte in den Nachbargang, in dem die Männertoiletten lagen. Dort wartete niemand. Unauffällig trat sie zurück und um die Ecke. Dann schlüpfte sie in die Männertoilette, lief am Pissoir vorbei und schloss sich in der ersten Kabine ein.

Ihr Handy brummte, als mehrere Nachrichten eintrafen. *Ich halte es kaum aus*, schrieb Kea, und Nienke wetterte: *Was für ein ausgefuchster Lügner, wenn der damit durchkommt, wander ich nach Schweden aus.*

Emma überlegte kurz und antwortete beiden dasselbe: *Umkieken is Haas sien Dood.* Viel Plattdeutsch konnte sie zwar noch nicht, aber diesen Spruch hatte sie in einer Bar auf einem Schild gelesen und abfotografiert. Er bedeutete so viel wie »In schwierigen Momenten muss man optimistisch bleiben und nach vorn schauen«.

Sie betätigte die Spülung, öffnete die Tür erst nur einen Spaltbreit und spähte vorsichtig hinaus. Sie hatte die Männertoilette immer noch für sich. Erleichtert ging sie zum Waschbecken und wusch sich gerade die Hände, als die Tür zum Flur aufschwang. Thobe trat ein.

Ihr blieb keine Zeit, um sich wegzudrehen oder an ihm vorbei nach draußen zu huschen, denn er schloss die Tür demonstrativ und lehnte sich von innen dagegen.

Emmas Herz schlug schnell und schneller, als wollte es im Alleingang aus ihrer Brust und der Situation entfliehen.

»Wie nett«, sagte er lässig und grinste gehässig. »Das passt mir gut, dich hier zu erwischen. Da kann ich meinen Sieg nachher umso mehr auskosten.«

Kapitel 28

Emma schluckte, als Thobe näher kam und sich direkt hinter sie stellte. Er schaute ihr über die Schulter, um sie im Spiegel zu betrachten. Sein Atem strich über ihr Ohr. Ihre Schultern verkrampften sich bei dieser Nähe, aber sie richtete sich auf und schaute ihn kämpferisch an. Sicherlich würde er es nicht wagen, sie zu bedrängen, wie er das an Silvester getan hatte. Falls er sich überhaupt daran erinnerte.

»Das werden wir ja sehen.« Da sie den automatischen Trockner nicht erreichte, ohne sich an Thobe vorbeiquetschen zu müssen, schüttelte sie ihre Hände aus. Ein paar Tropfen flogen hoch und landeten auf seiner Wange. Angewidert trat er zur Seite, und sie hatte freien Zugang zum Trockner. Während der blies, rückte Thobe seine Krawatte zurecht und zupfte an seinem Kragen, um sein verrutschtes Mikrofon wieder anzustecken. Sie überlegte. Es gab nichts, was sie ihm sagen wollte oder fragen konnte. Oder? Doch, eines wollte sie wissen.

»Verrat mir eins, Thobe«, sagte sie. »Warst du wirklich an mir interessiert, oder wolltest du mit mir anbandeln, damit Leon mich nicht haben kann?«

Es flackerte in seinem Gesicht, aber er behielt die Fassung. »Ich fand dich am Anfang tatsächlich begehrenswert. Aber ich kann mit Schlampen nichts anfangen.«

Das saß. Emma klappte die Kinnlade herunter, und sie schüttelte den Kopf. Wie konnte er es wagen! Seine Beleidigung tat weh, aber jetzt blitzte und donnerte es in ihr, und eine Energie wuchs daraus hervor, die ihr Selbstvertrauen gab.

Statt aus dem Raum zu stürmen, verschränkte sie die Arme. »Markus hat mich mit seiner Sekretärin betrogen. Und an dir war ich nicht interessiert, weil du nicht mein Typ bist. Das habe ich dir aber auch klar gesagt, es ist dein Problem, wenn du das nicht hören wolltest. Der einzige Mann, den ich von Herzen liebe, das ist Leon. Er ist derjenige, der alles wert ist, an dessen Seite ich alt werden und jung bleiben möchte.«

Wellen der Kampfeslust wogten in ihr hin und her und wollten freigelassen werden. Es zuckte um ihre Augenwinkel, sie konnte sich kaum beherrschen. »So, und jetzt will ich wissen, wo du so gut lügen gelernt hast.«

»Was?«, fragte Thobe verdattert.

»Na, diese ganze Gefühlsduselei, von wegen für ein besseres Miteinander, Harmonie, Wohnraum für Greetsiel. Dir ging es nie um die Menschen, sondern lediglich darum, Leon von seinem Platz zu schmeißen. Wo lernt man, sich so zu verstellen, dass andere darauf reinfallen?« Sie beugte sich vor und schaute ihm direkt in die Augen. »Oder hast du etwa jemanden bestochen?«

Thobe schnaubte verächtlich. »Ich brauche niemanden zu bestechen. Mein Vater ist ein Schwächling, der mir aus der Hand frisst. Das war schon immer so. Der hat einfach Angst, mich zu enttäuschen. Und die Gemeinderäte, das sind alles alte Säcke, die längst den Anschluss an die Moderne verloren haben. Die werden tun, was von einem jungen Entrepreneur an sie herangetragen wird, weil sie nicht als altmodisch oder rückständig gelten wollen.«

Das waren zwar keine echten Neuigkeiten für Emma, aber dass Thobe so unverhohlen schlecht über seinen Vater sprach, schockierte sie doch. Und es war auch verstörend, dass ihm seine

Heimat bei der ganzen Sache so egal war. »Du gibst also offen zu, dass dir das Wohl der Greetsieler sonst wo vorbeigeht.«

»Sonst wo«, bestätigte Thobe. »Ich will, dass Leon alles verliert, was ihm etwas bedeutet. Und wenn sein Campingplatz erst mal weg ist, wird er dich früher oder später auch verlieren. Das weiß ich, denn nachdem ich mir Daja gekrallt habe, ist er in eine depressive Phase verfallen, die für niemanden auszuhalten war.«

So viel Niederträchtigkeit in einem Menschen, das war schwer zu ertragen. Aber Emma wollte jetzt alles wissen. Vielleicht war das ihre letzte Gelegenheit, offen mit Thobe zu sprechen und die Wahrheit aus ihm herauszukitzeln.

»Was ist mit all deinen Modellen und Berechnungen, dem Projekt an sich? Hast du dir die Zahlen auch alle nur ausgedacht?«

Er legte den Kopf in den Nacken und lachte. Emma starrte auf seinen hüpfenden Adamsapfel. Er hustete, und sie wartete, bis er fertig war.

»Du enttäuschst mich, Emma. Ich dachte, du hättest besser recherchiert. Das ganze Projekt ist eine Luftblase und nicht durchführbar. Die Gemeinde würde sich hoch verschulden, und am Ende, wenn die Baufirmen ihre eigenen Kostenvoranschläge einreichen, wird es abgeblasen werden. Aber bevor du jetzt glaubst, dass du etwas gegen mich in der Hand hast – Pech gehabt. Wenn du behauptest, das Projekt würde sich nicht lohnen, stehst du nur als Depp da, denn ich habe meine Zahlen bereits vor zwei Wochen bei den Gemeinderäten eingereicht. Niemand von denen würde zugeben, dass sie zu blöd sind, um komplexe Berechnungen durchzuführen.«

Emma sah rot. Leon würde seinen Campingplatz verlieren – und die Gemeinde hätte nicht mal einen Nutzen davon? Adrenalin pumpte durch ihre Adern, und sie vergaß sich selbst. »Es wird die Gemeinderäte aber sehr wohl interessieren, dass dir die Obstwiese neben dem Platz gehört, die dann zu Bauland wird!«, rief sie und trat wütend gegen den Mülleimer, der klappernd zur Seite rutschte.

»Du armes, armes Mädchen. Ist das dein einziger Trumpf?« Thobe schob seine Lippen so nah an ihr Ohr heran, dass sie seinen nach Menthol und Zigaretten riechenden Atem spüren konnte. »Die Wiese gehört gar nicht mir, du süßes Mäuschen«, sagte er mit zynischem Unterton, »sie gehört meinem Vater. Und der hat die Gemeinderäte längst darauf hingewiesen und sich bereit erklärt, den Gewinn beim Wiesenverkauf an die Gemeinde zu stiften. Wenn Leon das erwähnt, blamiert er sich.«

»Nein!« Das durfte nicht sein. Die Welt verschwamm vor Emmas Augen, und alles schien plötzlich weiter weg zu sein. *Leon ...* Sie musste sich zusammenreißen, fokussierte ihren Blick auf Thobes grobporige Nase und stieß langsam die Luft aus. Sie musste Leon warnen. Sofort. Wenn die Pause zu Ende war – und es konnte sich nur noch um Sekunden handeln –, dann würde er seinen Vortrag beginnen. Und die Obstwiese erwähnen.

»Ich muss los.« Sie stieß gegen Thobes Brust, als sie an ihm vorbeiwollte und er nicht schnell genug reagierte, hörte das dumpfe Pochen seiner Rippen, rannte zur Tür. Der Gang lag leer vor ihr. Verdammt, hoffentlich hatte die Sitzung nicht längst wieder begonnen. Sie nahm eine falsche Abzweigung, bremste hart, orientierte sich, lauschte. Es war merkwürdig still. In der Pause hatten überall Leute gestanden und sich miteinander unterhalten, aber der Saal konnte nicht weit weg sein.

Ich bin zu spät, schoss es ihr durch den Kopf. *Alles ist vorbei.* Sie musste handeln, in den Saal stürmen und den anderen lauthals von Thobes Geständnis erzählen, ob man ihr glaubte oder nicht. *Nein*, entschied sie, *das geht nicht.* Dann müsste sie Leons Vortrag unterbrechen, an dem er so lange gearbeitet hatte. Hilflos drehte sie sich im Kreis, bis sie ein kupfernes Schildchen entdeckte, das die Richtung zum Sitzungssaal auswies. Die Flügeltüren waren geschlossen – die Pause war tatsächlich vorbei. Hoffentlich hatte

Leon noch nicht die Wiese erwähnt. Mit pochendem Herzen öffnete sie eine der Türen und trat in den Saal.

Drinnen war es so still, dass man den Schlag eines Schmetterlingsflügels hätte hören können. Alle Blicke waren auf sie gerichtet. Emma sah sich erstaunt um. Leon stand am Rednerpult, seinen schweren Ordner vor sich aufgeklappt, die Augen aufgerissen, sein Mund stand ein Stück offen. Sie hatte die Tür jetzt nicht gerade leise aufgemacht, aber hatte das wirklich ausgereicht, um die Sitzung derart zu stören?

»'tschuldigung?«, fragte sie und ging zu ihrem Platz. Niemand reagierte. Emma sah Nienke, Kea und die anderen fasziniert auf ihren Stühlen hocken. Grinste Nienke etwa?

Ein Geräusch erklang im Saal, eine Art Wasserrauschen, ein Klappern, dann wieder Wasser. Jemand pfiff. Suchend schaute sie sich um. Das Geräusch kam aus den Lautsprechern.

Jetzt hielt Emma es nicht mehr aus. »Was ist hier los?«, fragte sie eine junge Frau mit Kind auf dem Schoß, die den Finger an die Lippen legte und »Pscht!« zischte.

Wieder klapperte es, und dann hörte Emma Schritte. Die Tür zum Sitzungssaal wurde geöffnet, und Thobe trat ein. Auch er hielt inne, runzelte die Stirn.

Nienke stand auf, legte die Hände um den Mund und rief ihm zu: »Dein Schiff ist versenkt! Ich hoffe, du kannst schwimmen!«

»Was ist hier los?«, fragte Thobe, und Emma hörte seine Stimme doppelt. Aus seinem Mund und aus dem Lautsprecher.

Das brach das Eis. Die Gemeinderäte rückten näher zusammen, die Zuschauer redeten laut durcheinander, standen auf, einige drängten zu Thobe, dessen eben noch gerötetes Gesicht nun plötzlich furchtbar blass aussah und der hektisch an seinem Mikrofon herumtastete.

Emma klammerte sich an eine Stuhllehne und sah nach vorn zum Rednerpult, wo Leon nun seinen Ordner zuklappte, sich mit einer tiefen Geste verbeugte, auch wenn niemand hinsah, und dabei so breit grinste, dass seine Augenringe kurz verschwanden.

Nienke tänzelte auf sie zu. »Sein Mikro war angeschaltet, euer ganzes Gespräch wurde übertragen. Er hat sich vor allen selbst verraten. Du bist genial, Emma!«

»Aber ich …« Sie wollte erklären, dass diese Provokation nicht geplant gewesen war, aber es war so laut geworden, dass sie ihr eigenes Wort nicht mehr verstand.

»Die Sitzung ist vertagt!«, rief einer der Gemeinderäte in das ausbrechende Chaos, bevor er sich mit den anderen Räten schnellen Schrittes zu einem Nebenausgang begab.

Jemand drängelte sich von hinten an ihr vorbei, schubste sie dabei zur Seite, und sie fiel gegen Nienke, die sie auffing.

Raus hier, dachte Emma und rannte zur Tür zurück, vorbei an Thobe, der sich von einer Gruppe aufgebrachter Leute anschreien lassen musste, und raus aus dem Gebäude. Sie lief weiter, bis sie eine niedrige Mauer fand, auf der sie Platz nehmen konnte. Nienke und Leon hatte sie in dem Gedränge verloren, aber sie brauchte einen Augenblick für sich. Die Zeit schien gerade zu rasen, aber gleichzeitig auch irgendwie langsamer zu vergehen. Panik stieg in ihr auf, wich zurück und machte der Erkenntnis Platz, dass sie eben den Kampf gegen Thobe gewonnen hatte. Sie legte sich flach auf die Mauer und atmete die frische Luft ein, spürte Nieselregen auf ihrer Haut und genoss die Kühle, die er mit sich brachte. Es kam ihr vor, als würde sie ihren allerersten Atemzug nehmen und die engen Lungenbläschen füllen, die sich nun endlich ausdehnen konnten. Minutenlang rührte sie sich nicht, bis ihr Handy klingelte.

»Leon?«

»Wo steckst du, Emma? Ich muss dich sofort sehen.«

Sie beschrieb ihm den Ort, und ein paar Minuten später rannte er über den Platz. Sein sorgenverhangenes Gesicht war Geschichte – er strahlte heller als die Sommersonne über der

Nordsee. Kaum hatte er sie erreicht, küsste er sie, hob sie hoch und wirbelte sie einmal im Kreis.

»Ich-kann-meinen-Platz-behalten«, keuchte er in einem Atemzug, setzte sie ab, küsste sie wieder. »Nach der Aktion ist das Neubaugebiet garantiert vom Tisch.«

Seine Freude war ansteckend, und die Anspannung fiel nun endgültig von Emma ab. »Ja, das denke ich auch. Und ich bin mir ziemlich sicher, dass Thobe uns nie wieder Ärger machen wird. Den sind wir los.«

»Ich wusste gleich, dass du etwas ganz Besonderes bist, Emma! Als du Kleopatra von der Straße gerettet hast, meine ich.«

Sie lächelte glücklich und griff nach seiner Hand. »Komm, wir suchen die anderen, und dann gehen wir feiern. Ich gebe eine Runde aus.«

Kurz darauf saß Emma mit ihren Freunden im Biergarten des Restaurants Panntjefisk. Die Sonne kitzelte sie auf der Nase und wärmte ihre Haut. Es roch nach Sommer und Sonnencreme, nach knusprig Gebratenem und den rosaroten Blüten der Dahlien, um deren Terrakottatöpfe emsig Insekten schwirrten.

»Limonade?«, fragte eine Stimme, die weit weg schien.

Verwirrt schaute Emma auf und in Nienkes fröhliche Miene, deren Wangen vom vielen Lachen gerötet waren.

»Ob du eine Limo möchtest, Liebes?«

»Gern. Danke.«

»Kein Thema, du lädst ja ein.« Ihr Grinsen war erfrischend und löste einen weiteren schwarzen Klumpen von Emmas Seele. All die Sorgen, der Stress, der Kummer, die Angst, die in der letzten Zeit ihren Alltag geprägt hatten, hatten sich wie eine Patina um ihre Seele gelegt, die nun langsam verschwand. Der Gemeinderat hatte die Sitzung zwar abgebrochen, ohne die Abstimmung zu halten, aber niemand zweifelte an dem Ergebnis, zu dem er kommen würde.

»Das Thobe so blöde ist, aus Versehen sein Mikrofon einzuschalten, damit hätte ich nie und nimmer gerechnet«, sagte Gretchen und kicherte. »Ich dachte schon, es ist alles verloren.«

Emma erinnerte sich, wie Thobe an seiner Krawatte herumgespielt hatte, um dabei sein verrutschtes Mikrofon wieder anzustecken. Dabei war er bestimmt an den Anschaltknopf gekommen.

»Ich nicht. Ich wusste, dass am Ende alles gut wird«, behauptete Nienke.

»Deswegen trägst du heute ja auch ein helles, freundliches Schwarz.«

Der Kellner brachte Leon seine doppelte Portion Pommes, und der stürzte sich darauf, als ob er gerade von einem Survivaltrip aus Alaska zurückgekommen wäre.

»Jaja, iss du nur. Dann kommt wieder Speck auf deine ausgemergelten Rippen«, sagte Siemtje und klopfte ihm mütterlich auf den Unterarm.

»Ich habe echt was nachzuholen. In letzter Zeit hatte ich kaum Appetit.«

Emma sah wie er sich gleich mehrere Pommes auf einmal in den Mund schob und dabei genüsslich die Augen verdrehte. Ihr Magen knurrte.

»Eins finde ich aber schade«, sagte sie, während sie zu dem Kellner schielte, der ein Gericht nach dem anderen herausbrachte. Ihr Steak war bisher nicht mit dabei gewesen. »Nämlich, dass wir deine Präsentation nicht hören konnten, an der du so lange gearbeitet hast, Leon.«

»Das stimmt!«, krähte Uda dazwischen. »Leon, das musst du nachholen.«

»Mein Mann kann uns seinen Beamer leihen«, sagte Meina.

»Ich bringe Nachos und Dips mit«, versprach Kea.

»Und ich selbst gemachten Erdbeerlikör«, sagte Uda.

»Ist dir das denn recht, Leon?«, fragte Emma skeptisch, die mit dem Thema lieber ein für alle Mal abgeschlossen hätte. Leon klemmte sich zwei Pommes unter die Oberlippe, sodass sie wie die beiden Zähne eines Walrosses aussahen.

»Klar«, nuschelte er.

Emma grinste. Es tat gut, ihn so unbeschwert zu sehen. »Na schön, dann kommt am besten alle zu mir. Wir machen es uns richtig gemütlich«, sagte sie und lehnte sich zufrieden in ihrem Stuhl zurück.

Ein paar Tage später hatte Emma ihr Wohnzimmer in eine riesige Kissenlandschaft verwandelt, auf der sie sich alle gemeinsam fläzten, um einen guten Blick auf Leon und die Leinwand schräg hinter ihm zu haben. Es war etwas eng, da neben den Mitgliedern der Bohntjesopp-Kochgruppe auch Hiske und Herbert Raschl sowie Günter gekommen waren. Letzterer hatte die Gemeinderatssitzung verpasst, aber als er von Thobes ungewolltem Geständnis erfuhr, hatte er so lange und ausgiebig geflucht, dass Leon in der Zwischenzeit einen Holzpfosten hätte ausgraben und austauschen können.

Jetzt hockte Günter etwas steif neben Nienke, die ihm die Geschichte noch mal detaillierter erzählte. Allerdings malte sie einige Dinge dramatischer aus, als sie gewesen waren. »Thobe tobte und fluchte, als er aus dem Gebäude trat, und riss sich vor Wut ein Haarbüschel aus«, behauptete sie.

Günter schüttelte ungläubig den Kopf. »Man stelle sich vor, ich hätte mir einen anderen Stellplatz suchen müssen. Was für ein Stress!«

Herbert Raschl klopfte Günter mitleidig auf die Schulter. »Ja, und erst die ganze Arbeit, um die neue Campingplatzverordnung auswendig zu lernen.«

Überrascht schaute Emma zu dem alten Raschl. Hatte der gerade einen Witz gemacht? Tatsächlich waren seine Mundwinkel leicht angehoben. Wer hätte gedacht, dass es einmal so weit kommen würde? Sie schmunzelte.

Ein vierbeiniger Wirbelwind tobte über ihren Schoß. »He, Flip!«, rief sie und zog den Mops an sich. »Still jetzt. Es geht los.«

Feierlich schaute Leon sich um und wartete, bis das Knistern der letzten Chipstüte verklungen war. Dann legte er mit seinem Vortrag los. Aber anstatt zu reden, zeigte er zunächst Bilder von Kindern, die auf seinem Spielplatz turnten, ein Video von Motje, die mit einer riesigen Badekappe voller fransiger Gummiblumen in Richtung Meer lief, während ihre Sandalen laut auf den frisch geharkten Kiesboden klatschten. Anders als Thobe hatte er echte Bilder für seinen Vortrag gewählt und keine sterilen Werbefotos, die man auf zweitklassigen Online-Plattformen herunterladen konnte. Günter war zu sehen, der mit erhobenem Zeigefinger einen Camper zurechtwies, und Hiske, die hingebungsvoll ein Fenster schrubbte und dem Fotografen dabei die Zunge herausstreckte. Im Hintergrund lief ein Shanty-Song des Fischerchors Achterwind, der herrlich zum Foto- und Videomaterial passte und dessen Melodie zum Schunkeln einlud.

»Da bist du, Emma!«, rief Uda.

»Pscht, das sieht sie doch selbst«, rügte Nienke sie.

Und ja, da war sie tatsächlich, in einer Zimmermannshose aus Cord, in der ein Zollstock steckte, einen öligen Streifen quer über dem Gesicht. Die Kamera zoomte heran, und ihre Augen füllten den gesamten Bildschirm aus. Jeder kleine Sprenkel in ihrer Iris war sichtbar, zuversichtlich und etwas verträumt schaute sie über den Zuschauer hinweg zu einem Punkt in der Ferne. Das Video brach ab, und ein Schriftzug erschien: *Das sind wir – der Campingplatz am Leyhörner Sieltief.*

Alle applaudierten, und Nienke pfiff auf zwei Fingern.

Leon hob beschwichtigend die Arme. »Ich habe doch noch gar nicht losgelegt.«

Er drückte auf seine Fernsteuerung und spulte die Folien ab. Mit akribischer Genauigkeit beschrieb er die Geschichte des Campingplatzes, zählte berühmte Persönlichkeiten auf, die dort übernachtet hatten, und baute die Geschichte eines Schafhirten ein, der einmal mitten im Sturm mit seiner Herde Unterschlupf auf dem Platz gefunden hatte. Als er vom Blitz erzählte, der in der alten Eiche einschlug und einen riesigen Ast vom Stamm spaltete, kauerte sich Hiske dicht an ihren Herbert, und Emma merkte, dass auch sie Flip etwas fester drückte, denn Leons Geschichte war so malerisch, dass man das Gefühl bekam, dabei zu sein. Es war ein spannender Vortrag, zahlen- und faktenbasiert, aber auch bewegend. Als die letzte Folie erschien, waren alle still. Emma wischte sich verstohlen eine Träne aus dem Augenwinkel. *Vielleicht*, dachte sie, *hätte sein Vortrag allein doch schon ausgereicht, um die Gemeinderäte zu überzeugen.*

Kapitel 29

Nach seiner Blamage ließ Thobe sich für ein paar Wochen nicht mehr in Greetsiel blicken. Dafür rief sein Vater höchstpersönlich bei Leon an, um ihm mitzuteilen, dass sein Pachtvertrag um weitere zehn Jahre verlängert worden war.

Emma, die gerade mit Leon und Flip frühstückte, hörte gespannt zu und beobachtete Leons Miene, die mit jedem Satz zufriedener aussah.

»Vielen Dank, Herr Ebbels, das weiß ich zu schätzen.« Er räusperte sich, sah Emma kurz an und fügte dann hinzu: »Und ich wünsche Ihnen viel Glück beim Wahlkampf im nächsten Jahr.« Es klang ehrlich.

Kaum war das Telefonat beendet, setzte er sich neben sie und umarmte sie leidenschaftlich. »Mensch, Emma, wir sind echt ein Dream-Team. Ich bin so froh, dass das alles vorbei ist. Ab jetzt sehen wir optimistisch in die Zukunft.« Er klemmte ihr eine Strähne hinter das Ohr, küsste sie auf die Stirn, dass es schmatzte. Dabei rutschte er hibbelig auf seinem Sitzkissen herum. »Stell dir vor: Der Bürgermeister würde sich gern von seiner Obstwiese trennen. Er hat sie mir zum Kauf angeboten. Kommerziell kann man das Grundstück nicht nutzen, aber da sie direkt neben dem Campingplatz liegt, könnte ich den Gästen Zugang gewähren. Eine naturnahe Oase, in der sich die Campingplatzbesucher ihr

Obst im Sommer selbst pflücken können – das wäre für viele sicherlich der Hit.«

»Oh, und da wachsen herrliche alte Apfelsorten. Wenn ich auch pflücken darf, backe ich uns ganz viel Kuchen.«

»Du darfst dich daran bedienen, so viel du magst. Und im Gegenzug futtere ich dir den Kuchen weg.« Er lachte, dann bedeckte er ihre Nase, die Wangen und das Kinn mit Küssen.

»Und damit wir nicht dick und rund werden, müssen wir ganz viel Zeit mit Sport verbringen. Im Schlafzimmer«, fügte Emma kichernd hinzu. Es prickelte auf ihrer Haut, und sie reckte ihm ihren Hals entgegen, damit er dort weitermachte.

Das tat er auch, aber als er ihren Ausschnitt erreichte, hielt er inne. »Was du über mich gesagt hast, als du Thobe zur Rede gestellt hast, das war schön.«

Emma legte den Kopf schräg und versuchte sich zu erinnern. Die Situation kam ihr im Nachhinein surreal vor und verschwamm vor ihren Augen. Hätte Kea Thobes Geständnis nicht geistesgegenwärtig mit dem Handy aufgezeichnet, hätte sie den genauen Inhalt des Gesprächs wahrscheinlich längst vergessen. So hatte sie sich das alles im Nachhinein anhören können, aber worauf Leon jetzt anspielte, wusste sie nicht.

»Du sagtest, dass du an meiner Seite alt werden und jung bleiben möchtest.«

»Das stimmt.« Verliebt schmiegte sie sich an ihn. »Dich geb ich nicht mehr her.«

Leon setzte eine ernste Miene auf. »Frau Martens, ohne vernünftigen Antrag kommen Sie mir nicht davon. Haben Sie ein wenig Geduld, und seien Sie gewarnt: Ich kann so romantisch sein, dass Sie vor Schreck rückwärts den Deich runterpurzeln.«

Ein paar Tage später traf Emma Gretchen beim Einkaufen.

»Der Thobe, der ist jetzt nach Hamburg gezogen. Mein Enkel Stefan ist Immobilienmakler und hat ihm mehrere Penthousewohnungen gezeigt. Er wohnt jetzt in Hoheluft-Ost am Isebek-kanal.«

Emma rechnete schnell. »Gut zweihundertsechzig Kilometer, drei Stunden Fahrt. Das ist genug Abstand!«, freute sie sich. Sie war froh, dass sie ihm nicht mehr zufällig über den Weg laufen würde.

»Wie läuft es mit deinem *Kutterimbiss Krabbenglück*?«, wollte Gretchen wissen.

»Schau vorbei und sieh selbst«, schlug Emma vor. Der Andrang war inzwischen so groß, dass sie überlegte, eine weitere Aushilfe einzustellen.

»Jaantje erzählt immer viel vom Partylieferservice. Seit sie das macht, ist sie hervorragend über den aktuellen Klatsch und Tratsch informiert.«

»Ja, und meine Kunden lieben sie dafür«, erwiderte Emma lächelnd. Jaantje war liebenswürdig und offenherzig und überlegte gut, was sie weitererzählte und was nicht.

»Freust du dich auf heute Abend?«, fragte Gretchen, und als Emma sie verwundert anschaute, schlug sie sich die Hand vor den Mund. »Oh.«

»Was ist denn?«

»Nichts.«

Aber natürlich war da was. Gretchen verabschiedete sich schnell, und Emma lief weiter zum Kai und widmete sich den üblichen Tagesvorbereitungen auf der *Bernstein II*. Doch als Nienke am Vormittag beim Kutterimbiss vorbeischaute, um ein Krabbenbrötchen zu bestellen, und sich ebenso merkwürdig verhielt, stutzte Emma. Irgendwie war Nienke zu gut gelaunt, und außerdem ... »Rote Schuhe?«, fragte Emma. »Wie kommt es zu dem Anlass?«

»Och, einfach so. Hab halt gute Laune.«

»Ich glaube dir kein Wort.«

Es zuckte um Nienkes Augenwinkel, und kleine Fältchen bildeten sich dort. Dann machte sie eine Geste, als würde sie ihren Mund mit einem Reißverschluss schließen.

Das Mittagsgeschäft hielt Emma auf Trab, und auch am Nachmittag wollte der Kundenstrom nicht abreißen. Sie vergaß Gretchens Andeutung und Nienkes rote Schuhe, und erst als sie abends den Boden wischte, wurde sie wieder nachdenklich.

Es kribbelte in ihren Füßen, ganz merkwürdig, als würde eine Vorahnung in ihren Zehen stecken, die sich aber nicht weiter heraustraute.

Nach Feierabend stieg sie auf ihr Fahrrad. Der Wind kam von hinten, trieb sie an und ließ sie fliegen. Übermütig löste sie die Arme vom Lenker und breitete sie weit aus. Eine Möwe überholte sie im Tiefflug, und Emma sah auf zu ihr, fühlte sich frei.

Am Campingplatz angekommen, fand sie Leon weder an der Rezeption noch in seinem Häuschen. Auch Hiske war nicht auffindbar, obwohl sie um diese Uhrzeit normalerweise die Toilettenpapierrollenhalter prüfte und Seifenspender nachfüllte. Emma entdeckte das Zelt der Seppls, die gerade für einen weiteren Wochenendurlaub angereist waren, aber auch das war leer.

»Wo steckt ihr alle? Was habt ihr ausgeheckt?«, fragte sie laut.

Sie wählte Leons Nummer, aber bevor sie zu Wort kam, sagte der schnell: »Hi, Emma, komm bitte sofort zum Norder Tief. Wir treffen uns an der Klappbrücke Leybuchtsiel.«

»Okay …«, sagte sie verdutzt. Sie wollte fragen, warum, aber da hatte Leon schon aufgelegt. Ihr wurde mulmig, hoffentlich war alles in Ordnung. Dann fiel ihr noch etwas ein, und sie rief ihn zurück. »Hi, Leon, was ist mit Flip?«

»Der ist bei mir. Beeil dich. Keine Sorge, es ist nichts passiert. Nur eine kleine Überraschung.« Wieder legte er auf.

Erleichtert schwang sie sich auf ihr Rad und fuhr los. Sie war müde von der Arbeit, aber gleichzeitig aufgeregt, weil sie wissen wollte, warum Leon sie so drängte. Bestimmt hatte er ein romantisches Picknick vorbereitet und wollte die letzte Restwärme des Tages nutzen, bevor der Abendwind aufkam und sie vertrieb. Das passte gut, sie hatte richtig Lust, Leon etwas anzuknabbern und ihn später zu Hause zu vernaschen.

Die schnurgerade Straße am Störtebekerkanal schien endlos lang. Die Luft flirrte in der Ferne, ließ Lichtspiegelungen auf dem Teer blinken, die an Pfützen erinnerten. Ein unwirklicher Anblick, an den sich Emmas Augen nicht gewöhnen wollten. Zügig trat sie in die Pedale und kam bald zu der Stelle, die Leon ihr genannt hatte.

Am Wasser stand eine Gruppe Menschen. Je näher sie kam, desto klarer konnte sie erkennen, wer dort auf sie wartete. Nienke, Kea, Gretchen, Dina, Jaantje, Uda, Meina und Siemtje standen links zusammen, daneben Herbert Raschl mit Flip an der Leine und Hiske. Günter. Herr und Frau Seppl mit ihren sieben Söhnen. Till ruderte heftig winkend mit den Armen und sprang dabei auf und ab. Ein Dutzend Männer in hellen Hosen, Matrosenhemden und den charakteristischen roten Tüchern des Fischerchors Achterwind. Und ganz rechts, da stand Leon in einem dunkelblauen Anzug mit Fliege. Seine Lockenmähne hatte er zu einem Zopf zurückgebunden, was ihm etwas Feierliches verlieh.

Wie in Trance lehnte Emma ihr Fahrrad an einen Pfosten, spürte, wie ihre Hände schwitzten. Langsam nahm sie den Fahrradhelm ab, kramte in ihrem Korb und tauschte ihn gegen einen Schlapphut aus, der ihre zerzausten Haare versteckte. Sie konzentrierte sich auf ihre Atmung, die nicht richtig funktionieren wollte, und überließ die Kontrolle schließlich ihren Füßen, die selbstständig zu laufen schienen.

Kaum war sie nur noch ein paar Meter von der Gruppe entfernt, stimmte der Fischerchor ein Lied an. Die tiefen Stimmen hallten weit über das Norder Tief, dessen ruhige Oberfläche in der Abendsonne glitzerte. Es war ein Lied über einen jungen Seemann, der einen Sturm bezwang, bis er im sicheren Hafen landete.

Emma betrachtete ihre Freunde, die sich alle herausgeputzt hatten. Nienkes rote Schuhe, Tills viel zu großes Jackett, das er anscheinend von einem seiner älteren Brüder geerbt hatte. Und Kea, die sich immer wieder verstohlen mit einem Taschentuch über die Wange strich.

Das Lied verklang, und Leon straffte die Schultern.

»Emma«, sagte er heiser. Er kam auf sie zu, aber sobald er sie erreichte, ging er vor ihr auf die Knie. Dann nahm er ihre Hand, küsste sie. »Seit ich dich zum ersten Mal getroffen habe, ist so viel passiert. Du kamst als Fremde nach Ostfriesland, wolltest eine Erbschaft antreten. Jetzt hast du ein Haus, ein Geschäft, viele Freunde und bist Teil der Greetsieler Gemeinschaft geworden. Du gehörst zu uns wie die Wellen auf dem Meer und die Stürme im Herbst.«

Er sah Emma so zärtlich an, dass sie glaubte, gleich schmelzen zu müssen. Die Liebe, die sie für ihn empfand, pulsierte durch ihre Brust wie ein zweiter Herzschlag, sie fühlte sich ihm so nah wie nie zuvor.

»Du bist nicht nur meine Freundin, sondern auch meine Seelenverwandte. Mein ganzes Leben habe ich nach jemandem wie dir gesucht. Du bist der Wind in meinen Segeln, mein Fels in der Brandung und mein Lichtblick am Horizont. Mit dir zusammen ist jeder Moment lebenswert. Es ist einfach, mit jemandem zusammen zu sein, wenn alles glattläuft. Aber du warst an meiner Seite, als es schwierig war, und ich hätte mir niemand Besseres wünschen können. Ich will niemals aufhören, mit dir Erinnerungen zu sammeln.«

In das Braun seiner Augen mischte sich ein goldener Unterton, als die Sonne sich zwischen zwei Wolken hervorschob und sein Gesicht beleuchtete.

»Emma Martens, ich verspreche dir, dich immer zu lieben

und dich zu unterstützen, deine Hand zu halten und dir eine Schulter zu bieten, wenn du Stärke brauchst. Ich verspreche dir, dein Leben mit Glück zu füllen und alles daranzusetzen, dass du dich jeden Tag aufs Neue wie die ostfriesische Prinzessin fühlst, die du im Herzen bist.« Er holte tief Luft. In Emma drehte sich alles, und sie konzentrierte sich auf seine Lippen, als er fragte: »Möchtest du mich heiraten?«

Jetzt gaben ihre Knie nach, und sie hockte sich zu ihm, umschloss seine Hände mit ihren und brauchte ein paar Sekunden, bis sie zitternd antworten konnte: »Ja, Leon. Ich wünsche mir nichts sehnlicher, als deine Frau zu werden. Ich liebe dich.«

»Juchhu!«, brüllte Nienke hinter ihnen, und alle anderen setzten mit ein. Till tanzte auf der Stelle, Kea schluchzte ungehemmt. Die Männer vom Fischerchor klatschten eher verhalten, aber auch ihnen war die Freude anzusehen. Irgendwo knallte ein Sektkorken, dann zischte es.

Leon richtete sich auf und zog Emma mit hoch. Liebevoll drückte er sie an sich und küsste sie auf den Mund. Dann winkte er Herbert Raschl zu, der umgehend die Leine von Flips Halsband löste. Flip kam sofort auf Emma zugaloppiert. Etwas schwang an seinem Halsband hin und her.

»Was trägt er da?«, fragte sie, erkannte aber gleich darauf das Kästchen, das dort befestigt war.

Sie lachte, ging wieder in die Knie und breitete die Arme aus, um ihren Mops in Empfang zu nehmen. Dem hing die Zunge seitlich aus dem Maul, als er auf sie zuhetzte. Noch zwei Meter, einen, dann tauchte er unter ihren Armen hinweg und flitzte auf das Wasser zu. Ohne abzubremsen, hüpfte er vom Steg und hinein in das kühle Nass.

»Flip!«, rief Emma entsetzt, und Leon stöhnte fassungslos. »Die Ringe!«

Sie rannten Flip hinterher, bis sie am Steg angekommen waren. Emma nahm Leons Hand, grinste ihn an, und Leon nickte.

Gemeinsam sprangen sie, tauchten ein in das salzige Wasser, das unweit von hier in die Nordsee führte und hinein in eine ungewisse Zukunft, in der sie sich gemeinsam den Stürmen des Lebens stellen würden.

Ostfriesische Krabbensuppe – Emmas Geheimrezept

ZUTATEN

700 g Kartoffeln, mehlig kochend
175 g roher Speck
1 Zwiebel
300 g Nordseekrabben
500 ml Wasser
1 Bund Suppengrün
1 Löffel Butter zum Anbraten
300 ml süße Sahne

Gewürze: Salz, Pfeffer, 1 Prise Muskat
Garnierung: Dill oder Schnittlauchröllchen
Beigabe: Graubrot oder Bauernbrot

ANLEITUNG

Suppenbasis:
Kartoffeln schälen und würfeln. Suppengrün waschen und ebenso würfeln. Beides zusammen mit dem Wasser aufsetzen und gar kochen. Fein pürieren und je nach Vorliebe mehr Wasser dazugeben. Mit Salz, Pfeffer und der Sahne abschmecken.

Suppeneinlage:
Butter in der Pfanne zerlassen. Zwiebeln würfeln und zusammen mit dem Speck scharf anbraten. Auf die Suppe geben, nicht umrühren. Ebenso Nordseekrabben auf die Suppe geben. Mit Dill oder Schnittlauchröllchen bestreuen und umgehend servieren.

Ostfriesisches Platt

Blaffers sünd keen Bieters.	Hunde, die bellen, beißen nicht.
Blixem	Verflixt!
Breker	Kräftiger Mann
Butenfahrder	Seefahrer auf einem Hochseeschiff
Da nich für.	Gern geschehen.
Dat is 'n driester Schojer.	Das ist ein übler Schurke/Halunke.
Dat smaakt good.	Das schmeckt gut.
De Driever un de Esel denken selten gliek.	Jeder sieht die Welt von seinem Standpunkt aus.
De is ok mit bloot Mors up de Welt kamen.	Der ist auch nur mit nacktem Hintern auf die Welt gekommen./Der ist auch nichts Besseres.
De seute Deern	Das süße Mädel
Dwarsbüddel	Quertreiber/Querulant
Elk hett sein Krüüz, man de Müller hett dat grootst.	Es gibt Schlimmeres.
Geit neet gifft neet.	Geht nicht, gibt's nicht.
Gequetel	Unsinniges Gerede/Geschwätz

Harrijasses!	Mist!
He hett een in de Mütz.	Er ist betrunken.
Heiopei	Trottel
Holl de Snuut, du oller Rachfatt!	Sei still, du alte Tratschtante!
Holl di munter!	Auf Wiedersehen!
Ik heb di leev.	Ich liebe dich.
In Oostfreesland is t am besten, Aver Freesland geit der nix!	In Ostfriesland ist's am besten, über Friesland, da geht nichts!
Klönschnack	gemütliche Plauderei
Klöömkatte	kälteempfindlicher Mensch
Klüterbaas	vielseitig begabter Handwerker
Knakendröög	Knochentrocken
Maat, Maten	Matrose, Matrosen
Mien Hartenskralloog	Mein Liebling/Meine Herzallerliebste
Mien Leev	Meine Liebe/Mein Schatz
Nu is aver Daddeldu, du.	Nun ist aber Schluss, du.
Tröppe Nese!	Torfnase!
Och Heer ja!	Stoßseufzer
Pladderregen	Starker Regen
Schietkeerl	Mistkerl
Schloot	Wasserlauf/Graben
Tüti	Schatz (Kosewort)
Umkieken is Haas sien Dood.	In schwierigen Situationen muss man nach vorne schauen.
Watt'n Weer weer.	Was für ein Wetter wieder.
Wo geiht di dat?	Wie geht es dir?
Wo old is de Bellmann?	Wie alt ist der Hund?

Nachbemerkung der Autorin

Wat maakt de Oosfresen, wenn se een Stroomutfall hebbt?
Dann gaht se an de Strand un haalt sük een Kilo Wadd.

Was macht ein Ostfriese beim Stromausfall?
Er geht an den Strand und holt sich ein Kilo Watt.

Bis heute zieht es mich immer ans Meer, egal ob an die Küste mit Brandung, weiße Strände in der Ferne oder die Weiten des Wattenmeers. Hauptsache Wasser, so weit das Auge reicht und das Herz fliegen kann.

Dieses Buch zu schreiben, war für mich ein Privileg, aber es wäre nicht möglich gewesen ohne die Unterstützung vieler Menschen, die mir geholfen haben. Meine Agentur litmedia, die mich seit Jahren unterstützt und fördert, meine Lektoren Dr. Stefanie Heinen bei Bastei Lübbe und Anne Schünemann von Lektorat am Meer, meine Verwandtschaft im Norden, mein Mann, der mir den Rücken freihält, und nicht zuletzt meine treuen Leser, die meine Romane lesen und mir Feedback geben. Vielen Dank, dass ihr mich auf diesem neuen Ostfrieslandabenteuer begleitet habt! Ich hoffe, ihr habt Emma, Leon und Flip, die Hühner und all die Figuren ebenso lieb gewonnen wie ich!